Hideyoshi Otsuka
大塚英良

文学者掃苔録図書館

作家・詩人たち
二五〇名の
お墓めぐり

原書房

文学者掃苔録図書館

――作家・詩人たち二五〇名のお墓めぐり

はじめに

「掃苔《そうたい》」、つまりは墓参りのこと。

人それぞれの思いを込めた「掃苔」があります。

「墓」というと当然のごとく「死」をイメージしてしまうものですが、私にとっての「掃苔」は「生きる」ためのもの――「生」をさかのぼって生き生きとした「死」を生きる――ということが根底にあります。

本書は文学者の心に触れ、作品に込めた渾身の思いをすくい取り、「墓」を出発点として「死」から「生」へと辿っていった「掃苔」の旅、探墓巡礼二〇年の記録です。

本書に記載したすべての墓碑写真及び文章は、ウェブサイト「文学者掃苔録」(http://www. asahi-net.or.jp/~pb5h-ootk/index.html)に一九九五年七月一日から二〇一五年六月三〇日にかけて掲載したものの中から二五〇件を選び改稿したものです。写真はすべて筆者が墓参時に撮影したものです。

巻末墓所データは判別する限り最新の情報といたしましたが、本書刊行後に改葬、廃止、また市町村合併により住所表記が変更されるなどの場合がありますのでご注意ください。

参考文献等は巻末に掲げました。なお、参照した各文学者の作品、評伝類は膨大な数にのぼるため割愛しました。

◉年齢表記や没年齢はすべて満年齢としました。

◉生年月日、没年月日は参考文献をもとにしていますが、戸籍上の表記と文学事典や人名辞典、作家の全集や評伝等の年譜とが食い違っている場合はその都度表記しました。

◉明治五年一二月二日(一八七二年一二月三一日)までの太陰太陽暦(旧暦)の生年月日は太陽暦(新暦)を合わせて表記しました。

◉文中の敬称は略しました。

◉文中「／」(スラッシュ)は、原文改行を示しています。

◉引用部の表記は原則として出典ママとしました

何かと至らぬ点があるかもしれませんが、皆様の「掃苔」に資するところがあれば幸いです。

【目次】

❖本名＝會津八一（あいづ・やいち）❖明治一四年八月一日―昭和三一年一一月二一日❖享年七五歳（渾斎秋艸道人）❖八一忌・秋艸忌❖新潟県新潟市中央区西堀通三番町七九七・瑞光寺（曹洞宗）❖歌人。新潟県生。早稲田大学卒。大正一三年処女歌集『南京新唱』を刊行。昭和六年早稲田大教授。二〇年空襲により罹災し、新潟に帰郷。二一年『夕刊ニヒガタ』社長。『會津八一全歌集』で読売文学賞受賞。歌集『鹿鳴集』『山光集』、随筆集『渾齋随筆』などがある。

會津八一

あいづ・やいち

［一八八一―一九五六］

四三歳で死んだ若山牧水でさえ九〇〇〇首の歌を遺しているのに、七五歳まで生きた八一はわずか一〇三六首の歌しか遺していない。近代歌人の中では寡作であったが、これは〈自分の気分が索《もと》める調子〉を実現するための作歌観からであったと聞いている。

　昭和三一年、この年の夏になってからは、体の不調を語り、鬱々とした日々が続くようになった。一一月一六日、胃潰瘍で吐血して新潟医科大学病院に入院するが、病状は優れず、二一日午後九時四八分、冠状動脈硬化症のため息をひきとった。翌朝、晩年を過ごした南浜・秋艸堂《しゅうそうどう》に帰った遺体には自ら用意していた「南無阿弥陀仏」の袈裟がかけられた。遺骨は一周忌に瑞光寺の墓に納められたが、東京・練馬の法融寺にも分骨された墓が建てられた。

◉

冬の虹を見た。灰色にどよめく越後の荒海、波頭に落ち込んだ雲の合間に、幻覚のような光彩を滲ませていた。新潟市内の繁華街、三越百貨店から二、三筋離れた一角にあるこの寺の本堂右前に秋艸道人の墓はあった。

　一般の境内墓地は本堂の左手一帯にあるのだが、八一の墓のみが一基、特段の扱いを受けている。生前の八一は、自分の墓、歌碑について明確な意志表示をしていたというが、清新な庭風にしつらえた塋域《えいいき》（墓所）は満足いく仕上がりになっているのであろうか。薄暗い寺の軒下に落ちた白椿の残り香、密やかにすりぬけていく光線を巻きつけて庭の木の葉がひらりと舞った。うすれゆく七色のアーチは砂塵の突風にゆらめいて、墓に背を向けた時、虹は消えた。

青山二郎

あおやま・じろう
［一九〇一—一九七九］

白洲正子がジイちゃんと呼び、終生慕った〈日本の文化を生きた〉極上の男、青山二郎は昭和五四年三月二七日に死んだ。青山の名があるところ、必然のように〈高級な友情〉につながった小林秀雄と師弟としてつながった白洲正子の名があった。小林はしみじみと言う。

〈僕たちは秀才だが、あいつだけは天才だ〉と。〈人が覗たれば蛙に化れ〉という青山の言葉がある。俺だけがこの器の良さをわかる。人は蛙と見てくれればいい。外観に惑わされず、本物の中の本物を発掘するのが青山二郎の志したことと、青山の審美眼、至福を白洲正子は観じる。いまさら死んだ人間の知ったことではなかろうが、〈何もしなかった天才〉の死なればこそ、〈残念これに過ぎたるものはない〉。

小林秀雄がようやく世にでたころ、中原中也、河上徹太郎、大岡昇平、永井龍男などはまだまだ無名だったが、のち「青山学院」と称するようになる、希有な才能の集うサロンの中心に天才青山二郎はいたのだ。人物評に長けた河上は記した。

〈色白の、愛嬌のある顔をそのまま端正に磨きあげて、眼の光だけは鋭く、純真率直故に、人の嘘や気取りは誤りなく見抜く、といった風、およそ粋だとか通だとかいったこととは反対の傍若無人の天才〉。彼の眠るところ、谷中玉林寺墓地。陶工加藤唐九郎作になる古瀬戸風の骨壺に収まって、戒名と没年月日、俗名、享年が添えられた「青山家之墓」。陽が傾きかけた初夏の塋域の中で、やがては緑陰の懐に寂としてある風景のひとつとなった。

❖本名＝青山二郎（あおやま・じろう）❖明治三四年六月一日—昭和五四年三月二七日❖享年七七歳（春光院釈陶経）❖東京都台東区谷中一丁目七—一五・玉林寺（曹洞宗）❖美術評論家・装幀家。東京府生。日本大学卒。小林秀雄、河上徹太郎、中原中也、大岡昇平らと親交、その中心となった集いは「青山学院」と呼ばれ、白洲正子、宇野千代などとも交流した。骨董収集鑑定でも著名であった。代表的評論に『朝鮮工芸概観』『陶経』などがある。

赤瀬川原平
あかせがわ・げんぺい
［一九三七—二〇一四］

「ネオ・ダダイズム・オルガナイザーズ」、「路上観察学会」、「ステレオオタク学会」、「ロイヤル天文同好会」など、二〇以上の集団を結成して様々な前衛芸術、反芸術、超芸術活動を行ってきた。また尾辻克彦というペンネームで純文学を書き、また宮武外骨などという滑稽人も蘇らせた。その時々の表現は到達すべき所まで行ったという感覚のものであった。

平成一〇年には記憶力の低下などの老化現象を「老人力がついた」と肯定的にとらえ、逆発想の価値観を生み出した『老人力』によってもおおいに気を吐いた。しかし、二三年に胃がんが見つかり全摘出。脳出血、肺炎などにも苦しみ療養につとめていたのだが、二六年一〇月二六日午前六時三三分、敗血症のため前衛主義者、赤瀬川原平は逝った。

「逝くまえに、入るお墓をつくりたい」。最後の著書『「墓活」論』の帯にあるとおり、直木賞作家の兄赤瀬川隼などとともに自らの手によって設えられた墓碑がここにある。赤瀬川家の墓はすでにあったのだが、そこはそれ、原平らしい性癖で「どうせならもっと楽に、楽しく墓参りがしたい」と、両親の死後、「婚活」ならぬ「墓活」なるものを始めて、誰もが行きたくなるであろう北鎌倉の寺に墓地をもとめたのであった。

鉄平石のかけらを土饅頭らしく積み上げて土を練り込み、ぐるりに苔を張って、天辺に五葉松を施したなんともユニークな墓である。落ちゆく冬日の残り香をくゆらせて、手前の平らな自然石に、ただ赤瀬川とのみ記されてある。

❖本名＝赤瀬川克彦（あかせがわ・かつひこ）❖昭和一二年三月二七日—平成二六年一〇月二六日❖享年七七歳（慈眼院原心和平居士）❖神奈川県鎌倉市山ノ内一三六七・東慶寺（臨済宗）❖美術家・小説家。神奈川県生。武蔵野美術学校（現・武蔵野美術大学）中退。純文学作家としては尾辻克彦のペンネームがある。数々の前衛芸術集団を結成。昭和四〇年千円札を題材とした作品で起訴された。『父が消えた』（尾辻克彦名義）で五五年度芥川賞受賞。『老人力』で毎日出版文化賞受賞。著書に『雪野』（尾辻克彦名義）『超芸術トマソン』などがある。

芥川龍之介

あくたがわ・りゅうのすけ
［一八九二—一九二七］

辿り辿れば、逃れようもなく芥川の死は予定されていたようであった。生後七か月で母フクが発狂、生涯の苦悩の芽がはじまった。伯父芥川道章にひきとられ、母の姉フキの手で育てられるが、〈僕はどう云ふ良心も、——芸術的良心さへ持つてゐない。が、神経は持ち合せてゐる〉という神経と、草の茎にも似た病弱な身体と、入りくんだ複雑な人間関係を持って生きてきた龍之介。

〈将来に対する、唯ぼんやりした不安〉のため昭和二年七月二四日未明、斎藤茂吉からもらっていたという睡眠薬を飲み、軒の雨音を聞きながら『旧新約聖書』を枕頭に開いて眠りについた。神経の作家龍之介は、わずか一〇年に過ぎない文学的生涯を「自殺」という星の下に送り、送られて逝ったのだった。◉

参り道の葉桜が賑わしい染井霊園の北端、緩やかな短い坂道を下った先の左手に正寿山慈眼寺がある。江戸の絵師で蘭学者の司馬江漢や忠臣蔵の芝居で名を知られた高家吉良家家老、小林平八郎の墓があるその墓地には、一時期、龍之介の論争相手であった谷崎潤一郎の分骨墓もある谷崎家の墓域があった。

墓々の路地を西に進み、まもなく左に曲がると、左手に芥川家之墓に並んで龍之介の名前を浮き彫りにされた緑陰の深い墓碑があった。龍之介が愛用していた座蒲団の寸法や形を模して、上部がわずかな丸みを帯びた立方体の石碑の前にシキミが二本、台石には線香のかわりに供えられた煙草が燃え尽きていた。〈人生は一行のボオドレエルにも若かない〉。

❖本名＝芥川龍之介（あくたがわ・りゅうのすけ）❖明治二五年三月一日—昭和二年七月二四日❖享年三五歳（懿文院龍介日崇居士）❖河童忌❖東京都豊島区巣鴨五丁目三五—三三・慈眼寺（日蓮宗）❖小説家。東京府生。東京帝国大学卒。大正三年大学在学中に菊池寛らと第三次『新思潮』を刊行。翌年『羅生門』を発表。『鼻』が認められ夏目漱石門下となる。鎌倉に住み『地獄変』『枯野抄』等を発表。帰京後の作品に『或阿呆の一生』『河童』『侏儒の言葉』『西方の人』などがある。

❖本名＝安部公房（あべ・きみふさ）❖大正一三年三月七日—平成五年一月二二日❖享年六八歳❖東京都八王子市上川町一五二〇・上川霊園二区八番一四〇号❖小説家・劇作家。東京府生。東京大学卒。三島由紀夫らとともに〈第二次戦後派の作家〉と呼ばれた。『壁——S・カルマ氏の犯罪』で昭和二六年度芥川賞受賞。『砂の女』で読売文学賞を受賞。四八年『安部公房スタジオ』を設立、演劇活動も始める。『他人の顔』『燃え尽きた地図』『箱男』などがある。

安部公房

あべ・こうぼう

［一九二四—一九九三］

〈悩み、笑ひ、そして生活する為に、人間は故郷を必要とする。故郷は崇高な忘却だ〉と見極めた安部公房。三島由紀夫などと共に〈第二次戦後派作家〉と称され、ノーベル文学賞候補にも挙げられた。

平成四年一二月二五日深夜、箱根町の山荘で執筆中に脳内出血による意識障害を起こし入院、翌一月一六日に一時退院するが、二〇日に再び悪化。多摩の日本医科大学多摩永山病院で、二二日午前七時一分、急性心不全のため死去した。

死後、ワープロのフロッピーディスクの中から未完の『飛ぶ男』などの作品が発見された。前衛的あるいは都市的と形容された彼の立ち止まることのなかった道程に、肯定すべき故郷はあったのか、なかったのか、いまは誰も知ることはできない。

◉

広々とした丘、つづら折りの参道には遅咲きのつつじが咲き競っている。遥か遠くに重なり合った山々はしずかに霞んで、深緑の息づきのような薄いベールがゆっくりと昇っていく。

〈安部君の手にしたがって、壁に世界がひらかれる〉と短編集『壁』の序文を贈った石川淳の墓が擁護者のように見下ろしているひな壇下に、かつては台石に木柱墓が建てられていたという「安部家之墓」も永年の風雨に晒されて朽ち果ててしまったのだろうか。今はその台石の窪みに高さ四〇センチほどの小さな緑岩石がぽつんと置かれている。主を示す文字もない。時を捨て、人の世の想いは流れた。ただ自然のままの岩肌が雨音だけの聖域の中に、海に沈んだ遺跡のように濡れている。

天野　忠

あまの・ただし
［一九〇九―一九九三］

黒田三郎は言う。〈今の世に詩人らしい詩人というのは、ひっそりと京都に暮らしている天野忠ひとりではないか〉と。天野の散歩道、京都・下鴨神社糺《ただす》の森の紅葉はことのほか美しいが、まだまだ見頃にはほど遠かった。その森の北方、「下鴨北園町九十三番地」、草木の植えられた細長い路地の奥にたたずむ質素な平屋建て、五十数年を経た借家で平成五年一〇月二八日夜七時二三分、多臓器不全のため天野忠は死んだ。

こんな詩がある。〈最後に　あーあという
て人は死ぬ（中略）わたしも死ぬときは　あー
あというであろう　あんまりなんにもしな
かったので　はずかしそうに　あーあという
であろう〉。——ただし、最期に「あーあ」と言ったかどうかはだれも知らない。

◉

粉雪がちらつく路を河原町からずっと歩いてきた。御所もそのまま突っ切ってきた。御所の中だけでもかなりの道のりだったが、御所のなお北、天野の住んだ下鴨北園町との中ほどに曹洞宗天寧寺はある。賀茂川の流れはすぐ傍だ。江戸時代の茶人金森宗和の墓もあるこの寺に詩人天野忠の墓があった。二日続きの雨できれいに洗い出された「天野家之墓」。

「木漏れ日拾い」の中にあるように、かつての半分潰えかかった二つの墓を始末して建てられたポルトガル産の墓石なのかどうかは判然としないのだが、側面には「昭和五十九年五月建之　天野忠」とある。カラスが一声「カァー」と鳴いて、大きく開けた宙天の陽に晒され、青みがかったツルツルの碑面がのんびりと大きなあくびをした。

❖本名＝天野　忠（あまの・ただし）❖明治四二年六月一八日―平成五年一〇月二八日❖享年八四歳（忠恕大心居士）❖京都府京都市北区寺町鞍馬口下ル天寧寺門前町三〇一・天寧寺（曹洞宗）❖詩人。京都府生。京都第一商業学校（現・西京高等学校）卒。京都大丸のほか職を転々としつつ詩を書き、昭和二九年「重たい手」で注目される。『天野忠詩集』で無限賞、『私有地』で読売文学賞を受賞。著書に『石と豹の傍にて』『春の帽子』などがある。

鮎川信夫

あゆかわ・のぶお
［一九二〇―一九八六］

❖本名＝上村隆一（かみむら・りゅういち）❖大正九年八月二三日―昭和六一年一〇月一七日❖享年六六歳❖東京都港区元麻布一丁目六―二一・善福寺（浄土真宗）❖詩人。東京府生。早稲田大学中退。昭和一二年ごろから詩誌『LUNA』『新領土』に参加。二二年田村隆一らと詩誌『荒地』を、二六年『荒地詩集』を創刊、戦後の中心的詩人とされる。晩年は評論家として活躍した。『鮎川信夫著作集』『鮎川信夫詩集』などがある。

昭和一七年、早稲田大学を中退して兵役に就いた。同年五月にスマトラ島へ赴いたのだが、結核や伝染病などの発病のため、一九年春に傷病兵として帰国、福井の傷痍《しょうい》軍人療養所での療養生活を余儀なくされた。戦後は荒廃した日本の現状を打破するように田村隆一、黒田三郎らとともに詩誌『荒地』を復刊し、そこから雄々しくも新しい人間の叫び声をあげて、戦後詩壇をリードしてきた。

昭和六一年一〇月一七日午後八時過ぎ、連絡先にしていた東京世田谷の甥上村研宅で、家族と一緒にコンピューターゲームで遊んでいた最中に脳出血に倒れる。三鷹の杏林大学医学部附属病院に運ばれたのだが、午後一〇時四〇分に還らぬ人となった。

◉

安政六年にアメリカ合衆国公使館とされた麻布山善福寺、樹齢七五〇年以上と推定される天然記念物の大公孫樹が仁王立ちをしている。向かい合うように開山堂があり、その前には福沢諭吉の墓がある。山内墓地は都心にしては起伏に富んでかなり広いのだが、お堂裏の細い段をのぼり切った額のような場所にも墓石が並んでいる。

墓山の上段あたり、僕の愛した詩人、石原吉郎に「死がきみを」を捧げた詩人「鮎川信夫之墓」。台石のまえにはマリーゴールドと小菊と野バラと虫食いのほおずきが雑草と見紛うように生えている。もしそこに彼岸花が一輪咲いていれば僕は二人の詩人に涙を流しただろう。

――〈Mよ、地下に眠るMよ、きみの胸の傷口は今でもまだ痛むか〉。

有馬頼義

ありま・よりちか
［一九一八―一九八〇］

旧久留米藩主であった父頼寧は、戦後、公職追放により全財産を差し押さえられてしまい言い知れぬ苦汁をなめた。とはいえ、有馬家は有馬家である。一六代当主有馬頼義の生涯はおおよそ華やかであった。と、映っていた。しかし生活のため大衆向け娯楽雑誌、いわゆるカストリ雑誌に書きまくり、昭和二九年には『終身未決囚』により直木賞も受賞した。

しかし、四七年、川端康成の死に衝撃を受けたのであろうか、ガス自殺未遂を引き起こしたりもした。ひとたび死地に足を踏み入れた精神の回復は難しく、以後の八年は家族からもペンからも遠ざかった。昭和五五年四月一五日未明、脳溢血のため自邸で倒れているのを発見され、午後九時一五分、不帰の人となった。

◉

閑静な住宅地を下って辿り着いた門前は雨の中にあった。濡れそぼった石畳の先、ゆったりと流れる大屋根の本堂は喧噪を寄せ付けないほど緊張感のある冷気が取り巻いていた。

詩人北園克衛も眠るこの寺の小丘に筑後久留米藩主有馬家の墓はある。中央にある巨大な五輪塔は有馬家初代から一六代までの合祀墓で、黒田長政ほか十数家の大名墓群のあるこの墓地でも一際目を引いている。手前の墓碑銘に「大有院殿謙山道泰大居士」とあるのが有馬頼義その人の戒名である。

自殺未遂事件以降の有馬家の荒廃に憂慮してか、晩年は地元久留米の菩提寺での法要にも呼ばれることはなかったという。波瀾万丈、花柳界出身ゆえ名家にあっては許されぬ結婚をした千代子夫人も平成一二年に没し、ここに埋骨された。

❖本名＝有馬頼義（ありま・よりちか）❖大正七年二月一四日―昭和五五年四月一五日❖享年六二歳（大有院殿謙山道泰大居士）❖東京都渋谷区広尾五丁目一―二一・祥雲寺（臨済宗）❖小説家。東京府生。第一早稲田高等学院（現・早稲田大学附属早稲田高等学院）中退。昭和一二年早稲田第一高等学院在学中に処女短編集『崩壊』を上梓、原稿料を受け取ったことで放校処分。軍隊生活の後、同盟通信社記者となる。『終身未決囚』で二九年度直木賞受賞、『四万人の目撃者』『葉山一色海岸』『遺書配達人』などの著作がある。

有吉佐和子

ありよし・さわこ

［一九三一—一九八四］

二五歳で書いた『地唄』が文壇への出発点。以後、『香華』『一の糸』など花柳界や伝統芸能の世界を描いたもの、『華岡青洲の妻《はなおかせいしゅうのつま》』『和宮《かずのみや》様御留《さまおとめ》』などの歴史もの、『紀ノ川』など女の一生もの、果ては『恍惚の人』『複合汚染』などの老いや社会問題にまで挑戦していった。

熱帯夜の続く昭和五九年の夏、死は突然訪れた。八月三〇日朝、六秒ほどの瞬時に起きた急性心不全だった。熱い心で駆け抜けた五三年の慌ただしい生涯ではあった。黒潮洗う紀州の熱い血が、天衣無縫の才女有吉佐和子に流れたぎって留まることを許さなかったように思われた。〈ミーハー精神なくして、ものは書けません〉と言っていた紀州女の精神は、ミンミン蝉の声と一緒に昇天していった。

◉

銀行員だった父に伴って六歳頃から数年間、ジャワのバタビア（現・ジャカルタ）で過ごした。母は和歌山の旧家の生まれ。『紀ノ川』にあらわれた祖母、母につながる女の血縁によるものであろうか、有吉には古風な優雅さに惹かれながらも、自由奔放、貪欲、独善といったような生き方をする一種興のある気風があった。

「マリア・マグダレナ有吉佐和子　昭和五十九年八月三十日帰天　五十三才」。「有吉家之墓」に刻されたその何気ない文字が遂には有吉佐和子の生命となった。私は思う。烈しく生きようと、静かに生きようと、豪勢に生きようと、清貧に生きようと、ついには一つの生命なのだと。墓庭の小砂利のうえに足を置くと微かに「じょりっ」と音がした。

❖本名＝有吉佐和子（ありよし・さわこ）❖昭和六年一月二〇日—昭和五九年八月三〇日❖没年五三歳（マリア・マグダレナ）❖東京都東村山市萩山町一丁目一六—一・小平霊園二五区一二側一五番❖小説家。和歌山県生。東京女子短期大学部卒。昭和三一年『地唄』が芥川賞候補となり文壇に登場。『華岡青洲の妻』で女流文学賞受賞。主な作品に『出雲の阿国』『紀ノ川』『香華』『助左衛門四代記』『有田川』『非色』『恍惚の人』『複合汚染』などがある。

安西冬衛

あんざい・ふゆえ
［一八九八―一九六五］

昭和四〇年八月二四日の夕刻が迫りはじめたころ、腎臓、心臓に加え尿毒症を併発して大阪・高槻市の大阪医科大学附属病院の病床にあった安西冬衛の脳裏には、幻想の淵に沈むかのような薄ぼんやりとした死が訪れようとしていた。〈てふてふが一匹韃靼《だったん》海峡《かいきょう》を渡つて行つた〉。「春」と題するこの一行詩は驚嘆すべきイメージを伴って詩人の名を喚起するが、晩年にいたって〈強引に言葉と言葉を膠着させる。いわば梯子を取り外してあるのだ。しかし透明で一見ないようだが、ちゃんとぼくの梯子はかけてある。それが洞察できぬ人には、ぼくの詩は縁がないことになる〉と断じた。その感覚的な詩を理解しようとすることは、果てしもない暮色の道を歩んでいるような不安に駆られてくるのだ。

◉

比叡山と並び称される真言宗の聖地高野山、弘法大師の御廟がある奥の院へとつづく参道の両脇には、大木と歴史に名を馳せた戦国武将の巨大な墓石が、これでもかというほどに並び連なっている。古色蒼然と苔むして、息苦しいほどの空間をようように抜けでた広がりは、立ち上がる入道雲と青々とした空、蝉時雨、風はないのだが気は乾いて爽やかにさえ感じる。

日本のモダニズム詩を先駆け、晩夏に死んだ詩人の鎮まる「安西家之墓」、参道に居並んだ巨石群に比してなんと慎ましやかな碑であることか。霊園中央の供養塔は幾重にも天に伸び、遮るものもない中空の美しい太陽に向かって、たった一つの意思を伝えるかのように封印を解き放とうとしている。

❖本名＝安西　勝（あんざい・まさる）❖明治三一年三月九日―昭和四〇年八月二四日❖享年六七歳（法勝院乗願冬衛居士）❖和歌山県伊都郡高野町大字高野山一七―三・高野山大霊園六―一七―七❖詩人。奈良県生。旧制堺中学校（現・三国丘高等学校）卒。大正一三年、北川冬彦らと詩誌『亞』を大連で創刊、編集に携わる。昭和四年『軍艦茉莉』、八年『亜細亜の鹹湖』『渇ける神』等の詩集を刊行。死後その詩業に対して四一年度歴程賞がおくられた。

❖本名＝飯田武治（いいだ・たけはる）❖明治一八年四月二六日―昭和三七年一〇月三日❖享年七七歳（真観院俳道椿花蛇笏居士）❖蛇笏忌❖山梨県笛吹市境川町藤垈・智光寺墓地（曹洞宗）❖俳人。山梨県生。早稲田大学中退。大学在学中に詩や小説、俳句を試みたが中退、帰郷。明治四一年から高浜虚子に師事。大正六年『雲母』を主宰。昭和七年処女句集『山廬集』を刊行。故郷・境川村での俳句創作活動を続けた。句集に『霊芝』『白嶽』、評論集に「現代俳句の批判と鑑賞」などがある。

飯田蛇笏

いいだ・だこつ
［一八八五―一九六二］

　生前、一基たりとも句碑の建立を許さなかった蛇笏であったが、没後一周忌に甲府・舞鶴城二の丸跡に建てられた唯一の句碑（平成四年、山梨文学館の庭に移設）がある。

　〈芋の露連山影を正うす〉、生地東八代郡境川村（現・笛吹市境川町）を望むこの碑の右下にこんな一文が記してある。〈蛇笏飯田武治先生は明治十八年四月二十六日山梨県境川村に生れた　生涯家郷の山廬《さんろ》にあつて句業に専念し雲母を主宰してその格調高い清韻を全国に普遍した　晩年に至るまで毅然たる風姿を以て作家活動を継続　句集山廬集をはじめ幾多の傑作と著書を残して昭和三十七年十月三日に永眠した　この碑は蛇笏先生の一周忌に際し蛇笏文学を讃仰する多くの門下ならびに知友後輩によつて建立された〉。

◉

　「真観院俳道椿花蛇笏居士／清觀院真月妙鏡慈温大姉」、遺言通りの戒名を並べ、清々しい碑面は山廬の方角を望んでいる。左に先立たれた三人の息子の墓、右は両親の墓。茅屋山廬のうしろを流れくだる狐川、あるいは忙中閑を得てのぼる春日山、東京を退いてのち晴耕雨読の境涯を送るさだめを慰めてくれた家郷境川村の自然、山間の一〇〇戸あまりのこの村に生涯を埋めた蛇笏の詩魂は、地熱のもやった丘陵にひろがる桃畑のすみずみから、微かな蒸発気をともなってこぼれくるようだった。

　平成一九年二月二五日、四男で後継者だった飯田龍太氏が亡くなられた。蛇笏氏の墓参の時、山廬をお訪ねする機会を得たのだったが、病を得て床に就かれており夫人にしかお目にかかれなかったのが心残りとなった。

池波正太郎《いけなみ・しょうたろう》

［一九二三—一九九〇］

会話の妙を随所にちりばめて江戸を舞台に描かれた『仕掛人・藤枝梅安』、『鬼平犯科帳』、『剣客商売』などによって時代小説の人気作家となった。美食家としても知られ、小説の中にもたびたび「食」に関する場面が登場している。東京下町に生まれ下町育ち、一三歳から大人の世界に入り様々な見聞を深め、〈人生の達人〉と称された作家がしばしば対話の中で語ったという言葉がある。

〈人は死ぬために生きる〉。——「死」を原点として「生」を辿っていく。本「掃苔録」、ひいては私の「生」の原型でもあるが、急性白血病のため、平成二年五月三日午前三時、東京神田・三井記念病院の一室で、池波正太郎は原点に還っていったのだった。

◉

浅草は池波正太郎の故郷である。聖天町《しょうでんちょう》で生まれた。関東大震災で一時、埼玉・浦和に移ったが、やがて東京に戻り浅草永住町の祖父の家で暮らした。そこから一キロほどの辻角に石川啄木の葬儀が行われたという等光寺がある。隣接するこの寺はマンションか何かと見紛うような建物で戸惑ったのだが、入ってすぐの細い通路を抜けると本堂裏の狭苦しい墓地に出る。幽かにお香の匂いが漂って、天がわずかに穿《うが》たれていた。

冷気が澱んでいる石塊だけの空間に、棹石が修復された「先祖代々之墓」は、左背後からの夕陽を受け碑面を曇らせて建っている。台石に深く刻まれた「池波」の文字は暗く際だち、供えられた菊花の周りに、冬の残光がわずかな温かさを置いていった。

❖本名＝池波正太郎（いけなみ・しょうたろう）❖大正一二年一月二五日—平成二年五月三日❖享年六七歳（華文院釈正業）❖東京都台東区西浅草一丁目六—一二・西光寺（浄土真宗）❖小説家・劇作家。東京府生。西町小学校卒。小学校卒業後、株屋に勤めた。戦後は都の職員として一〇年近く勤務。その間に戯曲など執筆、新国劇の脚本も書いた。昭和二三年長谷川伸に師事、『錯乱』で三五年度直木賞受賞。代表作に『鬼平犯科帳』『剣客商売』『仕掛人・藤枝梅安』『真田太平記』などがある。

❖本名＝石井桃子（いしい・ももこ）❖明治四〇年三月一〇日―平成二〇年四月二日❖享年一〇一歳❖東京都新宿区原町二丁目三四・瑞光寺（日蓮宗）❖児童文学者・翻訳家。埼玉県生。日本女子大学校（現・日本女子大学）卒。文藝春秋社等の編集をへて欧米の児童文学の翻訳を手がけ、児童文学作品も創作した。はじめての創作『ノンちゃん雲に乗る』をはじめ、『クマのプーさん』などの翻訳で知られる。三三年自宅を開放して『かつら文庫』をはじめその活動記録は『子どもの図書館』としてまとめられた。

石井桃子

いしい・ももこ
［一九〇七―二〇〇八］

生涯独身を通した。生涯現役を貫いた。自宅の一部を開放して子ども図書館「かつら文庫」を開設し、児童文学の普及にも貢献した。井伏鱒二によると太宰治があこがれていたという女性、約二〇〇冊の著訳書があり、戦後の児童文学の分野に大きな足跡を残した石井桃子。平成二〇年、最後の年の一月末、車いすで出席した朝日賞贈呈式でのスピーチ。

〈朝日賞をいただいた人間ですといってこの世を去るよりも、六つ七つの星に美しく頭の上を飾られて次の世の中に行きたいと思っています。栄えある賞の受け手として私をお定めになったとき、地面の上にひれ伏すような気持ちを味わわせてくれました〉。その二か月ほど後の四月二日午後三時三〇分、老衰のため一〇一年の生涯を閉じた。

どこからか沈丁花の香りが、幼い頃のうきうきするような気分をのせて漂ってくる町角、やわらかな午後の日が山門をつつんでいる。右隣にある保育園からは幼い子供たちの遊び声が響いてくる。小さなお堂を囲むような墓域の中、桃の木の傍らにやさしげな自署を刻した「石井桃子の墓」があった。脇に置かれた石には、自身が選び刻ませた六作品『ノンちゃん雲に乗る』、『幼ものがたり』、『幻の朱い実』、『クマのプーさん』、『ピーターラビットのおはなし』、『ムギと王さま』の題字がある。

桃の木の根元では小雀が二、三羽遊んでいる。休石に腰掛けて作品名を読んでいると、小雀がチュンと鳴いて、墓前に捧げられていた白い花群れが、返事をするようにこくりと風に揺らされた。

◉

石垣りん

いしがき・りん
［一九二〇—二〇〇四］

風景を見ながらも、風景を眺めている自分を見ているというふうな多重性のある詩を書いた。〈自分の住む所には　自分の手で表札をかけるに限る　精神の在り場所も　ハタから表札をかけられてはならない　石垣りん　それでよい〉——。

平成一六年一二月二六日、心不全のため杉並区の浴風会病院で逝った詩人の表札は凛とした寂寥感に包まれていた。翌年二月に山の上ホテルで行われた「さよならの会」で、谷川俊太郎が弔辞を朗読した。

〈贈られた詩集　1DKいっぱいに積まれその詩の山をベッドにあなたは夜毎眠ったとか　家の　血縁の悪夢から詩へと目覚めて　だがその先にあるもっと新しい朝は　もうこの世にないことに　あなたは気づいていたに違いない〉。

◉

東京赤坂で生まれ育った石垣りんの父母のふるさと南伊豆子浦。小さな漁村の入り江の陰、この寺の小高い墓山をのぼっていくと、山腹にへばりつくような石垣家の墓域。

四歳の時に死んだ母、父、のちの母、祖父母、二人の妹たちが眠るところ。少女の日、村人の目を盗んで抱いた母の墓に石垣りんも眠っている。眼下の入り江は凪。防波堤に二人三人の釣り人、白黒の子猫が寝そべっている。潮騒《しおざい》とカモメの声、ポンポンとエンジン音を響かせて釣り船が入り江の外にでていった。冬の日差しはやわらかく墓石を包んでいる。〈いつか裸になって　骨だけになってあの家族風呂のようなところへ。……あたたかいに違いない〉。——詩人の声が聞こえてくる。

❖本名＝石垣りん（いしがき・りん）❖大正九年二月二一日—平成一六年一二月二六日❖享年八四歳（文誉詩章鱗光大姉）❖静岡県賀茂郡南伊豆町子浦一六二一・西林寺（浄土宗）❖詩人。東京府生。赤坂高等小学校卒。小学校を卒業した一四歳の時に日本興業銀行に事務員として就職。以来定年まで勤務し、詩を次々と発表。職場の機関誌にも作品を発表したため、銀行員詩人と呼ばれた。『表札など』でH氏賞受賞。主な作品に『私の前にある鍋とお釜と燃える火と』『略歴』などがある。

❖本名＝石川 淳（いしかわ・じゅん）
❖明治三二年三月七日—昭和六二年一二月二九日❖享年八八歳❖東京都八王子市上川町一五二〇・上川霊園二区五番二七号❖小説家・評論家。東京府生。東京外国語学校（現・東京外国語大学）卒。『普賢』で昭和一一年度芥川賞受賞。次いで『マルスの歌』『雪の果て』などの短篇や評論『森鷗外』などで注目された。戦後『焼跡のイエス』『処女懐胎』を発表、〈無頼派〉と呼ばれた。主著に『紫苑物語』『至福千年』『狂風記』などがある。

石川淳
いしかわ・じゅん
［一八九九—一九八七］
　斎号を夷斎《いさい》という。江戸文人の系譜に連なる夷斎石川淳。和漢洋をよく解した。坂口安吾、織田作之助、太宰治、壇一雄等とともに〈無頼派の作家〉と呼ばれ、ともに精神を共有し合った盟友たちはすでに遠くへ去っていった。坂口は〈人間は墜ちる。そのこと以外の中に人間を救う便利な近道はない〉と人間を突き放して書いたが、石川淳は「此世というやつは顛倒させることなしには報土と化さない」といみじくも示すのだった。
　彼のペン先はすべての主題に対して、いつまでも圧倒的な戦慄をともなってあった。昭和六二年の暮れも押し迫った一二月二九日早朝、東京新宿の社会保険中央総合病院の一室には、肺がんによる呼吸不全で逝った最後の文人の安らかな寝顔があった。◉
　アザミ、黒い蝶、蜘蛛の糸、金木犀《きんもくせい》の匂い、塋域の空間に組み込まれ、熱い光が包囲する静止した風景。眼下に広がる墓石群から陽炎がたち、奥多摩山稜が濃淡に分かれ、幾重にも連なって見える。
「石川」とのみ刻まれた石碑の前に佇んで私は妄想した。バス停から息衝きながらのぼりついたこの距離に平穏や、悔恨、真実や侮蔑が面白いほど雑多に渦巻き、転がっていたのではないか。しばし、荷風散人に投げつけた峻烈な追悼文までも思い浮かべてみたが、何ひとつ変わるものがなかった。吹く風も、草花の色や匂いも、小鳥のさえずりも、ただ天空の雲だけがゆるやかに形を変えながら流れていく。——ふと、うつむいて自分の影を踏んだとき、私がいるこの場所には、すでに秋が到来していた。

石川啄木

いしかわ・たくぼく
［一八八六―一九一二］

東京の桜は散り始めているが、ふるさと渋民村の桜はもう咲き始めたであろうか。思いもかけずさまよい続けたものだ。こんなつもりではなかった。なんとしても功成り名を遂げるはずだった。

明治四五年四月一五日、土岐善麿の生家・浅草松清町の等光寺で、与謝野鉄幹の言う〈貴公子の如き寛濶をも、いたずらつ兒のやうな茶気をも、品の好い反抗心をも持つた〉啄木の葬儀が行われた。三月に母が逝き、この一三日朝九時三〇分、小石川久堅町の貧困と哀しみの家で、父一禎、妻節子、友人若山牧水に看取られ、肺結核に斃れた啄木には、何の光も見えなかったことだろう。翌年五月には二人の愛児をのこし、節子も同じ病によって二六歳の若さで逝くこととなる。

◉

南に向かって立待岬に至るこの坂道は、函館市共同墓地を分断して岬の空に消えている。ぼんやりと眼下に広がるいまだ目覚めぬ函館の市街地、穏やかな晩夏の早朝、大森浜の防波堤に小波は時を刻み、数羽のカモメが舞っている。

金田一京助とともに啄木を支えた函館の人・宮崎郁雨によって建てられた啄木夫妻と二四歳と一九歳で亡くなった長女・次女、両親の眠る「啄木一族墓」は、坂道をのぼり詰めた場所で眺めている。途絶えてしまった啄木の血に悔恨を残して、たった四か月しか滞在しなかったにもかかわらず「死ぬ時は函館に行って死ぬ」と懐かしんだ街を。岬をめざす旅人を。

〈いのちなき砂のかなしさよ　さらさらと握れば指のあひだより落つ〉。

❖本名＝石川一（いしかわ・はじめ）❖明治一九年二月二〇日―明治四五年四月一三日❖享年二六歳（啄木居士）❖啄木忌❖北海道函館市住吉町地先・立待岬共同墓地❖歌人・詩人。岩手県生。旧制盛岡中学校（現・盛岡第一高等学校）中退。明治三五年中学中退後上京、与謝野鉄幹らの新詩社に参加したが、病を得て帰郷、三七年再度上京、翌年処女詩集『あこがれ』を刊行。四〇年から北海道放浪生活。四一年三度目の上京、詩、短歌、評論などを発表した。主な作品に『一握の砂』『悲しき玩具』『呼び子と口笛』などがある。

石田波郷

いしだ・はきょう
［一九一三—一九六九］

❖本名＝石田哲大（いしだ・てつお）❖大正二年三月一八日—昭和四四年一一月二一日❖享年五六歳（風鶴院波郷居士）❖惜命忌・波郷忌❖東京都調布市元町五丁目一五—一・深大寺三昧所墓地（天台宗）❖俳人。愛媛県生。明治大学中退。昭和七年上京、翌年俳誌『馬酔木』同人となり同誌の編集に従事。一〇年第一句集『石田波郷句集』を刊行。一二年俳誌『鶴』を創刊・主宰。一四年『鶴の眼』を上梓。中村草田男、加藤楸邨とともに「人間探求派」と呼ばれた。敗戦後は『現代俳句協会』を創立。句集『惜命』『酒中花』などがある。

〈水仙花いくたび入院することよ〉。

兵役中に発病した結核を因とする胸膜炎は、強固な病巣となって永く波郷を蝕んだ。戦後は国立療養所清瀬病院での数年間の療養生活をはじめ、幾たびとなく入退院を繰り返す生活であったが、それらの「死」との対決によって多くの秀作を生み出した。

〈俳句は文学ではない〉という波郷の俳句観は「俳句」を「文学」に位置づけようとする強い決意の表れでもあり、当時の俳句の傾向に対する強烈な批判、警句でもあったのだろう。人間はすべての執着を放下することができるのだろうかという大きな不安を追いかけながら、石田波郷は肺結核のため、昭和四四年一一月二一日午前八時三〇分、国立療養所清瀬病院で五六年の生涯を終えた。

高浜虚子の客観写生論に反旗を翻《ひるがえ》し、新興俳句運動の流れをつくった水原秋櫻子の愛弟子である。戦後の俳壇を先導し、〈人間探求派〉の俳人として加藤楸邨、中村草田男等と競い合ってきた波郷の墓碑がここにあった。名も知らぬ鳥が二、三羽舞っている。狭い空間の光の下に、花生けに立つ水仙花の瑞々しい白さとは対照的に、黒々と沈んだ自筆刻の「石田波郷」。深大寺西はずれ、茶屋沿いの坂道をのぼった先にある三昧所墓地と呼ばれるその塋域《えいいき》の切石に腰掛けて、墓の傍らに植えられた椿の花をしばらく眺めていたいと思った。

——〈虚子翁は椿を愛し戒名に椿の字が入っているが山椿に限った。水原先生は一重椿がお好み、私は何でもよい、椿であれば何でもよい〉。

石原吉郎

いしはら・よしろう
［一九一五—一九七七］

昭和五二年一一月一五日、埼玉県上福岡の自宅浴槽に、急性心不全で身を沈ませていた詩人が発見された。死亡推定は一四日。三八歳で生還して以来、とうとうシベリア抑留の楔《くさび》から逃れることはできなかった。ラーゲリは地獄だった。己の位置がなかった。未来の位置がなかった。いや、番号としての位置だけはあった。敗北の位置だけが。この世の中で一番重要なものは生でも死でもない。正確な立ち位置だったと私は思う。——サンチョ・パンサが死んだ。私の指標は消えた。

〈死を背後にすることによって　私は永遠に生きる　私は生をさかのぼることによって死ははじめて　生き生きと死になるのだ〉。

——詩人の死は私の青春の墓標となり、新天地への出発点ともなったのだ。

〈死者は海、生者は海へそそぐ河だ〉——。私は海を思い、海を信じ、海に向かって、とうとうこの場所にやってきた。詩人の死をニュースで知らされてから二十数年がたっていた。筆者のウェブサイト「文学者掃苔録」はただただ、この地へ辿り着くためのさまよう旅でもあったのだ。永遠の中に流れる沈黙を、箸のひとつまみで取り除いてしまったなら、私はもう歩くことができないのだ。ただそれだけで。いまははっきりと思い出せないのだが、石に刻まれた寂しさをなぞって、信じられる場所へ行くことだけが私の夢だったのだ。

なだらかな自然石の上に「信濃町教會員墓」、左側の墓誌にならんだ「石原吉郎 77.11.14 石原和江 93.8.9」の文字。ここに海があった。安堵の海があった。私の旅はまた出発点にたった。

❖本名＝石原吉郎（いしはら・よしろう）❖大正四年一一月一日—昭和五二年一一月一四日❖享年六二歳❖東京都府中市多磨町四—六二八・多磨霊園一二区一種一六側一七番（信濃町教会会員墓）❖詩人。静岡県生。東京外国語学校（現・東京外国語大学）卒。昭和二〇年終戦時、シベリア抑留。ラーゲリに収監される。昭和二八年帰国。「ロシナンテ」を創刊。第一詩集『サンチョ・パンサの帰郷』でH氏賞受賞。主な作品に詩集『礼節』、エッセイ集『望郷と海』などがある。

泉 鏡花

いずみ・きょうか
[一八七三—一九三九]

父は加賀藩細工方の流れをくむ象眼細工師だった。一〇歳に満たない幼少で母を失い、二人の妹は養女に出された。そのことは鏡花の文学に色濃く影響して「死」との共存はもとより、女性崇拝、追慕、幻想、怪奇、耽美、エロティシズムなどの要素をもった鏡花独特の物語を描き出していったのだった。

常に文壇の傍流を歩きながら、反自然主義を宣して異彩を放つ幻想的な文体を輝かせた鏡花。明治二四年、尾崎紅葉門下生として玄関番からはじまった作家としての人生は、小林秀雄をして〈言葉といふものを扱ふ比類のない作品〉といわしめた『縷紅新草《るこうしんそう》』を最後の作品として、昭和一四年九月七日午後二時四五分、肺腫瘍のため麹町下六番町の自宅で幕を閉じた。

雑司ヶ谷霊園の参り道は区画によっては誠に迷路の様相を呈している。何だか横道から分け入ってしまったようで、昨夜の豪雨でぬかるんでしまった土庭の道がやたらにすべる。

ケヤキの大木を回り込んでやっとのこと探しあてた、永井荷風や小泉八雲等の墓にほど近い「鏡花　泉鏡太郎墓」は、初秋のくっきりと抜けた青空とは対照的に暗鬱に沈んであった。不幸にも「サンシャイン60」という高層ビルをバックにしてしまった風景が、かつて妖しい美しさをもつといわれたこの墓石の雰囲気を褪色させ、時期はずれのアジサイが、その陰りを一層侘びしいものにしていた。「鏡花」の文字だけがケヤキの枝間から差し込んでくる斜光を受けて妖しくも、ゆらゆらと浮かんでいた。

❖本名＝泉　鏡太郎（いずみ・きょうたろう）❖明治六年一一月四日—昭和一四年九月七日❖享年六五歳（幽幻院鏡花日彩居士）❖鏡花忌❖東京都豊島区南池袋四丁目二五—一・雑司ヶ谷霊園一種一号一三側❖小説家。石川県生。北陸英和学校中退。明治二三年作家を志して上京、翌年尾崎紅葉のもとに入門、玄関番として寄食した。二八年博文館に入社。『夜行巡査』『外科室』を発表、〈観念小説〉の作家として認められた。主な作品に『照葉狂言』『高野聖』『婦系図』『歌行燈』『縷紅新草』などがある。

伊東静雄

いとう・しずお
［一九〇六―一九五三］

〈わが死せむ美しき日のために　連嶺の夢想よ！　汝が白雪を　消さずあれ〉。

白々と春まだ浅き広野を、西に向かって列車はひた走る。規則正しい軋音を枕に、花子夫人と二人の遺児に抱かれた伊東静雄の遺骨は故郷の諫早を目指している。思えば長い療養生活であった。

〈せんにひどく容態の悪かつたころ。深夜にふと目がさめた。私はカーテンの左のはづれから白く輝く月につよく見つめられてゐたのだつた。またためさめる。矢張りゐた。今度は右の端に。だいぶ明け方近い黄色味を帯びてやさしくクスンと嗤《わら》つた。クスンと私も笑ふと不意に涙がほとばしり出た〉。

昭和二八年三月一二日午後七時すぎ、悟りきった冷笑を浮かべて逝った静雄の想う故郷よ、いざ帰らん。

◉

旅人の夜は短い。待ち続けた詩人の夢が覚めるころ、透明な朝は明けた。乾ききった聖域に樹陰もなく、次から次へとこらえようもなく熱気がわき上がってくる。九州地方独特の風習であるのか、この寺の墓碑銘の多くには金箔が施され、灼熱の陽光に負けぬほどの輝きを誇っている。

伊東家先祖の墓隣に「文林院静光詩仙居士」、「華岳院静室妙貞大姉」と夫妻の戒名が並び刻された碑、五〇年前、詩人の遺骨を抱いて帰郷した妻花子も今は同じ墓石の下に。本堂裏に繰り広げられる音も無き営み、華やぎ始めた真夏の陽の下に鎮まりかえった墓々、私の佇む乾いた位置に南風の運びきた孤影もついに届かなかったが、額からしたたり落ちたひとしずくが小さな模様を滲ませた。

❖本名＝伊東静雄（いとう・しずお）❖明治三九年一二月一〇日―昭和二八年三月一二日❖享年四六歳（文林院静光詩仙居士）❖菜の花忌❖長崎県諫早市船越町一〇四七・広福寺（曹洞宗）❖詩人。長崎県生。京都帝国大学卒。旧制大阪府立住吉中学校（現・住吉高等学校）教師の傍ら、『コギト』への寄稿を中心に詩作。昭和一〇年処女詩集『わがひとに与ふる哀歌』を刊行。萩原朔太郎らの賞賛を受けた。一六年三好達治らと詩同人誌『四季』に参加した。主な作品に『夏花』『春のいそぎ』『反響』がある。

伊藤　整

いとう・せい
［一九〇五—一九六九］

❖本名＝伊藤　整（いとう・ひとし）❖明治三八年一月一六日（戸籍上は一月二五日）—昭和四四年一一月一五日❖享年六四歳（海照院釈整願）❖東京都東村山市萩山町一丁目一六—一・小平霊園四区九側三六番❖詩人・小説家・評論家。北海道生。東京商科大学（現・一橋大学）中退。ジェイムズ・ジョイスの影響を受けて『ユリシーズ』を翻訳。処女詩集『雪明りの路』で注目される。昭和二四年評論『小説の方法』、二五年小説『鳴海仙吉』、三一年『若い詩人の肖像』などを発表。『日本文壇史』で菊池寛賞を受賞。

昭和四四年五月、腸閉塞手術のため神田同和病院に入院、開腹手術をしたのだが、胃がんによる末期症状と診断された。その後抗がん剤投与で小康状態を保ってはいたが、退院・自宅療養の後の一〇月、大塚の癌研究会附属病院に再入院。一一月一五日に還らぬ人となった。入院中の七月四日の日記には〈あとの人生、文壇史の訂正——もう五回で明治を終る。『発掘』と『年々の花』と『三人の基督者』のまとめに過して悔いず。そして静かな老人の生活をしたい。さう悪いものではないらしい。つまり見てゐることで全部が分り、味はれる〉と記されていた。

〈オデュッセウス以来真の地獄は知識人の最もあこがれる郷愁の故郷〉と書いた伊藤整にとっての〈郷愁の故郷〉もそのようなものであったのだろうか。

◉

晩秋の朝はさすがに寒い。人影が伸びる芝庭の息吹をそっと掃いて、朝の光の前にも聖域全体は薄もやに包まれている。祥月《しょうつき》（故人の毎年の死亡した月）命日の過ぎた頃、ゆっくりと踏みしめていく霊園の参り道、歩みを一瞬とめた眼の先にひろびろとした芝生墓地が突然あらわれた。碁盤の目のように整然と幾重にも並んだ洋風墓石の筋々を人高の要垣が区割りしており、「伊藤家」の墓はその芝生の上に身をあずけ、散乱する枯れ葉と対座するかのように低い視線に座していた。翻訳したD・H・ローレンスの『チャタレイ夫人の恋人』は猥褻文書とされて裁判騒ぎにもなったが、〈芸術は本質において悪しきものである〉などと、議論をふっかけて退屈な時間を楽しんでいるのかもしれない。

稲垣足穂

いながき・たるほ

［一九〇〇—一九七七］

❖本名＝稲垣足穂（いながき・たるほ）❖明治三三年一二月二六日—昭和五二年一〇月二五日❖享年七六歳（釈虚空）❖京都府京都市左京区鹿ケ谷御所ノ段町三〇・法然院（浄土宗）❖小説家。大阪府生。旧制関西学院中学部卒。佐藤春夫の知遇を得て大正一二年『一千一秒物語』を出版、特異な才能で注目されたが、アルコール中毒などにより文壇から遠ざかる。佐藤没後、『少年愛の美学』で日本文学大賞を受賞。主な作品に『星を売る店』『天体嗜好症』などがある。

いわゆる足穂文学の〈宇宙的郷愁〉といわれるようなことには、かつての文学的表現を超越した孤独な思想があった。時代をはぐれ、反リアリズムの世界をさまよった。

ある時代にこの文学者を、その特異な作品と生活から、伝説的な英雄として若者たちの教祖的存在としてしまったようだ。その原点を真に理解することは到底不可能であり、遥かな「宇宙」そのものであるかのようにさえ思える。

——人間は「胎内」「現世」「死後」の三回の誕生を重ねるといわれている。昭和五二年一〇月二五日五時四五分、結腸がんで入院していた病院で急性肺炎を併発し、足穂の自然に媚びない反自然的な強い命は、第三世界に向かって去っていったのだった。

◉

「少年愛」とか、「AO感覚」、「薄板界」、「天体嗜好」など、特異な感覚とイメージにより一時期は「タルホ」ブームを巻き起こした。そうした感覚を誰しももっているとは思えないのだが、〈永遠の少年〉に潜む郷愁をある種の人々に思い起こさせてしまう強烈な魅惑が、この墓石にあふれる気の匂いの中にもあわただしく漂っている。何かしら感傷をともなってまとわりついてくるものがあるのかもしれないという想いが実はあったのだが、ゆるぎなく山崖に面対する碑面、降り散る木の葉の風影がふと途切れたとき、私は言いようもない息苦しさにおそわれて、逃れるように背を向けたのだった。

井上ひさし

いのうえ・ひさし

[一九三四―二〇一〇]

❖本名＝井上 廈(いのうえ・ひさし)❖昭和九年一一月一七日―平成二二年四月九日❖享年七五歳(智筆院戯道廈法居士)❖神奈川県鎌倉市扇ガ谷二丁目一二―一・浄光明寺(真言宗)

❖小説家・劇作家。山形県生。上智大学卒。父が早世、孤児院に入る。奨学金で上智大学へ。在学中から浅草のストリップ劇場で台本などのアルバイト。放送作家となり、戯曲、小説などに活躍。『手鎖心中』で昭和四七年度直木賞受賞。『吉里吉里人』『シャンハイムーン』『太鼓たたいて笛ふいて』などがある。

〈遅筆堂〉と自らも名乗ったりしたように脚本の執筆がひじょうに遅く、しばしば舞台に支障をきたした。前妻との離婚騒動が話題になったり、なにかと騒がしい身辺ではあった。毀誉褒貶《きよほうへん》は世の常、〈苦しいけれど、自分は作品の中で「たとえ人生が残り一日でも、どんなに苦しくても、人間は生きなきゃいけない」と書いてきたりもした。そう書いた以上は、自分のことばに責任をとるために頑張らなきゃいけない〉と自らを叱咤しつづけた。

平成二二年四月九日、入院先の病院から鎌倉の自宅に戻ったその夜一〇時二二分、肺がんのために死んでいった。波乱の人生も今は昔、今日の日は穏やかに過ぎ去っていったのだった。

◉

鎌倉七口の亀ヶ谷坂と仮粧坂に近い泉ヶ谷という谷戸にある真言宗泉涌寺派浄光明寺。山門を入らず、道を隔てた反対側の路地を直角に曲がったどんづまりに、さほど大きくはない墓地があり、岩壁を矩形にうがった「やぐら」が数か所並んでいる。葉の落ちきった銀杏の木は冬陽を遮るかのように大きく枝をひろげ、竹林の葉緑はやけに深く見える。

墓守の老爺がひとり、竹箒で落ち葉をあつめている傍ら、境石に囲まれた一区画に二基の墓石、井上ひさしの再婚相手ユリの実家、姉の作家米原万里の眠る「米原家之墓」、『少年口伝隊一九四五』の老哲学者に〈いのちのあるあいだは、正気でいないけん〉といわしめた井上ひさしの眠る「井上家之墓」、並びてともに音さたもなし。ただ墓守の竹箒の地ずれの音のみぞ「サッサッ」。

井上光晴

いのうえ・みつはる

[一九二六―一九九二]

子供の頃は〈嘘吐《うそつ》きみっちゃん〉と呼ばれていた。自筆年譜まで虚偽の創作をしていたことが死後、次々と判明してきたが、妻や娘さえ欺いていた彼の真意はどこにあったのか。あるとき瀬戸内寂聴に〈嘘をつかなければ生きてこれなかった〉と涙した彼の心情を詮索することはやめよう。S字結腸がんを宣告されてから亡くなるまで、五年間におよぶ壮絶な生き様をカメラの前にさらして、平成四年五月三〇日午前二時五八分、最後の息は途絶えた。まさに「全身小説家」そのものであったのだから。谷川雁は弔う。

〈オンザロックの氷のようにおぬしは溶けた。自我の司令塔を解体した。雲よ、光晴という名の雲よ。(略)おれはただおぬしの言葉の最後の一滴をこの世に呼び戻したい〉。

◉

「のろしは　あがらず　のろしは　いまだあがらず　井上光晴」。日当たりの良い斜面、雛段に並んだ少しばかりの碑の中に自作の詩を筆刻した作家の墓があった。分け入るごとに青さを増す山々、岩手県北部の鄙びた山中にある天台寺。檀家が二十数軒しかないこの寺の住職であった瀬戸内寂聴の縁で、死後七年もの間、妻郁子のクローゼットの中にあった遺骨がこの寺に安置された。

生前、光晴も一度だけこの寺を訪ねている。寂聴の誘いで夫婦同行、三人で、どぶろくを飲んで一晩を過ごした。二〇年前、寂聴が京都から株分けした七色のアジサイが、参道石段の両脇に今を咲き時とばかりに競い合っているのだが、参道中途の横道をそれたこの墓域には、精錬された陽光だけを取り込むような杉木立の静けさがあった。

❖本名＝井上光晴(いのうえ・みつはる)❖大正一五年五月一五日―平成四年五月三〇日❖享年六六歳❖岩手県二戸市浄法寺町御山久保三三―一・天台寺霊園(天台宗)❖小説家。旅順(現・中国大連市)生。独学で旧制中学校卒業資格検定試験に合格、陸軍電波兵器技術養成所卒。昭和二五年共産党細胞活動の矛盾を描いた『書かれざる一章』を『新日本文学』に発表し、党を除名される。三三年『ガダルカナル戦詩集』を発表して、作家としての地位を確立。『地の群れ』『虚構のクレーン』『死者の時』などがある。

井上靖
いのうえ・やすし
［一九〇七―一九九一］

❖本名＝井上 靖（いのうえ・やすし）❖明治四〇年五月六日―平成三年一月二九日❖享年八三歳〈峯雲院文華法徳日靖居士〉❖静岡県伊豆市湯ヶ島二―七八五・熊野山共同墓地❖小説家。北海道生。京都帝国大学卒。毎日新聞大阪本社学芸部勤務の傍ら発表の『闘牛』で昭和二四年度芥川賞受賞。『風濤』で読売文学賞を受賞。ほかに『おろしや国酔夢譚』『氷壁』『天平の甍』『敦煌』『淀どの日記』『本覚坊遺文』などの作品がある。

軍医であった父が韓国へ従軍のため、五歳の時から母の故郷伊豆・湯ヶ島で祖母に育てられた。新聞記者を経て、『闘牛』で芥川賞を受賞したが、昭和二五年、四三歳からの遅いスタートながら、大衆文学と純文学、双方の読者から受け入れられた「国民文学者」でもあった。

平成三年一月一六日、『すばる』編集部に届けられた最後の詩に〈生きている森羅万象の中、書斎の一隅に坐って、私も亦、生きている〉という一節がある。生涯にわたって病気という病気はしたことがないほど健康体であった作家の天寿にも限りがあった。

二週間後の二九日、東京築地の国立がんセンター中央病院に横たわる作家に滔々と流れた美意識が二度と甦ることはなかった。◉

中伊豆修善寺から天城峠、下田に通じる国道の見過ごしてしまうようなあやふやな辻角。分け入る急坂の山道を「夕暮れになるとカラスが襲ってくるので気をつけてくださいね」などと脅かされながら登っていく。鬱蒼とした竹林に心細さを一層増しながら、歩みが知らず知らずに速くなっている。突然視野が開けると、黄昏ゆく秋が天城の真天空に爽と映って、秋草の蔭からは虫の音の合唱が聞こえてきた。

頂上は古い共同墓地。生前に町から寄贈された塋域、小公園ほどの広さに野芝が敷かれ、梅、蜜柑の木なども植え込まれている。自筆の「井上靖／ふみ」が刻まれ、「ふみ」の文字には朱が入っている。背後に富士、正面には天城、隣地に氏の記した戦友慰霊碑があった。

〈魂魄飛びて　ここ美しき　故里へ帰る〉。

茨木のり子

いばらぎ・のりこ
［一九二六—二〇〇六］

❖本名＝三浦のり子（みうら・のりこ）❖大正一五年六月一二日—平成一八年二月一七日❖享年七九歳❖山形県鶴岡市加茂字大崩三三五・浄禅寺（浄土真宗）❖詩人。大阪府生。帝国女子医学・薬学・理学専門学校（現・東邦大学）卒。戦後詩を代表する女性詩人。童話、随筆、脚本も書いた。昭和二八年川崎洋と『櫂』を創刊。平成一一年詩集『倚りかからず』を刊行、多大な反響を呼ぶ。ほかに『見えない配達夫』『鎮魂歌』『一本の茎の上に』などがある。

〈このたび私、〇六年二月一七日クモ膜下出血（死亡の日付と死因のみ遺族の記入）にて　この世におさらばすることになりました。これは生前に書き置くものです〉。三月初めころ、近しい人々の手元にはこんな文面の手紙が届き始めた。

〈「あの人も逝ったか」と一瞬、たったの一瞬思い出して下さればそれで十分でございます。あなたさまから頂いた長年にわたるあたたかなおつきあいは、見えざる宝石のように、私の胸にしまわれ、光芒を放ち、私の人生をどれほど豊かにして下さいましたことか……。深い感謝を捧げつつ、お別れの言葉に代えさせて頂きます。ありがとうございました〉。

〈ほんとうの　死と　生と　共感のために〉準備することをやめなかった寂寥の詩人は密やかに去った。

◉

かつては北前船の風待ち港として栄えた港町も、今は時を経て荒廃と静寂の中にひっそりとある。バスを降ろされた無人の辻で一息、あても知らず耳をそばだてて、寂しげな足音をききながら、潮香がまとわりつく路地という路地をさまよってみた。

〈自分の感受性ぐらい　自分で守れ　ばかものよ〉と自身を叱った詩人も幾たびか歩いたことがあったろう。三十数年前に亡くなった夫が眠るこの町の高台にある寺、秋彼岸の陽光を正面に受け、海を見下ろす山腹に詩人の安まる「三浦家之墓」、ようやくに夫婦一緒の時が訪れたのだ。そういえば草むらから聞こえてくるこおろぎの音さえ華やいでいるような——。〈ものすべて始まりがあれば終わりがある　わたしたちは　いまいったいどのあたり？〉

井伏鱒二

いぶせ・ますじ

［一八九八—一九九三］

自殺した太宰治の遺書に〈井伏さんは悪人です〉と書かれていたという真実・真意は不明ではあるのだけれど、太宰とはそれほどに近しかったということなのであろう。

〈井伏さんの通ったあとには草も生えない〉と、武田泰淳に言われたほど、その描写力が生み出す独特の味わいは、表現された文字と文字のより深いところに密やかな感動を呼び起こすように配してあったのだ。

山梨の人と自然を愛して趣味の川釣りを良くし、旅の名人でもあった。平成五年六月末、昭和二年から七〇年近く住んだ荻窪の自宅に程近い東京衛生病院に緊急入院した。平成五年七月一〇日午前一一時四〇分、肺炎のため九五年の長い長い旅の終わりを迎えた。

◉

青山の通りから一本北側の外苑西通り（通称青山キラー通り）にはカフェや画廊、瀟洒《しょうしゃ》な雑貨店などが少なからず並んでおり、移ろいゆく気ぜわしい時をのせて青山の華やいだ喧噪があった。思い起こした夢の続きを探るように初秋の薄い陽はこぼれ、群から離れた赤とんぼが一四、すいすいと舞っている。

法華宗の寺、持法寺の本堂裏にある墓地隅にお堂を背にして「井伏家之墓」があった。二〇本ばかりの卒塔婆を背負って、昭和六三年に井伏自身が建てた「井伏家之墓」と自署刻の「井伏鱒二」の碑が並び、墓前には彼岸に供されたと思われるかすみ草と菊の花が、秋のひとときを静かに見送っていた。

〈花にあらしの　たとへもあるぞ　さよならだけが　人生だ〉。

❖本名＝井伏満寿二（いぶし・ますじ）❖明治三一年二月一五日—平成五年七月一〇日❖享年九五歳（照観院文寿日慧大居士）❖鱒二忌❖東京都港区北青山二丁目一二—八・持法寺（法華宗）❖小説家。広島県生。早稲田大学中退。昭和五年初の作品集『夜ふけと梅の花』を出版。『山椒魚』は同短編集に収録されている。『ジョン万次郎漂流記』で一二年度直木賞受賞、『文学界』の同人となる。四一年文化勲章を受章。主な作品に『本日休診』『漂民宇三郎』『黒い雨』がある。

❖本名＝伊良子暉造（いらこ・てるぞう）❖明治一〇年一〇月四日—昭和二一年一月一〇日❖享年六八歳（雲乗院諦翁観山居士）❖三重県度会郡大紀町打見二七五・慶林寺打見墓地（曹洞宗）❖詩人。鳥取県生。旧制京都府立医学校（現・府立医科大学）卒。河井酔茗、横瀬夜雨と並び称される〈文庫派〉の代表的詩人。明治三九年『少年文庫』に一〇年にわたり発表した約二〇〇編の詩の中から一八篇を厳選し、生涯でただ一冊の詩集『孔雀船』を刊行した。その後詩壇から遠ざかった。

伊良子清白

いらこ・せいはく

［一八七七—一九四六］

日本各地はもとより台湾にまで漂泊を続けた伊良子清白も、大正一一年、三重県志摩郡鳥羽町小浜《おはま》（現・鳥羽市小浜町）で開業したのだが、戦況悪化の昭和二〇年、県下の山峡、度会郡七保村（現・大紀町）に疎開。二一年一月一〇日、戸板に乗せられた清白は、疎開先の七保村槇井原の畦道を村人たちに運ばれていく。急患の往診途上で脳溢血のため倒れたのだ。

大台ヶ原山の山間部、東西にわずかばかり細長く切り開かれた空から舞い降りてきた小雪が、清白の頬のうえで溶けていくが、遠い詩人が目覚めることはついになかった。明治三九年に刊行された処女詩集『孔雀船』、この一巻をもって伊良子清白は立木を裂くように詩の世界と決別した、その疑問に対する明確な答えは永遠に冬空の彼方へと去ってしまった。

◉

詩を離れ、医師として鳥取、大分、台湾、京都など十数年の漂泊の果て、ようやくに辿り着いた小浜。終戦の直前まで、その小さな漁村の診療所が二三年に及ぶ清白の安息の地であったが、〈漂泊の詩人〉に与えられた永遠の地は、山間にわずかばかり拓けた丘の上に位置する小さな墓地であった。

降りて来た無人駅は遠くに霞み、大橋も七保の診療所も夕なずむ村落の添景となって、茶畑に設えられた霜除けの風車はいやいや回りはじめている。土葬のうえに村人が山から運んできた石が据え置かれた墓は昭和三二年に建て替えられた。墓地の奥隅、村人の墓群れと少し離れた「伊良子家之墓」。やがて〈月光の語るらく〉青年の日の純潔な白い月に照らされた詩人の夜が深々とやって来るのだ。

❖本名＝色川武大（いろかわ・たけひろ）❖昭和四年三月二八日―平成元年四月一〇日❖享年六〇歳（行雲院大徳哲章居士）❖東京都台東区谷中七丁目五―二四・谷中霊園甲一号九側❖小説家。東京府生。旧制第三東京市立中学校（現・文教高等学校）中退。雑誌編集者を経て、『黒い布』で中央公論新人賞受賞。その後、阿佐田哲也の筆名で麻雀小説家として知られた。本名の色川武大で書いた『怪しい来客簿』で泉鏡花賞、『離婚』で五三年度直木賞を受賞。主な作品に『百』『狂人日記』がある。

色川武大
いろかわ・たけひろ
［一九二九―一九八九］

三九歳の頃から神経病の一種ナルコレプシー（眠り病）が高じ、実際の風景とは異なった幻視、幻覚、幻聴、脱力の不快さや過食で、色川武大を生涯悩ませる持病になった。昭和四八年、従妹の黒須孝子と結婚、五一年には胆石をこじらせ危険な状態に陥ったこともあった。

平成元年四月三日、引っ越したばかりの岩手県一関市で心筋梗塞に襲われ緊急入院する。一命を取り留めることはできたのだが、一〇日午前一〇時三〇分、宮城県瀬峰町の県立瀬峰病院で心臓破裂によって死去した。その日まで混沌とした気分の中、純文学は色川武大、麻雀小説は阿佐田哲也と二つの筆名を縦横無尽に使い分け、昼夜兼行で突っ走った。

◉

谷中の中核を成すこの霊園は江戸期、感応寺（現・天王寺）寺域の一部で、現在の谷中霊園には天王寺墓地や寛永寺墓地も含まれている。当然相当古い墓も多くあって、徳川慶喜や、大名家、大奥の関係者の墓も点在している。

管理事務所近くにあるこの塋域は数日来の熱気がそのままどこにも逃げられず、しっかりと滞っているようだ。干涸びて亀甲模様になった土庭の表面が、歩くたびにぼこぼこと崩れていく。

帽子のように半円型の笠をかぶった「色川家之墓」。微かに届いた陽光が碑の側面にゆらゆら漂っている。裏側には色川武大の名が刻されてあった。しなだれかけた菊花をたてなおそうと手を添えると、花びらの数枚がひらひらと乾いた土の割れ目に吸い込まれていった。

植草甚一

うえくさ・じんいち

［一九〇八―一九七九］

もっぱら『キネマ旬報』、『映画之友』、『スクリーン』などで映画評論を書いていたのだが、四八歳でジャズの虜になってしまった。たとえば彼のエッセイはこんな風にはじまる。〈昨年の夏のおわりころから、急にモダン・ジャズがすきになってしまって、毎日のようにジャズのレコードばかりかけながら、うかうかと日を送っていた。だいたいの計算だと六〇〇〇時間くらいジャズをきいて暮らしていたし、そのあいだレコード店にいたのが二〇〇〇時間くらいあった〉。その熱中度、集中力にはあきれるばかりだが、昭和五四年一二月二日、心筋梗塞により世田谷区経堂の自宅で立ち止まってしまった彼の、密かな散歩道に流れていたのは何という曲であったのだろうかと思ってみたりもした。◉

両国橋を渡りきって、ちょっと先の右手にある回向院。なんとまあ賑やかな寺だと驚いた。たまたま動物供養の法要が行われている日に当たっていたようで、愛犬家、愛猫家などの一群の中にほうり込まれてしまった。開山以来、火災・風水害・震災などで横死《おうし》した無縁仏を葬る習わしのあるこの寺には、鼠小僧次郎吉の墓などもあって今も庶民信仰の対象となっているようだ。今日の賑わいにさえ静まっている狭い墓地に、棹石《さおいし》の四面に文化・文政以来の戒名が連刻された「植草氏」墓は建ってあり、日本橋生まれのニューヨーカー（驚くべきことに、初めての海外旅行にニューヨークを訪れたのは六五歳の時であった）、散歩と雑学と古本屋の権威、植草甚一はここで一休みしているらしい。

❖本名＝植草甚一（うえくさ・じんいち）❖明治四一年八月八日―昭和五四年一二月二日❖享年七一歳（浄諦院甚宏博道居士）❖東京都墨田区両国二丁目八―一〇・回向院（浄土宗）❖評論家。東京府生。早稲田大学中退。昭和一〇年東宝に入社。戦後退社し映画評論の傍ら、ジャズ、ミステリー、現代文学など欧米文化をいち早く紹介した。『ミステリの原稿は夜中に徹夜で書こう』で推理作家協会賞を受賞。『ジャズの前衛と黒人たち』『ワンダー植草・甚一ランド』など多数の著作がある。

内田百閒

うちだ・ひゃっけん
［一八八九—一九七一］

黒澤明監督の遺作映画『まあだだよ』は、内田百閒の大学時代の教え子たちとの交流を様々なエピソードとともにコミカルに描いた。門下生たちとの集い「摩阿陀会《まあだかい》」での、なかなか死なない百閒との「まあだかい？」「まあだだよ」の応答がいい。

わがままで偏屈ながらいたずらっ気とユーモアがあった百閒の文学には贅沢さもあった。それは目的よりその行程を楽しむことに本質をもとめる態度にあると言われているが、漱石の門下として、その作品は師の影響を最も強く受けていた。「百鬼園」の別号を持つ内田文学の真骨頂、夢幻と滑稽は、昭和四六年四月二〇日午後五時二〇分、東京・麹町の自宅で老衰により逝去するまで、多くの作品群にちりばめられていったのだ。

◉

西武新宿線新井薬師駅と中井駅のちょうど中間、妙正寺川の段丘にある金剛寺。狭い領域に多くの寺が集まっており、道を挟んだ向かい側は林芙美子や吉良上野介の墓がある万昌院功運寺。丘の上にあるこの寺のなお端っこに位置する墓地には、郷里岡山市中区国富の墓とは別に、昭和四八年三回忌の折りに、「摩阿陀会」によって建てられた「内田榮造之墓」があった。

右手前にある句碑には、〈木蓮や塀の外吹く俄風〉と刻まれている。板塔婆のさきには高台の空が展がり、近くを走る西武電車の警笛が揚々と聞こえてきた。鉄道紀行『阿房列車』シリーズなどの代表作があり〈目の中に汽車を入れて走らせても痛くない〉ほど鉄道好きの百閒にとってはたまらない警笛音ではなかろうか。

❖本名＝内田榮造（うちだ・えいぞう）❖明治二二年五月二九日—昭和四六年四月二〇日❖享年八一歳（覚絃院殿随翁栄道居士）❖木蓮忌❖東京都中野区上高田四丁目九—八・金剛寺（曹洞宗）❖小説家・随筆家。岡山県生。東京帝国大学卒。明治四四年夏目漱石の門下に入り、大正一一年に処女作品集『冥途』を刊行し、注目された。その後はしばらく沈黙していたが、昭和八年随筆集『百鬼園随筆』、二五年小説『特別阿房列車』を発表。独特な味わいの随筆を得意とした。『鶴』『贋作吾輩は猫である』などの作品がある。

内田魯庵

うちだ・ろあん
［一八六八―一九二九］

鋭い批評と風刺で、評論活動をつづけた内田魯庵は、五二歳で長女の百合子を失い、五五歳でまた次男の健を失った。その失望感から自らの死を考えるに至り、自分が死んだらと、死亡通知の葉書を娘の田鶴子に示した。ガンジス川のほとり、沙羅双樹の間で涅槃に入った釈尊伝の一節を図案化した、河の流れと、樹と花と、梵字を組み合わせたものであった。四年後、この葉書は縁者、友人、知己に送られた。〈父魯庵内田貢豫《かね》て病気のところ養生相叶はず本日午前四時死去致候ここに生前の御知遇を感謝し謹みて御通知申上候敬具　昭和四年六月二十九日　男　巌〉

〈豫て病気のところ〉とは、昭和四年二月、執筆中に脳溢血で倒れて言葉が不自由になったことを指している。

晩年の大正一四年に刊行された文壇回顧録の『思ひ出す人々』は二葉亭、漱石、鷗外、紅葉、露伴などを取り上げて一級品の文学資料となっているが、『罪と罰』や『復活』、『イワンの馬鹿』などの翻訳でも力を尽くした文学者の碑は、小笹と野草と苔に覆われた緑陰深い武蔵野の墓原《はかはら》にあった。春の初めにホオジロのさえずりは「ピッピチュ・ピーチュー」、一本の忘れられた止まり木の梢は心細くふるえている。路傍のくさむらに、隕石をかち割ったかのような「魯庵之墓」、斑模様の碑面に木漏れ日が幽かにプリズム模様を描き出し、黄昏時の冷気がその塋域だけを包み込む。手前に陰だけを持った小さな「巌之墓」(長男・画家)がある。日の終わりの陽光は背後にあった。

❖本名＝内田　貢(うちだ・みつぎ)❖慶応四年四月五日(新暦四月二七日)―昭和四年六月二九日❖享年六一歳❖東京都府中市多磨町四―六二八・多磨霊園二区二種一側一番❖評論家・翻訳家・小説家。江戸(東京都)生。東京専門学校(現・早稲田大学)中退。明治二一年頃から『女学雑誌』『国民之友』に評論を発表。批評家として認められた。ドストエフスキー、トルストイを日本に紹介。『罪と罰』『復活』『イワンの馬鹿』などを翻訳した。硯友社の作家たちを批判して二七年『文学者となる法』を発表。小説『くれの廿八日』などの作品がある。

宇野浩二《うの・こうじ》

［一八九一—一九六一］

〈作家というものは、貧・病・女の三つを味わなければ一人前ではない〉と伝えられている宇野浩二の生涯は、愛人と妻の板挟みに悩み、芥川龍之介の自殺と前後して精神に変調をきたした彼の『苦の世界』を彷彿とさせるものがある。

愛憎に関わった女性は枚挙にいとまがない。商人の妾・加代子、銘酒屋の伊沢きみ子、芸者鮎子、娼芸者小竹（村田キヌ）、女給星野玉子、芸者村上八重らがいたが、妻となったキヌは昭和二一年に病死。浩二は三六年九月二一日に肺結核のため自宅で死去した。

彼の告別式で、友人の広津和郎は〈彼には土俵際にきて相手をうっちゃるような強さがあった〉と追悼の言葉を贈った。その後星野玉子は三八年に、村上八重は四一年にそれぞれ病死した。

◉

精神を病んだ七年間の療養の後、文壇復帰を果たした宇野浩二は、なお一層、純文学一途に打ち込んだ。あれほど多くの女性と関わりながら「自分にとっては一に文学、二に母親、三に恋愛だ」といってはばからず、友人とあっても文学の話しかしなかったという。自ら名乗り、呼称された「文学の鬼」の墓は、江戸の匂いがほのかに残る浅草の広大寺にある。

寒椿の生け垣がある参道をすりぬけ、立ち入った塋域はビルのガラス窓と民家に囲まれている。時代を経た古色の墓石の間に、女文字のような弱々しい筆刻の「宇野家之墓」が建つ。タイル張りの床道が本堂の屋根越しに差し込んでくる冬の冷たく低い陽ざしを眩しそうに反射して、この墓地の碑面すべてを柔らかに照らし出していた。

❖本名＝宇野格次郎（うの・かくじろう）❖明治二四年七月二六日—昭和三六年九月二一日❖享年七〇歳（文徳院全誉貫道浩章居士）❖東京都台東区松が谷二丁目四—三・広大寺（浄土宗）❖小説家。福岡県生。早稲田大学中退。大正八年『文章世界』に『蔵の中』を発表。つづいて『苦の世界』を『解放』に発表、新進作家として認められた。一時精神を病んだが、昭和八年『枯木のある風景』で甦った。主な作品に『子を貸し屋』『枯野の夢』『子の来歴』『夢の通ひ路』『器用貧乏』『思ひ川』などがある。

宇野千代
うの・ちよ
［一八九七―一九九六］

郷里岩国から出奔以来、尾崎士郎や東郷青児、北原武夫などと幾多の恋愛、結婚遍歴を経てきたことだろう。着物デザイナーという肩書きもある。ファッション雑誌『スタイル』を創刊・編集したこともあった。その時その時に全力を傾けた。哲学者アランの〈世にも幸福な人間とは、やりかけた仕事に基づいてのみ考えを進めて行く人のことであろう〉という言葉を好んだ。

〈自分を不幸な女と考えないように、いつでも自分を幸福だと思うように工夫をして〉奔放多彩に生きた。晩年は〈この頃、何だか私、死なないような気がするんですよ〉とうそぶいてもいたのだが、平成八年六月一〇日午後四時一五分、急性肺炎のため東京都港区の病院で天寿を全うして悠々と逝った。

◉

近くを流れる錦川のわずか上流には日本三大奇橋に数えられる木造アーチ型の錦帯橋がある。薄もやに包まれた早朝、生家からほど近いこの寺に建つ「宇野千代之墓」。露に濡れた碑の天辺にまもなく輝くような幸福が訪れようとしている。千代の命日は〈薄桜忌〉と名付けられ、季節には墓の右手に移植された岐阜県根尾村（現・本巣市）の薄墨の桜が華麗な花を咲かせるのだろう。千代の小説『おはん』に描かれたあの臥龍橋の下に流れる錦川の懐かしく、切なく、愛おしい水音を聞きながら、満開のその花びらを透かして、かつては憎み嫌ったであろう故郷の空を、幸せに充ちてどこまでも突き抜けた故郷の空を、いつまでも飽かずに見上げつづけているのであろうか。

❖本名＝宇野千代（うの・ちよ）❖明治三〇年一一月二八日―平成八年六月一〇日❖享年九八歳（謙恕院釈尼千瑛）❖薄桜忌❖山口県岩国市川西二丁目一―一〇・教蓮寺（浄土真宗）❖小説家。山口県生。岩国高等女学校（現・岩国高等学校）卒。大正六年上京、本郷の料理店で給仕のアルバイトの間に芥川龍之介らを知る。結婚して札幌に移り、一〇年『脂粉の顔』が懸賞小説一等入選。離婚して尾崎士郎と同棲以後、東郷青児・北原武夫らと同棲・結婚を繰り返し、恋多き作家といわれた。主な作品に『色ざんげ』『おはん』がある。

梅崎春生

うめざき・はるお
［一九一五—一九六五］

　戦争は終わった。人々は文学に飢えていた。戦後文学が次々と誕生していった。野間宏や椎名麟三、武田泰淳、中村真一郎や福永武彦さらには埴谷雄高、花田清輝、加藤周一らがいた。そこに梅崎春生も加わった。『桜島』だ。「第一次戦後派」と呼ばれた。それから二〇年弱、梅崎春生の天命は五〇歳の夏に終わった。最後の作品となったのは『幻化』である。戦争末期に兵士として死と直面した土地を、二〇年後に再訪する話であるが、主人公と同じようにそのころ彼もまた、神経に変調をきたしてしていたようであった。

　二度の吐血の後、昭和四〇年七月一九日午後四時五分、肝硬変により東京大学医学部附属病院で急逝。葬儀委員長は椎名麟三、戒名は武田泰淳がつけた。

◉

　彼の背には、重く、哀しく焼き付けられた戦争の狂気がのしかかっていたようだった。しかしその作品の中に、戦争に対する激烈な憤怒や、死生観はまったく感じられない。諦観であったのかもしれないが、もの静かな視線によって淡々と、あたかも日々の営みのごとく描かれている。水彩で風景を描いたように。それが梅崎春生特有の怒りや決断の表現だったのだろう。

　年に四〇〇回以上も噴火するという桜島から遠く隔たった富士の霊峰は一筋の煙のあともなく。その懐にある霊園の黒い火山砂利の上に据えられた「梅崎春生之墓」の碑文字（武田泰淳の筆）。朝日は肩越しに射し込み、墓地という特別な場所にも、どこかノスタルジックな匂いが漂っていた。

❖本名＝梅崎春生（うめざき・はるお）❖大正四年二月一五日—昭和四〇年七月一九日❖享年五〇歳（春秋院幻化転生愛恵居士）❖幻化忌❖静岡県駿東郡小山町大御神八八八—一・冨士霊園一区五号二〇六番❖小説家。福岡県生。東京帝国大学卒。昭和一四年処女作『風宴』発表後徴兵され、暗号兵として終戦を迎える。戦後二一年『桜島』を発表、野間宏らとともに〈第一次戦後派〉の作家と呼ばれた。発表の『ボロ家の春秋』で二九年度直木賞受賞。ほかに『砂時計』『狂い凧』『幻化』などがある。

海野十三

うんの・じゅうざ（じゅうぞう）
［一八九七—一九四九］

❖本名＝佐野昌一（さの・しょういち）❖明治三〇年一二月二六日—昭和二四年五月一七日❖享年五一歳❖東京都府中市多磨町四—六二八・多磨霊園四区一種二五側❖小説家。徳島県生。早稲田大学卒。通信省電気試験場に勤める傍ら推理小説を書き、昭和三年雑誌『新青年』に発表した『電気風呂の怪死事件』で文壇に登場。以後、推理小説・空想科学小説・少年向け科学読み物を書いて活躍した。作品に『俘囚』『振動魔』『火星兵団』などがある。

〈僕は五十二までしか生きられないけど、海野十三というのを世に出したいから、一緒になってくれ〉。

胸を病んでいた佐野昌一（海野十三）が通信省電気試験場の同僚、のちの佐野夫人にかけたプロポーズの言葉である。

太平洋戦争中は軍事的科学小説を書きつづけ、海軍の報道班員として南方へ従軍したものの健康を損なって帰国した。予想したとおりの無残な敗戦によって、茫然自失。それに加え、昭和二〇年二月、友人小栗虫太郎の死は海野に決定的なダメージを与えた。

昭和二四年五月一七日、『俘囚』や『十八時の音楽浴』などの空想科学小説をもって〈日本SF小説の父〉とも呼ばれた海野十三は、結核のために五一年の生涯を閉じた。

◉

生地徳島の中央公園にある「海野十三文学碑」には〈全人類は科学の恩恵に浴しつつも、同時にまた科学恐怖の夢に脅かされている。恩恵と迫害との二つの面を持つ科学、神と悪魔の反対面を兼ね備えている科学に、われわれはとりつかれている〉との至言が刻まれているそうだ。

かくれんぼをしていて見つけられた子供が、頭を掻いて出てきたように、勢いよく茂った樹葉の間からほっそりとした石柱碑が顔を覗かせた。「佐野家之霊」と彫られた文字の上には、小さな五輪塔がのっている。深夜の散歩を楽しみ、墓地の散歩も楽しんだ海野十三にとって、多磨墓地は夏場の由比ヶ浜のようにチグハグで明朗な感じがする所で、趣味に合わなかったそうだが、永遠に続く深夜を楽しむのにはちょっと早すぎた。

❖本名＝江頭淳夫（えがしら・あつお）❖昭和七年一二月二五日—平成一一年七月二一日❖享年六六歳❖東京都港区南青山二丁目三二—二・青山霊園一種イ一二号一五側一四番❖評論家。東京府生。慶應義塾大学卒。小林秀雄に続く文芸批評の第一人者とされた。大学在学中に『夏目漱石』を著し注目され、大江健三郎などとともに戦後世代の旗手とされた。主要著作に『成熟と喪失』『小林秀雄』『漱石とその時代』『妻と私』などがある。

江藤 淳《えとう・じゅん》

［一九三二—一九九九］

小林秀雄亡き後をつぎ、文芸評論の旗手として歩んできた。前年の秋、最愛の慶子夫人をがんで失い、妻との闘病生活を綴った『妻と私』を発表する。自身も脳梗塞の後遺症で不自由を強いられていた。平成一一年七月二一日この日の夕刻、鎌倉を激しい雷雨がおそった。ただ一人歩くことの虚しさ、断念、出会い育んだ運命はもう還らない。すべてのものを洗い流す雨音とともに、誘い落とされるように自宅の浴室でカミソリによって手首を切り、江藤淳は自裁した。

〈心身の不自由が進み、病苦堪え難し。去る六月十日、脳梗塞の発作に遭いし以来の江藤淳は、形骸に過ぎず、自ら処決して形骸を断ずる所以なり。乞う、諸君よ、これを諒とせられよ〉。

◉

〈ぼくらの生と死が、作家の生涯の重々しい時間に触れてはね返って来る。この人間はこのように生きて来た。だとすれば、自分はどうするのか?〉

三島由紀夫や川端康成の自殺に対して一種冷淡とも思えるほどの批評を下した江藤淳も、ついには自らの命を絶つことになった。その行為に対して、前後左右から様々な言質が放たれた。霊園の南寄り、緩やかな斜面に作られた「江頭家之墓」。永遠を追いかける旅人のように果てしなく歩きつづけることはもうやめよう。ここは始めも終わりもないところだ。激暑の合間、時おり涼風が通る細道に、墨色の碑に映りこんだ一盛りの白い蘭。ささやかな匂いが漂う。墓のうしろの小さな墓誌には江頭淳夫と室慶子の没年月日、享年が並び記されてある。

江戸川乱歩

えどがわ・らんぽ
［一八九四―一九六五］

横溝正史や小栗虫太郎、夢野久作、久生十蘭もいるが日本の探偵小説は江戸川乱歩にとどめを刺す。とにかく「妖奇」だ。ワクワク、ゾクゾクとする。時代であったのかも知れない。人のもつ表裏一体の二面性を縦横に配してサディズムやグロテスク、トリックで彩っていく手法、何でもありと言えばその通り。だが、そこには常に計算された驚くべき美意識が潜んでいた。〈駅のベンチに坐って、一日中行き交う人を眺めているのが好きだ〉と、もらしたこともある孤独好きの作家は、明智小五郎という名探偵を伴って、多くの読者に自ら「大衆チャンバラ小説」と言う「妖奇な物語」を次々と提供し続けてきたが、昭和四〇年七月二八日、クモ膜下出血のため西池袋の自宅で七〇年の生涯を終えた。

◉

日没間際に訪れた霊園の覆い被さった楓葉の陰りの下に、自署を刻した「江戸川乱歩墓所」の石標が玉柘植の植え込みに隠れるように建っていた。踏み石の奥にある「平井家之墓」、左側にある墓誌には、五番目に乱歩の戒名・本名・没年月日・略歴等が刻まれている。そよとした風もなく逃れるすべもない晩夏の大気は熱く淀んで、どんよりとした空模様の下に立つ土庭のむっくりとした暗緑の樹木は、乱歩の配した妖異な装置のようにも見えてくる。墓の背後を横切っていく男女の二人連れがちらっと私を見て一瞬立ち止まり顔を見合わせていたが、すぐさま何事もなかったように通り過ぎていった。誰もが孤独に浸るとき訪れてくる密かな想い、そして乱歩の好んだ言葉がある。

〈うつし世は夢　夜の夢こそまこと〉。

❖本名＝平井太郎（ひらい・たろう）❖明治二七年一〇月二一日―昭和四〇年七月二八日❖享年七〇歳（智勝院幻城乱歩居士）❖石榴忌❖東京都府中市多磨町四―六二八・多磨霊園二六区一種一七側六番❖小説家。三重県生。早稲田大学卒。エドガー・アラン・ポーをもじって筆名を江戸川乱歩とした。大正一二年処女作『二銭銅貨』が『新青年』に掲載され、探偵小説の作家として認められ、『D坂の殺人事件』などを発表。昭和三年『陰獣』を発表。『押絵と旅する男』『黄金仮面』などがある。

遠藤周作

えんどう・しゅうさく

[一九二三—一九九六]

❖本名＝遠藤周作（えんどう・しゅうさく）❖大正一二年三月二七日—平成八年九月二九日❖没年七三歳（パウロ）❖東京都府中市天神町四丁目一三—一・府中カトリック墓地四六号❖小説家。東京都生。慶應義塾大学卒。昭和二五年フランスに留学。『白い人』で三〇年度芥川賞受賞。吉行淳之介、安岡章太郎などとともに「第三の新人」と呼ばれた。キリスト教を主題にした作品を多く執筆。ユーモア小説も書いた。主な作品に『海と毒薬』『沈黙』『侍』『深い河』などがある。

〈日本人でありながらキリスト教徒である矛盾〉に対峙しながら、キリスト教を遠藤文学の欠くことのできない主題として生涯描きつづけてきた。その間、結核、肝臓、糖尿など多くの病歴に悩まされ、少なからず死線をさまよったこともあった。〈死ぬ時は死ぬがよし〉——良寛のあまりにも潔い言葉に救われていたともいう。

平成八年四月、腎臓病治療のため慶應義塾大学病院に入院。九月二八日に昼食を喉に詰まらせて呼吸停止に陥った。すぐに手当を受けて回復するも、翌二九日午後六時三六分、併発した肺炎による呼吸不全によって死去した。四〇〇〇人からの参列者があったという告別式の柩《ひつぎ》には『沈黙』と『深い河』の二冊が、愛用の眼鏡や万年筆と共に納められた。

◉

東京府中のカトリック墓地、キリストを抱く悲しみのマリア像を廻り込んだ横の細道中程に、溢れるほどの花束を抱えて「遠藤家」の墓は朝の陽の中にあった。墓誌には母郁子、兄正介と並んで「パウロ　遠藤周作」と没年月日が刻まれている。

死の直前に周作の顔が輝き、順子夫人は回想録に、握る手を通して〈俺は光のなかに入って母や兄と会っているから安心してくれ〉というメッセージを受け取ったと書き記した。大好きな母と兄の間に埋葬され、愛の光に包まれた周作を想って、私はゆっくりと膝を折った。

——〈ひとつだって無駄なものはないんです。……ぼくが味わった苦しみ、ぼくが他人に与えた苦しみ……ひとつだって無駄なものはないんです〉。

大手拓次

おおて・たくじ
［一八八七―一九三四］

昭和九年四月一八日、神奈川県茅ヶ崎のサナトリウム南湖院で結核のため詩人は四六年の生涯を閉じた。妻を娶ることもなく孤独な生活の中で一心に詩作に取り組んだが、生前ついに一冊の詩集も出すことも叶わなかった。

萩原朔太郎、室生犀星とならんで北原白秋門下の三羽烏と称され、フランス象徴詩の影響下で特異な花をひっそりと咲かせた。詩人の処女詩集『藍色の蟇《ひき》』は死の二年後、白秋や朔太郎らの手によって出版された。序文に白秋は記している。

〈いみじき宝玉の函はいつよりか猟奇の手に開かれてあり、決して巌窟の闇に埋れてあつたといふ訳でもなかつた。運不運といふ事があるとしたら、君は不運の星から永らく見守られてゐたと云へる〉。

磯部の駅に降り立ったとたんに再び雨が降りだした。駅前広場の袖、磯部温泉への道筋に精気はなく、濡れそぼった廃屋の下見板がやけに際だって見える。突き当たりにある公園には幾多の文学碑が建っている。拓次の詩碑もあった。緑陰をぬけると碓井川が見下ろせる橋に出た。袂に幾ばくかの碑がかたまった墓地があり、一隅に拓次につながる大手家の塋域があった。

〈凡て詩の根底は、少年に於て象徴されてをる。白色の花である。眠りである。天真である。情感である。宇宙一体である。美の音楽である。最後に神（普遍的意味）である〉と拓次は詩の本質を捉えた。その墓碑をキンケイギクの一叢がひときわの明かりとなって、浮かび上がらせていた。

◉

❖本名＝大手拓次（おおて・たくじ）❖明治二〇年一一月三日（戸籍上は一二月三日）―昭和九年四月一八日❖享年四六歳（大慈院英学拓善居士）❖群馬県安中市磯部三丁目・共同墓地❖詩人。群馬県生。早稲田大学卒。大正元年『朱欒』に『藍色の蟇』『慰安』を発表。萩原朔太郎、室生犀星とともに北原白秋門下の三羽烏と呼ばれていた。生涯に二四〇〇篇もの詩を書き、発表も盛んに行っていたのだが、生前ついに一冊の詩集も刊行されることはなかった。死後、詩集『藍色の蟇』などが出版された。

❖本名＝大原富枝（おおはら・とみえ）❖大正元年九月二八日—平成一二年一月二七日❖享年八七歳（セシリア）❖高知県長岡郡本山町寺家・寺家墓地❖小説家。高知県出身。高知女子師範学校（現・高知大学）中退。結核のため療養生活を送りながら創作をつづけ、昭和一三年『文芸首都』に発表した『祝出征』が注目された。『ストマイつんぼ』で女流文学者賞。『婉という女』で毎日出版文化賞・野間文芸賞を受賞。五一年カトリックに入信。『於雪——土佐一條家の崩壊』『ベンガルの憂愁』などの作品がある。

大原富枝

おおはら・とみえ
［一九一二—二〇〇〇］

一八歳の時、高知女子師範学校の教室で喀血、一〇年近い結核療養生活を送ることになった。

〈人はみな私をやがて死ぬ娘として眺めていたが私は決して死ぬものかと思っていた。……生きてみせると居直った娘で私はあったのだ。書くことは生きること、であった〉と文筆に賭ける意志を固めた。中途半端な幸福など書く必要もないと、「負の世界」に生きる女を、人間を、徹底して描いた。

〈愛が、孤独が、世界が、もうわたしの心の傷口を洗うことはありません。わたしはいま、風ばかり聴いています〉。

平成一二年一月二七日、前年末から体調を崩して立正佼成会附属佼成病院に入院加療中であった大原は、心不全のため風の中に逝き、〈そして一本の木となった〉。

◉

吉野川に沿った断崖の上に建つ小さな駅舎前をでたバスは、山間の寒々しい道を分け入ってゆく。南国といっても四国のへそと呼ばれる土佐嶺北《れいほく》地域、土地の人はその気候を山陰・出雲地方に重ねている。昔はよく雪が降ったそうな。二〇分ほど走ると大原富枝文学館のある本山地区、そこから吉野川の支流・汗見川沿いの道を歩く。橋詰めの右手に小高い丘、山の南斜面にあたるその丘の家で大原富枝は幼い頃を過ごした。富枝の墓は日当たりの良い丘の墓地にある。父母を真ん中に富枝と姉・雪の墓。後ろには吉本隆明の碑文が建てられている。落陽を浴びた黄色いゆずの実が鮮やかに光って、吹く風とともに遠い雲が流れてゆく。遺言により隆明の著書『最後の親鸞』とともに大原富枝はここに眠る。

尾形亀之助

おがた・かめのすけ
［一九〇〇―一九四二］

仙台市の南に位置する宮城県柴田郡大河原、いわゆる仙南の豪家に生まれた尾形亀之助は在京中も草野心平、村山知義、高村光太郎らの詩人や芸術家らとの親交を深めた。父親からの仕送りで詩作に没頭し、都会的な色彩に満ちた詩を書いて優雅・無頼な日々を送っていたのだったが、祖父、父、亀之助と、三代にわたる遊芸生活は、曾祖父が酒造業によって蓄財した膨大な尾形家の財産を食い尽した。

最後に残ったのは空虚感、妻と詩友大鹿卓（金子光晴の弟）の不倫や離婚、貧困、死の妄想だけであった。すべてと絶縁して、郷里仙台に戻っては市の臨時雇いの官吏として無為に暮らしていたのだが、昭和一七年一二月二日午後六時一〇分、喘息と全身衰弱により仙台市木町末無の家で孤独の死を遂げた。

◉

寒風が吹きつける中、大河原町の中央を流れる白石川に架かる橋を渡りながら、北に眺める青麻山や蔵王連峰、両岸に植えられた桜の咲き始める春の華やかな景色を思い浮かべていた。「尾形橋」と命名されたこの橋は亀之助の曾祖父尾形安兵が架橋したものだという。橋のほとりの堤沿いにある繁昌院は尾形家の菩提寺であり、初代安兵も祖父も父も眠っている。莫大な資産を蕩尽した亀之助にとっての安住の地であるか否かはわからない。黙然とした「尾崎家之墓」にこそ消滅した詩人の生涯の光芒が宿ってあるのだ。

〈高い建物の上は夕陽をあびて　そこばかりが天国のつながりのように金色に光つてゐる　街は夕暮だ　妻よ――私は満員電車のなかに居る〉。

❖本名＝尾形亀之助（おがた・かめのすけ）❖明治三三年一二月一二日―昭和一七年一二月二日❖享年四一歳（自得院本源道喜居士）❖宮城県柴田郡大河原町二五四・繁昌院（曹洞宗）❖詩人。宮城県生。東北学院中退。村山知義らと前衛美術団体マヴォを結成するが、大正一三年頃より詩作に専念。『月曜』などいくつかの詩誌を主宰。一四年第一詩集『色ガラスの街』を出版、色彩豊かな詩風を示した。ほかに詩集『雨になる朝』『障子のある家』がある。

掃苔散歩

小石川・本郷・根津

加齢とともにある感情は失われ、またある感情がいつの間にか胸に巣くっていくようです。

司馬遼太郎の「街道をゆく」第三七巻に本郷界隈という本があります。すでに何回か読み返した本ではありましたが、先頃からまた読み返しています。それに倣ったわけではないのですが、巣くった感情を揉みほぐすように、最近は頻繁に小石川・本郷・根津周辺を歩き回っています。

空

電柱と
尖つた屋根と
灰色の家

路

新らしいむぎわら帽子と
石の上に座る乞食

たそがれどきの
赤い火事

（尾形亀之助の小石川の風景詩）

ヒューと風にのって吹き上がってくる透明な冬日を凍てついた顔に受けながら、いつものように小石川の丘から谷に下り、本郷台地に向かって歩き始めます。

柴田錬三郎や佐藤春夫の眠る伝通院前には幸田露伴や幸田文の旧宅があります。現在は露伴の孫娘・青木玉さんがお住まいのようですが、著書『小石川の家』に「二階の祖父の書斎に座れば、まるで木の枝の上に居るような感じで、廊下のガラス戸を開ければ枝がさわれそうだ」と記した大きな椋の木も健在です。そこからはちょっと横路に逸れて、菊池寛も住んでいたという堀坂を下っていきます。夏目漱石の『こころ』の主人公「K」や「先生」が小石川の下宿から帝国大学に通ったと思われる道です。坂下の小栗虫太郎の墓がある「こんにゃくえんま」を抜けて菊坂に至ります。

菊坂下の辻を少し白山方向に歩くと樋口一葉が明治二七年四月二八日 五月一日の日記に「花ははやく咲て散がたはやかりけ

り。あやにくに　雨風のみつゞきたるに、かぢ町の方上都合ならず、からくして十五円持参、いよいよ転居の事定まる、家は本郷の丸山福山町とて、阿部邸の山にそひてさゝやかなる池の上にたてたるが有けり、守喜といひしうなぎやのはなれ座敷成しとてさのみふるくもあらず、家賃は月三円也、たかけれどもこゝとさだむ。店をうりて引移るほどのくだくだ敷おもい出すもわづらはしく心うき事多ければ得かゝぬ也。五月一日　小雨成しかど転宅、手伝は伊三郎を呼ぶ」と書いた終焉の地があります。旧宅は明治四三年の台風の為、崖崩れで跡形もなくなりましたが、昭和二七年に建てられた平塚らいてう女史揮毫の記念碑が残っています。

　菊坂の道すがら、分け入る路地路地にも多くの作家の息吹が宿っています。坪内逍遥、正岡子規、宮澤賢治、石川啄木、金田一京助、島崎藤村、尾崎紅葉、徳田秋声、二葉亭四迷、高山樗牛、梶井基次郎、上林暁、田宮虎彦、水上勉、織田作之助、久米正雄、斎藤緑雨、草野心平、上田敏、生田長江、半井桃水、若山牧水……。

　大正から昭和の初め、正宗白鳥、真山青果、大杉栄、竹久夢二、直木三十五、坂口安吾、谷崎潤一郎、尾崎士郎、宇野浩二、三木清、広津和郎、石川淳などが滞在していた高級下宿「本郷菊富士ホテル」、菊坂を登り切った角には川端康成、芥川龍之介などが良く通ったという、林芙美子や宇野千代が女給をしていた「燕楽軒《えんらくけん》」が、かつてはありました。

　東大赤門前・喜福寺には久保田万太郎や佐藤紅緑の墓。本郷通りを越えて龍岡門から脇道を下ると森鷗外の『雁』にある岡田青年の散歩道、無縁坂です。坂を下りきって北に向かうと根津。権現裏には室生犀星、尾形亀之助も一時住んでいました。それぞれに、限りなき予感を携えて、消えては現れ、蜃気楼のような安らぎの一時を辻々に残して。

　ひっそりとした家陰、さまよう落ち葉、永遠の外に遊ぶ雀の群れ。あの郷愁がいまふたたびこの往来に薫りくるのなら、寒椿の垣根を越えて私は懐かしい時代に戻っていくのです。

　巡り巡って散策の最後に辿り着くのはいつの時も本郷真砂の丘。ここに立つと、落ちる夕陽が過ぎ去った時を突き上げてくるように、まぶしく輝いているのです。

◉

亀之助の「天国は高い」風に吟ずれば——。

歓声を乗せた
遊園地のジェットコースターは
夕陽をあび
どこまでもうねって
そこばかりが天国のつながりのよう
に
金色に光っている

街は夕暮だ

妻よ——
私は目映《まば》ゆい憂愁の中に居る

「編集後記二〇〇六年二月一八日」より

岡本かの子

おかもと・かのこ
［一八八九―一九三九］

❖本名＝岡本カノ（おかもと・かの）❖明治二二年三月一日―昭和一四年二月一八日❖享年四九歳（雪華妙芳大姉）❖かの子忌❖東京都府中市多磨町四―六二八・多磨霊園一六区一種一七側三番❖小説家・歌人。東京府生。跡見女学校（現・跡見学園）卒。明治四三年『明星』『スバル』に歌を発表、歌人として出発。昭和四年夫の一平、息子の太郎と共に渡仏。七年帰国後、一二年に芥川龍之介がモデルの『鶴は病みき』を発表。主な作品に『春』『老妓抄』『河明り』『生々流転』がある。

兄大貫晶川の影響で文学の道に踏み出したかの子は、与謝野晶子の新詩社に入り、歌や詩を発表していく。一九歳の時に出会った美術学生岡本一平との出会い、結婚によって生じた、衝突や意思のすれ違いなどに悩み、仏教に救いを求めるようになった。観音信仰に篤かったかの子は、水晶の観音像の編袋を一生肌身離さず、〈白梅の盛れる今日よ水晶の持仏《じぶつ》観音拭きたてまつる　紅梅のいろ近くしてくれなゐに　染みたまひけり水晶仏は〉という歌を詠っている。

晩年になって芥川龍之介をモデルにした『鶴は病みき』で小説家としても歩み出したのであったが、昭和一三年一二月、三回目の脳溢血に倒れ、自宅静養を続けていた翌年の二月一七日、病状が急変し入院。一八日「観音様の日」に亡くなった。

◉

昭和四年から、かの子は家族と外遊し、ひとり太郎をパリに残して帰朝する。再び相見る事のない別離であった。かの子の遺体は火葬が嫌いと言っていた言葉に添って土葬され、「雪華女史岡本かの子之墓」と書かれた墓標が建てられたと聞く。時を経て、いまこの方形の広い塋域には、水晶の観音様と共に埋葬されたかの子の墓に観音立像が安置され、太郎の造形になる一平の墓が並んでいる。川端康成による追悼文の碑が傍らに、対面にはかの子と一平、二人の墓を両肘ついて眺めている愛息太郎の墓があった。緑陰の参り道に身を置く私に、陽は烈しく風を遮って一つの空間を造ってくれていた。

〈年々にわが悲しみは深くしていよよ華やぐいのちなりけり〉。

小川国夫

おがわ・くにお
［一九二七—二〇〇八］

三〇歳の時に自費出版をした五〇〇冊の作品集、欧州をバイクで放浪した体験を描いた『アポロンの島』が一冊も売れず、〈疲れと八方ふさがりの感じに打ちのめされて、気落ちしていた〉。その八年後、思いがけずも島尾敏雄に朝日新聞紙上で絶賛される。

〈一度没した舟が海面へ浮き上がり、波を分けて走り出した感じ〉で世にとびだし、「内向の世代」の作家と認められた。

静岡県藤枝市の生家を拠点に中央文壇とは一定の距離を置いたところにあって、感傷的な心理を排した清冽な文体で独自の文学を追求した。

平成二〇年四月八日午後二時過ぎ、肺炎のため静岡市内の病院で旅立った。その日の静岡地方は未明から早朝にかけて台風並みの嵐が襲っていた。

◉

地中海で味わったオリーブとワインの匂いが原感覚となって『アポロンの島』は生まれた。そこには多分にキリスト教的な感覚の反映があったようだ。二〇歳でカトリックの洗礼を受けた小川国夫の作品は常に宗教性を帯び、その内にひそむ光と影を繊細にとらえていくことになる。

小川家菩提寺のこの寺にある五輪塔と「南無阿弥陀仏」の碑が並ぶ小川家の墓域には、白々とした時が流れ、さわやかな風が吹くのでもなく、ただ鈍く冷たい光が漂うばかり。蜜を求めて飛んできた蜂が一匹、供花に留まってせっせと密を吸っている。帰路、駅に向かう沿道に「アポロン」という老人福祉施設の看板を眼にしたのだが、偶然にしてはできすぎてはいなかっただろうか。

❖本名＝小川国夫（おがわ・くにお）❖昭和二年一二月二一日—平成二〇年四月八日❖没年八〇歳（アウグスチノ）❖静岡県島田市旗指三〇五〇—一・敬信寺（浄土真宗）❖小説家。静岡県生。東京大学中退。昭和三三年同人誌『青銅時代』を創刊、『アポロンの島』を自費出版、島尾敏雄の激賞を受け、小説家として立った。『逸民』で川端康成文学賞。『悲しみの港』で伊藤整文学賞。『ハシッシ・ギャング』で読売文学賞を受賞。小説『試みの岸』『或る聖書』などがある。

荻原井泉水

おぎわら・せいせんすい
［一八八四—一九七六］

❖本名＝荻原藤吉（おぎわら・とうきち）❖明治一七年六月一六日—昭和五一年五月二〇日❖享年九一歳（天寿妙法釈随翁居士）❖井泉水忌❖東京都港区六本木四丁目二—一〇・妙像寺（日蓮宗）❖俳人。東京府生。東京帝国大学卒。明治四四年新傾向俳句機関誌『層雲』を創刊・主宰。大正三年句集『自然の扉』を刊行、自由律俳句を実践する。二年『新俳句提唱』を刊行。句集『湧出るもの』『流転しつつ』『泉を掘る』などがある。門下に尾崎放哉、種田山頭火。

俳誌『層雲』を主宰してきた荻原井泉水は、大正二年、〈俳句は印象より出発して象徴に向かう傾きがある。俳句は象徴の詩である〉と季語無用を唱えたのだが、新しい作風の俳句を標榜して、ともに新傾向俳句運動を提唱してきた河東《かわひがし》碧梧桐《へきごとう》は意見を異にして袂を分けて去った。

「句の魂」を追求し、種田山頭火や、尾崎放哉ら異色の遁世型門下生を育て、彼らを陰になり日向になり援助してきた。

大正一二年、妻桂子、翌年母が亡くなると行脚旅に出かけることが多くなったが、再婚を機にようやく鎌倉に落ち着いた。

精神の閃きを暗示的に詠んだ俳人井泉水は、昭和五一年五月二〇日午後四時一七分、脳血栓のため鎌倉山ノ内の自宅で永眠する。

◉

六本木の交差点から溜池方面に下る幹道を少しばかり右に逸れたところにあるこの寺、妙像寺を再び訪れる。自由律俳句・季語無用の見解を示した俳人が眠る場所にも、確かに秋の涼しさは漂っている。彼岸をわずかに過ぎたばかりの日曜日にもかかわらず、まったく人の影もなく、ビルとビルに囲まれて窪地のようにある塋域。墓石に反射された秋の陽光が、ガラス張りの建物に蜃気楼のような鈍い光を映している。

〈美しき骨壺牡丹化《かは》られている〉。

絶句にある美しい骨壺は、この四角く切りつめられた「荻原家之墓」に納められてあるのだろうか。井泉水の墓は妻や母の死後、仏門を志して一時寄寓した京都の東福寺塔頭《たっちゅう》天得院にも建てられていると聞く。

❖本名＝小熊秀雄（おぐま・ひでお）❖明治三四年九月九日―昭和一五年一一月二〇日❖享年三九歳（徹禅秀学信士）❖長長忌❖東京都府中市多磨町四―六二八・多磨霊園二四区一種六八側一番❖詩人。北海道生。樺太・泊居高等小学校卒。昭和二年詩誌『円筒帽』同人となり小熊醜吉の名で詩作。翌年上京し、「プロレタリア詩人会」を経て、全日本無産者芸術連盟「ナップ」に参加。一〇年『小熊秀雄詩集』、長編叙事詩『飛ぶ橇』を刊行。死後『流民詩集』が刊行された。

小熊秀雄

おぐま・ひでお

［一九〇一―一九四〇］

大正の終わりから第二次世界大戦の末期にかけて〈池袋モンパルナス〉というアトリエ村があった。この名称は小熊秀雄が言いだした。東京の西池袋から椎名町、千早町、南長崎などの周辺に画家や音楽家、詩人などの若い芸術家たちが活動の拠点として集っていたのだった。

太平洋戦争の始まるほぼ一年前、その活動が頂点に達する頃の昭和一五年一一月二〇日の冬のかかりに小熊秀雄は生涯を閉じた。〈私はしゃべる、若い詩人よ、君もしゃべくり捲れ〉と歌った饒舌な詩人が、貧困と、病と、時代と、運命によって「沈黙」を余儀なくされた悲しみを思うと、東京・豊島区千早町のアパートで、肺結核のために逝った三九年の生涯は、いかにも短いものであったといわざるを得ない。

◉

野分の前触れのように周囲を巡らせた樹木がザワザワと揺れている。霊園の西外れにあるけもの道のような細道を辿ると、枯葉の吹き溜まった殺風景な土庭の上に一基の洋風墓があった。黒御影に彫られた「小熊秀雄」の自筆文字は、背後から西日の強い光線を浴び、見る方向によって、白く浮き出たり、暗く沈んだり、碑面に溶け込んだりしている。

〈信じがたい程　暗い、暗い、空のもとに我等は生活してゐる、暗黒と名づけようか、この夜の連続的なふかさを――〉と叫びながら、〈池袋モンパルナス〉の千早町三〇番地東荘で肺結核に死んだ詩人に、何をもって捧げるとしようか。今なら思う存分に歌っていいのだよ。尽きてしまった悲しみの歌、あとに残った喜びの歌を。

小栗虫太郎

おぐり・むしたろう
［一九〇一—一九四六］

❖本名＝小栗栄次郎（おぐり・えいじろう）❖明治三四年三月一四日—昭和二一年二月一〇日❖享年四四歳（文徳院藻誉章栄居士）❖東京都文京区小石川二丁目二三—一四・源覚寺（浄土宗）❖小説家。東京府生。京華中学校（現・京華中学高等学校）卒。印刷業などを経て、昭和八年推理小説『完全犯罪』を雑誌『新青年』に発表、注目を集める。九年『黒死館殺人事件』を発表。『鉄仮面の舌』『二十世紀鉄仮面』『人外魔境』『航続海底二万哩』『成層圏魔城』などの作品がある。

病で倒れた横溝正史の代役として『新青年』に発表された『完全犯罪』が作家としての出発点となった。その翌年、日本の推理小説の三大奇書とされる『黒死館殺人事件』が執筆されることになる。

子息宣治氏による『小伝・小栗虫太郎』の中で〈頑固で、我儘で、律儀でお人好し。怠け者でだらしがなく、勤勉家で我慢強く、質素〉と評された小栗虫太郎は敗戦直後の昭和二一年二月一〇日九時一五分、長野県の疎開先で急死。メチルアルコール入りの焼酎を飲んだための中毒死といわれたが、一緒に飲んだ内で彼だけが被害にあったため、脳溢血による死として扱われた。死の一か月前に上京、焼野原にかろうじて残った江戸川乱歩の家で本格探偵小説について語り明かしたばかりであったというのに。

◉

「法水麟太郎」は作家の創造した名探偵であるが、作家自身の自我を彷彿とさせる虚無の姿勢を貫いている。小栗虫太郎の観念から創り出されたその世界は切り取られ、東京・小石川に位置する通称こんにゃく閻魔として信仰を集めた源覚寺の奥、石塀に囲まれたこの墓地の一辺に暗鬱さとともにあった。

息吹もない霊域の、入口にある赤錆色に塗られた鉄扉がやけに輝いている。鉄扉を開けて入ったすぐ脇、亀裂の入った塀を背にした「竹光院操誉妙亀大姉／鶴昇院薫誉妙運大姉」と刻まれた墓石、側面に虫太郎の戒名が細々として読みとれる。語学が堪能で七か国語を操ったといわれ、衒学趣味あふれる世界を描き出して読者を大いに魅惑した小栗虫太郎は、いま、何を想っている。

❖本名＝尾崎一雄（おざき・かずお）❖明治三二年一二月二五日—昭和五八年三月三一日❖享年八三歳❖神奈川県小田原市下曽我谷津・生家墓地❖小説家。神奈川県生。早稲田大学卒。志賀直哉に師事する。短編集『暢気眼鏡』で昭和一二年度芥川賞を受賞し、作家として地位を確立した。三島由紀夫は尾崎の作風を「着流しの志賀直哉」と呼んだ。『虫のいろいろ』『すみっこ』『まぼろしの記』『虫も樹も』『あの日この日』などの作品がある。

尾崎一雄

おざき・かずお

［一八九九—一九八三］

昭和一九年、胃潰瘍の大出血で梅林の里、郷里小田原市下曽我に戻り、〈一日の大半を横になって、珍しくもない八畳の、二、三ヶ所雨のしみのある天井をまじまじと眺めている時間が多い〉生活者となっていた。

庭木を通して眺める富士は美しかったが、〈俺はこのごろ、何か墓場へもぐる準備ばかりしているやうだが、実は、さうではないのだ、と思ふ。すべては「生」のためだ。人間のやることに、「死」のためといふことはない。（略）人間は「生」のためには、自殺さへする〉——とも書く。

志賀直哉を師と仰いだ尾崎一雄に死が訪れたのは、それから四半世紀以上も過ぎた昭和五八年三月三一日のことであったが、黙って静かに夫人の手を取り、穏やかで幸福な一瞬であった。

◉

祖父の代までは神主をしていたという宗我神社の大鳥居下に立つと、広い参道が神社まで一直線にのぼっている。境内の少し手前には、尾崎一雄がその死まで暮らしていた住まいがある。『暢気眼鏡《のんきめがね》』に登場する〈芳兵衛〉こと松枝夫人が、謡いの師匠をしながら固守しておられたそうだが、平成一七年、九三歳で亡くなられた。

家と家に挟まれた左手前の細い畑道をたどると、ミカン畑にかこまれた〈美しい墓地からの眺め〉が悠揚と現れた。先祖とともに尾崎が葬った父や母、妹、弟、子供も眠る八坪ほどの尾崎家墓地。昭和二九年に建てた「尾崎家之墓」にはウイスキーの瓶が献じられている。温かな陽ざしも加わって、たわわなミカンをこっそりとひともぎしたくなった。

尾崎放哉

おざき・ほうさい
［一八八五―一九二六］

❖本名＝尾崎秀雄（おざき・ひでお）❖明治一八年一月二〇日―大正一五年四月七日❖享年四一歳（大空放哉居士）❖放哉忌❖香川県小豆郡土庄町本町甲一〇八二・西光寺奥の院（真言宗）❖俳人。鳥取県生。東京帝国大学卒。荻原井泉水に師事。保険会社の支店次長にまでなったが、酒癖で失敗を重ね罷免された。大正一二年京都の一燈園で托鉢と奉仕の生活に入る。その後方々の寺で寺男となり転々としながら、数多くの俳句を詠み、一四年小豆島西光寺奥の院南郷庵の庵主となる。

〈咳をしても一人〉

絆をすべて切り捨て、漂泊に漂泊を重ねてきた放哉にとって唯一捨てられなかったものは自分自身だった。師荻原井泉水の紹介で、最後の地香川県小豆島にきて八か月、咽喉結核がいよいよすすみ、もう起き上がることさえもできない。眼もみえなくなってしまった。妻や子、捨てたはずのものがつぎつぎと脳裏に浮かんでくる。詮無いことだ。海風よ、おまえがはこんでくるかそけき潮の香といっしょに、やせ衰えて軽々となった体を庵の上の墓山に運んではくれまいか――。ああ、やっと「無」になれる。

〈春の山のうしろから烟が出だした〉

大正一五年四月七日、花曇り、春の夕べに癒着性肋膜炎湿性咽喉カタルのため「漂泊の俳人」尾崎放哉は逝った。

◉

小豆島霊場五八番札所「西光寺」奥之院、漂泊の果てに住み着いた「南郷庵」。大きな松の木もある。その前の道を墓山へと辿る行く手に、一個の無情の塔となってある無縁の人々の墓。放哉が日夜拝み見たであろう墓山。切り拓かれ、黄土色の砂地庭に整理された墓山に樹木の陰りもなく、円形劇場のように段々と灰色の空に続いている。雨中、湿りきった気をまといながら巡りのぼった先に「放哉さんのお墓」と筆書きされた木碑を前にした五輪塔「大空放哉居士霊位」は孤としてあった。

〈墓のうらに廻る〉

この碑の裏には何がある。来世の入り口か、捨て去った諸々の亡骸か。眼下、遥か西光寺の三重の塔は小島の雨に烟っている。桜も散り始めた。もう春も終わりだ。

尾崎　翠

おさき・みどり

［一八九六—一九七一］

〈私はひとつ、人間の第七官にひびくやうな詩を書いてやりませう〉。

　かつて奇妙な風に乗って一人の作家が晩秋の都に舞い降りた。恋する蘚《こけ》をうたい、輝きを隠し持った「女の子」を薄明かりの中に揺と立たせ、沈潜した意識と不可思議な感覚は時を超えて浮揚した。しかし、頭痛薬の多量服用から幻覚や耳鳴りなど神経を病み、文壇の一隅に驚嘆と幻想と波紋を残し、忽然とその場所から消えた。幻の作家と人はいう。

　再び尾崎の名が世に浮かび上がったとき、彼女の命は薄れ、昭和四六年七月八日、鳥取駅前済生会病院の一室に風は寥々《りようりよう》と落ちた。

——〈おもかげをわすれかねつつ　こころかなしきときは　ひとりあゆみて　おもひを野に捨てよ〉。

◉

　山脈のひだを擦り抜けるように電車は北に向かった。刈り取りが始まった稲田の畦道には彼岸花が点々と咲いている。時おり群生して見えるのはたいてい村落の共同墓地であった。山狭の空は寂しく蒼めいて、翠の故郷は溶明していく。鳥取砂丘に続く若桜街道を右に逸れた一筋に、次兄哲郎が住職であった養源寺という小さな寺がある。

　かつて〈お母さん、私のやうな娘をおもちになったことはあなたの生涯中の駄作です。チャップリンに恋をして二杯の苦い珈琲で耳鳴りを呼び、そしてまた金の無心です。（略）いつも貧乏です。私が毎夜作る紙反古はお金になりません。私は枯れかかった貧乏な苔です〉と文した尾崎翠。わずかばかりの墓域の最奥、「納骨處」と刻され古斑の碑に翠の安息があるのかどうかは知る由もない。

❖本名＝尾崎　翠（おさき・みどり）❖明治二九年一二月二〇日—昭和四六年七月八日❖享年七四歳（翠作院釈浄慧大姉）❖翠忌❖鳥取県鳥取市職人町四五・養源寺（浄土真宗）❖小説家。鳥取県生。日本女子大学中退。『女人芸術』に翻訳、短編、映画評論などを寄稿していた。昭和六年『第七官界彷徨』を発表。翌年短篇『こほろぎ嬢』『地下室アントンの一夜』を発表したが、神経を病んで帰郷。のち、筆を折った。戯曲『アップルパイの午後』、短篇『歩行』などがある。

織田作之助
おだ・さくのすけ
［一九一三—一九四七］

❖本名＝織田作之助（おだ・さくのすけ）❖大正二年一〇月二六日—昭和二二年一月一〇日❖享年三三歳（常楽院章誉真道居士）❖大阪府大阪市天王寺区城南寺町一—二六・楞厳寺（浄土宗）❖小説家。大阪府生。旧制第三高等学校（現・京都大学）中退。昭和一五年青山光二らと創刊した同人誌『海風』に掲載した『夫婦善哉』が認められ、本格的な作家生活に入る。戦後は『六白金星』『競馬』『世相』などを発表、〈無頼派〉の一人として「オダサク」の愛称で親しまれた。『雨』『俗臭』『大阪の女』『わが町』などの作品がある。

坂口安吾・太宰治等とともにデカダンス文学の代表作家といわれた。結果を意識していたかどうか、無謀といえば無謀にも肺患の身を横たえることなく上京し、連日のように出かけては新聞社や出版関係の友人知人たちと談論し、飲む日々を繰り返しているうちに不幸な結果をもたらすことになってしまった。

戦後混乱期のさなか、昭和二二年一月一〇日、最後の喀血のあと午後七時一〇分、芝田村町東京病院で、「ロマンを発見した」の伝説的な一語を遺し、途半ばにして逝ってしまった。志賀直哉的現代日本文学を否定し、「可能性の文学」の実践を叶えることなく斃《たお》れた。病軀《びょうく》を引きずり果敢に攻めまくった壮絶な死であった。その骨を拾った盟友太宰治もまた翌年六月に情死した。

◉

一月一一日、芝の天徳寺で通夜が行われ、翌日桐ヶ谷の火葬場で茶毘に付されて太宰治や林芙美子、青山光二などが骨を拾った。二三日の葬儀はここ大阪天王寺の楞厳寺で執り行われ、葬儀委員長は同郷の作家藤沢桓夫だった。

スタンダールに次いで師と仰ぐ井原西鶴の墓所・誓願寺墓地に近いこの寺の「織田作之助墓」は、本堂軒下の遮光された空間に、隣地高津高等学校（旧府立高津中学校・作之助母校）校舎の明るさに背を向け、色彩を消し去ったかのような沈鬱な表情で建っていた。

とんがり帽子のような形をした自然石の墓石裏面には藤沢桓夫撰文による作之助の生涯が記されていたが、墓石の大きさにまず驚いておもわず、「ちょっと違うな」と呟いてしまった。

折口信夫
おりくち・しのぶ
［一八八七—一九五三］

折口信夫の構築した研究、思想などの学問体系はのちに「折口学」と呼ばれるようになった。常世にあり、この世にあり、末期の狭間を行き来しながら、しなやかで強靱な精神を併せ持った。空間、風土、古代、恋、美醜、信仰、死者につながるすべてのものに向けたまなざし。虚無をたたえた瞳の奥深く満たされてある魂の豊潤さは、『死者の書』に語りてある大津皇子の、悔しくも謀反に涙して賜死《しし》せられた二上山の落日の輝きにも似ている。

昭和二八年九月三日、胃がんのため慶應義塾大学病院で死の床についた「釈迢空」の霊魂は、二上山の、飛鳥の、奥熊野の、そして懐かしい古の空を巡りきて、縁の地、能登・一ノ宮の沙山に鎮まり、厳かな目覚めを待っている。

◉

二〇歳のころから師事、やがては師弟を超え、養子縁組、室生犀星のいう〈ひとくみのめずらしくも、いたいけな夫婦のような暮らし〉をきざんだ折口春洋《はるみ》は、太平洋戦争最中に硫黄島で戦いの露と消えた。永遠に閉ざされた魂、還り来ぬ運命を恨み、わが身を悔恨の中に置くしか術のなかった父・折口信夫の慟哭。厳冬を間近に控えた日本海の潮風が疎らな松林を越してやってくる。

小高い沙丘、落武者の屍のように点々と転がる墓といえば墓、石くれといえば石くれの、名も知れぬ村人のそれに混じって「もっとも苦しき たゝかひに 最くるしみ 死にたる むかしの陸軍中尉 折口春洋 ならびにその 父 信夫の墓」は、〈かそかに たゞ ひそかに〉光の中にある。

❖本名＝折口信夫（おりくち・しのぶ）❖明治二〇年二月一一日—昭和二八年九月三日❖享年六六歳（釈迢空）❖迢空忌❖石川県羽咋市一ノ宮町ナ・気多神社南疎林の中の共同墓地❖国文学者・民俗学者・歌人。大阪府生。國學院大學卒。彼の研究は「折口学」と総称されている。柳田國男の高弟として民俗学の基礎を築いた。歌人としては、正岡子規の『根岸短歌会』、後『アララギ』に「釈迢空」の名で参加。大正一三年古泉千樫らと『日光』を創刊。歌集『海やまのあひだ』『倭をぐな』、小説『死者の書』などがある。

開高健

かいこう・たけし
［一九三〇—一九八九］

〈人間には味のわからない二つの水がある。一つは生まれたとき、はじめてガーゼに含ませられて唇を濡らしてもらう水の味、もう一つは末期の水である〉。開高健の言葉だ。

朝日新聞社の臨時特派員・従軍記者としてベトナム戦争に関わったこともあった。釣りに熱中して世界中を旅し、アマゾン川まで足をのばしたこともあった。あたたかくて、ナイーブな神経と激しく渦巻く血潮、あの頑丈な体躯に包まれたそれらの人間性を私は非常に好んだ。

平成元年一二月九日、食道腫瘍に肺炎を併発、東京・三田済生会中央病院で太綱のような光輝をのこして慌ただしく逝ってしまった開高健を、当時拠り所を見失っていた私は、ただ暗然と見送るしかなかった。

時の執権北条時宗公が、二度にわたる蒙古軍との戦役に殉じた彼此両軍の死者の菩提を弔うために建立したという、円覚寺塔頭松嶺院の墓地に開高健の墓はある。あたかも天空の城跡のような崖上にあった墓地のなかに、あの風貌に似た大きく揺るぎのない墓碑を、鮮やかな供花とワイン樽、ワイングラスにボトルがとりまき、なんとも賑やかな墓前であった。

開高の死の五年後に茅ヶ崎の踏切で鉄道自殺をした娘の道子（エッセイスト）、平成一二年一月一九日、夫と娘に先立たれ一人淋しく病死した妻で詩人の牧洋子もともにいまは眠っている。埋められぬ夫婦間の溝や娘の苦悩、深い夢は想い起こすことさえ哀しい。北鎌倉駅に近い天に開けたこの丘の空はもう梅雨に入っていた。

❖本名＝開高 健（かいこう・たけし）❖昭和五年一二月三〇日—平成元年一二月九日❖享年五八歳❖神奈川県鎌倉市山ノ内四〇九・円覚寺松嶺院（臨済宗）❖小説家。大阪府生。大阪市立大学卒。寿屋（現サントリー）のPR誌『洋酒天国』の編集などを手がけていたが、『裸の王様』で昭和三二年度芥川賞受賞。三九年朝日新聞社の臨時特派員として戦時下のベトナムへ。『輝ける闇』『夏の闇』『花終わる闇（未完）』の三部作はこの戦争体験をもとに書かれている。『玉、砕ける』『耳の物語』などがある。

❖本名＝葛西善蔵（かさい・ぜんぞう）❖明治二〇年一月一六日—昭和三年七月二三日❖享年四一歳（藝術院善巧酒仙居士）❖神奈川県鎌倉市山ノ内八・建長寺回春院（臨済宗）❖青森県弘前市新寺町二一・徳増寺（浄土宗）❖小説家。青森県生。東洋大学中退。徳田秋声に師事。大正元年処女作『哀しき父』を発表。七年『子をつれて』を『早稲田文学』に発表し、認められる。『不能者』『馬糞石』『贋物』等を続けて刊行。そのほとんどが私小説であった。ほかに『椎の若葉』『湖畔日記』などの作品を残した。

葛西善蔵

かさい・ぜんぞう
［一八八七―一九二八］

貧困と宿痾《しゆくあ》の喘息、それにも増して厄介な家庭をとりまく問題は酒にまぎらわせ、反発と無頼が善蔵の作品を生み出していった。「人生苦のあらゆる悲惨」と銘打たれた『葛西善蔵全集』の広告が新聞に掲載されたのは昭和三年七月二三日のことであった。

〈俺は忍路《おしよろ》高嶋を唄はう。忍路高嶋は俺の少年の夢だ。俺は少年の夢を抱いて忍路高嶋を放浪したのだ。俺の胸は火であつた。けれども俺は凍え死なうとした。がもし俺があの当時に死んでゐて呉れたら……あゝ少年の夢よ！（悪魔）〉——。

破滅に自己を突進させていった破天荒な放浪作家の「少年の夢」は、昭和三年七月二三日夜半、東京・世田谷三宿の寓居で、多年の肺結核により燃え尽きてしまった。

◉

鎌倉五山の第一である臨済宗建長寺の塔頭、宝珠院に居住していたのは、関東大震災によって寺が崩壊するまでのわずか四年ほどの間であったのだが、半僧坊にむかって疎水沿いの小径を曲がった先にある同じ塔頭のひとつ、回春院の墓地に、郷里青森県弘前市の葛西家菩提寺である徳増寺の墓から分骨して建てられた「葛西善蔵之墓」はあった。

宝珠院の庫裏に寄宿当時、食事の世話をしてくれた茶店招寿軒の娘の浅見ハナ（のち同棲）も平成四年に九二歳で亡くなりこの墓に葬られている。それにしても何よりまず目についたのは「藝術院善巧酒仙居士」の文字であった。何ともユーモアに溢れた戒名ではないか。

——〈生活の破産、人間の破産、そこから僕の芸術生活が始まる〉。

梶井基次郎

かじい・もとじろう

［一九〇一―一九三二］

転地療養先、伊豆湯ヶ島温泉での川端康成、宇野千代、萩原朔太郎や広津和郎、尾崎士郎などといった面々との交流は衰弱しきった梶井青年の心身を大いに癒やし、その感覚世界は大きく広がり変化していった。しかしながら、文筆で身を立てる決意をするにも、その時間は脆くも消え去っていった。血痰は毎日のように口元からほとばしり、呼吸困難を防ぐ手立ても失せた。昭和七年三月二四日午前二時、梶井基次郎は肺結核のため大阪・住吉の小さな長屋で、母ヒサの呼びかけに大きく最後の息を吐き安らかに逝った。同人誌という「文壇」とは離れたところで多くの作品が発表され、ほとんど無名のままの作家人生であった。遺言により寝棺には、お茶の葉が詰められ、周囲を草花で飾られていた。

◉

人間の感覚できる世界はどのような想像の中に存在するのだろうかと、私はいつも思い続けてきた。

〈桜の樹の下には屍体が埋まっている！　これは信じていいことなんだよ。何故って、桜の花があんなにも見事に咲くなんて信じられないことじゃないか〉。独特の詩的感覚を漂わせるこの文体に長い間あるイメージをもっていたが、廻りをビルで囲まれた暗く、低い塋域で日の暮れを静かに待っている「梶井基次郎墓」に対すると、窮屈そうに敷き詰められた墓石群の中に、私の影が溶けていってしまうような不安な感覚におそわれてきて思わず空を見上げた。いつか何かの映像で、基次郎と因縁のあった宇野千代の墓参の様子が映されていて、あまりにもその表情があっけらかんとしていて拍子抜けしたものだった。

❖本名＝梶井基次郎（かじい・もとじろう）❖明治三四年二月一七日―昭和七年三月二四日❖享年三一歳（泰山院基道居士）❖檸檬忌❖大阪府大阪市中央区中寺二丁目一―一五・常国寺（日蓮宗）❖小説家。大阪府生。東京帝国大学中退。大正一四年中谷孝雄・外村繁らと同人雑誌『青空』を創刊。創刊号に『檸檬』を、次いで『城のある町にて』『泥濘』『路上』などを発表。同誌廃刊後は『文藝都市』同人となる。昭和三年同誌に『蒼穹』『ある崖上の感情』を発表。作品に『櫻の樹の下には』『交尾』などがある。

角川源義

かどかわ・げんよし

［一九一七—一九七五］

〈後の月雨に終るや足まくら〉。角川書店の創立者で俳人、角川源義の絶句である。実業家としての傍ら俳句にも情熱を傾け、俳誌を創刊、多くの句集も刊行した。第五句集の『西行の日』は読売文学賞を受賞したが、無尽の命ではなかった。ただ一人、歩くことさえ叶わずに夜は明け、夜は更けて、東京女子医科大学病院の一室で命綱のように待ち望んでいた十三夜の月は、儚くも雨に消えてしまった。〈夜中「月がでたかネ」という。窓辺には遅くならないと月が見えない。月を見たがる主人に、月に連れられていくのではという気がし、見せられなかった〉と、照子夫人は『看病日記』に記している。

ひと月を経て昭和五〇年一〇月二七日、源義は月に召される。

◉

都下西郊の都立小平霊園、西武新宿線の小平駅に降り立った詣り人を、参道のケヤキ並木が森厳な霊域に誘っていく。喜びや悔恨、苦悩、怒りや哀しみ、生まれ出た日の幻よ。還り来ぬ日をちりばめて、果てなく広がる薄青色の空の下に。

昭和二八年秋彼岸に自身が建てた「角川家之墓」に源義は眠る。大霊園の主要通りに面したこの塋域は鍵折れに踏み石を置き、曲がり角に〈花あれば西行の日とおもふべし〉の句碑が建つ。

角川書店創業者、沈鬱重厚な俳人の墓碑にも寒風は容赦なく吹き付け、微かな暖かみを持った冬日も枯れ葉と一緒に路樹の枝を軽々と越し、得意げに巻き揚がっていった。この碑には平成二三年九月二一日に亡くなった娘の辺見じゅんも合祀されている。

❖本名＝角川源義（かどかわ・げんよし）**❖大正六年一〇月九日—昭和五〇年一〇月二七日❖享年五八歳**（浄華院釈義諦）**❖源義忌・秋燕忌❖東京都東村山市萩山町一丁目一六—一・小平霊園一六区一側三番❖実業家・俳人**。富山県生。國學院大學卒。昭和一七年『悲劇文学の発生』刊行。二〇年角川書店設立。二四年角川文庫・『昭和文学全集』を発刊。二七年俳句総合誌『俳句』を創刊。二九年短歌総合誌『短歌』を創刊。『語り物文芸の発生』『近代文学の孤独』『角川源義善句集』などがある。

❖本名＝金子テル（かねこ・てる）❖明治三六年四月一一日—昭和五年三月一〇日❖享年二六歳（釈妙春信尼）❖山口県長門市仙崎今浦町一七七六・遍照寺（浄土真宗）❖童謡詩人。山口県生。大津高等女学校（現・大津緑洋高等学校）卒。大正末期から昭和初期にかけての童謡詩人。五一二編もの詩を綴り、西條八十からは若き童謡詩人の中の巨星と賞賛されもしたのだが、夭折後、作品は散逸してしまった。のちに矢崎節夫の努力によって遺稿集が発見され、昭和五四年『金子みすゞ全集』が刊行された。

金子みすゞ

かねこ・みすず
［一九〇三—一九三〇］

放埒《ほうらつ》な女性関係に加えてあろうことか性病を感染させられるなどしたうえに、詩人仲間との文通や詩誌への投稿まで禁じる夫に絶望したみすゞは、昭和五年二月、ついに離婚することになる。しかし離婚の話し合いがすすむうちに子供の親権を巡っての苦境から自殺を決意。死の前日に写真館で写真をとり、その夜、数通の遺書を書いた。

〈今夜の月のように私の心も静かです〉。

三月一二日、『防長新聞』に小さな記事が載った。

〈下関西南部町上山書籍店同居人大津郡仙崎町生れ金子てる（二八）は一〇日午後一時頃カルチモンを飲み自殺を遂げた。てるは同店員宮本某と内縁を結んでゐたが捨てられたのをひかんしたためである〉。事実ではなかったが、時代の生んだ記事ではあった。

◉

昭和三年秋、三冊の手帳に清書された遺稿集、正、副二部の詩集は、西條八十とみすゞの実弟で劇団若草の創始者上山雅輔に送られた。雅輔の手元にあったものが、五十余年を経て矢崎節夫氏に渡り、蘇ることになったのだが、その雅輔は平成元年四月一一日、みすゞの誕生日に胸腔内出血のため急死した。

——風の強い雨上がりのある日、山間の線路道を走る電車を乗り継ぐと、やがて美しい港のある町に着いた。仙崎という小駅の前をまっすぐにのびる道。右左にみすゞの詩碑がはめ込まれているこの道を辿ると、遍照寺がある。「先祖累代納骨墓」、側面に金子テル子、上山正祐（雅輔の本名）の名が刻まれた斑模様の石の前に、白い百合の花と瑞々しいしきびが静かに光っていた。

金子光晴

かねこ・みつはる
［一八九五―一九七五］

〈墜ちる道を墜ちきることによって〉と断じたのは坂口安吾であったが、金子光晴もまた〈日本人の誇りなど、たいしたことではない。（略）そんな誇りをめちゃめちゃにされたときでなければ〉と人間の救済、再生を思うのだ。

かつて〈空気も、薔薇色の雲も、あの深邃《しんすい》な場所にある見えざる天界も二十五歳である〉と書き綴った燃えるような生命の情感は、反骨、反逆の詩人、洒脱なフーテン老人ともてはやされた晩年の金子光晴に悠々とたどりつく。森三千代という恋多き一人の女性に熱く絡まった長い流浪人生。

昭和五〇年六月三〇日午前一一時三〇分、気管支喘息による急性心不全により、最期の時を迎えた。

詩人に見えた天界は果たして……。

◉

〈骸は適当に始末して、骨は小さな壺に入れて埋葬してください〉と遺言した光晴の墓碑は、石川淳や安部公房、山田風太郎なども眠る、多摩川上流の山深い丘陵を拓いた広大な霊園にある。

九十九折りの坂道を登りきると、山頂を削り取って平らにしたような狭い台地に出る。盛りを満喫しおえて思い切り伸びきった薄穂がそよと揺れる塋域に身を委ねると、遠くに薄らいでしまった色彩の風景が反転するように浮かび上がってきた。晩秋の空は青く明るい光を放っている。

昭和五二年六月二九日、三千代が七六歳で死去した。数度の結婚、離婚を繰り返し、ありていにいえば愛欲にまみれて曼陀羅模様の人生を生きた「金子光晴／森三千代」、この石碑の下に二人は眠る。

❖本名＝金子安和（かねこ・やすかず）❖明治二八年一二月二五日―昭和五〇年六月三〇日❖享年七九歳❖光晴忌❖東京都八王子市上川町一五二〇・上川霊園一区一番一八号❖詩人。愛知県生。慶應義塾大学中退。大正八年処女詩集『赤土の家』出版後渡欧、一〇年に帰国、『こがね蟲』を出版。戦後も『落下傘』『蛾』『女たちへのエレジー』『鬼の児の唄』『人間の悲劇』などを次々と発表した。ほかには自伝『どくろ杯』、小説『風流尸解記』などがある。

加能作次郎

かのう・さくじろう
［一八八五―一九四一］

加能作次郎は昭和一六年八月五日、『乳の匂い』を校正中にクルップ性急性肺炎のため死去した。発病してからわずか数日後のことであった。

〈大正時代の作家達は、その芸で、その把握力で、又その人生観で、それぞれ華やかな仕事をし、人々の眼をそばだたしめたが、その片隅で加能君は若し気がつく人でなければその前を通り過ぎて行ってしまひそうな、地味な、小さな、ケレンのない仕事をした。（略）併しひと度気がついて、それをぢっと味はって見る人があったら、その人はこの地味な作家の素裸かで何の飾りもない姿に、しみじみとした美を感ずるであらう。舌にとろりとするやうな滋味を感ずるであらう〉と広津和郎が評した作家の死は、不運で儚いものだった。

一三歳で高等小学校を中途退学し、京都に出奔して以来、故郷はつねに作家の原稿用紙の上に甦った。石川県羽咋郡西海村風戸（現・羽咋市）、能登半島のうらぶれた一漁村。ある初冬の日、わずか二、三人の乗客を乗せたバスは海岸沿いを黙々と走る。松本清張の『ゼロの焦点』で一躍有名になった能登金剛に沿って、厳門も見える。朝日を浴びた穏やかな海は波頭を光らせ、緩いカーブを描いて小さな漁港に入り込んだ。

菩提寺の裏に肩を寄せ合う新旧様々な墓碑、新宅の墓として新しく建てられた「加能家之墓」の隣に、一際小さく、一際古ずんだ斑模様の「南無阿弥陀佛」碑。紛れもなく故郷とつながった「美しき作家」、加能作次郎のすべてがここに凝縮していた。

❖本名＝加能作次郎（かのう・さくじろう）❖明治一八年一月一〇日―昭和一六年八月五日❖享年五六歳（釈慈忍）❖石川県羽咋市志賀町西海風無チ一四甲・萬福寺（浄土真宗）❖小説家。石川県生。早稲田大学卒。博文館に入社、『文章世界』の主筆として翻訳・文芸時評を発表する傍ら、大正七年自伝小説『世の中へ』で文壇に認められる。長編『若き日』『幸福へ』などを発表。昭和一六年『乳の匂ひ』を発表。『厄年』『これから』などがある。

川崎長太郎

かわさき・ちょうたろう
［一九〇一—一九八五］

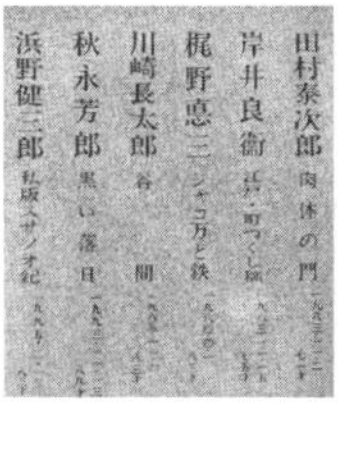

❖本名＝川崎長太郎（かわさき・ちょうたろう）❖明治三四年一一月二六日—昭和六〇年一一月六日❖享年八三歳❖静岡県駿東郡小山町大御神八八八—二・富士霊園文学者之墓❖小説家。神奈川県生。旧制小田原中学校（現・小田原高等学校）退学。家業の魚商の傍ら文学に関わっていく。大正末期には新人として認められ、昭和一〇年『余熱』が芥川賞の候補となる。一三年から実家の物置小屋に住み、芸者や娼婦たちの生活に目をむけ『抹香町』『鳳仙花』などの抹香町もので注目された。『伊豆の街道』『つゆ草』などがある。

〈屋根もぐるりもトタン一式の、吹き降りの日には寝ている顔に、雨水のかかるような物置小屋に暮らし、ビール箱を机代わりに、読んだり書いたり〉。

昭和一三年に三七歳ではじめた小田原万年町の海岸近くにあった実家の物置小屋での生活は、以後二〇年にもおよび、川崎長太郎は私小説作家の権化となったのだった。また戦後二一年頃から色町・抹香町《まっこうちょう》に通うようになり、いわゆる抹香町ものといわれる男女のしがらみの葛藤を描いていった。

昭和四二年、六六歳のとき、軽い脳出血に倒れ、以後は右半身不随となった。だが筆力は衰えず、〈人生の随〉を描いた。昭和六〇年一一月六日、肺炎のため入院先の小田原市立病院で作家は死去した。

◉

この霊園に幾たび足を踏み入れたことだろう。楽しみにしていた富士の山は予想違わず、今日もくっきりと見えるのだが、初夏の熱気を含んだ強風が吹き荒れて、大路の両側に植えられた桜並木の枝々がぎしぎしと恐ろしげな音を出して、前後左右に大きく揺らいでいる。長い坂道をのぼり切った先に作家の墓はあるはずであったが、強風にあおられて歩が進まない。あえぎあえぎようやくに辿り着いた林の中、不思議なことに熱気や強風は薄らいで、微かに清涼感さえ漂っている。

「日本に生まれ、日本の文学に貢献せる人々の霊を祀る」と献じた日本文藝家協会の「文学者の墓」。屛風の様に折れ連なった幾多の文学者の碑銘。「川崎長太郎」の名もここに刻されてある。

川端康成
かわばた・やすなり
[一八九九—一九七二]

満一歳で父が死んだ。二歳で母が死んだ。祖母と姉は六歳の時、祖父は一四歳の時に死んだ。康成は、いやおうなく天涯の孤独感を味わうことになった。あっけなく滅んでいく血族を目の当たりにして、追えば追うほど逃げていく永遠を考えることは捨てた。冷徹なその「末期の眼」は作家の死の瞬間まで、人の世の生と死の深淵を突き刺していく。日本人で初めてのノーベル文学賞を受賞した四年後の昭和四七年四月一六日、散歩に行くといって自宅を出た。

仕事場にしていた逗子小坪のマンションの一室でガス管をくわえて自殺しているのが発見される。なぜ死ななければならなかったのか、死後色々な因が取り沙汰されたが、答えはいまだもってない。

幼いうちから次々と血縁を失ってきた川端康成はまた、数多くの友人知人の追悼文を書いてきた。終戦二日後に死んだ島木健作の追悼にはこう書いた。

〈私の生涯は「出発まで」もなく、さうしてすでに終つたと、今は感じられてならない。古の山河にひとり還つてゆくだけである。私はもう死んだ者として、あはれな日本の美しさのほかのことは、これから一行も書かうとはおもはない〉。

古都鎌倉・朝比奈峠の丘陵地帯にあるこの大霊園の最上段の台地、おびただしい墓石群が谷底からせりあがってくる。この山の空は色を失った梅雨時期独特の厚い雲にぴったりと塞がれていた。川端家墓所の五輪塔、東山魁夷画伯の筆になる「川端家之墓」、墓誌、石灯籠、すべてがうら寂しい。

❖本名＝川端康成（かわばた・やすなり）❖明治三二年六月一四日—昭和四七年四月一六日❖享年七二歳（大通院秀誉文華康成居士）❖康成忌❖神奈川県鎌倉市十二所五一二・鎌倉霊園五区〇側八一号❖小説家。大阪府生。東京帝国大学卒。大正一〇年発表の『招魂祭一景』で菊池寛に評価された。一三年横光利一らと『文藝時代』を創刊、「新感覚派」の作家として注目された。一五年『伊豆の踊り子』を発表。その後、『浅草紅団』『雪国』『千羽鶴』『山の音』などを発表。四三年ノーベル文学賞を受賞した。

❖本名＝徳広巌城（とくひろ・いわき）❖明治三五年一〇月六日―昭和五五年八月二八日❖享年七七歳❖高知県幡多郡黒潮町下田の口・生家裏共同墓地❖小説家。高知県生。東京帝国大学卒。改造社勤務の傍ら同人誌『風車』を創刊。昭和七年『薔薇盗人』で出発。次第に私小説に進み、二一年『聖ヨハネ病院にて』などの病妻ものを多く書いた。三七年脳出血で半身不随になり、以後は口述筆記。『白い屋形船』で読売文学賞受賞。『春の坂』『ブロンズの首』などがある。

上林暁

かんばやし・あかつき
［一九〇二―一九八〇］

梅雨前、高知駅から土佐くろしお鉄道に乗って二時間弱。少し湿り気を帯びた海からの風にのって走る電車は、閑散とした海辺の無人駅に着いた。駅の南方には黒潮の洗う白砂、数キロも続く入野松原があり、その中に上林暁の文学館や文学碑がある。汗を拭き拭き長い松林を抜け、運動公園のような区域をすぎると、一日二本しかやってこないバスの停留所が所在なげに立っていた。向かいの畑ではひとりの老婆が草むしりをしている。その前の段々畑に沿って細い坂道をのぼっていくと一群れの墓地があった。空は開けている。『父イタロウ』に記した〈海や松原や川口や田圃の見える、見晴しのいい、小さな岡の上〉に「徳廣巌城墓」、左に妻繁子の墓。南国の陽は浴び放題。

昭和三七年一一月、六〇歳、二度目の脳溢血により半身不随となったが、妹睦子の献身的な介護と口述筆記により以後の一七年間、すさまじい執念によって作品を書きついだ。

昭和五五年、この年は冷夏だった。南国土佐生まれ、暑さに強く夏の好きだった上林は、〈夏は脳溢血で死ぬ人が少ないので、安心していられる〉と言っていた夏に死んだ。八月二八日午後一時五九分。川崎長太郎の追悼文にはこうある。〈最晩年に近づく程作品は短く、小説としての影も薄くなるが、散文詩みたいなその純度、透明度は上昇線を辿っていた。誰しも眼をそむけかねない境涯にひるまず、逝去するまで病床にあって長期間私小説一辺倒の精根を傾けた〉。上林暁の枕元にはいつの時も妹の睦子が控えていたのであった。◉

木々高太郎

きぎ・たかたろう
〔一八九七―一九六九〕

木々高太郎はそれまでの「探偵小説」という呼び方を「推理小説」に変えるよう提唱した。また〈意気高太郎〉という渾名が示すように積極果敢に攻める性格は八方に視野を広げることになった。その一方、少なからずの不協和音も呼び込んで、毀誉褒貶は相半ばであった。

現職の医学者による探偵小説として、昭和一一年当時としては異例の直木賞を受賞した彼の探偵小説芸術論は、探偵小説非芸術論者の甲賀三郎とのいわゆる甲賀・木々論争を通して有名になったものの、時代を先んじて少数者の意見でしかなかった。

昭和四四年一〇月三一日、聖路加国際病院で心筋梗塞により死去したが、彼の影響を受けた松本清張によって、その理念は一つの道を定めた。『週刊朝日』の懸賞小説に応募した松本清張の『西郷札』が入選、当時『三田文学』の編集主幹だった木々高太郎がその才能に着目し『或る「小倉日記」伝』を『三田文学』に発表したことによって芥川賞受賞へ導いたという話であるが、木々高太郎本人は海野十三によって探偵小説の道を勧められている。

その海野の墓所があるこの霊園に、木々高太郎の墓もあった。松の木の多い塋域の奥隅に平置きされた「林家之墓」。刻字の中にも枯松葉が散っている。山梨の六代続いた医家に生まれ、慶應の医学部教授まで務めた、「推理小説」作家の墓碑に光と影は相半ばして休息している。碑側面に「第七代　林　髞」の刻があり、影から這い上がってきた小さな蜘蛛が足摺をして時間を留めていた。

❖本名＝林　髞（はやし・たかし）❖明治三〇年五月六日―昭和四四年一〇月三一日❖享年七二歳❖東京都府中市多磨町四―六二八・多磨霊園一〇区一種六側三番❖小説家・生理学者。山梨県生。慶應義塾大学卒。大脳生理学者で、同大教授を務めた。海野十三のすすめで昭和九年『新青年』に処女作『網膜脈視症』を発表。『人生の阿呆』で一二年度直木賞受賞。『新月』で探偵作家クラブ賞受賞。探偵作家クラブ会長もつとめた。『四十指紋の男』『光とその影』などがある。

❖本名＝岸上大作（きしがみ・だいさく）❖昭和一四年一〇月二一日―昭和三五年一二月五日❖享年二一歳（釈大道）❖兵庫県神崎郡福崎町西田原・共同墓地❖歌人。兵庫県生。國學院大學。昭和三五年秋、安保闘争の経験と失恋を詠んだ『意志表示』で短歌研究新人賞推薦次席。安保世代の学生歌人として「東の岸上大作、西の清原日出夫」と呼ばれたが、同年自殺した。絶筆『ぼくのためのノート』。ほかに『もうひとつの意志表示』などがある。

岸上大作

きしがみ・だいさく
［一九三九―一九六〇］

学生運動は挫折にしか辿り着けない迷路のようなものであったのだろうか。闘争や恋愛に傷心し、二一年のあまりにも短い生涯、逃れようのない挫折によって、絶望の言葉を区切った学生歌人岸上大作。その墓は、兵庫県南西部のなだらかな山と丘陵に囲まれた小さな盆地、民俗学者柳田國男の生家に近いこの田舎町の、山裾の農道脇を削って造られたわずかばかりの墓域にあった。

戦病死した父繁一と、平成三年に七四歳で逝った母まさゑの墓に挟まれた「岸上大作之墓」。貧困の母子家庭、孤独の一八年間を過ごした山里の朝もやに湿った反射光は碑面をつやつやと黒光りさせ、墓は羨ましいほど絶対的な強い意志を持って雄々しく建っていた。

父は戦病死、母の手だけで育てられた青年がひとり、薄闇の荒野で立ち止まる場所はどこにもなかった。時代は青年を怒らせ、青年を走らせ、ついには青年に背いた。青年は母を詠い、恋人を詠い、行動を詠い、断絶を詠った。冬の陽はたちまち沈んでも、青暗い夜はいつまでも明けることはなかったのだ。行く末の望みは失せて、ほとばしる溜息だけが生きている証だった。

昭和三五年一二月五日、岸上大作は、最後の炎を燃え上がらせて五四枚もの原稿用紙に遺書を書いた。七時間をかけて死の寸前まで書き続けられた『ぼくのためのノート』、東京郊外、四畳半の下宿の窓で縊死した学生歌人の烈しい青春の情熱と熱気は、一瞬の閃光を残して彼方へと空しく消えていった。◉

岸田衿子

きしだ・えりこ

［一九二九―二〇一一］

❖本名＝岸田衿子（きしだ・えりこ）
❖昭和四年一月五日―平成二三年四月七日❖享年八二歳❖東京都府中市多磨町四―六二八・多磨霊園一八区一種一〇側一番❖詩人・童話作家。東京府生。東京藝術大学卒。画家を志すが肺を患い長らく療養生活を送った。二〇代から一貫して幼児向けの絵本、またその翻訳や詩作等を中心とした活動を行った。昭和二九年谷川俊太郎と結婚（六四年離婚）。作品に『かばくん』『かえってきたきつね』『ソナチネの木』などがある。

　底抜けに明るい自然の中を、自由自在に飛び回る妖精のような岸田衿子。劇作家であった父岸田國士が地元の人々と釣りや野菜作りを楽しんでいた北軽井沢の山小屋ぐらし、子供時代には妹の今日子（女優）と夏休みなど機会あるごとに親しんでいた村の自然が、その豊かで純な感性を育んだのだろう。以後も子育ての間をのぞいて大部分の期間をその村で過ごしていた。

　谷川俊太郎、田村隆一、二人の詩人と連れ合い、そして別れた。詩と現実の生活を切り離し、汚れのない心だけを詩に託した衿子は、平成二三年四月七日、髄膜腫のため神奈川県小田原市の病院から旅立った。山裾の、色とりどりの花で埋まった、香りのいい野生の木の実と蜂蜜のある昔の村に向かって。

　路地の奥、寺に囲まれた谷中初音町の谷川俊太郎と暮らしたこともある家の前に、散歩の途中、ときおり立ち寄ることがある。人生の大半を過ごした村の暮らしを彷彿させるものは、玄関前に生えている幾ばくかの野草、扉の小窓にはめこまれた四角いガラス越しに見える松ぼっくりやドライフラワーの飾りのほかは見い出せはしない。

　霊園にある浮島のような宙に浮かぶ墓石。父母や妹の今日子に並んで衿子の名が刻まれた墓誌の向こうにひろがる真昼の空、〈永遠に完成しない〉白い雲をながめていると、〈絵の中から　絵の外へ　まっすぐのびていた道を　峠の向こうがわへ　とばした風船〉をさがしにいった旅人の残照だけは感じることができるように思えてくる。

北園克衛

きたその・かつえ
［一九〇二―一九七八］

昭和五三年『VOU』一六〇号編集後記には北園の病の回復を願う思いが書き記されていたが、急遽、〈今号の発行を待たずに一九七八年六月六日午前六時五十五分肺癌のため逝去されました。慎んでご冥福を祈ります。一九七八年六月八日〉との小片が挟み込まれた。

モダニズム詩人北園克衛は〈言葉を色や線や点のシンボルとして使用する〉ことを主題とし、〈意味によって詩を作らない〉で〈詩によって意味を形成〉した。この実験は従来の詩の概念を破壊してしまったが、昭和一〇年に創刊した主宰誌『VOU』はその活動を美術や音楽、映像にまでひろげた。中でも写真を詩に位置づけた「プラスティック・ポエム」は北園の詩理論の解明に重要な役割を果たすものであった。

◉

都心の憂鬱が充満したかのような秋雨の夕景、大樹の翳りに静謐さを漂わせた寺域。黒田長政や有馬頼義の墓がある塋域に鎮まる墓群が広がる。故人の痕跡、風景を想像しながら、ひとつひとつなぞって歩く。小一時間ほどの歩みの先に雨滴の滲んだ黒御影の碑。

〈新しいカンバスの上にブラッシで絵を描くように、原稿紙の上に単純で鮮明なイメジをもった文字を選んで、たとえばパウル・クレエの絵のような簡潔さをもった詩〉を書いた詩人の墓、「橋本家　詩人北園克衛ここに眠る」。

北園の詩選集「グラス・ベレー」を編訳、出版したジョン・ソルトの名を添えた卒塔婆がみえた。突然、百舌鳥の鳴き声が気をざわめかせて、冷たい雨に闇が迫ってきた。

❖本名＝橋本健吉（はしもと・けんきち）❖明治三五年一〇月二九日―昭和五三年六月六日❖享年七五歳（克行院健翁蘭堂居士）❖東京都渋谷区広尾五丁目一―二一・祥雲寺（臨済宗）❖詩人。三重県生。中央大学卒。大正末期から昭和初期にかけて『詩と詩論』ほかの前衛詩誌で活躍、いわゆるモダニズム詩人、前衛詩人の代表格とされる。主な詩集に『白のアルバム』『黒い火』『円錐詩集』『ガラスの口髭』などがある。

北原白秋

きたはら・はくしゅう

［一八八五—一九四二］

昭和一六年一一月二日、三浦半島にある二町谷見桃寺の庭に、ささやかな白秋歌碑ができた。そこは三〇年前、生き返ろうとして必死だった白秋が、三崎から引き上げてからの一冬を過ごした寺であった。長年の病がかなり進行していて失明一歩手前という時期であったが、白秋はこの除幕式に参列した。

翌年の一一月二日、腎臓病と糖尿病の悪化により午前七時五〇分、波乱の生涯を閉じた。奇しくも一年前見桃寺に行った日と同じ日であった。俊子と章子、二人の女性に関わり、多くを語り残した白秋。

〈今日は何日か、十一月二日か、新生だ、新生だ、この日をお前達よく覚えておおき。私の輝かしい記念日だ。新しい出発だ、も少しお開け。……あゝ素晴らしい〉。

死の前年の昭和一六年三月、福岡日日新聞の文化賞授賞式参加のため西下。三〇年ぶりに帰郷して柳川や出生地・熊本の南関なども訪ねた。酒造業を営んで明治三四年の大火で生家は焼失していたけれど、穏やかで美しい町が往時のまま息づいていた。

この霊園の広い敷地の奥にある詩人の墓は、「北原白秋墓」と大きくしっかりとした活字体で彫られていた。三木露風と共に「白露時代」と呼ばれる一時代を築いた詩壇の大御所らしく、揺るぎのない姿で座していた。供花の白百合がほんのりと墓前を和ませている。丸い小石が埋め込まれて土饅頭のような頭部を持ったその墓石は、左奥に並ぶ「北原家墓」を柔らかく守っているようであり、拒んでいるようでもあった。

❖本名＝北原隆吉（きたはら・りゅうきち）❖明治一八年一月二五日—昭和一七年一一月二日❖享年五七歳❖白秋忌❖東京都府中市多磨町四—六二八・多磨霊園一〇区一種一側六番❖詩人。熊本県生。早稲田大学中退。明治三九年「新詩社」に参加、『明星』に詩・短歌を発表。四一年吉井勇らと「パンの会」に参加、四二年『スバル』を創刊。処女詩集『邪宗門』、大正二年処女歌集『桐の花』を刊行。鈴木三重吉の『赤い鳥』に童謡を次々発表した。詩集『思ひ出』『海豹と雲』などがある。

北村太郎

きたむら・たろう
[一九二二―一九九二]

北村太郎の詩には共通した言葉が良く現れてくる。「墓地」、「街」、「冬」、「鳥」、「雨」、そしてなんといっても「死」だ。それぞれメタファーによって成り立っているのだが、「死」はそれ自体が確定的な言葉であった。

〈朝の水が一滴、ほそい剃刀の　刃のうえに光って、落ちる――それが　一生というものか。不思議だ〉と、詩人は観想する。詩人は最初の妻や子を不慮の事故で失い、晩年は府立第三商業高校以来の友人田村隆一の妻を巡って地獄の葛藤、大病など、「死」はいつも身近に寄り添っていた。

〈いつもどこかの街角でポケットにパンと葡萄酒をさぐりながら、死者の棲む大いなる境に近づきつつある〉。平成四年一〇月二六日午後二時二七分、虎の門病院で腎不全により詩人は亡くなった。

◉

〈街をあるき　地上を遍歴し、いつも渇き、いつも飢え〉ていた北村太郎。墓地が好きだった彼は、晩年も横浜・南京墓地の近くに住んだ。「ある墓碑銘」という詩にこう書いている。〈ここに一人の男が眠る。(中略)彼の　いちばんきらいなことばは、音、であり　すきなことばは、水、でした〉と。

世田谷区北烏山の寺町通りにあるこの寺の本堂前庭、数人の植木職人が植栽の手入れをしている。右奥の墓地中程、苔の生えた土庭に小振りの墓石が建つ。「松村家之墓」、左側面に北村太郎の本名で松村文雄建之とある。墓碑銘はない。供え花もない。寺犬の鳴き声がキャンキャンと墓石の間を跳ね飛んでいく。秋晴れの空はどこまでも高かった。

❖本名＝松村文雄(まつむら・ふみお)❖大正一一年一一月一七日―平成四年一〇月二六日❖享年六九歳❖東京都世田谷区北烏山四丁目一六―一・妙祐寺(浄土真宗)❖詩人。東京府生。東京大学卒。戦前から「LE BAL」に参加。昭和二六年田村隆一、鮎川信夫らと『荒地』を創刊。四一年第一詩集『北村太郎詩集』を刊行。『犬の時代』で芸術選奨文部大臣賞、『港の人』で読売文学賞を受賞。詩集『冬の当直』『笑いの成功』などがある。

木下杢太郎

きのした・もくたろう

［一八八五―一九四五］

❖本名＝太田正雄（おおた・まさお）❖明治一八年八月一日―昭和二〇年一〇月一五日❖享年六〇歳（斐文院指学葱南居士）❖東京都府中市多磨町四―六二八・多磨霊園一六区一種一二側三番❖詩人・劇作家・医学者。静岡県生。東京帝国大学卒。明治四〇年『明星』の同人となり、短編『蒸氣のにほひ』を発表。四一年石井柏亭らと「パンの会」を創立。北原白秋とともに『スバル』派詩人として知られ、大正八年の詩集『食後の歌』を発表。戯曲『和泉屋染物店』『南蛮寺門前』、小説『唐草表紙』などがある。

北原白秋や吉井勇、石井柏亭、山本鼎らとともに文学と美術の交流を図るために結成した「パンの会」最初の会合は、明治四一年一二月、両国橋近くの矢ノ倉河岸にあった西洋料理屋「第一やまと」で行われた。のちに高村光太郎も参加、ときには上田敏、永井荷風、小山内薫なども顔を出していたが、杢太郎の『食後の唄』に結晶した異国文化、異国情緒への憧れも明治の終焉と共に消え去った。

〈耽美派〉の旗手として、北原白秋らと親交を結んだが、三〇歳で詩と訣別する。以降は随筆家として筆をふるっていった。また、森鷗外と同じく医学上においても貢献した。

昭和二〇年六月に随筆『すかんぽ』執筆の後、東京大学医学部附属病院柿沼内科に入院。一〇月一五日午前四時二五分、胃がんにより永眠した。

◉

木下杢太郎には「百花譜」と自らが呼んだ水彩による植物写生画がある。昭和一八年三月一〇日から二〇年七月一〇日まで、がん治療のため入院する直前までの間に描いた八七二枚の写生画。詩を、歌を、自分の命を、心残りなく写し取るかのように毎晩丹精込めて描いた。いま私が佇んでいる墓前には、杢太郎がスケッチした枇杷の画が角石に印されてあり、墓域の隅っこには、ムラサキシキブの子株がしなだれている。

詩人木下杢太郎と医学者太田正雄の二つの世界を持った彼が（あるいは遺族が）、墓碑銘として選んだのは医学者としての名前であった。将棋の駒を平たくしたような墓石に数本の横線を配し「太田正雄之墓」と中央に小さく刻されていた。

木山捷平
きやま・しょうへい
［一九〇四―一九六八］

木山捷平が煩悶しながら郷里笠岡と東京で行ったり来たりを繰り返していた二〇代半ばの一時期、私の郷里兵庫県飾磨《しかま》郡（現・姫路市）にある小学校（母校ではない）の訓導として勤務していたことがあると聞いてなお一層親しみを覚えたものであった。昭和四三年、捷平は、二〇代になった私が勤めるデザイン会社近くの東京女子医科大学病院に食道がんのために入院する。捷平が病床で書いた『オホーツク海の鳥』という最後の詩がある。

〈――そりやあぼくだつて無論　くたばりたいのは山山だけど　今ここでくたばるわけにはいかないまでのことさ　ぼくは明日は東京へ帰らなければならないんだ〉。

数か月後の八月二三日午後一時二三分、捷平は蕭々と還った。主人の居ない無門庵の縁側に……。

◉

新緑の若葉が五月の風になびいて涼やかな匂いを放つ。村の入口には常夜燈が立っている。その辻から、かつて井伏鱒二も訪問したという、今は無人の生家が目の先に見える。庭に歌碑があった。

〈ひんがしの　島根のなかつ　きびつくに
きび生ふる里を　たがわすれめや〉。

土塀に沿って裏山に続く細道をのぼっていく。〈自分が死んだ時自分の遺骨が、自分の家の祖先の墓に埋められることを、この世におけるたった一つの希望にしていた〉捷平の墓は、竹藪の中、細長く拓かれた墓所の一番奥にあった。病床で詠んだ〈見るだけの妻となりたる五月かな〉にある妻ミサヲを合祀した碑は、竹葉の上の方から真っ直ぐに降りてくる澄んだ光を心おきなく受け止めていた。

❖本名＝木山捷平（きやま・しょうへい）❖明治三七年三月二六日―昭和四三年八月二三日❖享年六四歳（寂光院寿蘊捷堂居士）❖岡山県笠岡市・山口生家裏山・木山家墓地❖詩人・小説家。岡山県生。東洋大学中退。昭和四年詩集『野』、六年『メクラとチンバ』を自費出版、八年太宰治らと『海豹』を創刊。一四年処女小説『抑制の日』が芥川賞候補となる。『大陸の細道』で芸術選奨を受賞。主な作品に『河骨』『苦いお茶』『耳学問』『茶の水』などがある。

久坂葉子

くさか・ようこ
［一九三一―一九五二］

久坂葉子の原稿の中に挟まれて残っていた二枚の文章がある。

〈久坂葉子は死んだと新聞は伝えた。六甲駅で最終の電車に轢かれて死んだ。これは過失死であろうか、自殺であろうか。（略）Aは云った。「自殺だ（略）」。Bはつぶやいた。「かわいそうに（略）」。Cは笑っていった。「過失死だよ（略）」。Dはさみしそうに、「彼女が死んだという事実はもう堪らない（略）」。一週間たった。もう誰一人彼女のことをいう者はいなかった。小さい命は誰の頭にものこらなかった〉。

昭和二七年大晦日、新年を迎えるため家路につく乗客のあふれた阪急梅田駅ホームにアナウンスが流れた。「神戸行き特急は事故のため少し到着が遅れております。年末お急ぎの所誠に恐れ入りますが、もうしばらくこのままお待ちください」。

◉

二枚の文章のEは言う。〈ゆきづまりを克服出来なかったんだ。誰でも一度経験する行きづまりをね〉。明治三九年、曽祖父、川崎造船創立者川崎正蔵が川崎家の菩提寺として建てた徳光禅院。室町期の多宝塔を手前に、境内の奥、半円球を座とした観音菩薩像が深緑の樹影を映して立っている。慈愛のほほえみを浮かべたこの像の下に久坂葉子は眠る。名家の宿命に縛られ、身動きできぬ自身への嫌悪、軽蔑、抵抗……。陰気で閑かな家を飛び出して、森閑とした石室に収まる葉子。戦後を引きずったまま、君の望んだ愛は叶うはずもない。いまひとりの男は述懐する。

〈久坂葉子は実に神戸の女だったなあ、しかも山手の女の子だ〉。

❖本名＝川崎澄子（かわさき・すみこ）❖昭和六年三月二七日―昭和二七年一二月三一日❖享年二一歳（清照院殿芳玉妙葉大姉）❖兵庫県神戸市中央区葺合町布引山二―三・徳光禅院（臨済宗）❖小説家。兵庫県生。神戸山手高等女学校卒、相愛女子専門学校（現・相愛女子大学）中退。島尾敏雄の紹介で、昭和二四年、雑誌『VIKING』に参加し、富士正晴の指導を受けた。二五年『ドミノのお告げ』は芥川賞候補となる。四度の自殺未遂をおこす。二七年の大晦日に鉄道自殺を遂げた。

草野心平

くさの・しんぺい

［一九〇三―一九八八］

❖本名＝草野心平（くさの・しんぺい）❖明治三六年五月一二日―昭和六三年一一月一二日❖享年八五歳❖福島県いわき市小川町上小川植ノ内四二・常慶寺（真言律宗）❖詩人。福島県生。中国広東嶺南大学（現・中山大学）中退。昭和三年活版刷りの初詩集『第百階級』を刊行。全編蛙をテーマにしたもので、以後も、蛙の詩を書き続けた。一〇年には、中原中也らと詩誌『歴程』を創刊。『蛙の詩』で読売文学賞受賞。六二年文化勲章を受章。詩集『母岩』『富士山』『定本蛙』などがある。

〈中原よ。地球は冬で寒くて暗い。ぢゃ。
さやうなら〉——。

ともに詩誌『歴程』を創刊した仲間、中原中也を悼んで草野心平はこう詠んだ。心平独自の宇宙観、「天」を意識した鮮烈な生命観を見る思いだ。〈詩人とは特権ではない。不可避である。詩人草野心平の存在は、不可避の存在に過ぎない〉と高村光太郎がかつて評した二五歳の詩人は、六〇年後の昭和六三年一一月一二日午後三時四〇分、急性心不全のため、所沢市民医療センターで死去した。

〈死んだら死んで生きてゆくのだ。おれの死際に君たちの萬歳コーラスがきこえるやうに。ドンドンガンガン歌ってくれ。しみつたれ言はなかつたおれぢゃないか。ゲリゲぢゃないか。萬月ぢゃないか。萬月はおれたちの祭りぢゃないか〉。

◉

福島県石城郡上小川村大字上小川（現・いわき市小川町）は春爛漫。

〈ひるまはげんげと藤のむらさき。夜は梟《ふくろう》のほろすけほう。ブリキ屋のとなりは下駄屋。下駄屋のとなりは……〉。

無人駅の小川郷、集落を流れる夏井川と下田川、小さな橋をわたると思い出の村道は立ち上がり、路地の奥に朽ち果てようとした生家はおぼろげに蘇った。菩提寺の常慶寺、観音堂の裏に古びれた草野家の塋域があった。墓石と墓石のあいだに高さ五〇センチほどの小さな墓碑が顔を覗かせている。「草野心平」、自署彫り碑の翳りと光。朝と夜をつないでいる昔の日、憧れるものは永遠なれ、天にひばり、若葉は若葉、〈天下は実に春で〉、飛行船のような雲がひとつ、ぽっかりと。

串田孫一
くしだ・まごいち
［一九一五―二〇〇五］

　平成一七年七月八日、梅雨の明けやらぬまま、どんよりと熱に浮かされたような日の早朝午前五時三〇分、山の哲学者串田孫一は老衰のため死去した。哲学者と書いたが、詩人でもあり画家でもあった。当然の如く著書は多岐にわたっており山岳文学や画集、小説から随想、人生論、哲学書のほか翻訳ものまで枚挙にいとまがない。中でも昭和三三年に詩人尾崎喜八らと創刊、五八年に三〇〇号で終刊した伝説の山の文芸誌『アルプ』は彼にとって、山腹に吹く快い風のようなものであったろう。何より自然との対話は深い思索をあらわした。

　〈人間は死者を考えることによって、その個人が死者から教えられるばかりでなく、死者を考えるもの同士が結びつくのです〉。

◉

　〈死ぬことよりもその後の葬られ方が妙に気になる、自分の両親を埋葬した墓の中がまだゆとりがあった筈で、おそらくそこへ埋められるのだろう。可なり湿気臭いが土の中は何処も大して変わりがない〉。

　と串田孫一が予期していた通り、両親と同じ「串田家之墓」に眠ることになった。幸田露伴『五重塔』のモデルとなった谷中天王寺の五重塔は、昭和三二年に心中事件のあおりを食って焼け落ちてしまって今は存在しない。その跡地近く、天王寺駐在所脇にあるこの墓は父の一周忌の昭和一五年に孫一が建てた。墓碑の最後尾に孫一の戒名「豊徳院孫譽文岳哲道居士」の刻がある。「文」、「岳」、「哲」、「道」、それぞれが結びついて串田孫一にぴったりの戒名ではないか。

❖本名＝串田孫一（くしだ・まごいち）❖大正四年一一月一二日―平成一七年七月八日❖享年八九歳（豊徳院孫譽文岳哲道居士）❖東京都台東区谷中七丁目五―一四・谷中霊園甲四号八側❖詩人・哲学者・随筆家。東京府生。東京帝国大学卒。昭和一三年処女短編集『白椿』を刊行。二一年『永遠の沈黙パスカル小論』を上梓、また『歴程』同人となる。三〇年初めての山の本『若き日の山』を上梓。三三年尾崎喜八らと山の文芸誌『アルプ』を創刊し、編集に携わった。詩集『羊飼の時計』『山のパンセ』などがある。

窪田空穂

くぼた・うつぼ

［一八七七—一九六七］

窪田空穂はまず第一に自分の弱さを知っていた。その弱さは求める物を持つ者の弱さで、諦められないための悲哀だった。それゆえにこそ生涯を通じて冷静に自身の存在を見極めていたのであった。願うべくもない九〇年にも及ばんとする現世の営みにも終わりが来た。空穂は昭和四二年四月一二日、心臓衰弱のため東京・目白台の自宅で天に召されていった。二七歳のころキリスト教と出会ったことが空穂の歌を決定づけ、最晩年に到るまで、創作を続けたクリスチャン歌人の絶筆二首がある。

〈四月七日午後の日広くまぶしかりゆれゆく如くゆれ来る如し〉。

〈まつはただ意志あるのみの今日なれど眼つむればまぶたの重し〉。

◉

六月の陽を遮って、湿りきった気を漂わせた霊園の赤みを帯びた「窪田家之墓」は、雑草がはびこった参道の傍らで南西を向いて建っていた。碑の裏に、合祀された妻や捕虜となってシベリア抑留の末亡くなった次男茂二郎等と並んで空穂の名がある。また平成一三年四月一五日に死去した長男で歌人の窪田章一郎もここに合祀されたとのちに聞いた。

三〇歳で逝き、遅咲きの桜が咲く頃に埋葬された妻藤野の墓参に際し、〈亡ぶべくも余りに惜しき魂のこの土の下に埋もると思はむ〉と詠んだが、この心のありさまは墓参の際に私が常に持つ感慨でもある。

——突然、樹葉が大きく揺れて歌人の想いを潜めた碑が一瞬翳ったとき、近くの木立からバサッと一羽の鳥が飛び去った。

❖本名＝窪田通治（くぼた・つうじ）
❖明治一〇年六月八日—昭和四二年四月一二日❖没年八九歳❖東京都豊島区南池袋四丁目二五—一・雑司ヶ谷霊園一種九号八側二〇番❖歌人。長野県生。東京専門学校（現・早稲田大学）卒。明治三五年同人雑誌『山比古』を創刊。短歌や小説を発表。三八年第一詩集『まひる野』を刊行、この頃田山花袋を知る。大正三年文芸雑誌『国民文学』を創刊。歌集『濁れる川』『鳥声集』『土を眺めて』を刊行。歌人として評価された。歌集『さざれ水』『郷愁』などがある。

久保田万太郎

くぼた・まんたろう
［一八八九―一九六三］

明治の浅草に生まれ、浅草を愛し、浅草を書いた作家、久保田万太郎は浅草が文学生涯のすべてであった。その処世術においては一筋縄では行かなかったようで、少なからずの毀誉褒貶があった人物と伝えられる。府立第三中学校（現・両国高等学校）の後輩芥川龍之介は〈久保田君と君の主人公とは、撓《た》めんと欲すれば撓むることを得れども、折ることは必しも容易ならざるもの、――たとへば、雪に伏せたる竹と趣を一にすと云ふを得べし〉と評している。この粘り強い意志の人も、昭和三八年五月六日夕刻、梅原龍三郎画伯邸での会食中にすすめられた赤貝のにぎり寿司を喉に詰めて窒息、すぐさま慶應義塾大学病院に運び込まれたが、すでに手遅れで手当をする間もなく午後六時二五分に絶命した。

東京大学赤門前にあるこの寺の本堂裏には、この界隈寺院墓地の大方がそうであるように、変則矩形の窮屈な墓域が無粋なコンクリートのビル壁に隠れるようにかたまってあった。その暑苦しい墓地隅の柿の木の下に一基の五輪塔が建っている。小さくか細い線で刻まれた「久保田万太郎之墓」の文字。その文学と我執の強い生き様を差し引いた残り滓であるような心細い印象を佇む者に感じさせるのは、台風雨の降り始めた夕闇のせいばかりでもあるまい。

一〇年先を生きた永井荷風は「われは明治の兒ならずや。その文化歴史となりて葬られし時　わが青春の夢もまた消えにけり」と嘆いた。万太郎もまたこの奥まった土庭の下で平成の世を嘆いているのではなかろうか。

❖本名＝久保田万太郎（くぼた・まんたろう）❖明治二二年一一月七日―昭和三八年五月六日❖享年七三歳（顕功院殿緑窓傘雨大居士）❖万太郎忌・傘雨忌❖東京都文京区本郷五丁目二九―一三・喜福寺（曹洞宗）❖俳人・小説家・劇作家。東京府生。慶應義塾大学卒。明治四四年小説『朝顔』と戯曲『遊戯』を『三田文学』に発表。翌四五年第一作品集『浅草』を刊行、その後劇評論家・俳人としても知られた。小説に『末枯』『寂しければ』『春泥』、戯曲に『心ごころ』『短夜』『大寺学校』などがある。

蔵原伸二郎
くらはら・しんじろう
［一八九九—一九六五］

第一詩集『東洋の満月』は悠遠な東洋の詩想世界を文字に写して、一躍、詩人蔵原伸二郎の名を詩壇に馳せた。戦時下における数多くの戦争詩によって戦後は孤立を余儀なくされ、困窮しながらも『朝鮮人のいる道』などの詩を書いて償いの気持ちを示したのだった。

昭和三九年、〈野狐の背中に　雪がふると狐は青いかげになるのだ……〉と追憶を雪原の果てに追いやった巻頭六編からなる『狐』の詩を掲げた詩集『岩魚』を発表。翌四〇年、読売文学賞詩歌俳句賞を受賞した。体調悪化により前年から北里研究所附属病院に入院していた蔵原伸二郎は、口述による受賞の言葉を呈したのみで授賞式に出席すること叶わず、三月一六日死去した。

◉

〈ずっと昔のこと　一匹の狐が河岸の粘土層を走っていた　それから何万年かたった後に　その粘土層が化石となって足跡が残ったその足跡をみると、むかし狐が何を考えて走っていったかがわかる〉と詩人は書いた。

「蔵原家之墓」は、武蔵野の天地と風の中に建っている。墓誌には熊本、阿蘇神社の神官であった父惟暁と北里柴三郎の妹であった母イクに次いで本名蔵原惟賢の刻がみえる。かつて詩人は考えながら走っていたのだ。ちぎれちぎれの夢をふくらませて。

〈狐は知っている　この日当たりのいい枯野に　自分が一人しかいないのを　それ故に自分が野原の一部分であり　全体であるのを風になることも　枯草になることも　そうしてひとすじの光になることさえも〉。

❖本名＝蔵原惟賢（くらはら・これかた）❖明治三二年九月四日—昭和四〇年三月一六日❖享年六五歳❖東京都府中市多磨町四—六二八・多磨霊園一五区一種一七側❖詩人。熊本県生。慶應義塾大学中退。萩原朔太郎の『青猫』に衝撃を受け詩作をはじめる。昭和一四年、第一詩集『東洋の満月』刊行。『四季』同人。戦時中に発表した戦争詩に対して、戦後に指弾を受け、『朝鮮人のいる道』など贖罪的な詩を書いた。『戦闘機』『天日の子ら』『乾いた道』『岩魚』などの作品がある。

黒田三郎

くろだ・さぶろう
［一九一九―一九八〇］

無類の大酒飲みで、酒の上でのほら話はともかくも暴言や失敗は数知れなかった。そんな酒豪のイメージとは相容れないのだが、元来病弱体質であったのか、長い間、肺結核との闘いがあったからたまらない、そのうえ糖尿病から胃潰瘍まで患ってしまった。昭和五五年一月八日午後三時五三分、入院先の東京女子医科大学附属病院で、下咽頭がんに冒された一人の市民である風のような詩人黒田三郎は死んだ。

〈小さなユリが寝入るのを待って　夜毎夜更けの町を居酒屋へ走る〉誰かさん、飲んだくれで〈たかが詩人〉の誰かさん。夜の道をひとり風に吹かれて帰ってゆく。ああ、落ちてくる紙風船を打ち上げて打ち上げて、群衆の中を歩き疲れて、詩人さんは帰ってゆく。

谷間を埋め尽くした墓石群がすり鉢の底から這い上がるように山の中腹までせめぎあっている。爽やかな風を楽しみながらのぼっていった先にある詩人の墓所。額の汗を拭きながら振り返ってみると、ああ、やっぱりここは鹿児島だ。霞んではいるが、錦江湾にむかって開けた方向に桜島や開聞岳がうっすらと望んで見える。

供花も何もない殺風景な「黒田家之墓」、土地の習わしでもあろうか台座部分がかなり高くなっていて、その根っこのところにひとむらの青草が喜々として輝いている。碑裏に父や兄の名に並んで三郎の没年月日が刻んである。〈ろくでなしの飲んだくれ〉と自省した詩人の中を大急ぎで駆け抜けていった、瞬くような一生の〈ひとつの席〉がくっきりとあった。

❖本名＝黒田三郎（くろだ・さぶろう）❖大正八年二月二六日―昭和五五年一月八日❖享年六〇歳❖鹿児島県鹿児島市唐湊二丁目一九番・唐湊墓地❖詩人。広島県生。東京帝国大学卒。戦時中、現地召集で南洋の島々で過ごした。戦後はNHKに入局し、昭和二二年『荒地』創刊に参加。結核の闘病を続けながら作品を発表した。三〇年には最初の詩集『ひとりの女に』でH氏賞を受賞。四四年NHK退職後、文筆活動に専念。『小さなユリと』『失はれた墓碑銘』などがある。

幸田文

こうだ・あや
[一九〇四―一九九〇]

父・露伴の死後、文は少女時代の思い出を随筆『みそっかす』に綴っていく。父から聞いた〈おまえは暴風雨の最中にうまれたやつだ〉という言葉をずっと信じていた文はその随筆に〈あらしのさなかにうまれたといふ〉と一行をおろしたのだったが、〈暴風雨の最中〉というのは露伴の記憶違いのようで、文が生まれた明治三七年九月一日の東京の天気は晴れであった。それはともかく平成二年一〇月三〇日、最後の夜は激しい雨が降った。翌明けに息を引き取った母の死を、娘の青木玉は『小石川の家』に記した。

〈あゝ、母さんは風を起こし、雨を呼び雲を捲いて空に昇っていった、嵐のさなかに生まれた母は昨夜の雨風を引き従えて夜の引き明け刻にこの暗い空を勢いよく上昇していったのだ〉

◉

昭和二二年に露伴が逝った。四三歳になっていた文は、はじめて筆を執って追悼文を書いた。その時から文筆生活に入っていくのだが、父の代弁者としての価値しかない自分の存在を次第に嫌うようになって二五年には断筆宣言をするのだった。翌年、柳橋の芸者置屋で住み込みの女中まで経験した。その体験をもとに書いた長編小説『流れる』によって本当の意味での作家になっていった。

いま歳月を一にして、この塋域には父露伴がいる、母幾美がいる、姉歌子が、弟成豊が、一〇基に余る幸田一族の墓碑が囲み建っている。露伴の墓を斜に見た位置に「幸田文子之墓」もあった。背後に立つ樹齢を経た桜木が、暮れなずみゆく霊域の灯明のように、和らかく華やいだ薄暮をひろげていた。

❖本名＝幸田 文（こうだ・あや）❖明治三七年九月一日―平成二年一〇月三一日❖享年八六歳❖東京都大田区池上一丁目一―一・池上本門寺（日蓮宗）❖随筆家・小説家。東京府生。女子学院卒。昭和三年結婚、翌年娘の玉（青木玉）が生まれるが、のち離婚。父・幸田露伴の没後、思い出を書いた文章が、二四年随筆集『父――その死』として刊行された。『流れる』で新潮社文学賞、『黒い裾』で読売文学賞、『闘』で女流文学賞受賞。主な作品に『おとうと』『北愁』などがある。

❖本名＝幸田成行（こうだ・しげゆき）❖慶応三年七月二三日（新暦八月二二日）—昭和二二年七月三〇日❖享年七九歳（瑞峰院露伴成行日俊居士）❖蝸牛忌❖東京都大田区池上一丁目一—一・池上本門寺（日蓮宗）❖小説家・随筆家。江戸（東京都）生。逓信省電信修技学校卒。電信技手として北海道余市へ赴任したが、文学を志して帰京。明治二二年『露団々』『一刹那』『風流仏』、二四年『五重塔』を発表して認められた。ほかに『風流微塵蔵』『天うつ浪』『幻談』などがある。

幸田露伴

こうだ・ろはん

［一八六七—一九四七］

娘の文は露伴との別れを『終焉』にこう書いた。〈仰臥し、左の掌を上にして額に当て、右手は私の裸の右腕にかけ、「いゝかい」と云つた。つめたい手であつた。よく理解できなくて黙つてゐると、重ねて、「おまへはいゝかい」と訊かれた。「はい、よろしうございます」と答へた。あの時から私に父の一部分は移され、整へられてあつたやうに思ふ。うそでなく、よしといふ心はすでにもつてゐた。手の平と一緒にうなづいて、「ぢやあおれはもう死んぢやふよ」と何の表情もない、穏かな目であつた。私にも特別な感動も涙も無かつた。別れだと知つた。「はい」と一ト言。別れすらが終つたのであつた〉。

三日後の昭和二二年七月三〇日朝、露伴は市川市菅野の寓居で瞑目した。

◉

池上本門寺は花祭りの最中であった。太平洋戦争の東京大空襲によって五重塔や総門などを除き、多くの堂宇を焼失してしまった本門寺は戦後になって徐々に復興されていった。昭和三九年に再建された大堂前では、参詣客のために甘茶の奉仕をする婦人たちが華やいだ声を響かせている。

露伴の描いた谷中の五重塔は不始末によって焼失してしまったが、空襲による焼失を逃れた本門寺の五重塔を背にして「露伴幸田成行墓」は厳かに座してあった。この墓碑は書家西川寧の筆刻により一周忌に建てられたもので、妻幾美、妹延子、娘文ら幸田一族郎党がこの塋域に集められている。墓碑は強い春風に吹き飛ばされて高く、低く、右に、左に、舞い散っていく桜の花びらをうらめしそうに眺めているようだった。

小林多喜二
こばやし・たきじ
［一九〇三―一九三三］

昭和八年二月二〇日、赤坂での街頭連絡中に特高警察に捕まり築地署に連行された。過酷な取り調べの果て、搬送された築地署裏の前田病院で一九時四五分、死亡が確認された。多喜二の死因を、検事局と警視庁は「心臓麻痺」と発表。死体の解剖を妨害し、死因の究明を不可能にした。翌二一日、遺体は阿佐ヶ谷の自宅に返された。青ざめた顔は苦痛にゆがみ、打撲痕や内出血で全身腫れ上がった残虐このうえないもので、明らかに築地警察署内に於いての拷問による虐殺であった。無惨な息子の遺骸を抱いて、年老いた母は「それ、もう一度立たねか、みんなのためもう一度立たねか」と声を浴びせた。

日本の革命運動として最も困難な時期であったが、権力者と闘い権力者に殺された最初の文学者の死であった。

◉

社会主義者、共産主義者への弾圧があった三・一五事件の記念日、三月一五日に多喜二の葬儀は労農葬として築地小劇場で執り行われることになったが、特高は執拗で、関係者の主だった者が逮捕され葬儀は中止となってしまった。多喜二の遺骨は、彼の愛した小樽・奥沢の地にある奥沢共同墓地の墓群れの中、彼自身が昭和五年に建てた墓に葬られた。

海に背を向けて小樽の谷奥に位置する、この墓山の一方に開けた先に展がる風景は丘陵に家々を連ねている。北の深寥とした営みをわしづかみにしているような天狗山が見える。緑を深くした山塊は海からの風に乗ってきた、少しばかり黄淡色を帯びている弱々しい白雲をきっぱりと断ち切っていた。形だけの意志を拒否するかのように。

❖本名＝小林多喜二（こばやし・たきじ）❖明治三六年一〇月一三日（戸籍上は一二月一日）―昭和八年二月二〇日❖享年二九歳（物学荘厳信士）❖多喜二忌❖北海道小樽市奥沢五丁目一三〇・奥沢共同墓地❖小説家。秋田県生。小樽高等商業学校（現・小樽商科大学）卒。大正一五年頃からプロレタリア文学へ傾倒。昭和三年の「全日本無産者芸術連盟」（ナップ）小樽支部の結成に尽力。小説『防雪林』『一九二八年三月一五日』『蟹工船』を発表、プロレタリア作家として認められたが、昭和八年特高警察に逮捕され、拷問の末虐殺された。『工場細胞』『党生活者』などがある。

五味川純平

ごみかわ・じゅんぺい
［一九一六―一九九五］

旧満州で軍需工場に従事、昭和一八年に召集されてソ連国境を転戦し、終戦間際にソ連軍の攻撃を受けた所属部隊はほぼ全滅、自身は九死に一生を得た。それらの体験を元に描いた『人間の條件』は一三〇〇万部という戦後空前のベストセラーとなった。

破壊され、失われたものは心の闇の奥底に沈んでいっても『戦争と人間』、『ノモンハン』など、反戦文学一筋を貫いた五味川純平だった。〈反戦思想を持っていながら、殺し合い、生きて帰ってきた〉という敗北の戦争体験を一身にひきうけて、昭和五三年、喉頭がんのため声帯を失いながらもなお、平成七年三月八日午後二時、脳梗塞で力つきるまで、まさに孤高の人というにふさわしい作家人生をおくった。

◉

〈雪は降りしきった。遠い灯までさえぎるものもない暗い曠野を、静かに、忍び足で、時間が去って行った。雪は無心に舞い続け、降り積もり、やがて、人の寝た形の、低い小さな丘を作った〉。

『人間の條件』の最終章を読み終えて、一六歳の私は初めて「死」を意識した。抗いようのない理不尽な「運命」を思った。山里の深い秋の陽はとうに落ちていた――。

富士を背に、滑走路のように広くて長い霊園の大路を歩きながら、数十年前の懐かしくも遠く若い日を思った。赤いベゴニアが咲いている。黒っぽい火山土の上には、「栗田家」墓があった。香立てに「五味川」、裏面に「栗田茂（五味川純平）」の彫り込みがある。陽は高く、雲雀も鳴いて、〈小さな雪の丘〉は刹那に消えた。

❖本名＝栗田　茂（くりた・しげる）❖大正五年三月一五日―平成七年三月八日❖享年七八歳❖静岡県駿東郡小山町大御神八八八―二・冨士霊園三区一号一二一番❖小説家。旧満州生。東京外国語学校（現・東京外国語大学）卒。自らの従軍体験を基にして昭和三一年から『人間の條件』（全六巻）を刊行。好評を得て、のちに映画化される。その後も『戦争と人間』『御前会議』『ノモンハン』『ガダルカナル』などの戦争文学を発表した。『自由との契約』『孤独の賭け』などがある。

今東光

こん・とうこう
［一八九八―一九七七］

❖本名＝今 東光（こん・とうこう）❖明治三一年三月二六日―昭和五二年九月一九日❖享年七九歳（大文穎心院大僧正東光春聴大和尚）❖東京都台東区上野桜木一丁目一四―五三・寛永寺第三霊園❖小説家・僧侶。神奈川県生。兵庫県立豊岡中学校（現・豊岡高等学校）中退。大正一〇年、川端康成らと第六次『新思潮』を、一三年に『文芸時代』を創刊。昭和五年出家得度、文壇から離れた。二六年大阪八尾の天台院住職となり、河内人の気質や風土に親しんだ小説を発表した。『お吟さま』で三一年度直木賞受賞。

　すべてにおいて波瀾万丈、一言で言うならば天衣無縫の生涯であった。反骨の不良少年時代、東京帝国大学の講義を盗み聞きした青年時代、川端康成との生涯を通じての友情関係、菊池寛との決別、比叡山での仏門修行、大阪八尾天台院での河内生活、二十数年ぶりの文壇復帰、大僧正として平泉中尊寺貫首、参議院選挙に立候補し当選等々、おおよそ並人生の数倍濃度の人生であった。

　昭和四六年にS字結腸がんが発見されたが本人が手術をいやがり、二年後にようやく摘出された。しかしながらまもなく再発し、二年半後の昭和五二年九月一九日、肺炎を併発、千葉四街道市の国立療養所下志津病院で遷化《せんげ》した。

　無頼僧正を支え続けたきよ夫人は東光の祥月命日の平成二〇年九月一九日に死去する。

◉

　破天荒な人物ではあったが、司馬遼太郎の今東光評はかなり温情に満ちている。

〈仏教によって覚者になったというよりも、天成、浮世へ遊びに来て、また還るというような覚悟が、なにげなく育つ体質を持っていたのではないか〉。

　今東光の分骨は関係した平泉中尊寺や岩手県浄法寺町の天台寺、八尾の天台院、比叡山霊園のそれぞれに納骨され供養塔が建てられてある。谷中の墓地を抜け寛永寺境内を横切ったところ、上野中学校前の寛永寺第三霊園にある和尚の墓は石庭風にしつらえた塋域に石塔と柴田錬三郎撰文墓誌が配してあった。

　強い陽射しに枯れた供花が墓前に遊んでいるのを花生けに戻してみたが、一陣の風に舞ってころころと砕石に転がってしまった。

西條八十

さいじょう・やそ
［一八九二—一九七〇］

❖本名＝西條八十（さいじょう・やそ）❖明治二五年一月一五日—昭和四五年八月一二日❖享年七八歳（詩泉院釈西條八十）❖千葉県松戸市田中新田四八—二・八柱霊園二区一側一三号❖詩人・仏文学者。東京府生。早稲田大学卒。大正八年処女詩集『砂金』を自費出版、象徴詩人として認められた。一三年にソルボンヌ大学留学、帰国後早稲田大学教授に就任。『美しき喪失』『見知らぬ愛人』『一握の玻璃』。訳詩集『白孔雀』、童謡集『鸚鵡と時計』などがある。

金子みすゞを最初に見い出した人ということで知られてはいるが、童謡や民謡などのほか流行歌なども手がけて北原白秋・野口雨情とともに童謡詩人と呼ばれており、象徴詩人としての西條八十の評価は決して高いとはいえない。

　近代文学の系譜からはずされた詩人として今日に至っているけれども、その天才的で繊細優美、かつ高貴な想像力に彩られた詩は象徴詩として一級品であった。だが、〈詩壇では自由詩運動で定型詩は亡び、文語の彫琢も不必要という悲運に遭遇した〉ためにその手法を〈童謡の中で駆使した〉ことが、童謡詩人としての評価をより一層高めていったのはある意味皮肉なことであった。昭和四五年八月一二日午前四時三〇分、急性心不全のため西條八十は成城の自宅で死去する。

◉

雨宿りがわりに駆け込んだ新橋の小料理屋の娘晴子と、番傘を貸してくれた事がきっかけで生涯の伴侶となって過ごした遠く懐かしい日々。死してのちの世の永劫の日々もまた。

〈われらふたり、たのしくここに眠る、離ればなれに生まれ、めぐりあい、みじかき時を愛に生きしふたり、悲しく別れたれど、また、ここに、こころとなりて、とこしえに寄り添い眠る〉——。

　詩集をひろげた形の黒花崗岩に刻まれたこの詩碑の奥に、大理石に金文字で彫りつけられた「西條八十／西條晴子墓」の墓標がきらきらと瞬いていた。故人も墓参のあとのひととき、腰をおろしたという腰掛石に私も試してみた。詩人の繊細さが伝わってきて、ひんやりとした冷たさが心地よかった。

西東三鬼

さいとう・さんき

［一九〇〇―一九六二］

三三歳の時、神田の共立病院歯科部長時代に患者の勧めで始めた俳句であった。シンガポールで歯科医を開業していた経緯もあり、ゴルフ、乗馬、ダンスなどハイカラな趣味を好みとしていた。元々モダンな感覚を身につけていた三鬼は『ホトトギス』流の古風な花鳥諷詠の伝統には染まなかった。自由な作風の新興俳句に没入し、目新しい題材をつねに求めて俳人としての存在を示したが、新興俳句の弾圧として名を知られた、昭和一五年八月、いわゆる「京大俳句事件」で特高に検挙されたこともあった。

三二年、角川書店の『俳句』編集長を辞し、俳句に専念するようになってまもなくの三七年一月に発病し、四月一日、胃がんのため神奈川県葉山の自宅で死去した。

◉

岡山県の北部・美作地方の中心に位置する津山は三鬼の故郷である。斎藤家菩提寺の成道寺は津山藩時代からの寺町にあり、初代津山藩主が建立した浄土宗の寺で重臣たちの菩提寺として今日まで続いてきた。

市文化財の山門左手、本堂南にみえる墓地は、三方を古寺に囲まれていたが、広角レンズで覗いた風景のようにぽっかりとひらけた空間となっている。ほぼ中央に「西東三鬼之墓」、「水枕がばりと寒い海がある　三鬼」。俳誌『天狼』をともに創刊した山口誓子の筆が刻された碑。

それは無彩色の石群の中央に、雲雀《ひばり》の鳴き声と、のんびりとした白い蝶の舞いと、春霞の揺らぎの中にあった。女性によくもてて遊び人という風なイメージのある三鬼の眠る場所としてはどんなものだろう。

❖本名＝斎藤敬直（さいとう・けいちょく）❖明治三三年五月一五日―昭和三七年四月一日❖享年六一歳❖三鬼忌・西東忌❖岡山県津山市西寺町一八・成道寺（浄土宗）❖俳人。岡山県生。日本歯科医学専門学校（現・日本歯科大学）卒。昭和八年頃から医師業の傍ら句作を始めた。一〇年同人誌『扉』を創刊。また『京大俳句』に参加。一五年第一句集『旗』を上梓。戦後、山口誓子主宰の俳誌『天狼』創刊に参加。二七年から『断崖』を創刊・主宰した。句集に『夜の桃』『今日』『変身』などがある。

❖本名＝斎藤茂吉（さいとう・もきち）❖明治一五年五月一四日（戸籍上は七月二七日）―昭和二八年二月二五日❖享年七〇歳（赤光院仁誉遊阿暁寂清居士）❖茂吉忌❖東京都港区南青山二丁目三二―二・青山霊園一種イ二号一三側一五番❖歌人。山形県生。東京帝国大学卒。明治三九年伊藤左千夫の門下となり、『アララギ』に短歌や評論を発表。左千夫没後は島木赤彦らと〈アララギ派〉の中心的歌人となる。大正二年処女歌集『赤光』刊行。一〇年第二歌集『あらたま』を刊行。作品に『連山』『つきかげ』などがある。

斎藤茂吉

さいとう・もきち

［一八八二―一九五三］

母の死や師伊藤左千夫との対立と別れ、過去に於ける悲しい命の捨てどころであった『赤光』は、青春の記念碑として、〈実相に観入して自然・自己一元の生を写す〉という茂吉独自の写生観いわゆる「生写し」を実行し、茂吉調を完成させた。晩年は「残年にあえげる」という状態だった。

昭和二二年秋に、疎開先の郷里山形県南村山郡金瓶村（現・上山市金瓶）より帰京した以後は「寂寞《じゃくばく》として奈何《いかん》ともなすべきなき境」ともいうべき老枯の中、天衣無縫の歌をつくっていったが、肉体は徐々に衰えてしまった。

昭和二八年二月二五日、「第二の人麻呂」といわれた大きくて沈痛な歌人の生涯は、心臓喘息のため新宿・大京町の自宅で終焉を迎える。遺骨は郷里金瓶の宝泉寺及び大石田の乗船寺にも分骨埋葬された。

◉

さまよって迷い込んでしまったのか白黒斑の子猫が一匹、赤松の木陰に不安そうにうずくまっている青山の墓地。近くには志賀直哉の墓も見えている。

霊園を分断して南北につながる中道の脇、矩形の斎藤家墓域には生涯を通じて茂吉を苦しめ、悩まし、心身ともに疲れさせた妻輝子や茂吉の墓誌、長男茂太の建てた「斎藤家之墓」、そして奥には紅梅の木の下に生前から準備していたという、本人書による「茂吉之墓」の墓石がひっそりと佇んであった。左手前にはあららぎの小木。敷石には小石が四、五個、所在なげに転がっている。

〈人生は苦界ユエ、僕ハ苦シミ抜カウト思フ。毎夜、睡眠薬ノンデモカマハヌ。正シキ道ヲ踏ンデ行キツクトコロマデ行キツカウ〉。

斎藤緑雨

さいとう・りょくう

［一八六八―一九〇四］

❖本名＝斎藤　賢（さいとう・まさる）❖慶応三年一二月三〇日（新暦一月二四日）―明治三七年四月一三日❖享年三六歳（春暁院緑雨醒客居士）❖東京都文京区向丘一丁目一一―三・大円寺（曹洞宗）❖小説家・評論家。伊勢国（三重県）生。明治法律学校（現・明治大学）中退。仮名垣魯文に師事。明治二二年―二三年『小説八宗』『初学小説心得』『小説評注問答』を発表。辛辣な批評家として知られた。二四年『油地獄』『かくれんぼ』などで認められた。

森鷗外、幸田露伴とともに『三人冗語』で絶賛したほど樋口一葉の才能を高く評価し、本郷丸山福山町にあった一葉の借家にもたびたび訪れ、一葉は緑雨の印象を〈逢えるはたゞの二度なれど、親しみは千年の馴染にも似たり〉と日記に記している。

一葉の死後もなにかと遺族の生活を支えていたのだが、肺結核という病を得てしまった。明治三七年四月一一日夕刻、肺結核の身を横たえる本所横網町の陋宅に友人の馬場孤蝶を呼び、樋口一葉の妹邦子から預かっていた日記の後日を頼み、自らの死亡広告の筆を執らせた。二日後の午前一〇時頃、家人をさけて一人ひっそりと逝った。翌日、『万朝報』に〈僕本月本日を以て目出度死去仕候間此段広告仕候也　四月十三日　緑雨斎藤賢〉の死亡広告が掲載された。

◉

斎藤緑雨が託された一葉の日記は緑雨の死後、露伴らの手によって日の目を見たが、後日を頼まざるを得なかった緑雨の無念さに心痛む思いがする。旧中山道沿いにある江戸札所第一三番金龍山大円寺の墓地にある墓には、東京大空襲の時に直撃弾をうけて損傷したものが多いと聞いていた。この墓にはそのような傷は見当たらない。〈明治文壇の鬼才云々〉と掲げられた木札は傾き、墨は薄れてすべては判読できない。

祖父母、父母、次弟とともに合祀された墓碑に、幸田露伴の筆になる「斎藤氏之墓」を読む。「正直正太夫」、「緑雨醒客」の筆名で明治文壇に毒舌批評家として名を成した人の墓に彼岸の人影はなく、灰色の碑面にただ鈍く揺れる葉影だけがあった。

❖本名＝坂口炳五（さかぐち・へいご）❖明治三九年一〇月二〇日—昭和三〇年二月一七日❖享年四八歳❖安吾忌❖新潟県新潟市秋葉区大安寺五〇九・坂口家墓地❖小説家。新潟県生。東洋大学卒。『青い馬』に発表した『風博士』『黒谷村』が牧野信一に激賞され、牧野主宰の『文科』に参加。『真珠』『吹雪物語』などを発表。昭和二一年『堕落論』『白痴』の発表は衝撃をもって迎えられた。主な作品に『外套と青空』『女体』『桜の森の満開の下』などがあり、織田作之助、石川淳、太宰治などとともに「無頼派の作家」と呼ばれた。

坂口安吾

さかぐち・あんご

［一九〇六—一九五五］

かつて、あの大戦時の重苦しい空気のなかでの『日本文化私観』で、「日本的伝統主義」を拒否した坂口安吾の不敵さは、放校された新潟中学校の机の裏に〈余は偉大な落伍者となっていつの日か歴史の中によみがえるであろう〉と彫ってきたという逸話に、さもありなんという真実味をもたせている。また〈生存それ自体が孕んでいる絶対の孤独〉と突きつけてくる〈無頼派〉の切っ先はいま、私の眼前に迫っているようにも思えてくる。

昭和三〇年冬、『安吾新日本風土記』取材のために土佐に旅立ったのが最後の旅となった、その旅から桐生の自宅に帰った翌々日の二月一七日早朝、三千代夫人に舌のもつれを訴えて横になったまま、午前七時五五分、脳溢血のため急逝した。

◉

紙屑の山、燃えかすの積もった蚊取線香立て、転がったピース缶、足の踏み場もない無秩序な書斎で、原稿用紙に向かっている坂口安吾の写真を、畏怖をもって見たのはいつのことであっただろう。

〈ふるさとは語ることなし〉、〈私のふるさとの家は空と、海と、砂と、松林であった。そして吹く風であり、風の音であった〉——。

その風音と雨音を聞きながら阿賀野川に程近いこの墓の前に佇んでいる。「坂口家塋域」と彫られた墓碑。雨空のせいばかりでもないのだろうが黒ずんで無表情、色とりどりの供花だけが拠り所のように思われた。碑裏面には兄献吉撰文と献吉とその妻徳の戒名が印されていたが、安吾の名前はどこにも見当たらなかった——。

〈孤独は私のふるさとだ〉。

左川ちか

さがわ・ちか
［一九一一—一九三六］

祝福を斥けて、落日と共に失われた夢は閉じたり開いたり、少しだけ毒を含んだ少女、あてどのない暗くて遠い夜の道はどこまで続く。さまようものは眠りにつくしかないのだ。——昭和一〇年一二月二七日、末期症状と診断された胃がんの病状は悪化の一途をたどり、死期を悟ったちかは西巣鴨の癌研究所附属康楽病院から世田谷の自宅に帰った。

　しかし年を越した一月七日午後八時三〇分、生涯の支えとなった異父兄・川崎昇や思慕の人・伊藤整、慈しみの師・百田宗治、理解者・北園克衛、詩友・江間章子や北川冬彦、春山行夫、近藤東、阪本越郎等々、数多のやさしい光の中に〈海に捨てられた〉少女の跫音《あしおと》や思い出を追いやって、困惑した少年のようにゆっくりと目を閉じた。◉

　夜露に濡れた草々の先端を刃のように光らせて、北の国の朝は明けた。晴れ晴れとした碑面を眼下の余市《よいち》川に向け、墓山は輝きにあふれている。眼鏡の少女佐川ちか、東京・祖師谷にて火葬された遺骨はその夏に余市の川崎家の墓に埋葬されたと。ただその一行を頼りに心細くも余市まで来たのだったが、おびただしい墓群れを前にして足がすくんだ。しかし一族の墓はあった。

　「川崎家先祖代々之墓」、新しく建て替えられたと思われる碑に祖父母の名が刻まれてあるが、ちかの名は見当たらない。二昔も前のこと、川崎家の塋域の中の名もない石塊の傍らに卒塔婆がたっていたという話だが、整備された墓庭は黄色い小さな花が咲き乱れているのみ。石塊もなく、ちかの亡骸はここに埋葬されたのか否かは定かでない。

❖本名＝川崎　愛（かわさき・ちか）❖明治四四年二月一四日—昭和一一年一月七日❖享年二四歳❖北海道余市郡余市町美園町・美園墓地❖詩人。北海道生。小樽高等女学校（現・小樽桜陽高等学校）卒。昭和五年頃から北園克衛、春山行夫、江間章子、阪本越郎などと同じ雑誌に投稿していた当時のモダニズムの代表的な女性詩人。新進気鋭の新人と期待されたが病のため早逝した。没後、百田宗治編集の『椎の木』が「佐川ちか追悼号」を出した。また五八年『左川ちか全詩集』が刊行された。

佐多稲子

さた・いねこ
［一九〇四—一九九八］

佐多稲子は、『驢馬』同人の中野重治、堀辰雄らと出会い、のちに知り合った窪川鶴次郎と結婚、「生きていく目安」を得て、左翼運動にも加わった。哀しくも厳しい少女時代の実人生を描いた処女作『キャラメル工場から』をもって彼女の作家としての巣立ちが始まるが、文学者として、妻として、共産党員として、あまりにも激しい苦難や挫折もともに始まったのだった。『私の東京地図』終章に稲子はこう書いている。〈道が残っている、ということは、私に、厳然とした喜びをあたへている。古い地図の数々の折れ曲がった道を心にきざみながら、私はまたひとつの方向に進む足音に自分の足音を混じえて歩いて行こう〉と。

平成一〇年一〇月一二日、敗血症ショックにより作家佐多稲子は死去する。

◉

この寺の墓地に向かう坂をのぼるのは松本清張の墓参以来二度目となる。秋彼岸、風はまだまだ熱気を含んでいた。尊敬するモーパッサンの墓を手本に造られた「佐多稲子」墓。開いた形の白影石の本には生年、没年が刻まれ、中央に香が置かれている。〈誰かから何とか学資を出して貰い、小学校だけは卒業するほうがよかろう〉といった内容の郷里の先生からの手紙を、住込みの中華そば屋の暗い便所で読み返し泣いたという『キャラメル工場から』の最終行から始まった彼女の作家人生はここに終わっていた。

息子夫婦と連れだって同じ筋の墓参りにきた年輩の女性が、しきりに「佐多稲子」の説明をしているのだが、若夫婦ともピンとこないのか曖昧な返事をしながら足音だけを残して横切っていった。

❖本名＝佐田イネ（さた・いね）❖明治三七年六月一日—平成一〇年一〇月一二日❖享年九四歳❖東京都八王子市大谷町一〇九一—一・富士見台霊園東五段—三❖小説家。長崎県生。小学校中退。上京後、職を転々とする。昭和三年『キャラメル工場から』でプロレタリア文学作家として出発。七年共産党に入るが、戦後に離党。『女の宿』で女流文学賞受賞。ほかに『夏の栞』『くれなゐ』『樹影』『時に佇つ』『月の宴』などがある。

サトウハチロー

サトウ・ハチロー

［一九〇三―一九七三］

昭和二〇年、戦後初めての映画『そよかぜ』の挿入歌としてハチローの作詞した「リンゴの唄」は、荒廃した日本にとって戦後復興の象徴ともいうべき歌であった。

昭和二一年一〇月一一日、父佐藤紅緑の同郷・後輩の詩人で、子供の頃の無軌道な生活を深い愛情で癒やしてくれた福士幸次郎という、ハチローが敬愛してやまなかった恩人が死んだ。翌二二年には長年の放蕩に愛想をつかした先妻くらの子供三人も育ててくれた妻るり子が急死。二四年には反発と尊敬の対象であった紅緑も世を去った。その後のハチローは、若い頃の暴走を糧として多くの作品を生み出していったが、昭和四八年一一月一三日、心臓発作により東京・聖路加国際病院で、最愛の蘭子（本名・房枝）に見守られながら振幅激しい人生を終えた。

◉

明治七年に開設されたこの霊園には欅や松、銀杏、檜などかなりの大木が樹葉をひろげている。ゆるやかな風がたゆたう墓原、もやがかった薄暗がりの小道を抜けると、そこには無限のまどろみを感じさせるほっとした明るさが漂っていた。

〈ふたりでみるとすべてのものは美しくみえる〉と記された石碑がしっかりと正面を遮り、その下に「サトウハチロー」の墓は遥か頭上の天空を仰いで組み込まれている。見えるものはおびただしい石碑群ばかりであったが、優しい秋の明るい陽射しに向かって、昭和二三年に結婚したダンサーで元愛人の蘭子と眠る墓碑、「蘭子（房枝）とハチロー」の眼差しはどんな美しいものを見つめているというのであろうか。

❖本名＝佐藤八郎（さとう・はちろう）❖明治三六年五月二三日―昭和四八年一一月一三日❖享年七〇歳❖東京都豊島区南池袋四丁目二五―一・雑司ヶ谷霊園一種五号二五側二五番❖詩人・童謡作詞家。東京府生。旧制早稲田中学校（現・早稲田高等学校）中退。佐藤紅緑の長男。早稲田をはじめ八つの中学校を転々、放蕩、奇行など自由奔放な生活を送りながら詩を作った。大正一五年詩集『爪色の雨』を刊行。ほかに詩集『おかあさん』『母を唄う』、童謡集『叱られ坊主』などがある。

佐藤春夫

さとう・はるお
［一八九二—一九六四］

❖本名＝佐藤春夫（さとう・はるお）❖明治二五年四月九日—昭和三九年五月六日❖享年七二歳（凌霄院殿詞誉紀精春日大居士）❖春夫忌❖東京都文京区小石川三丁目一四—六・伝通院（浄土宗）❖詩人・小説家。和歌山県生。慶應義塾大学中退。明治四三年生田長江に師事。新詩社同人となり、『スバル』『三田文学』に詩歌を発表。大正八年『田園の憂鬱』、一〇年第一詩集『殉情詩集』を発表。小説家、詩人として認められた。主な作品に『都会の憂鬱』『神々の戯れ』『晶子曼陀羅』などがある。

佐藤春夫といえばまず「秋刀魚の歌」を思い浮かべる。〈あわれ　秋かぜよ　情《こころ》あらば伝えてよ　男ありて　夕げに　ひとり　さんまを食らひて　思ひにふける　と〉。そのあとに〈さんま、さんま　そが上に青き蜜柑の酸《す》をしたたらせて……〉というリズムの良いフレーズが続いていく。かなり古風な詩であるが、なかなか忘れ去ることができない。

昭和三九年五月六日午後六時すぎ、東京・文京区関口町の佐藤邸書斎には、苦悶のうめき声をあげ机にうつ伏せた春夫と、ラジオ番組の録音のために訪れた担当者の茫然とした姿があった。数分後千代子夫人が駆け寄ったときには、すでに息はなかった。『一週間自叙伝』三回目の録音にとりかかったばかりのことで、心筋梗塞による突然の死であった。

◉

私にはとうてい理解不能、幾千丈もの渓谷に架かったかずら橋を目隠しで渡るような、危うく、無謀な試みであったが、いわゆる「細君譲渡事件」として新聞紙上を賑わせた谷崎潤一郎、佐藤春夫、谷崎夫人後の佐藤夫人千代子、この三人につながる運命の糸は激しい愛憎の葛藤によって長い年月を絡めていったのだ。

芸術家の恋愛・傲慢・冷酷・理想に振り回された千代子と一方の芸術家であった春夫の至った道も、あるいは芸術上に架けられた一本の道であったのかもしれない。

小石川・伝通院墓地の古銀杏の樹下、石柱碑に並べられた二つの法名を眼にした時、その間から、時折遠雷を響かせている雷雲に、迷いなく伸びる銀色の線を描いてみたいと思った。

佐藤泰志

さとう・やすし
［一九四九―一九九〇］

傷ついた自らの分身たちからほとばしる幾多の渇き、苦悩、悲しみや愛によって、失われた故郷の風景や記憶の色を描いた佐藤泰志。中学二年のときのクラス文集に将来の希望を書いた。〈四十代で芥川賞受賞、五十代で世界で一流の小説家になる。文学小説五十二冊、推理小説二十九冊、詩集十二冊、歌集一冊を出し、百二才にて死ぬ。〉と。

　平成二年、遺作『虹』を編集者に渡したあと、一〇月九日夜、ロープを持って国分寺の自宅を出る。一〇日朝、近くの植木畑で首をつって死んでいるのが発見された。『虹』の最後にはこう書いた。〈僕は空にむかって半円を描いた虹の色を数えた。（略）注意深くハンドルを操りながら、ふたつの山をつないで、空をまたいだ虹に、僕は無心で見とれた〉。

◉

　夏の雨はむせかえるような匂いをのこして山の彼方へ退いていった。プラタナスの街路樹を横切って入った、公園墓地の一角というには広すぎる空間に芝生が敷き詰められ、同じ大きさの横型洋墓が等間隔に整列している。昭和五九年秋彼岸に父省三が建てた「佐藤家」墓に泰志は眠っている。裏面に戒名、没年月日、両親よりも前に泰志の名が刻まれているのが哀しい。

　木立から聞こえる野鳥のさえずりはうるさいのだが、芝生のあちこちから顔をのぞかせた野草は時折吹き抜ける湿った風にやさしく揺らいでいる。少年の時の夢かなわず、芥川賞の候補に五度もなりながら、ついに受賞できなかった泰志の孤独と絶望が埋まった碑に注ぎ始めた夏の陽は、何ものをも光り輝かせるように底抜けに明るい。

❖本名＝佐藤泰志（さとう・やすし）
❖昭和二四年四月二六日―平成二年一〇月一〇日❖享年四一歳（泰文志道居士）❖北海道函館市東山町一二四・東山墓園一区〇〇番一二八号一八列一五❖小説家。北海道生。國學院大學卒。函館西高等学校在学中、一七歳の時『青春の記憶』で有島青少年文芸賞の優秀賞。翌年『市街戦の中のジャズメン』で連続受賞。大学入学で上京。『きみの鳥はうたえる』『黄金の服』などの作品で五度芥川賞候補になる。主要作品に『そこのみにて光輝く』『海炭市叙景』などがある。

更科源蔵

さらしな・げんぞう
［一九〇四—一九八五］

〈原野というものは、なんの変化もない至極平凡な風景である〉と書いた更科源蔵は、釧路湿原や屈斜路湖にも近い熊牛原野の開墾地にあった草小屋で、吹雪の吹き込む一月二七日に生まれたが、役場まで五里の雪道が使えず、二月一五日生まれとして届けられた。友もなく空と原野だけの世界。耕地の片隅にライラックの木を削って立てられた小さな墓標、生まれて間もなく死んだ姉の墓、夏休みの帰省も終わりになった頃、斜陽をうけて墓前に咲く百日草の鮮やかさに打たれて詩を書いた一七歳の夏。のちに「原野の詩人」と呼ばれた源蔵の原点はそこにこそあった。

詩人は凍てついた原野に飛び、言葉で耕し、昭和六〇年九月二五日、脳梗塞のため札幌厚生病院で永遠の眠りについた。

◉

帰るべき故郷の土地を失い、さまよいでてきた札幌の街で源蔵は「遺書」という詩を書いている。〈私が死んだら両手を組んで　青空や雲の浮んでいる湖の対岸の　春が終っても残雪の光っている峠の見える　コタンの墓地の片隅に寝かしてほしいものだ〉と。

初夏の風が爽やかに通う札幌郊外、藤野富士と呼ばれる山懐の霊園、塋域の遥か遠くに市街地が霞んで見える。頑強無骨な石塊に〈更科家の人びとここにねむる〉と黒御影の板碑が嵌め込まれた墓。墓誌にはわずか三一歳で亡くなった妻はなゑと並んで源蔵の名がある。墓はのちに再婚した版画家・川上澄生の義妹知恵が建てた。参道の土手には紫色のラベンダーの花が風にそよいで、黒文様で縁取られたキアゲハが甘い露をもとめて、ひらひらと飛んでいる。

❖本名＝更科源蔵（さらしな・げんぞう）❖明治三七年一月二七日（戸籍上は二月一五日）—昭和六〇年九月二五日❖享年八一歳（詠心院秋雲良源居士）❖北海道札幌市南区藤野九〇一—一・藤野聖山園❖詩人・郷土史家。北海道生。麻布獣医学校（現・麻布大学）中退。開拓農民の家に生まれる。詩誌『リリー』『潮霧』などを刊行。高村光太郎、尾崎喜八らに傾倒。昭和五年開拓農民とアイヌの悲哀を詠った詩集『種薯』を刊行。代用教員をしながらアイヌ文化研究を進め、二六年北海道文化賞を受賞。主な作品に『コタン生物記』『父母の原野』などがある。

椎名麟三《しいな・りんぞう》

［一九一一—一九七三］

昭和三八年の晩秋、ベレー帽を被り、ふくよかで柔和な微笑みをたたえた椎名麟三の講演が郷里の高校であった。麟三による脚本・演出のミュージカル『姫山物語』を上演したあとの体育館でのこと。当時自転車通学をしていた私は、毎朝、毎夕その作家の生家のあった姫路西北、書写山裾の集落を通っており、いくらかの知識をもって、親しみを感じながら聞いたことを記憶している。

そんな遠い想いで佇んでいる「大坪家」の墓に、富士スピードウエイから響いてくるエンジン音が、山から駆け下りてくる木枯らしを吹き戻すように、墓石の背後から次々に襲ってくる。眼下には霞んで薄れた町並みが蜃気楼のように揺れ、奇妙な空間・風景が屋外映写会のスクリーンのように見えた。

麟三を産み落とした三日後、母は鉄道自殺を試みた。誕生から悲しみを背負って歩き始めた彼の道程は重く、中学校を中退して家出する。果物屋の小僧から出前持ち、コック見習いなどを転々とし、流されるがごとく生き延びているようであった。

宇治川電鉄（現・山陽電鉄）に車掌見習いとして入社、まもなく共産党員となった。検挙され、獄中生活も送った。ニーチェによって転向、ドストエフスキーからは文学を志す啓示を得て、キリスト教によって精神的に解放され、遂には「自由」を見たのであった。

キリスト教作家・椎名麟三、昭和四八年三月二八日午前三時五〇分、脳内出血のため東京・松原の自宅書斎において結末のページを閉じることになった。◉

❖本名＝大坪　昇（おおつぼ・のぼる）❖明治四四年一〇月一日—昭和四八年三月二八日❖没年六一歳❖邂逅忌　❖静岡県駿東郡小山町大御神八八八—一・富士霊園三区二号二四九二号❖小説家。兵庫県生。旧制姫路中学校（現・姫路西高等学校）中退。見習いコック、電鉄乗務員、鉄工所職工などの職を転々、共産党に入党も転向。昭和二二年『深夜の酒宴』『重き流れの中に』等の小説で〈第一次戦後派〉の作家として登場した。『永遠なる序章』『自由の彼方で』『美しい人』『懲役人の告発』などがある。

❖本名＝志賀直哉(しが・なおや)❖明治一六年二月二〇日—昭和四六年一〇月二一日❖享年八八歳❖直哉忌❖東京都港区南青山二丁目三二—二・青山霊園一種イ二号二側❖小説家。宮城県生。東京帝国大学中退。明治四三年武者小路実篤らと雑誌『白樺』を創刊、同誌に『網走まで』『大津順吉』『清兵衛と瓢箪』『范の犯罪』などを発表。三年間ほどの沈黙ののち大正六年『城の崎にて』『和解』を発表。一一年には名作『暗夜行路』前編、昭和一二年後編を完成した。ほかに『小僧の神様』『万暦赤絵』などがある。

志賀直哉

しが・なおや
[一八八三—一九七一]

〈一滴の水である私は後にも前にもこの私だけで、何万年溯っても私はゐず、何万年経っても再び私は生れては来ないのだ。過去未来を通じ、永劫に私といふ者は現在の私一人なのである〉。志賀直哉の「ナイルの水の一滴」という文章のごく一部分なのだが、太宰治や織田作之助が、直哉の一言に傷つき憤死した(芥川龍之介もその範疇に入るのかも知れないが)という説を信じたくなる文章だ。

直哉の一生に真の不安や、苦悩はなかったのだ。もちろん文学にも。安定、即ち定位置をまず肝に据えて、そこに自分を置く、というよりも定位置そのものが志賀直哉であったのだから。曖昧さと不正確さを一番恐れた「小説の神様」は、昭和四六年一〇月二一日、東京・関東中央病院で肺炎により死去した。

◉

管理事務所のすぐ近く、霊園のメーンストリートを南下してすぐ左に入った所にある墓所は、幅二〇メートル奥行き三メートルほどもあり、かなり大きな敷地を要垣で囲まれていた。土庭は踏み固められて古民家の三和土のようであったが、横並びにずらっと一〇基、没落することのなかった一族の、確固とした墓石が鎮座してそれは壮観であった。

直哉の墓は不仲であった(後に和解)父の墓とは少し離れ、右から二番目、東大寺上司海雲和尚の書になる「志賀直哉之墓」の文字が刻まれてあった。直哉の遺骨は、陶芸家浜田庄司制作の骨壺(生前砂糖壺に使って楽しんでいた)に納められ埋骨されたが、昭和五五年、何者かに盗まれて以来行方不明になっていると聞く。

獅子文六

しし・ぶんろく
［一八九三―一九六九］

❖本名＝岩田豊雄（いわた・とよお）
❖明治二六年七月一日―昭和四四年一二月一三日❖享年七六歳（牡丹亭豊雄獅子文六居士）❖東京都台東区谷中七丁目五―二四・谷中霊園甲九号二二側❖小説家・劇作家。神奈川県生。慶應義塾大学予科中退。大正一一年演劇研究のため渡欧。帰国後、昭和一二年岸田國士、久保田万太郎らと劇団『文学座』を創立。昭和一一―一二年最初の新聞小説『悦ちゃん』で好評を得る。『胡椒息子』『信子』『海軍』『てんやわんや』『自由学校』『娘と私』『大番』などがある。

昭和一二年、岸田國士、久保田万太郎らと劇団文学座を結成する傍ら、独特の機知と風刺を持ったユーモア小説によって親しまれたのだが、実生活では演劇を学ぶために渡仏した先で娶った最初の妻マリーは精神を病み病死、二番目の妻シヅ子も四四歳で病死するなど不幸がつづいた。とうとう三人目の妻を娶ることになってしまうのであったが、晩年の文六は死に対しても率直であった。

〈病気の正体を知ろうとしたり、行き先を予測してみたりしても、何になるのか。要するに、私は苦しみ、そして死ぬ――それだけのことだ〉。昭和四四年一一月三日文化の日、文化勲章を授けられたが、そのおよそ一か月後、赤坂の自宅で死去。おそれていた動脈瘤破裂ではなく脳出血のためであった。

◉

獅子文六のペンネームの由来が「四四＝十六」のもじりであるとか、「文豪」の上を行くから「文六」だとかいう伝説のような話がある。つきあいの深かった徳川夢声は「フランス仕込み」の牡丹亭（号）と呼んで親しんでいたという。

墓参に訪れたのは真夏日のこと、方向音痴というわけでもないのに、自分の居場所がわからなくなるほど入り組んだ迷路道。たまらずに木陰で涼をとった。一息ついた視線の先、前の碑に隠れて見えなかった墓石が目に飛び込んできた。ひょっこりと建つ「岩田家之墓」、この小さな墓に故人の名はない。板塔婆の「牡丹亭豊雄獅子文六居士」の文字のみが故人を偲ぶよすがであった。墓原《はかはら》の詣道、跳ね返る陽炎が意外なほど優しい湿気を含んで私を包んでくれた。

芝不器男

しば・ふきお
［一九〇三—一九三〇］

❖本名＝太宰不器男（だざい・ふきお）❖明治三六年四月一八日—昭和五年二月二四日❖享年二六歳❖不器男忌❖愛媛県宇和島市三間町大内・太宰家墓地❖俳人。愛媛県生。東京帝国大学及び東北帝国大学中退。姉の誘いで長谷川零余子が主宰する『枯野』句会に出席し句作を始める。大正末期『天の川』や『ホトトギス』にも投稿し注目された。昭和三年に結婚し、太宰家の養嗣子となるが、翌年発症した睾丸炎が悪化し夭折した。作品集に『不器男句集』などがある。

不器男二五歳、太宰家に入り文江と結婚、四国・北宇和の山峡の地大内で暮らすことになるのだが、わずか一年後に発病し、九州大学病院での二度にわたる外科手術後も福岡の仮寓で療養をつづけていた。昭和四年一二月二九日、『天の川』主宰吉川禅寺洞や主治医の横山白虹が病床を囲んだ句会をひらいてくれた。その夜、生涯二〇〇句余の最後の三句を遺した。〈一片のパセリ掃かるゝ暖炉かな〉、〈大舷の窓被ふある暖炉かな〉、〈ストーブや黒奴給仕の銭ボタン〉。

翌年二月二四日午前二時一五分、不器男は〈彗星の如く俳壇の空を通過〉し、去った。病名、左側副睾丸肉腫及び腹腔内淋巴腺転移。その二週間後に海峡をはさんだ下関の地で一人の詩人が逝った。金子みすゞ、生年も不器男と同じ明治三六年であった。

◉

ひそかに墓参を果たすだけのつもりが、訪ね訪ねたあげく、思いがけずも太宰家の門をくぐることになった。旧庄屋、伊予鉄道社長などもつとめた太宰家は土地の旧家である。その屋敷は古色蒼然として閑静、若い当主に導かれて入った奥の六畳間、書斎として使っていたというこの部屋からは〈銀杏にちりぢりの空暮れにけり〉と詠まれた銀杏の木や不器男が好んで堤を散策したという池が見える。

わずか一年ほどの生活を刻んだ部屋に今あるのは一額の写真のみ。大奥様に案内されていった墓地は、山間の田園を前に展げて明るく、山の連なりが幾重にも濃く薄く遠のいていく。太宰家の墓域、太宰家代々之墓に眠る妻文江に離れ、右端に建つ「太宰不器男之墓」、新緑の若葉を背景に弧然とある。

司馬遼太郎

しば・りょうたろう

［一九二三―一九九六］

中国古代史家・司馬遷には遼に及ばないとつけたペンネーム「司馬遼太郎」。紛うことなき国民的作家である。そのたぐいまれな独創性、着眼点は「司馬史観」と呼ばれて支持され、もてはやされた。歴史はもとより、自然や芸術、死生観を含め日本とは何か、日本人とは何かを絶え間なく問い続けた作家であった。

平成八年二月一〇日午前一時前、東大阪市の自宅で吐血し、国立大阪病院に入院。九時間あまりに及ぶ大手術も甲斐なく、一二日午後八時五〇分、腹部大動脈瘤破裂のために死去する。みどり夫人は読者宛にメッセージを発表した。

〈司馬遼太郎はいつもいつも、この国の行く末を案じておりました。どうぞ、ぜひ、この気持ちをお酌みください〉。

◉

『徒然草』にも記された平安時代からの葬送の地洛東鳥辺野。親鸞の墓所大谷本廟のある西大谷から清水寺西南山裾に広がる圧倒的な墓石群に足が竦《すく》んでしまった。

親鸞の遺骸を火葬したという御荼毘所あたりを右折、細道を下っていくと新勧学谷の狭い墓域が見渡せる。奥まったところに座した「南無阿彌陀佛」の碑、側面に主の筆名、俗名、法名、没年月日がある。墓を造るなら新聞記者として青春時代を過ごした京都にと、没後二年を経て夫人が建てた司馬遼太郎の鎮まるところ。見上げたところを走る高速道路の騒音に、谷底を流れる音羽川の川音も聞こえず、川向こうの森から届いてくる鳥の鳴き声も、極楽浄土に住むという迦陵頻迦にほど遠いが、「空」という絶対の場に風を聴く作家にとって、なんの痛痒があろうか。

❖本名＝福田定一（ふくだ・ていいち）❖大正一二年八月七日―平成八年二月一二日❖享年七二歳（遼望院釈浄定）❖菜の花忌❖京都府京都市東山区五条橋東六丁目五一四・西本願寺大谷本廟新勧学谷・南谷一段中部二六四―一（浄土真宗）❖小説家。大阪府生。大阪外国語学校（現・大阪大学）卒。昭和一八年学徒出陣。三二年『近代説話』を寺内大吉等と創刊。『梟の城』で三四年度直木賞受賞。『龍馬がゆく』『国盗り物語』『坂の上の雲』『空海の風景』、紀行随筆に『街道をゆく』などがある。

澁澤龍彦

しぶさわ・たつひこ
［一九二八—一九八七］

マルキ・ド・サドの翻訳家、また訳書『悪徳の栄え』における裁判や三島由紀夫の盟友としても知られている澁澤龍彦。耽美、偏愛、などを標榜し「快楽主義者」として自分流のスタイルを公私ともに貫き通した。

昭和六一年九月、以前から悩んでいた喉の痛みのため、慈恵会医科大学附属病院にて診療、下咽頭がんはすでに進行しており即入院手術となった。気管支切開のため声を失うが、病床になれてからの彼は、真珠を呑んだせいで声を失ったという見立てで「呑珠庵」と号し、また、「無聲道人」を名乗った。

その後も病は進行するばかりで、『高丘親王航海記』を完結した四か月後の昭和六二年八月五日午後三時三五分、読書中に頸動脈瘤破裂によって死去した。

◉

北鎌倉にある浄智寺は鎌倉五山の一つ、古刹である。どういう経緯でこの寺の墓地に澁澤龍彦の墓が建てられたのかは不明だが、自宅が北鎌倉にあって、残された龍子夫人が住まわれているとのことだから、参詣しやすいところでということかもしれない。堂裏の墓地、春には眼前の桜の老木に爛漫と咲く花を眺められるようにと建てられた墓塔は、冷気をまとった寺にある。樹木のおおかたは裸になっていて、赤や黄などの葉が色とりどり、背後の石垣の間にモザイク模様の吹きだまりをつくっていた。生前から互いに約束していたものであろうか、並びには良き理解者であった評論家「磯田光一」の墓があった。

——〈幸福より快楽を……〉。

❖本名＝澁澤龍雄（しぶさわ・たつお）❖昭和三年五月八日—昭和六二年八月五日❖享年五九歳（文光院彩雲道龍居士）❖神奈川県鎌倉市山ノ内一四〇二・浄智寺（臨済宗）❖小説家・評論家・仏文学者。東京府生。東京大学卒。アンドレ・ブルトンやジャン・コクトー、マルキ・ド・サドに傾倒。昭和二九年訳書『大跨びらき』（ジャン・コクトー）を上梓。澁澤龍彦の筆名を初めて用いた。三六年サドの『悪徳の栄え』の翻訳で裁判の被告となった。『唐草物語』『高丘親王航海記』などの作品がある。

島尾敏雄
しまお・としお
［一九一七―一九八六］

❖本名＝島尾敏雄（しまお・としお）❖大正六年四月一八日―昭和六一年一一月一二日❖没年六九歳（ペトロ）❖福島県南相馬市小高区大井高野迫・共同墓地❖小説家。神奈川県生。九州帝国大学卒。『単独旅行者』『夢の中の日常』などによって認められる。昭和二四年『出孤島記』、二五年『宿定め』などを発表。『日の移ろい』で谷崎潤一郎賞、『死の棘』で読売文学賞を受賞。『硝子障子のシルエット』『魚雷艇学生』『湾内の入江で』などの作品がある。

わずか九か月の凄愴な夫婦断絶の時期を長編『死の棘』として完成させるのには、一七年という歳月を要した。夫婦の愛・憎しみ・哀しみ・怒り・狂気・無常・鎮魂、並べきれないほどの脈動の世界は、読む者をその年月に比例して胸の奥深く、鋭く問いつめてくるのだった。戦後日本文学の最高傑作とも評されるこの作品である。

昭和六一年一一月一〇日、鹿児島市宇宿町の新築自宅書庫を整理中に脳内出血を発症し、気分が悪くなり鹿児島市立病院に入院する。付き添っていた娘のマヤに「お母さまはまだですか。お母さまはまだですか」と言いながら昏睡状態となった。一二日午後一〇時三九分、出血性脳梗塞のため死去。葬儀は鹿児島市の谷山教会で執り行われた。

◉

島尾敏雄の墓は、鹿児島県奄美群島の加計呂麻島呑之浦にもある。妻ミホの生家大平家墓地にミホ、娘のマヤとともに分骨・埋葬されている。

〈赤土をあらわにした切通しが見え、小さな池の横を、木のまばらな林のなかにはいって行くと墓地があり、母と里子に出していて死んだ弟の墓石が、一族の墓域のはじっこのほうにあった〉と『死の棘』に記した福島県南相馬市小高区大井高野迫にある「島尾家之墓」は、建立者として弟義郎にならんで敏雄の名が刻されているばかりであった。

雑木林の中の墓地は薄ら寒く、陽は間もなく落ちようとしていた。紗のかかり始めた丘陵の里道は、サトウキビ畑の向こうに輝く黄雲の光をもらって、輪郭だけがくっきりとカーブを描いていった。

島田清次郎
しまだ・せいじろう
［一八九九—一九三〇］

❖本名＝島田清次郎（しまだ・せいじろう）❖明治三二年二月二六日—昭和五年四月二九日❖享年三一歳（釈清文）❖石川県白山市平加町ワ一六番地一・美川墓地公苑❖小説家。石川県生。金沢商業学校（現・金沢商業高等学校）中退。「島清」という略称でも呼ばれた。大正七年夏から書き始めた自伝的小説『地上』の原稿は八年『地上・地に潜むもの』として上梓され大正期の代表的なベストセラーとなる。天才と呼ばれ一躍時代の寵児となるが、女性とのスキャンダルから凋落が始まり、最後は狂死した。

〈未だ何人をも知らず、何人にも知られざる一作家が、何等の前触れもなく文壇の一角に彗星の如く、奇襲者の如くして現れた。より大なる時代の劈頭を飾る一大宝玉として、燦《さん》たる光を放ちつつ、現れた〉。なんとも大仰な新聞広告とともに刊行された「地上・第一部」の爆発的売れ行き、当代の批評家たちの激賞によって、二〇歳の無名青年は傲慢な天才として、出版界に踊りでた。しかしスキャンダラスな行動からあっという間に凋落を示し、一瞬の目映い光も天才の狂気を導く末路への悲しい第一歩であった。

昭和五年四月二九日午前五時、東京府下西巣鴨庚申塚の保養院で一人の狂人が肺結核で死んだ。青白くやせ細ったその男の名は「島清」こと島田清次郎といった。

◉

金沢駅から十数キロ西南に向かうと、日本海に面した美川という小さな駅がある。霊峰白山を源とする手取川の清流は町を横切り悠々と日本海に流れ込んでいる。美川海岸に広がる松林の美しい公園の中にある無数の墓石群。「精神界の帝王」と自らを任じ、「天才」という妄想に殉じた悲劇的反逆者の墓。「南無阿彌陀佛」と刻まれた墓の前に、虚しくも「文豪島田清次郎の墓碑」とある。

——〈ああ、自分には万人の悲しい涙にぬれた顔を新しい歓喜をもって輝かすことは出来ないのだろうか。自分の生はそれのみのための生涯であり、自分の使命はそれよりほかはない！　ああ、この大いなる願いが、自分の一命を必要とするならば、自分は死ぬべき時に死にもしよう！〉

庄野潤三《しょうの・じゅんぞう》

［一九二一―二〇〇九］

❖本名＝庄野潤三（しょうの・じゅんぞう）❖大正一〇年二月九日―平成二一年九月二一日❖享年八八歳（文江院徳照潤聡居士）❖神奈川県南足柄市塚原四四四〇・長泉院（曹洞宗）❖小説家。大阪府生。九州帝国大学卒。教職や放送局勤務の傍ら小説を書き、吉行淳之介、安岡章太郎らとともに〈第三の新人〉の一人として注目される。『プールサイド小景』で昭和二九年度芥川賞受賞。『夕べの雲』で読売文学賞を受賞。『紺野機業場』『絵合せ』『明夫と良二』などの作品がある。

一番好きだった夏の日に庄野潤三は思うのだ。〈こんな風に僕は生きているけれど、これから先、幾回夏を迎えるよろこびを味うことが出来るのだろう？　僕が死んでしまったあと、やはり夏がめぐってくるけれどもその時強烈な太陽の光の照らす世界には僕というものはもはや存在しない。誰かが南京はぜの木の下に立って葉を透かして見ている。誰かが入道雲に見とれて佇ちつくしている。そして誰かがひゃあ！　といって水を浴びているだろう。しかし、僕はもう地球上の何処にもいない〉。生きていることを懐かしく思い、感動を与えるような小説を書きたいと念じ、そして書いた。

平成二一年九月二一日午前一〇時四四分、多くの作品の風景となった東京西郊、生田の丘の上にある自宅で老衰のため亡くなった。

◉

庄野潤三の住んだ丘の上の家、西方には丹沢の山々が望まれ、時折は富士も見えたが、その富士に近い南足柄に住む長女の傍にという思いもあったのか、潤三自身が平成六年に建てた「庄野家之墓」は南足柄の山腹にある閑静な寺、長泉院にある。

長い参道は台風直後の散乱した枝葉に埋め尽くされて、朝早くから寺の人々によって忙しく掃き清められている。谷川にかかる屋根付きの龍門橋、参道脇の苔生した石仏群、もげ落ちた銀杏の匂い、本堂裏にぽっかりと開けた墓域。上段中央には地蔵菩薩、谷川のせせらぎの音とつくつく法師、アブラゼミ、鈴虫、こおろぎの鳴き声が相まって、墓石の温もりに手をやる私は、三回忌の供養が終わったその墓の主、庄野潤三の世界に浸る。

素木しづ

しらき・しづ
[一八九五—一九一八]

❖本名＝素木志づ（しらき・しづ）❖明治二八年三月二六日—大正七年一月二九日❖享年二三歳❖大分県中津市三光土田五二二—一・西楽寺（浄土真宗）❖小説家。北海道生。札幌高等女学校（現・北海道札幌北高等学校）卒。高等女学校卒業後、明治四五年結核性関節炎が悪化し右足を切断。大正二年小学校から同窓生だった森田たまに数日遅れて森田草平門下に。同年処女作『松葉杖をつく女』、翌年『三十三の死』を発表。新進作家として認められる。『美しき牢獄』『青白き夢』などがある。

一七歳のとき結核性関節炎が悪化し右足を切断、傷心のなかで、〈大きくなったら、紫式部のような人におなり〉と口癖のように言っていた亡父の言葉に〈運命の予告〉を感じた素木しづ。他人の保護に頼らず、隻脚《せっきゃく》の女一人自立して生きていくために小説家になることを決意する。幸いにも、しづの母が日光華厳の滝で投身自殺した藤村操の母と知己であった伝で森田草平に師事。その文学修行は死を賭するひたむきさであった。樋口一葉以来の才筆と謳われもした。

大正七年一月二九日の早朝、東京・白金の枯木林の中、一棟離れて建った伝染病研究所死亡室の土間に横たえられた柩の中には、二二歳と一〇か月、結核という宿痾が癒えることなく薄倖な人生を終えたしづの、白い水仙の花に包まれた石膏像のような顔があった。

◉

赤坂霊南坂教会で行われた永別式の後、しづの遺骨は父岫雲の生家・大分県中津市三光土田の西楽寺内に葬られたと聞いたのだが、当代のご住職に伺うと埋葬の確かな記録も法名も残っていないという。

耶馬溪《やばけい》から周防灘《すおうなだ》にいたる山国川の段丘に建つこの寺の境内奥隅、岫雲門下生建之の「素木先生碑」に並んで、江戸期からの素木一族、釋なにがしの法名が刻まれた二十数基の古びた墓々に見守られた「素木累代墓」、大正一四年に建てられたこの墓の中に、隻脚の傷心をいだいたままの素木しづが眠っているのか否かは謎のままであるのだけれど、初秋の澄み切った中津の空に向かって毅然として立っている碑を見上げていると、例えようもなく清々しい気分がわき上がってきた。

白洲正子

しらす・まさこ

［一九一〇—一九九八］

青山二郎や小林秀雄といった強烈な個性の面々に手厳しく揉みに揉まれながら日本の美を求めて、触れ、歩き、書いてきた白洲正子は、平成一〇年一二月二六日午前六時二一分、肺炎のため幽界に旅立った。

〈凡そ世の中のあらゆるものを「虚妄《きよもう》」と観じ、虚空の如き心をもって俯瞰するならば、そこには虚も実も存在しない〉と表現した彼女には、晴々と幽界に帰ったといったほうが正しいかもしれない。

詩人辻井喬の「もし、あちらでお会いになるとしたら、どんな人に会いたいですか」との問いに、言下に「西行よ」と答えたという。彼女が、満開の花の下で西行に会い、西行に問い、西行と一になった境地を思うと、私も少し幸せな気分になる。◉

港町神戸の背後、六甲山系の裏側に位置する清涼山心月院は思いの外、透明な時空の中にあった。ゆるやかに孤を描いた竹林の笹擦れは心地よく、風は一筋の道をのぼっていく。三田藩主九鬼家の墓所、漆喰塀のさえぎるところ、気のたゆたう野の原が現れた。アザミや蓮花、数本の桜木、整然と立ち並ぶ碑の数々、夫白洲次郎の母が県下に分散していた墓を一つにまとめ改葬したという白洲家墓地がここにある。

小判形に石を並べ、わずかな土盛りをした上に二基の五輪塔板碑、正子が次郎の死後、自ら図案し、知り合いの植木職人や石工に頼んで造ってもらった墓だ。右が夫次郎、左が正子の碑である。それぞれに不動明王と十一面観音の梵字が彫られ、巡礼道行の影法師のように直立している。

❖本名＝白洲正子（しらす・まさこ）❖明治四三年一月七日—平成一〇年一二月二六日❖享年八八歳❖兵庫県三田市西山二丁目四—三二・心月院（曹洞宗）❖随筆家。東京府生。聖心語学校（現・聖心インターナショナルスクール）中退。昭和四年白洲次郎と結婚。能に造詣が深く、青山二郎や小林秀雄の薫陶を受け骨董を愛し、日本の美についての随筆を多く著す。『能面』、『かくれ里』でそれぞれ読売文学賞を受賞。『世阿弥——花と幽玄の世界』『十一面観音巡礼』『西行』『両性具有の美』などがある。

神西 清

じんざい・きよし

［一九〇三—一九五七］

昭和三二年三月一一日午前四時一〇分、鎌倉二階堂の自宅で舌がんのため死去した神西清には、完結を見ることができなかった二つの全集がある。一つは『堀辰雄全集』、もう一つは『チェーホフ全集』であった。

昭和二八年五月、第一高等学校以来の親友堀辰雄の死にあい、心身ともに疲労したのだったが、ただちに『堀辰雄全集』出版の準備をはじめた。全集は新潮社から二九年三月に第一巻が刊行され、三二年五月の第七巻をもって完結したが、神西の死後二か月が経ってからのことだった。また、『チェーホフ全集』全一六巻は中央公論社から刊行され、三島由紀夫は〈翻訳というより結婚というべき営みである〉と賛辞を贈った。神西の死によって中断した作業は、露文学者の後輩たちによって引き継がれたのだった。

◉

北鎌倉にある松ヶ岡東慶寺の奥まった山懐、大晦日の厳粛な気に包まれた閑静な墓地。回廊の山際にある墓は、水輪に自署で「神西」と刻まれた白御影の五輪塔であった。それを柘植垣が囲み、急な山の斜面から枯れた楓葉が、背後の垣根に散りかかっていた。

晩年は随分と慌ただしい日々であった。昭和三〇年一二月、舌がんが発見され、大塚の癌研究所附属病院に入院して手術、翌月に退院して一時は回復を見せた。舌がんの手術跡を包帯で巻きながら死の数か月前まで『堀辰雄全集』編纂のために鎌倉と軽井沢の堀邸を往復したものだった。全巻完成を見届けることはできなかったが、精一杯の尽力はした。堀辰雄も喜んでくれているにちがいない。もう、ゆっくり眠りたいものだ。

❖本名＝神西 清（じんざい・きよし）

❖明治三六年一一月一五日—昭和三二年三月一一日❖享年五三歳（徹心院文軒清章居士）❖神奈川県鎌倉市山ノ内一三六七・東慶寺（臨済宗）❖翻訳家・露文学者。東京府生。東京外国語学校（現・東京外国語大学）卒。堀辰雄、竹山道雄らと同人誌『箒』を出して『鎌倉の女』などを発表。その後プルースト、ジッド、プーシキン、チェーホフ、ガルシンなどの翻訳・紹介をした。『ワーニャ伯父さん』の翻訳で芸術選奨文部大臣賞受賞。『雪の宿り』『灰色の眼の女』『少年』『春泥』『鸚鵡』『詩と小説のあひだ』『散文の運命』などがある。

須賀敦子

すが・あつこ
［一九二九—一九九八］

〈きっちり足に合った靴さえあれば、じぶんはどこまでも歩いていけるはずだ〉。そう願い、そう信じ、そう生きた須賀敦子は平成九年に卵巣腫瘍の手術を受け、次の年、心不全のために逝った。平成一〇年三月二〇日、冷たく強い風の吹く朝に。霧、石畳、青麦や風の匂い、目覚めの朝、懐かしい人たち。心をならし、蔦葉を吹きすべるように次々と現れては瞬く間に消え去って行く追憶の日々。しかしその追憶の先にあるものは？ ——生と死を貫いてなお成すべきことは？ 須賀敦子の脳裏に明確な答えが浮かび上がったころ、がんという病が我が身を蝕んで、彼女をも追憶の彼方に押しやってしまった。

——〈私は結局は言葉をあやつりながら死んでいくのではないか〉。

◉

蒼緑の朝、人影もない墓園に鮮やかな彩りのつつじが咲きそろい、六甲の山々は輝きはじめている。ゆるやかな坂をのぼり、広場を越して下るとカトリック墓地。幾筋かの細道に慎ましやかに並んだモノトーンの碑のひとつ。かつて彼女が探したユルスナールの墓には、〈人のこころを生ぜんたいの大きさにひろげ給うおん者に、うけいれられんことを〉と墓碑銘が彫られていたという。

灰白色の盤石の上に置かれたシンプルな黒い磨き石には、十字と父、母、敦子の名がある。愛惜の糸の先にある夫ペッピーノや、それぞれの友人たちも彼の国で次々に逝った。この国に戻り、果てた彼女の魂もまた、〈霧の向こうの世界に行ってしまった〉人たちを求めて、すでに彼の国に旅立ってしまったのだろうか。

❖本名＝須賀敦子（すが・あつこ）❖昭和四年一月一九日（戸籍上は二月一日）—平成一〇年三月二〇日❖没年六九歳（マリアアンナ）❖兵庫県西宮市甲陽園目神山町四—一・甲山墓園カトリック墓地❖随筆家・イタリア文学者。兵庫県生。聖心女子大学卒・慶應義塾大学大学院中退。二〇代後半から三〇代はイタリアで過ごし、四〇代は非常勤講師。五〇代以降はイタリア文学の翻訳者、五〇代後半からは随筆家として注目を浴びた。「ミラノ霧の風景」で女流文学賞受賞。『コルシア書店の仲間たち』『ユルスナールの靴』がある。

❖本名＝杉浦明平（すぎうら・みんぺい）❖大正二年六月九日―平成一三年三月一四日❖享年八七歳（文光院釈明道）❖愛知県田原市折立町西原畑・共同墓地❖小説家・評論家。愛知県生。東京帝国大学卒。立原道造と第一高等学校の短歌会で知り合い、共に同人誌『未成年』を発行した。大学卒業後イタリア・ルネッサンスの研究に没頭。戦後、郷里渥美半島に定住。『小説渡辺華山』で毎日出版文化賞受賞。ほかに『ノリソダ騒動記』『養蜂記』『老いの一徹、草むしり』などがある。

杉浦明平

すぎうら・みんぺい
［一九一三―二〇〇一］

夭折した詩人立原道造の遺稿を編纂して世に出したのは学生時代の友人、杉浦明平であった。立原は二四歳で亡くなったが、戦後、郷里に帰った杉浦明平は晴耕雨読をもっぱらとし、その傍ら渥美半島を舞台とする優れた記録文学を発表していった。

八〇歳を過ぎてからは〈顧みれば、わたしの祖父母、父母、姉妹のうち、八十まで生きたものは一人もいない。といっても、これから二十年はもとより十年も生きられそうにない。いや、いつ死神が訪れても不思議ではない。じっさいこの二、三年のうちに体力、精神力とも、耄碌したか、自分でも分かってて、余命いくばくもないなあと思っている〉と語っていた。平成一三年三月一四日午後六時二三分、脳梗塞のため死去するまで、その鋭い口舌が衰えることはなかった。

◉

高速夜行バスの終点から、伊良湖岬に向かう一番バスに乗り継いで田原街道すじの折立という集落に降り立ったのは、半島の朝がようやくに明けた頃であった。

明平の住居に近い正念寺という菩提寺の山門をくぐり、草むしりをはじめようとしていた女性に墓の在処を尋ねる。教えられたバイパス沿いの共同墓地、赤い前垂れをたらした六地蔵が並ぶお堂の先には「杉浦家」の墓がやたらと多い。「杉浦家墳墓」、側面に「文光院釋明道」俗名明平とあるのが目に入る。バイパスを走るトラックがけたたましい警笛をならして過ぎ去ると〈若いころから過去をできるだけ早く忘却の淵の底に沈めることを旨として生きてきた〉作家の碑が朝焼けの空にはっきりと浮かび始めた。

杉田久女
すぎた・ひさじょ
［一八九〇—一九四六］

久女のあまりにも才気にあふれた熱情的な行動は、やがて虚子の勘気にふれ、『ホトトギス』昭和一一年一〇月号に出された公告〈従来の同人のうち、日野草城、吉岡禅寺洞、杉田久女を削除し云々……〉によって、久女の作句活動は完全に行き場を失ってしまった。〈鳥雲にわれは明日たつ筑紫かな〉、『杉田久女句集』の棹尾に収まったこの句をもって久女の作句人生は自ら終止符を打った。生きる希望もなく精神を病み、抜け殻のようになった久女の歩みゆく先に見えているものは死しかなかった。昭和二一年一月二一日午前一時三〇分、太宰府の筑紫保養院で肉親の誰に看取られることもなく一人淋しく逝った久女の亡骸に、取り戻せぬ悔恨を残して酷寒の朝は明けたのだった。

小倉から夫杉田宇内が久女の遺骨を抱いて帰ったのは望むはずもなかった四〇年ぶりの夫の故郷であった。三〇〇年も続いた旧家とはいえ、山深い僻村の杉田家に久女の安息する住処はなかったであろうに。長屋門をくぐり抜け、人気のない屋敷跡、隅に建てられた観音像が一身に陽を浴びている。傍らに並んで〈灌沐の浄法身を拝しける〉の句碑。落ち葉を踏みしめながら裏山の竹林道をのぼっていくと、ひときわ静まった広がりがあった。大小様々な一族の墓々、手前のほうに「西信院釈慈光照宇居士／無憂院釈久欣妙恒大姉」墓、苦悶と怨念、口惜しさを宿して久女の眠る墓は静寂の中にある。昭和三二年、長野県松本市の実家赤堀家墓地に分骨された「久女の墓」の墓碑銘は因縁の虚子の筆になる。

◉

❖本名＝杉田　久（すぎた・ひさ）❖明治二三年五月三〇日—昭和二一年一月二一日❖享年五五歳（無憂院釈久欣妙恒大姉）❖久女忌❖愛知県豊田市小原町松名町一三三・杉田家墓所

❖俳人。鹿児島県生。東京女子高等師範学校附属高等女学校（現・お茶の水女子大学附属高等学校）卒。昭和七年女性だけの俳誌『花衣』を創刊し主宰となる。九年中村汀女・竹下しづの女などとともに『ホトトギス』同人となる。一一年虚子より『ホトトギス』同人を除名される。除名の理由は現在も明らかになっていない。『杉田久女句集』『久女文集』などがある。

薄田泣菫

すすきだ・きゅうきん

［一八七七—一九四五］

「ああ　大和にしあらましかば、いま神無月、うは葉散り透く神無備の森の小径を」と歌った薄田泣菫は、島崎藤村、土井晩翠らが去ったあとの明治後期の詩壇を受け継ぎ、蒲原有明とともに象徴派詩人として泣菫・有明の一時代を築いた。大正に入ったころから『茶話』『艸木虫魚』など随筆に腕を振るうようになって詩作からは自ずと離れていった。

大正六年に患ったパーキンソン氏病は徐々に悪化していき、晩年は妻に支えられて口述筆記に頼らざるを得なくなってしまった。

敗戦後の昭和二〇年一〇月四日、意識不明になって疎開先の岡山県井原町から浅口郡大江連島村（現・倉敷市連島町）の生家に帰ってきたのだが、まもなくの九日午後七時、尿毒症により死去した。

◉

倉敷市連島町厄神社境内にある備前焼の陶板に焼き込まれた〈ああ　大和にしあらましかば〉の詩碑は、六枚の屏風型の御影《みかげ》石で建てられており、生家は一般に公開されて書簡や詩集、自筆の書などの資料を見ることができる。今は他家の所有となっている生家の裏山、中腹に見える小御堂の横道をのぼっていく。嵐か何かで、半ば横たわりかけた樫の木を背を丸めてくぐり抜けると、崩れ落ちた土塀を背にした薄田家一族の墓が並んでいる。

「薄田泣菫君之墓／幽芳書」は、右側面に「友みなに離れて露けき吉備の野に君はさびしく一人去りしか」と新聞小説家として活躍した菊池幽芳の筆を刻み、風を遮り、陽をやり過ごし、苔むした霊土の上に寂黙として建っていた。

❖本名＝薄田淳介（すすきだ・じゅんすけ）❖明治一〇年五月一九日—昭和二〇年一〇月九日❖享年六八歳（至誠泣菫居士）❖岡山県倉敷市連島町連島二八四・薄田家墓所❖詩人。岡山県生。旧制第一岡山中学校（現・岡山朝日高等学校）中退。明治三二年処女詩集『暮笛集』を出版して詩人として知られ、雑誌『小天地』主幹となり、『明星』の客員ともなる。三四年第二詩集『ゆく春』も好評を博した。島崎藤村去った後の詩壇一人者として名声を得た。『二十五弦』『白玉姫』『白羊宮』などがある。

鈴木真砂女

すずき・まさじょ

［一九〇六—二〇〇三］

丙午生まれとはいえ恋の女は気性も相当に激しい。二度結婚して二度離婚。五一歳で不倫の恋を貫くために鴨川の実家、「吉田屋旅館」の女将の座を捨て去り、女手一つで銀座に小料理屋「卯波」を開店するなどという離れ業をやってのける。以後の四〇年、「卯波」は真砂女の立ち位置となり、句は「卯波」となった。「老いてますます華やいだ」生涯現役の俳人鈴木真砂女。腰痛のため療養生活を強いられてなお四年余り、九六歳の春、強靭な生命力を持ち続けたさすがの真砂女も平成一五年三月一四日夕刻、東京・江戸川区の老人保健施設で老衰のため逝く。

〈来てみれば花野の果ては海なりし〉——。恋を追ってここまでやって来た。目の前には果てしない海。さあ今こそ飛び立とう。

◉

紡ぎ綿を敷きつめたような空、梅雨の中休みにしてもとにかく暑い。何回目かの訪問で慣れているとはいえ、幹線道路のような広く長い坂道をのぼりきると汗がどっと噴き出てくる。眼下に大パノラマを展開する霊園の背後から、遥か前方の山稜にかすみゆく高圧線と鉄塔のつながりを何となく眺めながら、ふと、そういえばいつもはあのあたりには富士の顔が見えていたはずだがとぼんやり思い出していた。

ゆるゆると深呼吸した足許に、湿気を含んで黒ずんだ火山灰土に据え置かれた碑、〈芽木の空浮雲一つゆるしけり〉。亡くなる二〇年前、喜寿の年に建立した真砂女の墓である。句碑ともいえる矩形の石塊に閉じこめられたのは、美しい思い出ばかりであろうはずもない。

❖本名＝鈴木まさ（すずき・まさ）❖明治三九年一一月二四日—平成一五年三月一四日❖享年九六歳❖静岡県駿東郡小山町大御神八八八—二・富士霊園一三区二号二三六〇番❖俳人。千葉県生。日本女子商業学校（現・嘉悦大学）卒。久保田万太郎の春燈に入門。万太郎死後は安住敦に師事した。二度目の離婚後、銀座に小料理屋「卯波」を開店、「女将俳人」となる。『都鳥』で読売文学賞、『紫木蓮』で蛇笏賞を受賞。句集に『夏帯』『卯波』などがある。

住宅顕信

すみたく・けんしん
［一九六一—一九八七］

❖本名＝住宅春美（すみたく・はるみ）❖昭和三六年三月二一日—昭和六二年二月七日❖享年二五歳（泉祥院釈顕信法師）❖岡山市北区関西町・番神墓地❖俳人。岡山県生。岡山市立石井中学校卒。岡山市役所環境事業部に勤める傍ら仏教に関心を寄せる。昭和五八年京都西本願寺で出家得度する。五九年急性骨髄性白血病のため岡山市民病院に入院。この年から没年までの三年間に句作を行った。没後出版された句集『未完成』がある。

一六歳の時、五歳年上の女性との同棲も経験した。二二歳で出家得度して浄土真宗の僧侶・釈顕信となった。二三歳で骨髄性白血病を発症し、岡山市民病院に入院。七か月の身重だった妻とは離婚した。生まれた男の子は引き取り、病室で養育するという厳しい闘病生活であった。

　春分の日に生まれ、「春」の名を授けられた顕信の虚しく見送ったなつかしくも哀しい春の数々。〈若さとはこんな淋しい春なのか〉、〈窓に映る顔が春になれない〉、〈春風の重い扉だ〉。絶望の中で始めた俳句だった。わずか二年八か月の句作期間、総句数二八一句。

　昭和六二年二月七日深夜、一時も離すことなく握りしめ、手あかで薄汚れた『未完成』の句稿を遺して、後ろ髪を引かれながら顕信は逝った。

◉

緩やかな坂道をのぼった左手、小さな溜池のほとりに顕信の生家がある。玄関先に〈黒衣一枚凡夫である私が歩いている〉の句碑。〈両手に星をつかみたい子のバンザイ〉と詠んだ遺児春樹の名もある表札が掛けられていたが、呼び鈴を押しても返事がない。清爽な陽が差す初秋の朝、家の前には墓山に導く細道がつづいている。小さな公園があった。

〈淋しさきしませて雨あがりのブランコ〉。赤いスカートの女の子がひとり立ち漕ぎをしている。背後には幾重にも林立した墓々、詣り道に落ちた椿花、朱い実の揺れる小枝、風の流れに沿って歩いていると、山道の樹影から逃れるように顕信の墓が現れた。碑は眩しく、空は青い。絶望感もなく、〈見上げればこんなに広い空がある〉。

高野素十

たかの・すじゅう
［一八九三―一九七六］

〈俳句の道は　たゞ　これ　写生。これたゞ　写生〉と主張、いわゆる〈四S時代〉の一人として、生涯において「写生」を標榜しつづけた。彼の句は、瑣末主義の代表として「草の芽俳句」と評されもした。陽春の淡い光のなか、爽やかな風に青々とそよぐ穂を〈百姓の血筋の吾に麦青む〉と詠んだ素十の、自然に素直に従う姿勢を私は限りなく尊いと思う。師高浜虚子の提唱した「客観写生」の俳句を忠実に実践し、多くの秀句を詠んだ。

　昭和四五年、京都山科の閑居で軽い脳梗塞を発病した。四七年、神奈川県相模原市の長女宅近くに移り小康を得たのだが、五一年八月、前立腺肥大症のため入院。一〇月四日午前五時二五分、相模原の自宅で息を引き取った。

◉

　高浜虚子の「歯塚」があることでも知られている鹿野山神野寺には二つの墓地がある。大方の墓はかなり離れた第二墓地とでもいうところにあり、山門手前、蟬の声が響き渡る杉木立の中、かつてこの寺に詣で〈秋山のわが墓どころこゝならん〉と詠んだ老友川名句一歩の墓から指呼の間に「高野素十居士墓」はある。隣には高浜虚子、高野素十に師事し、松尾芭蕉研究でも知られた村松紅花の墓が建っている。

　古色蒼然、陰陰と苔むした歴代住職の墓地に連なる聖域に、真夏の木漏れ日はレーザー光線のように降り差して、乾ききった枯れ落ち葉はからからと風に舞っている。

　〈蟷螂のとぶ蟷螂をうしろに見〉の絶句をもって八三年の生涯を閉じた素十居士こそ不動なり。

❖本名＝高野与巳（たかの・よしみ）❖明治二六年三月三日―昭和五一年一〇月四日❖享年八三歳（山王院金風素十居士）❖素十忌❖千葉県君津市鹿野山三三四―一・神野寺（真言宗）❖俳人。茨城県生。東京帝国大学卒。大学在学中、水原秋櫻子らと句作をはじめ、大正一二年高浜虚子に師事。『東大俳句会』のメンバーであり、『ホトトギス』〈四S時代〉の一人。昭和二四年新潟医科大学学長。三二年『芹』を創刊・主宰。句集に『初鴉』『雪片』『野花集』などがある。

❖本名＝高橋和巳（たかはし・かずみ）❖昭和六年八月三一日—昭和四六年五月三日❖享年三九歳（大慧院和嶺雅到居士）❖静岡県駿東郡小山町大御神八八八—二・富士霊園三区一号八六五番❖小説家・中国文学者。大阪府生。京都大学大学院卒。夫人は小説家の高橋たか子。埴谷雄高に影響を受け終生師事。現代社会のあり方についての発言は、全共闘世代の支持を得た。『悲の器』で河出書房文藝賞受賞。『憂鬱なる党派』『邪宗門』『散華』などがある。

高橋和巳

たかはし・かずみ

［一九三一—一九七一］

昭和四五年一一月二五日に三島由紀夫、翌四六年五月三日に高橋和巳が相次いで逝った。割腹自殺と四〇歳に届くか届かない年齢での病死。当時二〇代半ばにも達しない世代だった私にとっても、それらの死が与えた衝撃はたとえようもなく激しいものであった。全共闘世代の若者は皆悩んでいた。生存の意義についての明確な回答を誰もが求めていたのだが、しかし、その暗闇を照らしだしてくれる光はどこにも見い出せなかったのだ。そんな八方ふさがりの状況の中に現れた右と左の旗手だったのだから。東京女子医科大学消化器病センターで、上行結腸がんのため逝った彼に同志小田実は「とむらいのことば」をおくった。

〈すべての気持ちをこめて、高橋和巳よ、ホナ、サイナラ〉。

◉

凍えきって縮んでしまった頬をこわばらせて、開園されたばかりの霊園に足を踏み入れ、緩やかな登り坂のダイナミックな大参道を朝の緊張した空気を吸いながら歩いている。孤独のために歩き、一歩踏み出すたびに孤独を味わう難儀さよ。

〈苦悩教の始祖〉あるいは〈憂鬱なる党派の世代〉などと称せられ、政治と思想に苦悩する若者の教祖的存在であった高橋和巳。その墓は、埴谷雄高の筆を刻し、富士を背にした広大な霊園の画一化された墓石群の中にあった。過ぎ去っていった年月と共に飛び散った何かを思い起こすように、冬日に向かって明るく輝いている。湿った黒い火山灰土に転げ倒れた花生けを立て直そうとした私の足跡だけが、光の中に深々と残った。

高橋新吉

たかはし・しんきち

［一九〇一—一九八七］

中原中也がもっとも敬愛した詩人だった。高橋新吉の詩は探究心を持たない凡庸な人間を寄せ付けない。〈いかなる言葉にも　どんな内容でも持たせることが出来る　一般と通用しない反対の意味を持たせることも詩人の勝手だ　そして一人でホクソ笑んでゐる事も詩人には出来る〉と。〈私は死ぬことは絶対に無い　一度死んだからである　二度も三度も死ぬことは　頭の悪い証拠だ〉とも。「禅」と縁のない私のような凡人にそのような「無我の悟り」は訪れようもないだろうが、ダダイスト詩人として現れ、ダダと訣別後の後半生を禅とともに生きた新吉も、昭和五八年から前立腺がんの発病によって入退院を繰り返し、昭和六二年六月五日、ついに還らぬ人となったのだった。◉

❖本名＝高橋新吉（たかはし・しんきち）❖明治三四年一月二八日—昭和六二年六月五日❖享年八六歳❖愛媛県宇和島市神田川原八・泰平寺（曹洞宗）❖詩人。愛媛県生。八幡浜商業学校（現・八幡浜高等学校）中退。『万朝報』に掲載されたダダイズム紹介記事に強い衝撃を受け、大正一二年『ダダイスト新吉の詩』を刊行した。後年はダダを脱却して仏教・禅的な詩風へと向かった。『空洞』で日本詩人クラブ賞受賞。『胴体』『雀』『詩と禅』『禅と美学』などがある。

夏のとば口、日が長くなったとはいえ午後七時近くにもなるとさすがに夕闇が薄々と迫ってくる。急かされるように宇和島城の裏鬼門にあたるこの寺に辿り着いて一呼吸しようとしたのだけれども、本堂裏に積み上がっているおびただしい墓石を目の当たりにすると、いつものように一つ一つの墓碑を確かめる訳にもいかず、寺の娘さんに案内を請うて、ようように古びて朽ちた「高橋歴代之墓」に。新吉の精神的病を引き金として自殺した父・春次郎の名が微かに読める。「墓碑銘」という詩に望んだ〈太陽と格闘した男〉という銘や新吉の名は、墓石のどこにも見当たらなかったが、そんなことはとるに足らないこと、新吉の墓だもの。

〈留守と言へ　ここには誰も居らぬと言へ
五億年たつたら帰つて来る〉。

高浜虚子

たかはま・きょし

[一八七四—一九五九]

師正岡子規の死後、高浜虚子は中学時代からの友人河東碧梧桐とともに俳句運動の発展に尽くし、俳誌『ホトトギス』を継承、俳壇に於いて全盛の時代を築いたが、碧梧桐とは俳句観の違いから袂を分かつことにもなってしまった。生涯に二〇万句を詠んだといわれる虚子、朝から俳小屋で数人の来客を相手に日を過ごしていた昭和三四年四月一日午後八時過ぎ、激しい疲れを覚えて就寝したのだったが、二時間たらずの後、突然脳出血をおこし意識不明になった。手を尽くした介護の甲斐もなく八日午後四時、臨終をむかえた。

　師子規の苦痛に満ちた生涯とはうらはらに、悠々自適に生きた文学者にふさわしく、静かに眠るような大往生であった。通夜の棺の中には彼の好きだった八重椿の小枝が入れられた。

◉

鎌倉五山の一つである北鎌倉の寿福寺は、四季を通じて鎌倉散策の観光客にも人気の風格ある寺である。しんしんと冷え込む山内の裏墓地、「源実朝」と「北条政子」の五輪塔が安置されている薄暗いやぐらの前を通りすぎると、冬寒の陽をさえぎって深閑としたやぐらの中に、「紅童女墓」(孫娘)、「白童女墓」(四女)を左右に並べた真ん中に椿寿居士「虚子の墓」は建てられてあった。

　この墓地の内には少し離れたところに次女の星野立子や長男の高浜年尾の墓もあるのだが、数メートル先で虚子の墓に向きあって楚々として建っていたのは、虚子の小説『虹』のヒロインで〈虹たちて忽ち君の在る如し〉と詠われ、二九歳で肺を病み亡くなった愛弟子、森田愛子の墓であった。

❖本名＝高浜 清(たかはま・きよし)❖明治七年二月二二日—昭和三四年四月八日❖享年八五歳(虚子庵高吟椿寿居士)❖虚子忌・椿寿忌❖神奈川県鎌倉市扇ガ谷一丁目一七—七・寿福寺(臨済宗)❖俳人・小説家。愛媛県生。旧制第二高等学校(現・東北大学)中退。正岡子規に師事。『ホトトギス』を主宰。同誌に句作・俳論を執筆した。子規没後は小説に没頭、『風流懺法』『斑鳩物語』『大内旅館』などを発表。大正二年俳壇復帰。碧梧桐の「新傾向俳句」に対決する決意を表明した。句集に『虚子句集』『虚子俳話』などがある。

高村光太郎

たかむら・こうたろう
［一八八三—一九五六］

高村光雲を父に、生まれながらにして彫刻家としての道を選ばされていた光太郎は宿命的な彫刻家であった。ながく父の庇護下にあった生活、「私の支柱、私のジャイロ」といって憚らなかった智恵子との出会いと別離、智恵子と暮らした思い出深い千駄木の家も空襲で空しくなった。疎開先の岩手県花巻ではじめた山小屋生活からもとっくに去ってきた。彫刻家として、詩人として激しく揺れた人生も、もう幕を引く時がきたようだ。ああ、もうすぐ、智恵子に会える——。

昭和三一年一月から衰弱がなおすすんだ。三月には数度の喀血、四月二日、前日吹き荒れた春の大雪が東京を埋め尽くした早暁三時四五分、中野桃園町の中西氏アトリエで肺結核のため一人静かに終わりを迎えた。

初夏、新葉の世界が蘇る赤芽垣で囲まれた塋域に、古代の石棺のようにがっしりと石組みされた高村家の「先祖代々之墓」がある。静かな園内の道から見上げるその墓碑は、厳格な父光雲の建てたもので、高村家一族十数人の戒名が刻まれている。智恵子の戒名も光太郎の戒名に並んで記してある。

新しい時代の明治の社会や芸術の世界にも古い価値観は固くこびりついていたが、光太郎と智恵子、二人は純粋さを守るため果敢に挑んでいったのだった。智恵子は結核を病んで先に逝ったが、芸術は守った。〈広漠とした風景〉の前で光太郎は思うのだ。——〈僕の前に道はない　僕の後ろに道は出来る　道は僕のふみしだいて来た足あとだ　だから　道の最端にいつでも僕は立っている〉。

❖本名＝高村光太郎（たかむら・こうたろう）❖明治一六年三月一三日—昭和三一年四月二日❖享年七三歳（光珠殿顕誉智照居士）❖連翹忌❖東京都豊島区駒込五丁目五—一・染井霊園一種ロ六号一側❖詩人・彫刻家。東京府生。東京美術学校（現・東京藝術大学）卒。明治三三年新詩社に加わる。明治三九年渡米、萩原碌山を知る。帰国後、「パンの会」に参加。大正三年長沼智恵子と結婚。詩集『道程』『智恵子抄』を刊行。昭和一三年智恵子と死別以後戦争詩を多く書き、戦後は責任を痛感して岩手県の山小屋で自炊生活を送る。

高群逸枝

たかむれ・いつえ
［一八九四—一九六四］

天才詩人ともてはやされることとなった自伝的長編詩『日月の上に』に掲げられた題詞《だいじ》、〈汝洪水の上に座す　神エホバ　吾日月の上に座す　詩人逸枝〉。なんともはや大胆不敵な自己認識であることか。まず詩人であり、女性解放の思想家、あるいはアナーキスト、民俗学者、女性史家等々、数え上げれば幾筋にもなる探求の道を歩んできた高群逸枝。彼女はやはり火の国の女であったが、学究生活者としての日々にも老いは迫ってくる。昭和二〇年、正月から書き始めた夫憲三との『共用日記』も閉じられる時がきた。

昭和三九年四月一二日、国立東京第二病院に入院。癌性腹膜炎のため、六月七日午後一〇時四五分、火は燃え尽き、自伝『火の国の女の日記』執筆半ばでこの世を去った。

◉

水俣市秋葉山の中腹、落ち葉の深い道を行くと、城垣のような巨大な墓碑が目の前に現れた。正面に朝倉響子作の逸枝の半身実物大のレリーフ。背面には死の二年前、『共用日記』に「相見てから四十五周年の七夕前夜」と記された〈われらは貧しかったが　二人手をたずさえ　世の風波にたえ　運命の試れんにも克ち　ここまで歩いてきた　これから命が終る日まで　またたぶん同様だろうことを誓う　そしてその日がきたら　最後の一人が死ぬときこの書を墓場にともない　すべてを土に帰そう〉という逸枝・憲三夫妻の「誓い」の言葉が刻されてある。若葉は萌え、光をのせて風は静かだ。

——〈おどま帰ろ帰ろ熊本に帰ろ　恥も外聞もち忘れて　おどんが帰ったちゅて誰がきてくりゅか　益城木原山風ばかり〉。

❖本名＝高群イツエ（たかむれ・いつえ）❖明治二七年一月一八日—昭和三九年六月七日❖享年七〇歳（和光院釈浄薫大姉）❖熊本県水俣市わらび野・秋葉山墓地❖女性史研究家。熊本県生。熊本師範学校（現・熊本大学）及び熊本女学校中退。はじめ九州新聞などで短歌や詩を発表。のち、上京。大正一〇年詩集『放浪者の詩』『日月の上に』を出版して認められる。平塚らいてうと共に女性運動を始め、女性史研究分野の発展に寄与した。『母系制の研究』『招婿婚の研究』『火の国の女の日記』などの著書がある。

❖本名＝瀧井孝作（たきい・こうさく）❖明治二七年四月四日―昭和五九年一一月二一日❖享年九〇歳❖岐阜県高山市愛宕町六七・大雄寺（浄土宗）❖小説家・俳人。岐阜県生。高山尋常小学校卒。明治四二年高山を訪れた河東碧梧桐に出会い師事する。大正三年上京し、翌年創刊された句誌『海紅』の編集助手となる。八年『時事新報』記者となり芥川龍之介や志賀直哉を知り小説にすすむ。芥川の弟子のひとりと目された。昭和二年『無限抱擁』を刊行。『折柴句集』『俳人仲間』などがある。

瀧井孝作

たきい・こうさく

［一八九四―一九八四］

〈ぼくは収入が少いから妻が産婆家業で活計を足してゐる始末だし、ぼくの仕事の目的は銭取仕事でないし……〉などと、まことに率直な弁明を書いた市井的作家瀧井孝作。昭和一〇年に創設された芥川賞の選考委員も第一回から七〇回まで、三八年もの長きにわたってやり遂げた。

　五六年の暮れ、十二指腸潰瘍で入院以後はベッド生活に陥り、老衰も相まって自ら執筆することもできなくなった。それから三年、俳句の師として仰いだ河東碧梧桐、小説家として兄事した志賀直哉や芥川龍之介はすでに亡い。弟子であった島村利正や妻リン、妹も先に逝った。絶句〈秋の風味けはしや薬かみにけり〉。昭和五九年一一月二一日午前九時四四分、九〇歳と七か月の生涯であった。

◉

　夏とはいえ早朝六時はかなり涼しい。そのうえ今朝はあいにくの雨だ。土砂降りの雨に濡れながら、七夕の笹や飾りが重々しく垂れ下がっている飛騨高山の軒々を足早に通り過ぎて、東山遊歩道をつないだ寺町に到る。小規模ながら総本山知恩院の伽藍を模した東林山香荘厳院大雄寺、裏山墓地は薄暗く、樹木や墓石をとりまいている雨煙でかなりもやっていた。

　指物師であった父新三郎、その姿を描いた一〇編のいわゆる父親物で世評を高めた作家の一族が眠る瀧井家墓所。ひときわ大きな「涅槃城」、笠つき墓石の側面に大正一五年春、瀧井新三郎建之とある。孝作の納骨の最中も強い雨が降っていたとか。苔生した大小の石碑、赤土の庭、名も知らぬ緑の草々、雨音がビニール傘を持つ手に激しく響いてくる。

瀧口修造

たきぐち・しゅうぞう

［一九〇三—一九七九］

❖本名＝瀧口修造（たきぐち・しゅうぞう）❖明治三六年一二月七日—昭和五四年七月一日❖享年七五歳❖橄欖（かんらん）忌❖富山県富山市大塚一七三三・龍江寺（曹洞宗）❖詩人・美術評論家。富山県生。慶應義塾大学卒。日本のシュルレアリスムの理論的支柱。大学在学中から西脇順三郎と出会い、フランス現代詩と美術を研究・紹介した。戦後は読売アンデパンダン展企画に関与、『実験工房』を結成するなど新進の芸術家に表現の場を提供する。『瀧口修造の詩的実験』、翻訳に『超現実主義と絵画』などがある。

〈私は暴力にも近い自己抛棄《ほうき》によって何がえられるかといった「実験」のようなものに身を投げた〉と、瀧口修造はそれまでの詩人とは一線を画した類のない詩人であった。薔薇の眼、純粋な脳髄、黄金の月光、天使の衣装、二人の孤独、二人の歓喜、球形の鏡、妖精の距離、〈夢のひとかけら〉はイメージの発生源。眠っている死人の夢、砂糖壺を探す聖者、一種の言語として考える夢、コトバまるごとの夢、逝く五年ほど前、『寸秒夢』にはこんなことを書いた。〈夢の整理、残月は明けに残りながら、去るものの姿である。そしてまた逢う日まで、という思い入れよろしく、か否か〉、昭和五四年七月一日午後三時四〇分、心筋梗塞のため、綾子夫人に見守られながら瀧口修造は逝く。

◉

富山県婦負《ねい》郡寒江《さぶえ》村大塚（現・富山市）が瀧口修造の故郷である。ただし、すでに生家の痕跡もない。〈早く故郷を離れてしまった私個人についていえば、ふるさとに対して言い知れぬ借りを抱きつづけている。おそらく私はそれを精算しきれずに死ぬかも知れぬ〉と記した彼の墓は、田んぼに囲まれた小さな集落の小さな禅宗の寺にある。黒御影石の碑面に自署「瀧口修造」墓、裏面にはかつてオブジェの店を開くという構想に友人マルセル・デュシャンが贈ってくれた看板のサイン Rrose Sélavy（ローズセラヴィ）の文字。死後、メモ類のなかから発見された「遺書」（一九七〇年七月に書かれた）にはこうあった。

〈年老いた先輩や友よ、若い友よ、愛する美しい友よ、ぼくはあなたを残して行く。何処へ？　ぼくは知らない……〉。

田久保英夫

たくぼ・ひでお
［一九二八―二〇〇二］

❖本名＝田久保英夫（たくぼ・ひでお）❖昭和三年一月二五日―平成一四年四月一四日❖享年七三歳（華文院釈世英）❖千葉県松戸市田中新田四八―二・八柱霊園四区一種一二側四八号❖小説家。東京府生。慶應義塾大学卒。山川方夫らと第三次『三田文学』を刊行する。昭和三八年『解禁』で芥川賞候補となり、注目された。『深い河』で四四年度上芥川賞受賞、『海図』で読売文学賞を受賞。ほかに『髪の環』『触媒』『氷夢』『木霊集』などがある。

戦後、第三次『三田文学』の編集者として共に名を連ねた山川方夫は、昭和四〇年二月、三四歳の若さで輪禍に倒れ、平成一一年七月、江藤淳は自裁した。二年後の四月一四日、代々木八幡の病院で食道がんによる動脈破裂のため急死した田久保英夫は、〈自分が死んだあとに、この世界が壮大に（ときに悲惨に）、あるいは華麗に（ときには醜く）存在しつづけても、何の意味があろう〉と問答するのだ。

〈おれのこの気海丹田《きかいたんでん》、全て自分本来の故郷、この本来の故郷にどうして便りなどあるか。おれのこの気海丹田、ただ自分の心の浄土、心離れた浄土に何の荘厳さがあるか。おれのこの気海丹田、すべて自分の身中の弥陀、ほかの弥陀が何の法を説くか〉。

◉

昨夜の大型台風が通過した霊園のいたるところで樹木は折れ、松ぼっくりや小枝が散乱して惨憺たる有様であったが、ときおり曇気が切れると、この塋域の小さな青い実をつけた椿の木の葉にやわらかな生気が蘇ってくるようだった。

以前は浅草の寺にあった「田久保家之墓」は、戦災によって自然消滅して現在の形となったそうだ。昭和一七年五月、輸送船の撃沈によりわずか二〇年の歳月を海底に沈めた異父兄光太郎。彼とともに〈船に乗ってた俺たち乗務員や、南方に行く大勢の商社員たちの夢〉。海底で氷った褐色の〈氷夢〉に触れ、〈光と影　墜ちていく時間と昇っていく空間　死者たちとそうでないものたち〉と作家は交感しながら飛翔しているのだろうか。

竹内浩三

たけうち・こうぞう
［一九二一―一九四五］

❖本名＝竹内浩三（たけうち・こうぞう）❖大正一〇年五月一二日―昭和二〇年四月九日❖享年二三歳❖三重県伊勢市一誉坊墓地から平成一七年一二月、三重県伊勢市朝熊町五四八・金剛証寺（臨済宗）奥の院墓地に改葬❖詩人。三重県生。日本大学卒。昭和一七年宇治山田中学校時代の友人と同人誌『伊勢文学』を創刊。同年、日本大学を卒業、入営。二〇年四月フィリピンにて戦死。『愚の旗――竹内浩三作品集』『竹内浩三全作品集――日本が見えない』『戦死やあわれ』などがある。

応召の日、竹内浩三は自室に閉じこもり、膝を抱くようにしてチャイコフスキーの『悲愴』を聞いていた。〈うたうたいは　うたうたえと　きみ言えど　口おもく　うたうたえず。うたうたいが　うたうたわざれば　死つるよりほか　すべなからんや。魚のごと　あぼあぼと　生きるこそ　悲しけれ〉と悲痛のハガキを『伊勢文学』の友人に送ったりもした。〈公報二四八〇〇號、本籍　三重縣宇治山田市吹上町三八九、陸軍兵長　竹内浩三、昭和二十年四月九日時刻不明、比島バギオ北方一〇五二高地方面の戦斗に於いて戦死せられましたから御知らせ致します〉。

昭和二二年六月一三日付、三重県知事青木理による一枚の古びた死亡告知書が、哀しき詩人の命であった。

碑を包むように、ほとんど判別できない字句がびっしりと彫りつけてある。〈私のすきな三ツ星さん　私はいつも元気です　いつでも私を見て下さい　私は諸君に見られてもはずかしくない生活を　力一ぱいやりまする　私のすきなカシオペヤ　私は諸君が大すきだ　いつでも三人きっちりと　ならんですゝむ星さんよ　生きることはたのしいね　ほんとに私は生きている〉。この墓の土塊の下には遥か南方の空に消え失せた浩三の遺骨はない。

一〇年目の命日に最愛の姉、松崎こうは〈一片のみ骨も還らずおくつきに手ずれし学帽深く埋めぬ〉と詠った。

――〈日本よ　オレの国よ　オレにはお前が見えない　一体オレは本当に日本に帰ってきているのか　なにもみえない　オレの日本はなくなった　オレの日本がみえない〉。

竹内てるよ

たけうち・てるよ

［一九〇四―二〇〇一］

昭和一八年、てるよは自らの略歴を記した。〈明治三十七年十二月二十一日北海道札幌市に生る。幼にして生母に生別し、（略）小学校三年のとき東京へ来る。高等女学校三年退学、一家のため生活戦線に立ち、少女の腕に祖父母、幼妹たちを支え、二十歳の春、涙と共に或事情にて結婚、（略）長年生死も不明なりし父来宅、父の許に妹達をおくり、ひとり婚家に残る。その時みごもれるためなり。一子の母となりし昭和二年春、脊椎カリエス、不治と診断され、翌三年二月二十五歳にて男子徹也をおきて離婚となる。云々……〉と。その後二五年ぶりに再会した子息徹也と山梨県大月市で暮らし始めるが、まもなく徹也は舌がんのため若くして死んだ。最晩年は新潟市に移り、平成一三年二月四日、老衰のため永眠する。

山の中腹にある寺の石段をのぼっていく。遠く鉄橋を渡る貨物列車や小さな集落が見下ろせる本堂裏、ひな壇のように積み上がった墓々の最上段に「竹内家」墓はあった。子息徹也二三回忌記念に母てるよが建てた墓。裏面に詩『頬』の一節が彫られている〈生まれて何もしらぬ　吾子の頬に　母よ　悲しみの　涙をおとすな〉。

やわ風はそよぎ、鶯が鳴いている。杉や檜の木立を背に黄色いレモンと黄色い薔薇と黄色いタンポポの花が供えられた墓石に美しい陽はそそぐ。〈生きたるは　奇蹟でもなく　命の神秘でもない　生きたるは　一つの責である〉と証した母子の墓。てるよを産んで間もなく一八歳で石狩川に身を投じた、札幌・花街の半玉であった母の名も、不甲斐なかった父の名もそこにはない。

❖本名＝竹内照代（たけうち・てるよ）❖明治三七年一二月二一日―平成一三年二月四日❖享年九六歳❖山梨県大月市猿橋町藤崎六一九・妙楽寺（臨済宗）❖詩人。北海道生。日本高等女学校中退。生後間もなく父方の祖父母の元で育てられた。一〇歳の頃上京。女学校を肺結核療養のため中退し、婦人記者生活を経て結婚。一児をもうけたが脊椎カリエスのため離婚。以後、詩作に励み『銅鑼』などに発表。昭和五年第一詩集『叛く』を刊行。『花とまごころ』『静かなる愛』『海のオルゴール』などがある。

武田泰淳
たけだ・たいじゅん
［一九一二―一九七六］

武田百合子
たけだ・ゆりこ
［一九二五―一九九三］

埴谷雄高が「うつむいている人」と表現した武田泰淳は、六四歳の昭和五一年一〇月五日午前一時三〇分、胃がんの転移による肝臓がんによって東京慈恵会医科大学附属病院で往生を遂げた。それから一七年後の平成五年五月二七日、北里大学病院で肝硬変のために亡くなった武田百合子の遺体は、渋谷区代々木にあったマンションの夫泰淳の位牌が置かれた和室に戻され、互いに無言の対面となった。

劇作家との心中未遂で傷ついた百合子、敗戦による祖国喪失やある女を巡る愛憎に焦燥極まった泰淳、それぞれに捨てきれない苦悩を背負って向き合った神保町の喫茶店「らんぼお」。戦後文学者の溜まり場であったこの喫茶店で運命の出会いをしてから半世紀になろうとしていた。

中目黒の台地上に広がった住宅街の東斜面にある長泉院は、泰淳の父が住職となっていた大寺であるが、現在、同敷地内には長泉院附属現代彫刻美術館が設けられて、機会に恵まれない若い彫刻家の発表の場になっている。その野外展示場に下っていく左手にある墓地の奥まったあたり、住職墓域の中に二〇歳で出家した泰淳和尚と百合子夫人の眠る墓があった。昭和五二年百合子建之「南無阿弥陀佛」と刻されている。

天衣無縫、泰淳の死に際し「みんな、ピラニアに食われて死んでしまえ！」と叫んだ百合子の深い愛を、泰淳はどう受け止めているのだろうか。彼が生前に書き置いた「泰淳　百合子比翼之地」という文字は鑿《のみ》が入れられ、分骨を併せて京都知恩院にあると聞く。

❖本名＝武田泰淳（たけだ・たいじゅん）❖明治四五年二月一二日―昭和五一年一〇月五日❖享年六四歳（恭蓮社謙誉上人泰淳和尚位）❖東京都目黒区中目黒四丁目一二―一九・長泉院（浄土宗）❖小説家。東京府生。東京帝国大学中退。昭和一八年『司馬遷』刊行。戦後二二年『蝮のすゑ』を発表。〈第一次戦後派〉作家として活躍。『才子佳人』『ひかりごけ』『快楽』『目まいのする散歩』などがある。

❖本名＝武田百合子（たけだ・ゆりこ）❖大正一四年九月二五日―平成五年五月二七日❖享年六七歳（純香院慧誉俊照恭容大姉）❖随筆家。神奈川県生。横浜第二高等女学校（現・横浜立野高等学校）卒。武田泰淳の妻。武田泰淳の死後に、一緒に過ごした富士山荘の完成から泰淳の死までを綴った日記『富士日記』を刊行。『犬が星見た』などがある。

竹中郁

たけなか・いく
〔一九〇四―一九八二〕

生家も養家も裕福で、ハイカラを地でいったお坊ちゃん。〈あんな紅顔美少年が何や〉とか〈あんな気障なもん殴って了《しま》へ〉とか、こんな言葉は、昔から郁さんについて聞いとった。が、と稲垣足穂はつづける。〈郁さんはその名の示すとほりの我日本の新しき、海港の詩人やな。これは一人よりないいな〉。

郁さんは無垢なものに美しさを求めて歌い、明晰にする。〈長い旅路の終わりに到りついて　したり顔にもみえる　しかめ面にもみえる　砂浜にうちあげられて　ゆっくりと乾いてゆく流木〉。

昭和五七年三月七日午前五時四〇分、血小板低下および貧血のため入院していた神戸中央市民病院で脳内出血をおこし、〈神戸の詩人さん〉、竹中郁は永遠の眠りについた。

神戸は港町だ。六甲山系の連なりを背後に街並みが横に長く広がっている。ハイカラさんの詩人にこれ以上似合った街はない。平清盛の福原京遷都計画にともなって平家一門の祈願寺に定められた能福寺には、清盛の廟所や兵庫大仏もある。港に近く、神戸の観光名所にもなっていて、山門を入ると多くの人たちで賑わっているのだが、道を隔てた境内裏にある墓地はそんな喧噪とは我関せずとばかりに、ひっそりと佇んでいる。

鮮やかな夕陽がさしている大仏の背中を仰ぎみている二基の墓があった。「家」の字をきらって省いた自筆刻の「竹中累代墓」。焦げ茶色の陶製花筒があるばかりの簡潔な墓碑、〈光の詩人〉、〈日本のコクトー〉と称された詩人竹中郁はここに眠っている。

❖本名＝竹中育三郎（たけなか・いくさぶろう）❖明治三七年四月一日―昭和五七年三月七日❖享年七七歳（春光院詩仙郁道居士）❖兵庫県神戸市兵庫区北逆瀬川町一―三九・能福寺（天台宗）❖詩人。兵庫県生。関西学院大学卒。『近代風景』など白秋主宰の雑誌で詩人として出発。大正一五年第一詩集『黄蜂と花粉』を刊行。昭和元年に『詩と詩論』に参加。五年『四季』同人になる。七年詩集『象牙海岸』刊行。『ポルカマズルカ』で読売文学賞受賞。『一匙の雲』『動物磁気』などがある。

武林無想庵《たけばやし・むそうあん》

［一八八〇—一九六二］

❖本名＝武林磐雄（たけばやし・いわお）❖明治一三年二月二三日—昭和三七年三月二七日❖享年八二歳❖東京都豊島区南池袋四丁目二五—一・雑司ヶ谷霊園一種一号四側❖小説家・翻訳家。北海道生。東京帝国大学中退。雑誌『モザイク』に翻訳を発表。辻潤らとともにダダイストとして知られた。大正九年に渡欧、滞留一七年に及ぶ。昭和一八年に失明。二四年共産党に入党。三二年『むさうあん物語』を発表。『性欲の触手』『飢渇信』『無想庵独語』などがある。

放浪文士武林無想庵が長い滞欧生活を終えてフランスから帰国したのは昭和五年のことであった。最後は哲学者らしく終わりたいと望んだ無想庵だった。谷崎潤一郎、佐藤春夫、川田順、辻潤等多くの友人に支えられ、波乱に満ちた生涯を送った無想庵が死んだのは、昭和三七年三月二七日のことであった。八年に緑内障で右目の視力を失い、一八年六三歳の時、まったくの失明となった。以後の一九年間を妻朝子の口述筆記に頼ることになるが、口述によって書かれた『むさうあん物語』に、その波乱の生涯が物憂げに映し出されている。

伊藤整は〈もっとも自由な、幼児のような人生を夢想しつづけた希有な一つの生涯が、ここに終わったということである〉と追悼している。

芥川龍之介、谷崎潤一郎らを驚かせた超人的記憶力と博学の人である。また無想庵以上に自由奔放、勝手放題に生きた中平文子とのスキャンダル、恋愛と結婚、ヨーロッパ滞留一七年、のちに親友辻潤と伊藤野枝の間に生まれた辻まことの最初の妻になった娘イヴォンヌとの確執、緑内障からの失明、共産党入党など、〈失敗した芸術家〉武林無想庵の生活と心情は放逸で非社会的な態度に一貫していた。パリを愛し、たとえ浮浪者となっても日本に帰りたくなかった無想庵、樹影を避けるように照らされた「武林之墓」は、ついには貫き得なかった日本の俗習風土を疎むかのように孤影を保っている。

〈なさざれはくはずといふかあなかしこ何をなしてか我はくらへる〉。

竹久夢二

たけひさ・ゆめじ
［一八八四―一九三四］

たまきをモデルに描いた「夢二式美人画」はたちまち夢二を人気作家に押し上げたが、二人で始めた絵草紙店「港屋」で出会った彦乃との恋によって、たまきとは離別、彦乃との同棲も彦乃の病（結核入院）によって破局、その後に暮らしたモデルのお葉とも六年後には離別。夢二を巡る三人の女性たちとの儚くも彩られた日々はもう帰ってこない。若い日に「なるようにしかならない」と自由奔放に生きた分だけ、晩年には侘びしい運命を辿った夢二であった。絶頂期から転げ落ちていった昭和七年、新境地を求めて旅立った欧米への旅も結核を発病して失意のうちに帰国、長野県八ヶ岳山麓の富士見高原療養所の人となって、見舞客もないまま昭和九年の九月一日早暁、高原の朝もやに包まれながら終焉を迎えた。

「黒船屋」など哀愁のある抒情的な美人画で一世を風靡し、「宵待草」などの哀しい愛の歌を幾多も遺して逝った竹久夢二の小さな墓石がここにある。自然石を割った碑面を磨き、「竹久夢二を埋む」と、画家有島生馬の筆が彫られてある。中央画壇とは相容れず、心の赴くままに漂泊の人生を送り、「たまき」、「彦乃」から「お葉」まで様々な女性と浮き名を流した華やかさはそこには感じられない。「大正ロマン」は遠い昔、夢のまた夢。ただ秋風とともに消え去っていったはずの残香が、仄かにとりまいているような気がしないでもなかった――。

〈百合の香や　恋はいつも新しく　恋はかはらぬ病なり　月日を経れば　恋もいつか忘るべし　さて忘るるは　墓へゆく日か〉。

❖本名＝竹久茂次郎（たけひさ・もじろう）❖明治一七年九月一六日―昭和九年九月一日❖享年四九歳（竹久亭夢生楽園居士）❖夢二忌❖東京都豊島区南池袋四丁目二五―一・雑司ヶ谷霊園一種八号九側❖画家・詩人。岡山県生。兵庫県神戸尋常中学校（後の旧制神戸第一中学校、現・神戸高等学校）中退。一時、文学の道を目指したが、転じて絵画の道を選び、二四歳の時岸たまきと結婚。彼女をモデルにして描いた抒情的な作品は「夢二式美人」と呼ばれた。『宵待草』、絵入り小唄集『どんたく』、自伝絵画小説『出帆』などがある。

多田智満子

ただ・ちまこ
［一九三〇―二〇〇三］

その日の朝、神戸の空には鮮やかな冬の虹が立っていた。束の間、四方を輝かした虹は青白い光をうっすらと残して怜悧な風をゆるめた。子宮がんで闘病中の六甲病院緩和ケア病棟で没後出版物のプランのことや、挨拶状、自身の葬儀、など後事を冷静に示し、死への準備をすべてなし終えたあと、平成一五年一月二三日午前八時五八分、肝不全のため閨秀詩人・多田智満子は自らの挽歌を携えて、静静と天国に向かって歩んで逝った。

〈魂よおまえの世界には　二つしか色がない　底のない空の青さと　欲望を葬る新しい墓の白さ〉。樹の枝になり、木の葉になり、自然の序列に還っていく彼女の後ろ姿、ゆらめく風の旅立ち――。

〈草の背を乗り継ぐ風の行方かな〉

◉

矢川澄子は自殺する直前に闘病中の智満子を見舞った。見舞ったはずの本人が先に死ぬという乱調を配して。病臥の中で智満子は追悼し、〈来む春は墓遊びせむ花の蔭〉の句を贈るのだが、その半年後、彼女もまた花の蔭に横たわることとなる。

紀伊半島が遠くに霞み、神戸港は眼下に見える。遮るものとてない六甲山系長峰山の高園、この霊園に夫加藤信行に並んで多田智満子の墓碑銘がある。傍らには〈めまいして墜落しそうな深い井戸――　あの蒼天から汲みなさい　女よ　あなたのかかえた土の甕を天の瑠璃で満たしなさい〉と、『甕』の碑。花はもう散ってしまったけれど、うぐいすが啼き、緑の濃さを増した葉陰で「墓遊び」に興じる澄子と智満子。その面影を追って私は黙禱する。

❖本名＝加藤智満子（かとう・ちまこ）❖昭和五年四月六日（戸籍上は四月一日）―平成一五年一月二三日❖享年七二歳❖風草忌❖兵庫県神戸市灘区大石字長峰山四―五八・長峰山霊園一二号地ち五❖詩人・随筆家。福岡県生。慶應義塾大学卒。昭和三一年第一詩集『花火』を出版、個人的感傷は一切排除した独特の感性で注目される。第六詩集『蓮喰いびと』で現代詩女流賞。第九詩集『川のある国』で読売文学賞受賞。『贋の年代記』『祝火』『川のほとりに』などの作品がある。

立原正秋

たちはら・まさあき

［一九二六—一九八〇］

❖本名＝立原正秋（たちはら・まさあき）（金胤奎、キム・ユンキュ）❖大正一五年一月六日—昭和五五年八月一二日❖享年五四歳（凌霄院梵海禅文居士）❖神奈川県鎌倉市二階堂七一〇・瑞泉寺（臨済宗）❖小説家。朝鮮慶尚北道（韓国）生。早稲田大学中退。昭和三一年『近代文学』に『セールスマン・津田順一』を発表し、文壇への一歩を踏む。三九年雑誌『犀』を発刊。四〇年『剣ヶ崎』で芥川賞候補、翌年『漆の花』で直木賞候補となる。『白い罌粟』で四一年度直木賞受賞。ほかに『薪能』『冬の旅』『帰路』などがある。

立原正秋は「金胤奎／キム・ユンキュ」として韓国安東郡の禅寺・鳳停寺で生まれた。自筆年譜には両親共に日韓混血、父は李朝末期の貴族の出とあるが、実際にはその事実はない。しかし年譜をも創作しなければならなかった彼の孤絶した深淵は計り知れないものがある。「滅ぶ」ことによってのみ「花」は咲くのだ。中世の世阿弥『風姿花伝書』や能、謡曲などを強く意識して文学活動に邁進し「純文学と大衆文学の両刀使い」を自任、流行作家にもなった。

昭和五五年八月一二日夏の午後、食道がんのため東京・築地の国立がん研究センター中央病院で逝った彼の密葬・出棺の際、長男である潮氏が挨拶した。〈父は今日のこの風に乗って、生まれ故郷の鳳停寺へ還りました〉。

鎌倉公方の菩提寺として、鎌倉五山に次ぐ関東十刹とされた瑞泉寺の仏殿背後には昭和四五年に発掘、復元された夢窓国師の庭園があり、四季折々の花が彩る鎌倉随一の「花の寺」としても知られている。

紅葉ヶ谷と呼ばれるこの谷戸の墓地を真直に突っ切っていく。裏山の新緑を背に建つ墓碑を見上げながら数十段の石段をのぼっていくと、ひな壇の中途に一七回忌の板塔婆をはさんで「立原家之墓」と五輪塔が並んで建っていた。人気作家であったがゆえ、墓参の絶えない墓という印象をもっていたのだが、今日は一輪の供花もなく、ただこの墓域を包み込む湿気の多い陽光を一身に集めて、沈んでいく谷戸の林立する墓石群の宙に、たった一人の私は浮かんだ。

立原道造

たちはら・みちぞう

［一九一四―一九三九］

❖本名＝立原道造（たちはら・みちぞう）❖大正三年七月三〇日―昭和一四年三月二九日❖享年二四歳（温恭院紫雲道範清信士）❖風信子忌❖東京都台東区谷中六丁目二―三五・多宝院（真言宗）❖詩人。東京府生。東京帝国大学卒。高等学校時代から堀辰雄・室生犀星に師事、大学で杉浦明平らと雑誌『未成年』を創刊。昭和一二年石本建築事務所に入社、詩集『ゆふすげびとの歌』を編んだほか『萱草に寄す』『暁と夕の詩』を刊行した。第二次『四季』の同人。一四年第一回中原中也賞を受賞。『暁と夕の詩』などがある。

東京帝国大学工学部建築学科在籍中に奨励賞の辰野賞を三度も受賞した。卒業後は石本建築事務所に入所、詩作でも詩集『ゆふすげびとの歌』や『萱草に寄す』などを発表、建築設計と詩作の両方面で活躍の芽を見せていたのだが、昭和一三年一一月、九州への旅に出発する。結核のため衰弱した身体をおして決行した旅であったが、一二月六日、長崎で発熱・喀血する。帰京後の二六日、江古田の東京市立療養所に入院するのだが、翌年三月二九日午前二時二〇分に不帰の人となった。しかし病を抱えながら、建築家として非凡な才能を発揮し、詩作にも反映させた詩人立原道造の夢見た心の世界は、一滴の水紋の如く、今も密やかにひろがり続けている。

◉

谷中霊園の向かいにある多宝院、石柱門を入ると、六地蔵が並んでおり、本堂前を左折した突き当たりに立原家の墓所はあった。「立原家之墓」の左直角面に家紋の下に戒名の並んだもう一つの墓碑がある。四人の最後に道造の戒名「温恭院紫雲道範清信士」が刻まれている。背面には塀を挟んで住宅がたてこみ、窮屈な無彩色の風景は彼の音楽的な文体とはあまりにもかけ離れていて、例えようのない哀傷が滲んであった。以前は墓石も横並びで、墓石の横に小さな「ゆうすげ」が植えられていたのだが、黄色い花が咲いているのを見ない間に配置が変えられてしまい、「ゆうすげ」は姿を消した。

〈三時をすぎると咲く花がある　これは黄色い花だったので　人はゆふすげと呼んだ〉。

田中澄江

たなか・すみえ
[一九〇八—二〇〇〇]

〈いつ死ぬかは神さまがきめること、その日まで新しい発見がある〉、あるいは〈老いは迎え討て〉と、晩年まで溢れる生命力を示した田中澄江は、八九歳になってもなおも書きつづけるのだった。

〈私は、今でももう十分に生きたという気が全然しないのです。一番書きたいことも、まだ書けていない。もう一度学校に入って植物や地質の勉強もしてみたい。でも今は何といっても山にゆきたい〉と。

しかし翌年、脳梗塞で倒れ、平成一二年三月一日午後五時一〇分、老衰のため東京・清瀬の病院で亡くなった。闘病生活で夢見つづけていた山々は、黒部五郎岳か栗駒山か、はたまた自ら主宰した女性登山グループ「高水会」に名を委ねた奥多摩の高水山であったのか。

◉

遠藤周作の墓がある府中カトリック墓地に田中澄江の墓もある。この眼で「二十一世紀」を確かめたいと願いながら、一足踏み入れてまもなくその意思を断念せざるを得なかった田中澄江の墓。石臼の香立てを左右に、「TANAKA」の碑銘、力強くクロスが刻まれている。傍らの墓誌に「マリア・マグダレナ」、昭和二六年、京都の西陣教会で受洗した田中澄江の洗礼名が、九〇歳で逝った劇作家、演出家でもあった夫・田中千禾夫のそれと並記されている。有吉佐和子と同じ洗礼名だ。同じ筋の手前には『ゴジラ』の特撮監督で有名な円谷英二の墓もあった。ウルトラマンの人形が飾られてある墓前を見やりながら、作家活動にもまして千に近い山々を踏破した田中澄江の旺盛な生命力を思ってみたりもした。

❖本名＝田中澄江（たなか・すみえ）❖明治四一年四月一一日—平成一二年三月一日❖没年九一歳（マリア・マグダレナ）❖東京都府中市天神町四丁目一三—一・府中カトリック墓地三六号❖劇作家・小説家。東京府生。東京女子高等師範学校（現・お茶の水女子大学）卒。昭和九年『陽炎』を発表、劇作家田中千禾夫と結婚。一四年戯曲『はる・あき』で注目される。二七年『我が家は楽し』『少年期』、『めし』の映画の脚本でブルーリボン賞脚本賞を受賞。小説集『カキツバタ群落』『夫の始末』、随筆『花の百名山』などがある。

谷川雁

たにがわ・がん

[一九二三—一九九五]

❖本名＝谷川　巌（たにがわ・いわお）❖大正一二年一二月二五日—平成七年二月二日❖享年七一歳（流水院釈磐石居士）❖熊本県宇城市松橋町松橋一二四二・円光寺（浄土真宗）❖詩人。評論家。熊本県生。東京帝国大学卒。昭和二二年共産党入党、のち離党。二九年第一詩集『大地の商人』、三一年『天山』を刊行。三三年サークル村を結成し、大正炭鉱争議を指導。その後上京し、ラボで英語教育活動に力を注ぐ。詩集に『定本谷川雁詩集』、評論に『工作者宣言』『原点が存在する』などがある。

　昭和三五年刊行の『谷川雁詩集』あとがきで〈私のなかにあった「瞬間の王」は死んだ〉と書いて詩人廃業を宣言する。その六年後には、〈詩は滅んだ〉と文壇・論壇からも遠のいて以降、伝説の人となって久しかった。信州黒姫に移っていた谷川と丸山豊、安西均の間で交わされた私的な「リレー通信」のなかで、六一歳になった彼は〈ようやく死・葬・墓・空っぽを語って、あまり頬を赤らめずにすむ齢となりました。私はこれがうれしい〉と書いている。黒姫山麓でのラストワーク、十代のための合唱曲集『白いうた　青いうた』の作詞に勤しんでいた平成六年一〇月、東京清瀬の国立東京病院で右気管支に悪性腫瘍が発見され、翌年の二月二日、川崎市の病院で肺がんのため永眠した。

◉

〈「段々降りてゆく」よりほかないのだ。飛躍は主観的には生まれない。下部へ、下部へ、根へ根へ、花咲かぬ処へ、暗闇のみちるところへ、そこに万有の母がある。存在の原点がある。初発のエネルギイがある〉。

　自らの生のよりどころである原郷。二歳の幼児であった谷川が家庭の事情から両親と離れて暮らした熊本県下益城郡松橋町（現・宇城市）。閑散とした駅前通りのしばらく先にある寺の小ぶりの二層門をくぐる。〈近年その境内に階下がお斉《とき》の場所、階上が納骨堂という新形式の建物ができ、父母や兄たち用の仏壇と背中あわせに、雁分家用のロッカー風安置所を得ました〉と記した谷川雁の鎮まる所、光明灯のやわらかな光に照らされた阿弥陀如来画像を中央に息子空也と雁、大小の位牌が前後に並んでいる。

谷崎潤一郎
たにざき・じゅんいちろう
［一八八六—一九六五］

　終生、反自然主義的な姿勢で臨み、物語の筋を重視したことで芥川龍之介と論争になり、芥川が『文芸的な、余りにも文芸的な』という文学論を発表して注目を浴びたこともあった。後に夫人となった根津松子に〈私に取りましては芸術のためのあなた様ではなく、あなた様の芸術でございます〉と書き送った谷崎文学の美意識には、ある面で辟易とすることもあるのだが、それ故に安堵するところもあった。その悪魔的、偽悪的なポーズと官能に満ち満ちた文学を支えてきた長年の活力が著しく衰えを見せたのは、前立腺肥大症発病の昭和三九年春頃からであった。翌年七月二四日、七九歳の誕生日を祝った六日後の三〇日朝、腎不全から心不全を併発、湯河原の自宅で死去した。

　京都鹿ヶ谷法然院墓地の上段、日本画家福田平八郎の隣に位置する一劃に、紅しだれを挟み「空」「寂」の二基の墓石が据えられてあった。「空」には松子夫人の妹重子夫妻の墓、「寂」には潤一郎夫妻が眠っている。哲学の道に程近い東山にある浄土宗のこの寺の墓所は谷崎家代々の日蓮宗を嫌って潤一郎が生前に求めたものであった。

　古都の西日を浴びて明暗を演出するこの塚は、過激にいえば自分の芸術のために独善的な人生を送った潤一郎の文学の完結を象徴するものであろうか。ただし、のちに嫌っていた日蓮宗の、それもかつての論争相手だった芥川龍之介も眠る東京巣鴨・慈眼寺の谷崎家代々墓地に分骨されることになるとは思いもしなかったであろうが。

❖本名＝谷崎潤一郎（たにざき・じゅんいちろう）❖明治一九年七月二四日—昭和四〇年七月三〇日❖享年七九歳（安楽寿院功誉文林徳潤居士）❖谷崎忌・潤一郎忌❖京都府京都市左京区鹿ヶ谷御所ノ段町三〇・法然院（浄土宗）❖東京都豊島区巣鴨五丁目三七—三五・慈眼寺（日蓮宗）❖小説家。東京府生。東京帝国大学中退。明治四三年小山内薫らと第二次『新思潮』を創刊。『誕生』『刺青』を発表、永井荷風の激賞を受けた。〈耽美派〉〈悪魔主義〉の時代を経て『痴人の愛』『蓼喰ふ虫』『卍』『春琴抄』などによって谷崎文学は結実した。『細雪』『鍵』『瘋癲老人日記』などがある。

種田山頭火

たねだ・さんとうか
［一八八二—一九四〇］

❖本名＝種田正一（たねだ・しょういち）❖明治一五年一二月三日—昭和一五年一〇月一一日❖享年五七歳❖一草忌❖山口県防府市本橋町二—二・護国寺（曹洞宗）❖俳人。山口県生。早稲田大学中退。一〇歳の時に母が自殺。神経衰弱で大学は中退。郷里で酒造業を営み、大正二年荻原井泉水に師事。俳誌『層雲』に投句活躍した。のち破産、熊本に移り、出家得度して翌年漂泊の旅に出た。昭和七年山口県小郡に其中庵を結ぶが遍歴をやめず、一四年松山市に「一草庵」を結庵。句集『鉢の子』『草木塔』などがある。

母フサの自殺、父は破産で消息不明、結婚して子も成した。荻原井泉水に師事、『層雲』に投稿をはじめ頭角を現したが弟の自殺で一層酒に逃げた。妻子からも逃げ得度、堂守となった。それから先は旅から旅。旅先から投稿は続けた。随分と歩いてきたものだ。昭和一四年一二月、放浪の果て松山の一草庵に落ち着くことになった。

翌一五年一〇月八日の日記に〈巡礼の心は私のふるさとであった筈であるから〉とある。それ以後の書き込みはない。一〇日夜、句会が催されたが、山頭火は床をとって寝ていたという。句会に出席していた高橋一洵が、気づかって翌朝二時過ぎに庵をのぞくと、容態は急変していた。往診もままならず、すでに手遅れの状態であった。死亡時刻午前四時過ぎ、まさに念願のころり往生であった。

◉

満州から急遽松山に馳せ参じた息子の種田健によって、その亡骸は郷里防府の護国寺裏共同墓地に葬られた（元妻サキノの住んでいた熊本市の安国禅寺には分骨墓がある）。昭和三一年の一七回忌に建てられた慎ましやかな「俳人種田山頭火之墓」、母フサの墓と並んで眠っている。

〈無駄に無駄を重ねたやうな一生だつた、それに酒をたえず注いで、そこから句が生まれたやうな一生だつた〉。晩年の日記に記されたその一生は、この土の中に収まりきってあるはずもなかろうが、墓前にカップ酒が数本。この分では墓に入ってからの山頭火に酒の切れた日はなさそうだったが、なんだか背の竹笹が揺れ始めた。夕立の気配がしてきたようだ。

〈もりもりもりあがる雲へ歩む〉

田村隆一

たむら・りゅういち

［一九二三―一九九八］

❖本名＝田村隆一（たむら・りゅういち）❖大正一二年三月一八日―平成一〇年八月二六日❖享年七五歳（泰樹院想風日隆居士）❖神奈川県鎌倉市大町一丁目一五―一・妙本寺（日蓮宗）

❖詩人。東京府生。明治大学卒。昭和二二年鮎川信夫らと『荒地』を創刊。三一年第一詩集『四千の日と夜』を刊行。『言葉のない世界』で高村光太郎賞、『奴隷の歓び』で読売文学賞を受賞。ほかに『ハミングバード』など。エッセイに『ぼくの遊覧船』『青いライオンと金色のウイスキー』などがある。

なんといっても戦後詩を語るうえにおいて最も重要な詩人であった田村隆一。彼にはもうひとつ、「モダニズム」という言葉が常についてまわるのだが、その断定的なフォルムは正しく衝撃的であった。吉本隆明は日本でプロフェッショナルだと呼べる詩人が三人いるとして挙げた、その一人が田村隆一だった。あとの二人は谷川俊太郎、吉増剛造。

平成一〇年八月二六日午後一一時二七分、食道がんのため逝った詩人に、大岡信は追悼する。

〈田村さん　隆一さん　あんたが　好きも嫌ひもはつきり語つた二十世紀も了る。こほろぎがばかに多い都会の荒地を、寝巻きの上へインバネス羽織つただけのすつてんてんあんたはゆつくり　哄笑しながら歩み去る〉。

告別式が行われた鎌倉市大町の妙本寺、本堂裏を辿る奥域に、俗音をすべて遮断したような墓群がある。東京は大塚花街の鳥料理店が生家だった背景によるわけでもあるまいが、酒と女性を愛し、生涯五人の妻を娶った田村隆一。〈言葉なんか覚えるんじゃなかった〉と嘆息した隆一。

〈わたしの屍体を地に寝かすな　おまえたちの死は　地に休むことができない　わたしの屍体は　立棺のなかにおさめて　直立させよ〉。

隆一は明晰な悲劇調を歌った。杉木立に囲まれた「田村隆一」墓、思いっきり太く、深く、彫り込まれた文字の窪みに雨水のたまり、カップ酒一本、ピンクと白の供花、ただ一人の影、真昼の空間に「言葉のない世界」が時を刻んである。

壇一雄

だん・かずお
［一九一二—一九七六］

肺がんからくる激痛に耐えながら口述筆記に精魂を傾けた一〇日間、昭和五〇年、最後の夏に壇一雄のすべては昇華した。慚愧《ざんき》であったか、贖罪であったか、着稿以来二〇年を経てやっとのことに『火宅の人』の最終章を書き終えた。九州大学附属病院東病棟呼吸器科九二三号室、いまは冬の乾燥した烈風がガラス窓をならしている。ひゅーひゅーと笛のように——。〈モガリ笛いく夜もがらせ花ニ逢はん〉、絶筆となった色紙は死の五日前に書かれた。終の棲家、博多湾に浮かぶ能古島《のこのしま》の明光か、あるいは盟友太宰治の故郷弘前に咲く桜花か、いずれにしても虚空をつかむような遠い遠い思いであったことだろう。年の明けた次の日に破滅派の作家壇一雄、〈無頼の人〉は逝った。

川下りのどんこ船がゆるりゆるりと漕ぎだして行く水郷柳川。藩主立花氏の菩提寺でもある福厳寺山門をくぐり抜けると影絵のように開山堂があらわれた。炎天下に人影もなく境内は蝉時雨一色。堂裏にひときわ異色を放つ赤い墓石があった。〈石ノ上ニ雪ヲ　雪ノ上ニ月ヲ　ヤガテ　我ガ　殊モ無キ　静寂ノ中ノ憩ヒ哉〉と墓碑銘にある、草野心平揮毫の「壇一雄之墓」。二六歳で死んだ前妻「律子」、一四歳で死んだ「次郎」などと共に眠っている。あの憂鬱な修羅の日々も、荘厳な時が淡々と洗い流してしまったかのように——。

〈この夢は　白い頁に折りこめ　ああ　この夢も　白い頁に折りこめ　その頁頁　夢にくらみ　皎皎《こうこう》　皚皚《がいがい》　舞ひのぼるもの　遂に虚空に満と〉。

❖本名＝壇　一雄（だん・かずお）❖明治四五年二月三日—昭和五一年一月二日❖享年六三歳（能嶽院殿檀林玄遊居士）❖夾竹桃忌・花逢忌❖福岡県柳川市奥州町三二—一・福厳寺（黄檗宗）❖小説家。山梨県生。東京帝国大学卒。最後の「無頼派」作家。昭和八年太宰治、井伏鱒二を知る。一一年『花筐』を発表、出世作となる。『長恨歌』『真説石川五右衛門』で二五年度直木賞受賞。『リツ子　その愛』『リツ子　その死』『夕日と拳銃』など、また二〇年以上に亘って書き継がれ遺作となった『火宅の人』がある。

知里幸恵

ちり・ゆきえ
［一九〇三―一九二二］

〈銀の滴降る降るまわりに、金の滴降る降るまわりに〉とはじまる『アイヌ神謡集』、自由の大地、自然への畏怖、因果応報、民族口承詩として語り継がれたユーカラの原稿校正もすべて終わらせて、大正一一年九月一八日午後八時三〇分、寄寓していた東京本郷の金田一京助宅で心臓麻痺のため死んだ。わずか一九年と三か月の命。北海道幌別村のアイヌ部族長を祖として生まれた幸恵は、〈人と自然の共生〉を夢みた。滅びゆくアイヌ、愛する神々の美しい大自然、望郷の、還り来ぬ懐かしい野辺の暮らし、「私は書かねばならぬ、知れる限りを、生の限りを」と。アイヌに生まれアイヌ語の中に育ち、アイヌ語唯一の記録を編んだ知里幸恵は、「文明世界」の東京で死んだ。

◉

〈雑司ヶ谷の奥、一むらの椎の木立の下に、大正十一年九月十九日、行年二十歳、知里幸恵之墓と刻んだ一基の墓石が立っている〉と金田一京助が書き記した墓は五十数年の歳月を経て昭和五〇年九月、北海道登別の西方、ハシナウシの丘にある一族の墓地に改葬された。旭川でともに暮らした伯母金成マツの十字架石碑に並んである「知里幸恵之墓」。遺骨とともに雑司ヶ谷の墓碑も埋葬されている。緑静かな丘の朝、霧雨が途切れなく降って、しとどに濡れそぼつ叢、墓原のすべてを紗のベールで包み込んだ白い雨煙、見えるはずの海は幽かにも見えない。控えめに着飾った木々はそよそよと揺れて、白菊の生える天国の原、梟《ふくろう》の神が歌っている。

〈銀の滴降る降るまわりに、金の滴降る降るまわりに〉。

❖本名＝知里幸恵（ちり・ゆきえ）❖明治三六年六月八日―大正一一年九月一八日❖享年一九歳❖北海道登別市富浦町一八番地一・富浦墓地❖アイヌ文化伝承者。北海道生。旭川区立女子職業学校卒。北海道幌別のアイヌ部族長の家柄。一七歳の時に、金田一京助に勧められて「カムイユカラ」をアイヌ語から日本語に翻訳する作業を始めた。大正一一年『アイヌ神謡集』草稿執筆を開始。金田一の勧めにより同年五月に上京。九月に原稿を書き終えるが、心臓発作のため急逝した。

塚本邦雄

つかもと・くにお
［一九二〇―二〇〇五］

主宰誌『玲瓏』六一号巻頭歌として掲載された最後の一首――。

〈皐月待つことは水無月待ちかぬる皐月待ちゐし若者の信念〉。すべての生物が瑞々しく躍動を始める五月、どれほどか待ち望んでいた若者の信念に、自らを準じたいとした歌人の想いはかなえられたが、五月を迎えた時にはすでに幾ばくの生命も残されてはいなかった。平成一〇年、慶子夫人に先立たれ、一二年には胆管結石と急性肺炎を併発、入院などの混乱にも見舞われた。さしもの博覧強記も、求道的情熱も徐々に衰えて、一七年六月九日午後三時五四分、呼吸不全のため大阪府守口市の病院で最期をむかえた。その年の一一月に予定されていた「玲瓏二十周年記念大会」への出席は叶わなかった。

「玲瓏院神変日授居士」という法号も、辞世の一首も、はたまた葬儀場までも万端怠りなく用意し、一〇〇歳まで生きながらえて『神變』という歌集を上梓すると生前語っていた。定型短歌を嫌い寺山修司、岡井隆とともに前衛短歌運動を担った塚本邦雄の鎮まる塋域、京都御所にもほど近い法華宗本山妙蓮寺。邦雄が『玲瓏』発刊の昭和六〇年に建てた「塚本家之墓」に五月の輝かしい陽は降り注ぎ、風化した営みを舞い散らせて、執拗な熱気は蒸発する。

〈もともと短歌という定型短詩に、幻を見る以外の何の使命があろう〉と〈形而上の世界に魂を彷徨〉させた歌人よ。言葉の命によって美学的に具現化した「幻」を、私たちはもう見ることはできないのだろうか。

◉

❖本名＝塚本邦雄（つかもと・くにお）❖大正九年八月七日―平成一七年六月九日❖享年八四歳（玲瓏院神変日授居士）❖京都市上京区寺之内通大宮東入妙蓮寺前町八七五・妙蓮寺（本門法華宗）❖歌人。滋賀県生。神崎商業学校（現・八日市高等学校）卒。寺山修司、岡井隆とともに「前衛短歌の三雄」と称され、独自の絢爛な語彙とイメージを駆使した旺盛な創作をし、昭和三〇年代の前衛短歌運動の旗手となる。『水葬物語』『日本人霊歌』『不變律』『魔王』ほか多数の作品集がある。

辻邦生

つじ・くにお
［一九二五―一九九九］

〈葬送の車は（略）見晴らしのよい台地に出た。雲ひとつなく晴れていて、浅間も小浅間も手にとるようにくっきりと間近に見えた。（略）写真を車の窓から差し出してその雄大な風景をもう一度よく眼に焼き付けて欲しいと願った〉と佐保子夫人が手記に書いた棺の主は〈美と喜びに満ちたこの世界を、言葉によって伝えたい〉と語っていた辻邦生。

平成一一年七月初めから軽井沢の別荘に滞在していたが、二九日昼前に佐保子夫人との買い物中に倒れた。軽井沢病院に運ばれてまもなくの午後零時四〇分、心筋梗塞による心不全のため死去したのであった。

◉

本来、辻家の墓は本籍地の山梨県笛吹市春日居町国府の大中院にあるのだが、祖母久子の遺言によって父が多磨霊園に「辻家之墓」を建てた。鬱圧とした天が開け、大地は精気をとりもどして乾燥した土庭に若笹が芽吹いている。数輪の可憐な花を咲かせたスミレが足もとに、傍らの墓誌には大中院の住職から授かった邦生の戒名が見える。〈永遠を眼にすることによってこの世が終わるということ、私が死ぬということから自然に解放されていった〉という邦生が眼にした二つの永遠。スイスのジルス・マリーア湖に映された雲と絶壁、軽井沢の森の谷間を吹き抜けていった風のトンネルの向こうに見た世界。人影もなく、白茶けた碑柱が林立するこの静謐な霊地にも永遠の風は流れ、死から解放された魂が厳かな虹をつくっていた。

❖本名＝辻　邦生（つじ・くにお）❖大正一四年九月二四日―平成一一年七月二九日❖享年七三歳（禅林院文覚邦生居士）❖東京都府中市多磨町四―六二八・多磨霊園一〇区二種六側二番
❖小説家。東京府生。東京大学大学院卒。昭和三二年にフランス留学。三八年『廻廊にて』、四三年『安土往還記』を刊行。『西行花伝』で谷崎潤一郎賞を受賞。学習院大教授などを歴任し、後年まで教鞭を執る。ほかに『夏の砦』『背教者ユリアヌス』などがある。

辻潤
つじ・じゅん
［一八八四―一九四四］

❖本名＝辻 潤（つじ・じゅん）❖明治一七年一〇月四日―昭和一九年一一月二四日❖享年六〇歳（醇好栄潤信士）❖東京都豊島区駒込六丁目一一―四・西福寺（真言宗）❖評論家。東京府生。旧制東京府開成尋常中学校（現・開成高等学校）中退。ダダイズムの中心的人物の一人。明治四二年上野高等女学校の英語教師となるが、伊藤野枝との恋愛問題で退職、野枝が大杉栄のもとに出奔以後は放浪生活を送る。昭和七年精神異常の兆候が現れ、入院、放浪、保護を繰り返し、最後は餓死した。主な著作に『ですぺら』、翻訳に『天才論』などがある。

小学校の代用教員となり、アナキストたちと交わるようになったことが辻潤の運命を決定づけることになった。女学校の英語教師でありながら、生徒であった伊藤野枝との恋愛問題がさらに輪をかけた。退職後は定職に就くこともなく、野枝との間に男子（辻まこと）が生まれたが、野枝は大杉栄のもとへ去って行った。今は遠い昔、ダダイストのなれの果てか、あるいは求めるところの理想であったのか。昭和一九年一一月二四日、戦争末期、最初の東京爆撃のあった日の夜に、放浪生活で疲弊しきった貧弱な体を東京・淀橋区（現新宿区）上落合のアパートの一室に沈めた辻潤。虱まみれの布団の中で発見された彼の遺体は狭心症と診断されたが、まぎれもなく餓死そのものであった。

〈自分にとって、生きているということは恥を曝すということにしかすぎない。（中略）去るものは日々に消え、行く者またかくの如し。かくていつまで生きたとて死ぬだけの話成り〉――。投げやりといえば投げやりな言葉であるが、ダダイズムの旗手らしい何ともニヒリズムに満ちた表現ではないか。

染井吉野桜発祥の里、東京・駒込の桜木に囲まれた、ここ西福寺にある「陀仙辻潤の墓」は平穏の中にあった。野心を捨て、無為な希望を恥じ、〈浮遊不知所求（浮遊求むる所を知らず）〉を銘として生きてきた辻潤にとって、重い石の下に閉じこめられたこの場所は、はたして休息となっているのだろうか。〈浮遊して求めるところを知らず、猖狂《しょうきょう》して往くところを知らず〉。

辻まこと

つじ・まこと
［一九一四―一九七五］

❖本名＝辻　一（つじ・まこと）❖大正三年九月二〇日―昭和五〇年一二月一九日❖享年六一歳❖福島県双葉郡川内村上川内字三合田一二九・長福寺（曹洞宗）❖詩人・画家。福岡県生。静岡工業学校（後の静岡工業高等学校、現・科学技術高等学校）中退。日本におけるダダイズムの中心的人物辻潤の長男、母は婦人解放運動家であり甘粕事件で大杉栄とともに殺害された伊藤野枝。挿絵、風刺画家として知られる。山登りを愛し、たびたび山の画文集を発表。画文集に『忠類図譜』『山からの絵本』などがある。

　父は辻潤、母は伊藤野枝。ただし、母は大杉栄の許に去り、父は放埒人生。大方は祖母の手によって育てられた。父ゆえに母ゆえに、まことの人生は風刺であり、真であり、反動でもあり、虚無であった。山野をさまよい、山野を愛で、〈作品を取り除いたらアトに何も残らないような人生は、人を取り除いたらアトに何も残らない作品と等しくみじめだ〉と思想する。

　昭和四七年、胃がんのため胃の摘出手術をうけてからは療養生活者となり、昭和五〇年一二月一九日に死去した。二一日に草野心平を葬儀委員長とした「歴程葬」がいとなまれた。自画像が、東京郊外の百草団地集会場の祭壇に飾られてあった。死因はがん性の肝硬変と発表されたが、真実は縊死であった。

◉

　チューリップの花が家々の庭を彩っている。あぜ道には摘み残された土筆が点在して、代かきの始まった水田に耕耘機の音が心地よく響きわたる田園風景。赤錆た自転車が山門に立てかけてある。草野心平をこの村に誘った長福寺の矢内俊晃が生前愛用し、心平の詩にも出てくる自転車だ。登りついた細長い寺庭にはいろいろな碑が。辻まことから矢内住職への手紙に書かれた句も〈松風はわれらが笛や長福寺〉の碑となっている。

　寺の裏、村人の墓群れと少し離れたところに清々しい自然石がぽつねんと現れた。苔生した土盛りに乗っかった碑、名も知らぬ小人のような葉茎がさやさやと取り巻いている。

　〈声は皆な　いのち　音は皆な　深く　光は　遠く　時は　静かに　ていねいだった〉。

❖本名＝辻 征夫（つじ・ゆきお）❖昭和一四年八月一四日―平成一二年一月一四日❖享年六〇歳❖千葉県松戸市田中新田四八―二・八柱霊園二七区一種六九側三三番❖詩人。東京府生。明治大学卒。俳号は貨物船。一〇代半ばから詩作に熱中、投稿も始めた。二〇代は職を転々とした。『ヴェルレーヌの余白に』で高見順賞、『河口眺望』で芸術選奨文部大臣賞、『俳諧辻詩集』で萩原朔太郎賞を受賞。『かぜのひきかた』『天使・蝶・白い雲などいくつかの瞑想』などがある。

辻 征夫

つじ・ゆきお

［一九三九―二〇〇〇］

一篇の詩のなかに流れひろがる哀しみと喜び、浮揚する空想の物語。永遠に放たれた情景、過去なのか未来なのか、呼吸の音、人がいて、会話があって、陽の滴、泪の影、平明な言葉の中にやわらかく収束する余韻、浅草で生まれ向島で育った辻征夫。抒情詩人として歩み、貨物船（俳号）なる俳人として歩み、小説も書いた。

平成一二年一月一四日午後九時二一分、脊髄小脳変性症起因による運動機能に障害が起こる難病のため、千葉県船橋市の病院で亡くなった辻征夫は、小説『ぼくたちの（俎板のような）拳銃』にこう書く。〈――書くことはもういちど生きることのようだった。そしてもういちど生きなければ、生きたことにならないのではないかと思った〉。

◉

霊園の正門から一番遠いところにあった辻征夫の墓所。茜雲を微かにのこして冬の日は落ちている。急速に空の色が変わって、見る間もなく色を失っていく世界。還り来ぬ物語を秘めて、いまある場所に形を置く「辻家」墓。風の音も強くなって、闇がするりとおりてくる。コートのポケットに凍えた両手を突っ込んで『突然の別れの日に』を想う。

〈ぼくはもうこのうちを出て　思い出がみんな消えるとおい場所まで　歩いて行かなくちゃならない　そうしてある日　別の子供になって　どこかよそのうちの玄関にたっているんだ〉。

新しい家と、新しい家族と、新しい未来と、無味乾燥なこの世界の中に、ああ今日もまた一人、心に宿る詩人が生まれていればうれしい。

❖本名＝土屋文明（つちや・ぶんめい）❖明治二三年九月一八日（戸籍上は一月二一日）—平成二年一二月八日❖享年一〇〇歳（孤峰寂明信士）❖文明忌❖埼玉県比企郡ときがわ町西平三八六・慈光寺（天台宗）❖歌人。群馬県生。東京帝国大学卒。明治四一年伊藤左千夫宅に寄寓、斎藤茂吉らを知る。大正六年『アララギ』選者となる。松本高等女学校校長などを務めながら作歌活動をつづけ、一四年第一歌集『ふゆくさ』を刊行。昭和五年『アララギ』の編集発行人となる。歌集に『山谷集』『韮青集』『青南集』などがある。

土屋文明

つちや・ぶんめい
［一八九〇—一九九〇］

　歌壇の最長老として一〇〇歳の長寿を保った土屋文明のいう健康の秘訣は〈悪口、昼寝、嫌なことをしない〉ということであった。最晩年に至ると、『アララギ』の巻頭に載る作歌が毎号のように目立って少なくなってきた。

　一〇〇歳の誕生日を迎えてまもなくの平成二年一〇月、東京・千駄ヶ谷の代々木病院に入院する。それからの二か月余は故郷上州上郊村（現・高崎市）の思い出話に終始して、先に逝った妻テル子の面影を追う日々であった。〈枯れし畦一人歩み行く少年誰ぞ夢は今宵も言葉なし〉。

　平成二年一二月八日、〈最期の呼吸までしっかりなしおえ、苦痛の様子は何も見られず、自然にさからわない静かな峻厳な死であった〉と長女の小市草子は記している。

◉

　妻テル子の死によって、昭和四九年に死んだ長男夏実の遺骨を京都から引き取り、親子三人の墓をつくるべく比企の板東観音札所慈光寺にそれを納めた。都幾《とき》川にそった道を折れ、勾配のきつい参道に入っていくと、道ばたにはまばらな曼珠沙華が弱々しい姿勢を立たせていた。鳴き疲れた蟬や名も知らぬ鳥、松虫、鈴虫の声、群生する著莪《シャガ》のなかに咲く露草、けなげに飛び交う二匹の蝶。蜘蛛の巣が金糸のように光っている。ゆるやかに湾曲した坂道に映る葉影、深まる樹々のなかに小さな墓地があった。三人の名が刻された平板な洋風墓。

　〈亡き後を言ふにあらねど比企の郡槻の丘には待つ者が有る〉と歌った文明もようやくにこの碑の下に眠っている。

❖本名＝寺山修司(てらやま・しゅうじ)❖昭和一〇年一二月一〇日—昭和五八年五月四日❖享年四七歳(天游光院法帰修映居士)❖東京都八王子市初沢町一四二五・高尾霊園A区一九側❖詩人・歌人・劇作家。青森県生。早稲田大学中退。昭和二九年「チェホフ祭」で『短歌研究』新人賞受賞、斬新な表現が反響を呼ぶ。三二年第一作品集『われに五月を』刊行。四二年劇団「天井桟敷」を結成。評論集『書を捨てよ、町へ出よう』を刊行。歌集『血と麦』『田園に死す』などがある。

寺山修司

てらやま・しゅうじ

[一九三五—一九八三]

〈生が終わって死が始まるのではない。生が終われば死もまた終わってしまうのである。「蝶死して飛翔の空を残したり」……うそだ。うそだ。蝶が死ねば、空もまた死んでしまう。すべての死は生に包まれているのであり、それをうら返して言えば、死を内蔵しない生などは存在しないという弁証法も成立つのである〉。『誰か故郷を想はざる』にこのように記した寺山修司は、昭和五八年五月四日午後一二時五分、肝硬変から腹膜炎を併発、敗血症によって東京・杉並区の河北総合病院で死んだ。自然は胸の内にあるべきであったが、夏が秋を呼び、秋が冬を呼び、冬は春を、それぞれの季節が、企みを隠して夢見る季節を呼ぶように、四七年の歳月を駆け、完全な死体となって姿を消した。

◉

悔しいだろうが、もう充分に生きたのだ、精一杯生きたのだ。〈言葉の錬金術師〉と揶揄されることもあったそうだが、その言葉を縦横に操ってありとあらゆる活動をした。俳句、短歌、詩、小説、脚本、作詞、随筆評論から果ては映画監督まで。これ以上何を望むことがある。寺山修司よ。

——〈私は肝硬変で死ぬだろう。そのことだけははっきりしている。だが、だからと言って墓は建てて欲しくない。私の墓は、私の言葉であれば、充分〉。

高尾の山懐、高乗禅寺奥先の霊園にあるこの墓は、母はつが建てた。その母もここに入った。逃れても逃れられなかった母とついには一緒に眠っている。

〈駆けてきてふいにとまればわれをこえてゆく風たちの時を呼ぶこえ〉

時実新子

ときざね・しんこ
［一九二九—二〇〇七］

❖本名＝大野恵美子（おおの・えみこ）❖昭和四年一月二三日—平成一九年三月一〇日❖享年七八歳❖兵庫県神戸市北区山田町西下狼谷三—一・神戸山田霊園苑❖川柳作家。岡山県生。岡山西大寺高等女学校（現・西大寺高等学校）卒。結婚後川上三太郎に師事。神戸新聞に投句。昭和三八年句集『新子』を刊行。大胆な表現が話題をよんだ。五〇年個人誌『川柳展望』を創刊。平成八年から『川柳大学』を主宰。昭和六二年『有夫恋』がベストセラーとなった。『月の子』などがある。

昭和三八年に出版された第一句集『新子』は伝統川柳の絶頂期にあった柳壇に衝撃的な激波をおこした。五三年には〈川柳の中に己の地獄を花開かせ、その花を透かしてこの世の極楽を見る〉との挑戦的なあとがきを記した句集『月の子』が刊行される。また夫ある女の恋をテーマにした『有夫恋』はベストセラーにもなった。熱を、悲しみを、孤独を、恍惚を、血を、命を吐くようにものした〈革新の時実新子〉。その奔放大胆な行動に白眼視する向きもあったが、独創的で生々しい女性の自意識を表現することによって川柳界の与謝野晶子と称された。新子は、平成一九年三月一〇日午前五時一五分、肺がんのため神戸市内の病院で死去した。

〈白い花咲いたよ白い花散った〉。

神戸というには名ばかりの山のまた奥、狼谷というなんとも恐ろしげな地名の山陰にその墓はあった。ある時期、三角の小さな石に「川柳新子の墓」とだけ刻んで一人で眠りたいと望んでいたのだが、再婚した伴侶とともに眠る「大野　進／大野恵美子墓」。傍らの碑に〈うららかな死よその節はありがとう〉、ホーホケキョ、鶯が鳴いてやがて春は過ぎ去っていく。

今にして思えば、句集『新子』自費出版当時、姫路の高校に自転車通学をしていた私は、〈夫ある女の恋〉と指弾されながら生活していたお城の北の、新子が夫とともに営んでいた文具店の前を何度となく通ったはずなのだが、その姿も店の様子もまったく思い浮かんでこない。文具店の跡地は道路になって、今は痕跡もない。

永井荷風

ながい・かふう
［一八七九—一九五九］

❖本名＝永井壮吉（ながい・そうきち）❖明治一二年一二月三日—昭和三四年四月三〇日❖享年七九歳❖荷風忌❖東京都豊島区南池袋四丁目二五—一・雑司ヶ谷霊園一種一号七側❖小説家。東京府生。東京外国語学校（現・東京外国語大学）中退。広津柳浪に入門。明治三六年アメリカ、フランスに外遊。帰国後『あめりか物語』『ふらんす物語』を発表する。四三年慶大教授、『三田文学』を創刊。『腕くらべ』『濹東綺譚』などを発表。『断腸亭日乗』の執筆を続けた。『すみた川』『おかめ笹』『問はずがたり』などがある。

評論家磯田光一が言うところの〈日本風土になじみにくい気質、自由な個人主義、日本最初の近代人〉。晩年の風変わりな生活ぶりは、多くの人々の話題となったが、〈死ぬ時は、出来ることならぽっくり死にたいね〉と言っていた荷風のダンディズム。文化勲章受章の七年後、昭和三四年四月三〇日晩春の未明三時頃、千葉・市川の自宅、書斎兼寝室六畳間で荷風散人は人知れずひっそりと逝った。胃潰瘍の吐血による窒息死であったが、あわただしく行われた納棺には身につけていたものも何ひとつ納められず、ゆかたが一枚被せられたその胸に三文銭袋がそっと置かれ、葬儀屋はやせてはいるが大柄で骨太の老人の体を無理矢理小さな棺に押し込み、あっさりと、その蓋をかぶせた。

〈余死するの時、後人もし余が墓など建てむと思はば、この浄閑寺の塋域娼妓《しょうぎ》の墓乱れ倒れたる間を選びて一片の石を建てよ。石の高さ五尺を超ゆべからず、名は荷風散人墓の五字を以て足れりとすべし〉と『断腸亭日乗』に綴った。その思いのたけを偲ばせた南千住の投げ込み寺・浄閑寺本堂裏の寒々とした場所には、荷風死去四周年の命日に「永井荷風文学碑」が建立され、ブロック塀に碑文として詩集『偏奇館吟草』より「震災」の詩が掲げられているのであるが、荷風が望んだ「荷風散人墓」は存在せず、背丈ほどの高い槙の垣根に囲まれて昼なお暗い雑司ヶ谷の永井家墓所、楓と百日紅《さるすべり》の木の下に父と永井家の墓に挟まれた「永井荷風墓」は鬱々とあった。

永井龍男

ながい・たつお

［一九〇四―一九九〇］

「鎌倉文士」という言葉がある。あるいはあったといった方が正しいかもしれないが、そこには川端康成がいた。久米正雄、小林秀雄、林房雄、里見弴や大佛次郎、今日出海もいた。そして昭和五九年の今日出海を最後に、皆ちりぢりに逝ってしまった。

〈草が、草であることを知らぬように、まったくそれと同じように〉生きてきた永井龍男。「鎌倉文士」のただ一人の守り人でもあるかのように鎌倉文学館の初代館長も務めた。

〈家に籠って、朝日と共に雨戸を開き、夕方には早目に戸締りをして、なるべく静かに起床したい〉と願った晩年であったが、平成二年一〇月一二日、心筋梗塞で意識を失ったままの作家のまぶたに、最後の朝日は温もりを残して去った。

◉

久しく空白の時があったが、鎌倉文士・永井龍男の墓碑にようやくのこと辿り着いた。何年か前に、芝・愛宕下の和合院という小庵墓地にあると聞いて勇躍訪ねたのだが、時あたかもバブル崩壊の真っ直中、不動産関係の失敗とかで、寺の周囲には工事パネルが張り巡らされ、見るも無惨な状態にあった。当然、墓地に入ることもままならず、墓そのものの有無も定かではなかった。以来、杳として行方知らずであった「永井家先祖代々之墓」。

粉雪が降りはじめ、微香をふくんだ風も舞っている。三田の高台にある最初のフランス公使宿館となった済海寺、和合院から移設された墓の一群から離れ、見過ごしてしまうような塀際にある墓には、雪ぼんぼりのようなほのかな花あかりが供えてあった。

❖本名＝永井龍男（ながい・たつお）❖明治三七年五月二〇日―平成二年一〇月一二日❖享年八六歳（東門居士）❖東京都港区三田四丁目一六―二三・済海寺（浄土宗）❖小説家。東京府生。一ツ橋高等小学校卒。菊池寛に認められ、文藝春秋社の編集者を続ける傍ら、創作の発表もつづけた。戦後は文藝春秋を辞し、文筆活動に専念。直木賞、芥川賞の選考委員も務めた。『青梅雨』をはじめ短編小説の名手として知られる。『秋』『一個　その他』『コチャバンバ行き』などがある。

❖本名＝中井英夫（なかい・ひでお）❖大正一一年九月一七日―平成五年一二月一〇日❖享年七一歳❖黒鳥忌❖山口県山口市駅通り二丁目一―一五・正福寺（浄土真宗）❖小説家。東京府生。東京帝国大学中退。大学在学中に吉行淳之介らと第一四次『新思潮』に参加。『短歌研究』『短歌』を編集、塚本邦雄、中城ふみ子、寺山修司、春日井健らを見出す。『悪夢の骨碑』で泉鏡花賞受賞。主な作品に『虚無への供物』『幻想博物館』などがある。

中井英夫

なかい・ひでお

［一九二二―一九九三］

薔薇は枯れてしまった。美しい物語を遺して。小栗虫太郎の『黒死館殺人事件』、夢野久作の『ドグラ・マグラ』に加えて『虚無への供物』は日本の推理小説・異端文学の三大奇書とされる。

〈一九五四年の十二月十日。外には淡い靄がおりていながら、月のいい晩であった〉。お酉様の賑わいも過ぎた下谷・竜泉寺のバア「アラビク」を舞台として幕を開けた希有の物語は、虚構と現実を彩なして中井英夫の美学を形成していった。

平成五年の同日同曜日の一二月一〇日（金曜日）午後一一時五〇分、日野市・田中病院にて肝不全のため逝った異端の作家、中井英夫が生涯をかけて探し求めた故郷、遥か天体の彼方に煌めく星々は永遠に留まることなく流れ始めたのだ。

◉

歌人福島泰樹が住職を務める下谷・法昌寺で葬儀が執り行われ、寺には中井英夫供養塔もあるのだが、故郷山口駅前通りにある浄土真宗の寺、正福寺の墓地、区画整理されて窮屈に並んでいる墓石の間の筋引くような細路を行きつ戻りつし、ようやくに探し当てた先祖代々の碑。植物学者として高名な父中井猛之進の影に反発するかのように、山口の墓なんかには絶対に入りたくないとの遺言があったと聞くが、その父も眠るこの小さな墓に中井の遺骨は納まってある。

――〈眠りがなかなか訪れてこないのは本人が眠ることを拒否しているからだ　眠りは　優しい母と美しい姉と　が、一体になったものだから　なかなか僕の寝室には　恥ずかしくってきてもらえないのだ〉。

中上健次

なかがみ・けんじ
［一九四六―一九九二］

熊野は異界、神の国である。中上健次は昭和二一年八月二日、神の膝で生まれ、平成四年八月一二日朝、腎臓がんの悪化により神の懐で死んだ。出生と来歴があまりにも複雑で、家系図を理解しようとしてもなかなか理解できなかったが、とにもかくにも、戦後生まれで初の芥川賞受賞作『岬』からはじまった〈路地が孕み、路地が産んだ子供も同然のまま育った〉健次の、「生」を充満させた肉体に宿る激しい光源は、被差別集落の路地という路地の闇や人々の複雑な構造を鮮やかに、あるいは沈鬱にさらけ出した。そして健次の想い描いた夏芙蓉の花はそこここに、いつの日も、いつの季節も濃厚な香りを放っているのだ。健次が生まれ、育ったこの路地には確かな異界があった。神の国があった。

◉

町の外れにあるこの古びた墓地、南の海からゆったりと歩んできた神々しい朝日を背後に、夥しい墓石の群やばらばらとした樹木、竹林、切れ切れに見える丘上の家並みも一塊りの暗緑色の蔭となって、熊野の霊気を含んだ透明度の高い空に幕を引いている。火葬場を過ぎ、小さな丘をのぼったところ、くずれ落ちそうな水汲み場の傍らに、座禅を組んだ達磨大師のような自然石が据え置かれていた。

熊野の石に唐の詩人王維の漢詩〈君　故郷より来る　応に故郷の事を知るべし　来る日綺窓の前　寒梅　花を著けしや未だしや〉の揮毫署名から刻んだ「中上健次」墓。手向ける便りさえも携えぬ私の周辺に、微かな甘い匂いが立ちこめている。とっくに消え失せてしまった路地に咲く幻の花、夏芙蓉の香りであるはずもないのだが。

❖本名＝中上健次（なかがみ・けんじ）❖昭和二一年八月二日―平成四年八月一二日❖享年四六歳（文嶺院釈健智）❖和歌山県新宮市新宮字南谷三四六五・南谷墓地❖小説家。和歌山県生。新宮高等学校卒。肉体労働に従事しながら『文芸首都』に加わる。『十九歳の地図』『鳩どもの家』『浄徳寺ツアー』が続けて芥川賞候補となり、『岬』で昭和五〇年度芥川賞を受賞。『枯木灘』『鳳仙花』『千年の愉楽』などの作品がある。

長澤延子

ながさわ・のぶこ
［一九三二―一九四九］

〈ウエのウタさえ死んじまった。　ヒカリというヒカリは強すぎて　ドウクツになれたヒトミを押しつぶす。　ヒカリというヒカリはみすぼらしい人々のボロクヅを照らし　だし　ヒカリというヒカリはおごれる人々のワライを照らしだす。　ウエのウタさえ死んじまった。　――この烈しいウエとノロイの中に。　与えられぬケンリとジユウと　そして新しいヨノナカ。　ウエのウタさえ死んじまった。　このコガラシの中に　なお生きぬく人々の　血潮にぬれてはためく赤いハタすさまじい　このウタゴエよ〉――。

〈生れた時から死ぬ気で生れて来た〉長澤延子の悲痛な魂の叫びが、森閑とした闇に沈んでいったのは昭和二四年六月一日、戦後間もない頃であった。

四歳で母と死別、一二歳で伯父の家に養女として出された長澤延子には二つの墓がある。広い塋域に孤寂として建つ養家の墓と、分骨されて生母とともに眠る養泉寺の「長澤家之墓」とである。ふいと分け入った町中の古寺にある濡れそぼった墓石の哀しさよ。延子の生まれ育った町、延子が闘い、生きようとした町、延子の絶望した町。いまだ目覚める気配もないままに、冷え冷えとした機織りの町に、やがては視界から消えていた日暮れが音もなく迫ってくるのだろう。

北の方角から幻のようにフイフイと降りてくるみぞれ混じりの冬雨を、ハーフコートの背に受けながら長い間桐生の町を歩いたのに、あの墓の前に転がっていた菊の花弁の鮮やかさだけが脳裏に焼き付いて、もう空の色さえ思い出せないのだ。

◉

❖本名＝長澤延子（ながさわ・のぶこ）❖昭和七年二月一一日―昭和二四年六月一日❖享年一七歳（美徳院温良妙延清大姉）❖生家墓・群馬県桐生市東二丁目六―四〇・養泉寺（曹洞宗）❖養家墓・群馬県桐生市東久方町一丁目一―三六・大蔵院（天台宗）❖詩人。群馬県生。群馬県立桐生高等女学校（現・桐生女子高等学校）卒。敗戦による価値観の崩壊と経済成長期に直面した世代の一員として原口統三に心酔し、孤独感、虚無感、死への憧憬から、桐生高等女学校を卒業して間もなく服毒自殺。一七歳と三か月の短い人生だった。遺稿集『友よ私が死んだからとて』がある。

一七歳の純粋詩人

かぎりなく
はこびつづけてきた
位置のようなものを
ふかい吐息のように
そこへおろした
石が　当然
置かれねばならぬ
　　　空と花と
おしころす声で
だがやさしく
しずかに
といわれたまま
位置は　そこへ
やすらぎつづけた

（石原吉郎「墓」）

機織りの街・桐生の殺風景な空に、幹の片割れを切り取られた大ケヤキがおぼろげな陰影を描いて立っていました。

川沿いの寺にあるひとつの墓碑、母と父の戒名に挟まれて「美徳院温良妙延清大姉」のか細い文字。その下に「昭和二十四年六月一日亡／長澤延子／行年十八才」とあります。桐生高等女学校を卒業してまもなく、「魂が破滅をえらぶなら肉体も運命を共にしなければならぬ」と自覚した純粋詩人は自らの命を絶ったのです。一六歳の鎮魂曲にしるした「長方形の石塔の下　東洋の香りに包まれて　茶色のとかげに護衛されて朽ち果てよ　死者の肉体」と叫んだ長澤延子は、いかなるやすらぎに包まれてあるのだろうかと、四年の年月を経て再びこの碑の前に佇んだとき、瀟々と吹く風の合間に薄明かりの一条を見たと思ったら、止んでいた雨がまた静かに降り始めました。

二〇〇九年六月一日は長澤延子没後六〇年になります。

遺稿集『海』の「Tへの手紙」にあるTこと高村瑛子さんが亡くなってから五年、長澤延子命日の前日、延子の生家にも近く、桐生の街が一望できる丘に建つ桐生水道山記念館で「長澤延子・高村瑛子を偲ぶ会」が行われました。

四年ぶりに訪れた桐生、以前訪れたとき（二〇〇五年）は冬でした。みぞれ混じりの冬雨だったように思いますが今回も降ったりやんだりの雨空、よほど天候には恵まれていないようです。

桐生駅から長澤延子の生家の墓がある養泉寺へ、桐生川の土手を北上して養家の墓のある大蔵院、下って坂口安吾終焉の住処跡、南川潤の墓がある円満寺、長澤延子生家、通っていた西小学校、幼稚園など四時間、桐生の市街を半周したのではないかと思うほど歩きました。古びれた街並みや歴史的建造物などを愛でながら、疲れた体をようように押し上げてたどり着いた水道山の会場。

出席者は当然のことながら長澤延子や高村瑛子さんにつながった人々です。死後一六年にして編まれた遺稿集にも携わり、「偲ぶ会」の発起人でもある新井純一氏、遺稿集刊行当初からの支援者いいだもも氏、詩人の久保田穣氏、石川逸子氏、兄上である長澤弘夫氏、江古田文学で長澤延子特集に関わったクリハラ冉氏、歌人の福島泰樹氏、研究者、ご友人など三、四〇名。それぞれに永く、あるいは強いつながりをもって接してこられた方々ばかりであって、私などが出席するのは場違いな会であったのですが、ご案内をいただいたのを幸いにノコノコと厚かましくも出席して有意義な時間を過ごさせていただいたのです。

出席者の立場からお二人の人柄、歩み、つながり、長澤延子自死前後のこと、研究などのお話、詩の朗読もあり、最後に長澤延子に於いては今日に至るまで何冊かの詩集が編まれ、文芸誌の特集が組まれてきましたが、少しばかり字句の乱れがみられるようなのでこの際、定本をという趣旨のお話もありました。

今となっては長澤延子を直接に知る人は少なくなりました。その詩を知る人も少ないことでしょう。しかし、いつの日か近い将来、関係者のご努力によって定本が成り、長澤延子という天才詩人が再び蘇ってくることを私は願っています。

冒頭の詩を書いた石原吉郎は私の敬愛する詩人です。彼は長澤延子が自死した一九四九年、シベリア抑留臨時法廷判決で重労働二五年の刑をうけ、カラガンダ第二刑務所へ囚人として収容されました。スターリン死去に伴う特赦により一九五三年、帰国、詩人としての歩みを始めたのですが、一九六五年に五〇〇部のみ自費出版された長澤延子の遺稿集や一九六八年に刊行された『友よ私が死んだからとて』を手にしたことがあったのかどうかを私は知ることもありませんが、信じるべき観念はつながってほしいと思っています。

そんなことをあれこれ思いながらの帰途、車窓の彼方をぼんやり眺めていると列車の振動が心地よい眠りとなって、立ち退くことを拒んでいた胸のしこりをやわらかくすくっていきました。

「編集後記二〇〇九年六月二一日」より

中島 敦

なかじま・あつし
[一九〇九―一九四二]

喘息に悩まされながら、休み休み勤めていた私立横浜高等女学校を退職し、国語教科書編集書記として南方パラオ島に赴任したのは三二歳の時であった。戦争の激化とその喘息のため翌一七年三月に帰国。世田谷の父宅で静養の日々を過ごしていたのだが、一〇月中旬より発作が烈しくなり、身体の衰弱が著しく進んでいった。一一月に世田谷・岡田医院に入院。しかし、回復することなく一二月四日午前六時、気管支喘息のため絶筆『李陵』を遺して世を去った。病院で息を引き取った敦を、妻のタカは膝に抱きかかえて人力車に乗って帰宅した。その光景を思い浮かべて、私は息を飲んだ。父が病院で死んだ時、同じように膝に抱いて兄の運転する車に乗って帰ったことがあったものだから。

パラオに出発する前の昭和一六年六月、深田久弥に託した『古譚』草稿と『光と風と夢』は、久弥の推薦で『文学界』に掲載された。『光と風と夢』は芥川賞候補になり中島敦の文学的出発となったが、その頃になると宿痾の喘息が悪化して敦の体力はもう限界をむかえていた。敦の作品は内向的で人を介入させない「暗」の部分と明朗活発な「明」の部分を持った敦自身の二面性が適度に響き合っているように感じる。

没後三〇年目にタカ夫人等によって建てられた「中島敦」墓は、中島家の塋域の一角、自然石の台石の上で秋の陽を右肩に受け、わずかばかりの冷気と一時の安息、やわらかな階調の陰翳を映して瞑想するかのように立ちすくんでいた。

❖本名＝中島 敦（なかじま・あつし）❖明治四二年五月五日―昭和一七年一二月四日❖享年三三歳❖東京都府中市多磨町四―六二八・多磨霊園一六区二種三三側一二番❖小説家。東京府生。東京帝国大学卒。昭和八年私立横浜高等女学校に赴任。一六年教職を辞し、パラオ南洋庁に赴任、翌年帰国。一七年『山月記』と『文字禍』を『古譚』として発表。次いで発表した『光と風と夢』が芥川賞候補になり注目されたが、その年末に病死した。没後『李陵』等の遺稿が発表された。

永瀬清子

ながせ・きよこ
［一九〇六—一九九五］

平成七年二月一七日朝、脳梗塞で岡山済生会病院に入院中の永瀬清子は死んだ。宮澤賢治の詩に大きな影響をうけ、農業体験を通して少しでも近づくことを願った清子は、終生、その想いが消えることなく、〈私がいなければ何もない　この美しい夕ぐれも　樹々の網目のシルエット　そのゆるやかな描線の　音楽的なけむらいも〉と詠った。そしてまた〈私の消える日皆消える　だのに甲斐なく詩をかいて　だのに甲斐なく詩をかいて〉と嘆いた。

里山の麓でなれない農業に従事しながら詩作に励み、厳しい一生を背負って老いてしまった詩人は死んだ。吉本隆明が称した〈最長不倒の女性詩人〉は八九年前に生まれた同月同日に生涯のすべてのものを抱いてしずかに消えた。

〈あたらしい熊山橋は　茫と白く宙にうかんでいる〉と清子が詠んだ吉井川にかかる長い橋を渡りはじめると、春霞の風景におさまった生地・松木の集落が遠くに見えてくる。

長い戦争が終わってまもなく、清子は生家のある岡山県の豊田村（現・赤磐市熊山町松木）で帰農することとなるのだが、今はその生家も朽ち、修復の中途にあった。修復中家屋の傍らを縫って村道を歩み辿った松山の陰りの中に「永瀬家之墓」はあった。墓誌には夫と長女の間に挟まれて清子の戒名が刻まれている。

山ツツジがそこここに咲き、雑木林の梢越に新田山も見える。ウグイスがさえずり、新緑はやさしい。時の流れはゆるやかで屈託もなく、清子の死とともに消え去ったこの世のすべてが私の目の前にいま、蘇ってくるようだ。

❖本名＝永瀬　清（ながせ・きよ）❖明治三九年二月一七日—平成七年二月一七日❖享年八九歳（真如院妙文日清大姉）❖紅梅忌❖岡山県赤磐市熊山町松木・生家墓地❖詩人。岡山県生。愛知県立第一高等女学校（現・明和高等学校）卒。佐藤惣之助に師事。昭和五年詩集『グレンデルの母親』を発表。二〇年郷里の岡山県に帰住。農業をしながら詩をつくる。二七年詩誌『黄薔薇』を創刊。『あけがたにくる人よ』で地球賞、現代詩女流賞を受賞。『諸国の天女』『美しい国』『焔について』などがある。

永田耕衣

ながた・こうい
［一九〇〇―一九九七］

平成七年一月一七日未明、未曽有の大地震が阪神地方を襲った。このとき永田耕衣は九五歳。神戸の須磨にあった自宅は半壊状態になってしまった。階下に住む息子夫婦は大怪我を負ったのだが、幸運にも耕衣は擦り傷程度の軽傷で救い出された。しばらく後、大阪府寝屋川市の特別養護老人ホームに入居。六月には「耕衣大晩年の会」が催され、挨拶をした。

〈私は孤独になりました。しかし孤独は永遠であります〉。孤独になってこそ、耕衣は命が熱くなっていくのを感じたのだが、同時に緩やかな終焉をも予感していたのだった。平成九年八月二五日夕刻、肺炎のため死去。九七年と六か月の生涯だった。

辞世の句、〈枯草の大孤独居士ここに居る〉。希にみる見事な人生であった。

◉

城山三郎の『部長の大晩年』に書かれているように、耕衣は定年の日まで三八年間工場勤めをしていた。三菱製紙高砂工場、その工場の蜃気楼のような煙突が対岸に二本見えるこの加古川の生地、尾上町今福。生家に近いこの寺の墓地隅に昭和一五年、耕衣が四〇歳の時に建てた墓碑が閑かに座してある。「永田家之墓」、薄墨のようにくすんだ御影石の小振りな碑だった。新しく設えられた式壇、香立て、花生けが輝き始めたばかりの朝日にまぶしく映えている。

初夏の日の、長閑な印南野の古寺に眠って孤独居士は何を念じているのやら。

――〈少年の小便出ッたぞ死ぬまいて〉。

まだまだ耕衣は生きている。

❖本名＝永田軍二（ながた・ぐんじ）❖明治三三年二月二一日―平成九年八月二五日❖享年九七歳（田荷軒夢葱耕衣居士）❖兵庫県加古川市尾上町今福三七六・泉福寺（曹洞宗）❖俳人。兵庫県生。兵庫県立工業学校（現・兵庫工業高等学校）卒。『鶏頭陣』『鶴』『風』を経て、昭和二三年、山口誓子の『天狼』同人となる。二四年『琴座』を主宰。三三年『俳句評論』同人。句集に『加古』『驢鳴集』『人生』『蘭位』のほか、随筆集『山林的人間』などがある。

長塚節

ながつか・たかし
［一八七九—一九一五］

正岡子規の『歌よみに与ふる書』に感動して子規門下に入った。子規没後もその写生主義を継承して〈正岡子規の詠風の正統な後継者〉という評価も生まれた。旅行家といっても言いすぎでないほど多くの旅をした。足跡の及ばなかったのは北海道と北陸道、四国の太平洋岸ぐらいだ。最後の旅は九州、行く末の定められた苦しく悲痛な旅だった。咽頭結核を発病してから四年がたっていた。

絶唱『鍼の如く』に収められた〈時雨れ来るけはひ遥かなり焚き棄てし落葉の灰はかたまりぬべし〉。長塚節の一生涯、目前に迫った死を清冽、沈着に見据えた潔さがそこにはあったが、大正四年二月八日午前一〇時、九州大学附属病院南隔離病棟六号室で「土の歌人」長塚節は逝ってしまった。

九州福岡の地で果てた長塚節は翌日、博多の崇福寺で荼毘に付され、弟の養家である東京小布施邸で通夜を行ったのち郷里の茨城県岡田郡国生村（現・常総市国生）に戻った。三月一四日は郷家の葬儀、前日の雪が溶けた泥濘を野辺送りの行列は黙々と国生の共同墓地に向かっている。ああ、その葬列も今は蜃気楼となって。支線の小駅からずいぶんと歩いてきた道のりのようやくにたどり着いた「土」のふるさと。竹の林に沿って、細道は墓丘に続く。昨日来の雪の原に朝日は照り映え、私の沓跡は二つ三つと真っ白な塋域に黒々と刻まれた。古色蒼然とした「長塚節之墓」、矩形の石陰に供えられた静かなる菜の花一輪。

〈菜の花の乏しき見れば春はまだかそけく土にのこりてありけり〉

❖本名＝長塚 節（ながつか・たかし）
❖明治一二年四月三日—大正四年二月八日❖享年三五歳（顕節院秀嶽義文居士）❖節忌❖茨城県常総市国生・共同墓地❖歌人・小説家。茨城県生。茨城中学校（後の旧制水戸中学校、現・水戸第一高等学校）中退。正岡子規に師事。明治三六年伊藤左千夫らと『馬酔木』を創刊。子規没後もその写生主義を継承した作風を高めた。四一年夏目漱石のすすめで長編『土』を東京朝日新聞に連載、農民文学不朽の名作となった。『病中雑詠』歌集『鍼の如く』などがある。

❖本名＝中野重治（なかの・しげはる）❖明治三五年一月二五日—昭和五四年八月二四日❖享年七七歳❖くちなし忌❖福井県坂井市丸岡町一本田・生家墓地・太閤さんまい❖小説家・詩人・評論家。福井県生。東京帝国大学卒。第四高等学校時代に窪川鶴次郎らを知り、短歌や詩や小説を発表するようになる。大正一五年窪川、堀辰雄らと同人雑誌「驢馬」を創刊、詩や評論を発表。プロレタリア文学運動の理論家として活躍、共産党入党、のち除名される。『歌のわかれ』『むらぎも』『梨の花』『甲乙丙丁』などがある。

中野重治

なかの・しげはる

［一九〇二—一九七九］

　昭和五四年六月、都立駒込病院で白内障の手術をした。術後退院したが、七月に東京女子医科大学病院に再入院。八月二四日午後五時二一分、手遅れの胆のうがんのため、女優である妻の原泉、娘の卯女、友人の佐多稲子らに看取られながら中野重治は息を引き取った。八月二六日、代々幡火葬場で荼毘に付された。かつて同志小熊秀雄の葬式に際し、〈千早町三十番地東荘〉をたずね、『そこに君は』をしるした。〈そこに君は棺のなかに横たわる　……君の棺を眺め　僕は死にたるとき棺おけに入れられたくなりくる〉と。

　告別式は九月八日、青山葬儀所で挙行された。祭壇には遺骨と既刊全集二七冊、季節の花、プロレタリア作家中野重治の記憶はここで終わった。

　心地よい風が吹き渡るこの地は「中野家」だけの「さんまい」である。昔、太閤秀吉が天下人になった後、全国で検地を行った時に訪れて、接待の礼にと先祖の埋葬の地として授けられたのがこの「太閤さんまい」であるという。ただし、この説は定かではない。

　生家跡の裏を通る村道から用水路を挟んだ畦道づたいにたどりついた墓地。稔りをむかえ、黄色く色づいた稲穂の浪に揺られて、離れ小島の様相を呈したこの草むらには、松や榎などが植えられ、小さな数基の先祖墓が並んでいる。端っこの妻原泉筆「中野累代墓」、赤みを帯びた石柱は、越前の一集落の点景として悠久と建っている。

　〈お前は歌ふな　お前は赤まんまの花やとんぼの羽根を歌ふな〉

中原中也

なかはら・ちゅうや
［一九〇七—一九三七］

❖本名＝中原中也（なかはら・ちゅうや）❖明治四〇年四月二九日—昭和一二年一〇月二二日❖享年三〇歳（放光院賢空文心居士）❖山口県山口市吉敷・上東墓地❖詩人。山口県生。東京外国語学校（現・東京外国語大学）卒。京都立命館中学校時代に高橋新吉の『ダダイスト新吉の詩』に出会い詩作を始め、富永太郎・小林秀雄を知る。大正一四年長谷川泰子と上京し、昭和九年第一詩集『山羊の歌』を、死の翌年、未完詩集『在りし日の歌』を刊行。『ランボオ詩集』などがある。

昭和一二年一〇月二二日真夜中、鎌倉小町の養生院で脳膜炎の中也は死んだ。同年『文学界』一二月号の「中原中也追悼号」に〈ボクは卓子《テーブル》の上に〉から始まる「無題」として収録された詩がある。〈とある朝、僕は死んでゐた。卓子《テーブル》に載つかつてゐたわづかの品は、やがて女中によつて瞬く間に片附けられた。——さつぱりとした。さつぱりとした〉。また、格別の友人小林秀雄は追悼する。〈先日、中原中也が死んだ。夭折したが彼は一流の抒情詩人であった。字引き片手に横文字詩集の影響なぞ受けて、詩人面をした馬鹿野郎どもからいろいろな事を言われ乍ら、日本人らしい立派な詩を沢山書いた。事変の騒ぎの中で、世間からも文壇からも顧みられず、何処かで鼠でも死ぬ様に死んだ〉。

国道から少しばかり外れた竹藪の前に、小島のような鄙《ひな》びた墓地があった。竹藪の下には「一つのメルヘン」や「蟬」の題材となった吉敷川が〈さらさらと、さらさらと〉流れている。区画されたまわりの参道は雑草がはびこり、青苔のへばりついた自然石に中也が中学二年の時に書いた文字が刻してある「中原家累代之墓」。草いきれの塋域を故郷の風がさやかに流れていく。

〈ホラホラ、これが僕の骨 ——見てゐるのは僕? 可笑しなことだ。霊魂はあとに残つて、また骨の処にやつて来て、見てゐるのかしら? 故郷の小川のへりに、半ばは枯れた草に立つて 見てゐるのは、——僕? 恰度立札ほどの高さに、骨はしらじらととんがつてゐる〉。

中村真一郎

なかむら・しんいちろう
［一九一八―一九九七］

❖本名＝中村真一郎（なかむら・しんいちろう）❖大正七年三月五日―平成九年一二月二五日❖享年七九歳❖静岡県周智郡森町森二三三八・随松寺（曹洞宗）❖小説家・評論家。東京府生。東京帝国大学卒。昭和一七年福永武彦、加藤周一らと新しい文学運動「マチネ・ポエティク」を始める。二二年『死の影の下に』で戦後の文学を歩み始める。『四季』四部作、『頼山陽とその時代』、読売文学賞を受賞した『蠣崎波響の生涯』など多数の著書と訳詩書がある。

母を結核で亡くしたのは三歳。以後は一〇歳で父に引き取られるまで、遠州森町の母の実家に預けられて育った。父が再婚した継母も一三歳の時に同じ結核で死に、翌年には父も死に、伯母に引き取られた真一郎の幼少期は過酷そのものであった。多くの死を見てきた。たくさんの葬式に立ち会い、非常にエゴイスティックになったという。さらに三九歳のとき、妻の自殺によって強い衝撃を受け、ひどい神経症に陥り入院したこともあった。晩年は糖尿病の悪化により入退院を繰り返していた。

平成九年一二月二五日、親友加藤周一夫妻との昼食を楽しんだクリスマスの夜に〈人生は死によって完結してほしい〉と願った作家、中村真一郎は死んだ。

◉

一両だけの慎ましい電車が茶畑の合間を縫って走っていく。「森の石松」で有名な遠州森、無人駅の多いこの沿線だが、かつての秋葉街道の宿場町だけあって駅員の駐在する駅であった。森町は村松梢風の生地でもある。

幼少期に預けられていた鋸《のこぎり》鍛《か》冶《じ》を業としていたという母の実家は、この町のどの方角に当たるのかわからなかったが、墓のある随松寺には思いの外、迷わずにたどり着けた。父嘉平が大正一二年に建てた「先祖歴代墓」、ここに中村真一郎も眠っている。祥月命日の数日後に訪ねたのだが、花立ては欠け、片方はどこかへ、あるはずの花影もなく寒々とした碑面が、かつて作家が学んだという小学校の校舎を、不安の影を抱いてまぶしそうに見下ろしていた。

中村苑子

なかむら・そのこ

［一九一三—二〇〇一］

❖本名＝中村苑子（なかむら・そのこ）❖大正二年三月二五日—平成一三年一月五日❖享年八七歳（水妖院吟遊佳苑大姉）❖静岡県駿東郡小山町大御神八八八—二・富士霊園一三区二号二八七番❖俳人。静岡県生。日本女子大学中退。昭和一九年より俳誌『鶴』『馬酔木』などに投句。二四年『春燈』に入り久保田万太郎に学ぶ。三三年高柳重信の『俳句評論』創刊に参画。第一句集『水妖詞館』で現代俳句協会賞受賞。句集に『吟遊』『花狩』『花隠れ』などがある。

〈音もなく白く重く冷たく雪降る闇〉。

苑子が八三歳で出した第五句集『花隠れ』の巻尾の句である。男に葉隠れの志があるなら、女に花隠れの意想があってもよいだろうと、自選の遺句集としたのちは一切の句を発表しなかった。平成八年三月二五日、生前葬まで挙げてしまったというから、あの世ともこの世とも、水のように魂の遊泳する心象を追い求めた中村苑子の悠揚自在な心模様を差し引いても驚嘆に値する。

〈死とは、ただ見えなくなるだけだ〉という横光利一の言葉をも信じていたという苑子だから、平成一三年一月五日、身のうちを燃焼しつくして八七年の生涯を終えたとしても、闇の向こうに降る重く冷たい白雪を透かして、春の日の営みをまぶしく眺めていることだろう。

◉

富士を借景としたこの霊園には、日本文藝家協会の「文学者の墓」のほかに、多くの文学者が生前墓を建てた一画がある。あいにくの雨模様で遠景となるはずの山嶺は暗雲が垂れ込めて、容すら定かではなかったが、赤やピンク、黄色の小花に彩られた中村苑子の墓碑「わが墓を止り木とせよ春の鳥」こそ、生の意識、死の意識を自在に混在させた、融通無碍の俳人が休まるところであろうか。

右隣には俳句を通して知り合って以来、終生行動をともにしてきた高柳重信の墓碑「わが盡忠は俳句かな」がある。高柳の墓は苑子が建てたものであるが、死してなお並び建つ二つの墓碑、麓から吹き上げてきた風に煽られたのか、ひと休止していた霧雨がベールを厚くしはじめた。

夏目漱石

なつめ・そうせき

［一八六七—一九一六］

❖本名＝夏目金之助（なつめ・きんのすけ）❖慶応三年一月五日（新暦二月九日）—大正五年一二月九日❖享年四九歳（文献院古道漱石居士）❖漱石忌❖東京都豊島区南池袋四丁目二五—一・雑司ヶ谷霊園一種一四号一側❖小説家・英文学者。江戸（東京都）生。東京帝国大学卒。明治三八年『ホトトギス』に『吾輩は猫である』を連載、小説家としての活動をはじめ、『倫敦塔』『坊っちゃん』など次々に発表。四〇年『朝日新聞社』に入社。職業作家となって『虞美人草』『夢十夜』『三四郎』『それから』『門』などを発表。主要作品に『行人』『こころ』『道草』『明暗』などがある。

三部作『三四郎』、『それから』につづく『門』の執筆を始めた明治四三年六月に胃潰瘍で入院した。療養のため転地した伊豆修善寺での大吐血はのちに「修善寺の大患」と呼ばれることになる。その後も胃潰瘍には幾度となく悩まされてきた。入院前日に第一八八回まで書き上げた『明暗』の原稿をのこし、最後の胃潰瘍を発病したのは大正五年一一月二二日のことであった。その後一〇日あまりの闘病の末、親族と門下生に見守られながら一二月九日午後六時四五分、近代文学の支柱たる文豪夏目漱石は息をひきとった。

死後漱石の遺体は、東京大学医学部解剖室において長与又郎医師の執刀によって解剖が行われ、その時摘出された脳はいまでも東大医学部に保存されているという。

◉

漱石は新宿の落合火葬場で荼毘に付され、一二月二八日に雑司ヶ谷の地に埋骨された。鏡子夫人は漱石の死の翌年、一周忌に間に合うようにと妹婿の建築家鈴木禎次にまかせて墓を作らせた。

安楽椅子をデザインしたといわれるその墓に漱石と鏡子夫人の戒名がしっかりと彫られている。漱石の作品に心惹かれていた私には、あまりにも大仰で、作品から読み取れる漱石のイメージとはかなりかけ離れているその容姿に、少なからずの衝撃を受けたのだった。芥川龍之介が自殺の数日前にひとりで墓参りをしたというこの墓を、『こころ』の主人公である「先生」が、墓参りの途中に目にしたらどんな感想を抱いたであろうかと想像すると、なんとも奇妙な気がしてくるのだった。

新美南吉

にいみ・なんきち
［一九一三—一九四三］

❖本名＝新美正八（にいみ・しょうはち）❖大正二年七月三〇日—昭和一八年三月二二日❖享年二九歳（釈文成）❖貝殻忌❖愛知県半田市柊町四丁目二〇八—一・北谷墓地❖児童文学者。愛知県生。東京外国語学校（現・東京外国語大学）卒。雑誌『赤い鳥』出身の作家の一人であり、昭和七年の童話『ごんぎつね』『のら犬』で認められる。一七年第一童話集『おじいさんのランプ』、一八年『花のき村と盗人たち』『牛をつないだ椿の木』を刊行した。童話の他に童謡、詩、短歌、俳句や戯曲も残した。

中央から遠く離れた地方にあって、教鞭を執りながら志半ばで亡くなった童話作家という観点から北の「賢治」、南の「南吉」と称されることになるのは、しばらく先、死後のことである。昭和一七年一月一〇日の日記に〈小便の末に腐った血がまじってゐる〉と書き記した。以後、腎臓結核との闘いがはじまることになる。一八年一月はじめからは床に伏し、三月になると喉の痛みがはげしく、二〇日頃にはほとんど声が出なくなってしまった。

〈私は池に向かって小石を投げた。水の波紋が大きく広がったのを見てから死にたかったのに、それを見届けずに死ぬのがとても残念だ〉と絞り出すように繰り返した。昭和一八年三月二二日、二九歳七か月、春の日の朝に南吉は死んだ。

〈わが村をとおり、みなみにゆく電車〉は知多半島の小さな駅に止まった。ゆるやかな丘陵につづく乾いた道に、ミンミンゼミの騒声が降り注いでくる。墓地の真上には、熱い太陽があった。丘下の工業高校グラウンドでは球児たちの汗が散っている。

新旧大小の墓碑を並べたこの墓地は、昭和八年に市内四つの墓地を集めて造られた。『ごん狐』のごんが隠れていた岩滑の六地蔵もその時に旧墓地からここに移され、赤い前垂れをして微笑んでいる。そよとした一吹きの風もなく、猛烈な熱気に包まれている。人間に生まれてしまったことを一生悔いた「新美南吉之墓」。昭和三五年に父渡辺多蔵によって建てられたこの墓に、涼やかな木陰を提供すべきただ一本の樹木はすでに枯れ朽ちていた。

西脇順三郎

にしわき・じゅんざぶろう
［一八九四—一九八二］

❖本名＝西脇順三郎（にしわき・じゅんざぶろう）❖明治二七年一月二〇日—昭和五七年六月五日❖享年八八歳（慈雲院教誉栄順徹道居士）❖東京都港区芝公園四丁目七—三五・増上寺地下廟（浄土宗）❖詩人・英文学者。新潟県生。慶應義塾大学卒・オックスフォード大学中退。シュルレアリスムの指導的理論家。昭和二二年発表の詩集『旅人かへらず』に続く詩集『近代の寓話』『第三の神話』では独自の詩風を築く。『第三の神話』で読売文学賞受賞。『失われた時』『豊饒の女神』などがある。

その時代のあらゆる西洋的な風潮であるモダニズム、ダダイズム、シュルレアリスムなど芸術運動の中核となった詩人であった。『あむばるわりあ』のあとがきに次のような彼の言う原始的な人生観を記した。

〈人間の生命の目的は他の動物や植物と同じく生殖して繁殖する盲目的な無情な運命を示す。人間は土の上で生命を得て土の上で死ぬ「もの」である。だが、人間には永遠といふ淋しい気持の無限の世界を感じる力がある〉。

日本の伝統詩形や抒情に背を向け、古今を問わず豊かな学殖、西洋的教養に裏付けされた独自の詩風で日本現代詩の支柱となった西脇順三郎は、昭和五七年六月五日、新潟県小千谷市の小千谷総合病院で心不全のため死去。無限の世界へと一途に向かっていった。

◉

西脇順三郎の遺骨は東京タワーを背にした徳川将軍家菩提所、浄土宗大本山増上寺の大殿地下霊廟に納まっている。分骨された西脇家菩提寺、照専寺のある新潟県小千谷は特別豪雪地帯に指定されるほどの雪国であるから、年明けの今頃は墓も生家跡もまた茶郷川も一面の雪原に埋もれているのだろう。

一七〇〇基もの厨子に入った如来像が迎える冷え冷えとしたこの地下廟所には、厳かな香の匂いが充満していた。白扉を開き、西脇夫妻の位牌と遺影が飾られたシンプルな祭壇がやわらかな電光に包まれて浮かび上がってきた瞬間、思わず手を合わさずにはいられなかった。

〈旅から旅へもどる　土から土へもどる
この壺をこはせば　永劫のかけらとなる　旅
は流れ去る〉。

新田次郎

にった・じろう
［一九一二―一九八〇］

昭和三八年から四〇年にかけて気象庁職員として、富士山の気象レーダー建設に責任者として携わった経験もある新田次郎は、四〇歳を過ぎて作家になった。中央気象台の技官としての藤原寛人、流行作家としての新田次郎、二つの足場を確固とさせながら、山を愛し、山を舞台とした作品を数多く発表してきた。本人は〈山岳小説家〉と呼ばれることを非常に嫌っており、〈山を書いているんではなく、人間を書きたいのだから〉と常々語っていた。静寂、孤高に生きた作家は、昭和五五年二月一五日午前九時一二分、東京・吉祥寺の自宅で心筋梗塞のため急逝する。死後その遺志により、ノンフィクション文学、または自然界に材を取ったものを対象とした〈新田次郎文学賞〉が設けられた。◉

山門に続く参道両側には盛りを過ぎた紫陽花が残り香を漂わせている。境内墓地の中を流れる小川の赤い欄干を渡った先、小豆色の安山岩に「春風や次郎の夢のまだつづく　新田次郎」と刻まれてある。こっそり拓本をとる人が後を絶たず、拭いても拭いても墨で真っ黒で、と夫人の藤原ていを苦笑させた新田次郎の墓。歩きづめでほてった体を境石におろすと、思いの外ひんやりとして、あっと腰を浮かせてしまった。新田次郎の墓はスイスにもあり、昭和五七年、夫人によってユングフラウへの登山電車の出発点、クライネシャディック駅裏の丘に建てられたその墓には、次のような碑銘の銅板がはめこまれている。「アルプスを愛した日本の作家新田次郎ここに眠る」。

❖本名＝藤原寛人（ふじわら・ひろと）❖明治四五年六月六日―昭和五五年二月一五日❖享年六七歳（誓岳院殿文誉新田浄寛清居士）❖長野県諏訪市岡村一丁目一五―三・正願寺（浄土宗）❖小説家。長野県生。電機学校（現・東京電機大学）卒。昭和七年中央気象台に就職、富士山観測所などに勤め、四一年まで在職。『強力伝』で三〇年度直木賞受賞。『武田信玄』などで吉川英治文学賞を受賞。『八甲田山死の彷徨』など山岳小説の分野を開いた。『アラスカ物語』『聖職の碑』などがある。

野田宇太郎

のだ・うたろう
［一九〇九—一九八四］

先の大戦のあと、焦土と化した帝都にもようやく季節が巡り始めた。野田宇太郎は無我夢中で東京を歩き続けたのだ。

〈足で書く近代文学史——と、そんな大それた考へをいだいてゐたわけでもなく、また私にそれが書けると思つてゐたわけでもなかつたが、新東京文学散歩といふ漫然とした気持ちで焼けあとの東京を歩いてゐるうちに、一つの事跡に自然につながつてゆき、いつしかそれは近代文学史の形に似て来るのを私は知つた〉。

そうして『新東京文学散歩』の連載は始まったのだった。

昭和五九年七月二〇日、国立療養所村山病院で心筋梗塞により七四年の生涯を閉じた野田宇太郎。思えばなんと多くの文学愛好者たちが野田の足跡をなぞっていったことだろう。

◉

戦争によって無残に破壊された歴史遺産や風土、文学者としての憤りは「明治村」創設などへと向けられていったが。詩人野田宇太郎は「文学」を風景として観じ、足で綴った。さすらい留まるところを知らず、街を横切り、辻に佇む。谷を抜け、川を越え、時には海風に和んだ。その射通す眼の先には、いつの時も朽葉色に染まった「文学」の碑があった。

憧れと道標、果てしもなく続く文学路、私の「掃苔録」も否応なく野田の影を追っている。野田が最後に立ち止まった地、相模野青柳寺の「野田宇太郎之墓」。「花一期一会詩」と側面に彫られた漆黒の碑にひっそりと映り込む墓地の秋景を、文学散歩居士はなんと観じているのだろうか。

❖本名＝野田宇太郎（のだ・うたろう）❖明治四二年一〇月二八日—昭和五九年七月二〇日❖享年七四歳（新帰寂文学院散歩居士）❖神奈川県相模原市南区上鶴間本町三丁目七—一四・青柳寺（日蓮宗）❖詩人・評論家。福岡県生。旧制第一早稲田高等学院（現・早稲田大学附属早稲田高等学院）中退。昭和八年第一詩集『北の部屋』を刊行。一五年上京、出版社につとめながら詩人として活躍。また二六年『日本読書新聞』に『新東京文学散歩』を連載、「文学散歩」という新分野を開いた。『感情　自選詩集』『日本耽美派文学の誕生』などがある。

野間宏

のま・ひろし
［一九一五―一九九一］

❖本名＝野間 宏（のま・ひろし）❖大正四年二月二三日―平成三年一月二日❖享年七五歳❖京都府京都市東山区円山町四七七・東大谷墓地西部地区三区三二四号（浄土真宗）❖小説家。兵庫県生。京都帝国大学卒。富士正晴は義兄。昭和一八年治安維持法違反で収監。二一年『暗い絵』を発表し、作家生活に入る。『真空地帯』で毎日出版文化賞、『青年の環』で谷崎潤一郎賞を受賞。『崩解感覚』『歎異抄』などがある。

昭和一六年、召集されてフィリピンに赴いたが、のち治安維持法違反で陸軍刑務所に収監される。代表作『真空地帯』はその体験によって生まれた。〈常に生と死が自分の横にある〉と、文学者としての使命感に燃え、あるいは文学を超えて人権問題、環境問題などの多方面な運動に命を削った。

平成二年、体調を崩して入退院の後の年末、東京慈恵会医科大学附属病院に再入院。がんは食道から次第に全身を蝕んでいった。年が明けて平成三年一月二日午後一〇時三八分、野間宏は不帰の客となった。意欲をのぞかせていた『地の翼』や『生々死々』も未完に終わり、狭山裁判批判も途切れてしまった。桑原武夫に重戦車と例えられもした闘う作家がゆるりと歩んだ道には、人類に対する警句が累々と横たわる。

◉

在家仏教祖師の子として神戸で生まれ、「宗教」を身中の生命としてきた野間宏の墓は、晩年傾倒した親鸞上人の眠る東大谷祖廟に隣接する壮大な墓地にある。二万基以上といわれる門信徒の墓にうずもれて、『親鸞』や『歎異抄』などの著書がある作家の小さな墓が肩を押されながら窮屈そうに建っている。「南无阿弥陀佛」と彫られた墓碑の左側面に野間宏と次男新時の没年月日がある。

毎年八月一四日からはじまる東大谷万灯会は全国から献納された灯籠に灯が入れられるが、東山の薄闇にゆらめく光の中に全身を奮い立たせて立ち上がる野間の姿を夢想して、しばらくの間、熱病に冒されたように「うんうん」と唸りながらうずくまっている京洛の街並みを眺めていた。

野溝七生子

のみぞ・なおこ
［一八九七―一九八七］

前日の気温はそれほど寒くはなかったが、風の強い朝だった。昭和六二年二月一三日、朝日新聞の死亡欄に小さな記事が載った。〈野溝七生子さん（のみぞ・なおこ＝作家、元東洋大学文学部教授、本名ナオ）十二日午前七時三十三分、急性心不全のため、東京都西多摩郡瑞穂町の仁友病院で死去、九十歳。葬儀・告別式は十四日午後一時から横浜市戸塚区汲沢四ノ三二ノ六、宝寿院で。喪主は甥で宝寿院住職の野溝良尊《りょうそん》氏。大正十二年、福岡日日新聞の懸賞小説に応募した『山梔《くちなし》』で特選入賞して文壇デビュー、代表作に『女獣心理』など。比較文学による森鷗外の研究もある〉――。

係累を斥け、孤高に生き、孤高に死んだ作家の最後の一行であるのか。始まりの一行であるのか。

野溝七生子の甥が住職を務めるという横浜西郊外の宝寿院。境内の墓域には銀杏の大木がある。所々に石段を設えた参り道が山裾を一気にのぼっていく。ありふれた形状の墓碑が途切れたあたり、すっくりと伸び始めた野草の茂みの中から小さな小さな観音菩薩像が顔を覗かせている。ふと、一匹の蝶も飛んできて、しばしの空想は幼き日の野辺の詩歌へと昇華していった。菩薩像の光背左右に七生子と鎌田敬止の戒名、麗峯院文藻美妙芳薫大姉、高岳院文苑風流敬止居士の文字が読み取れる。共に一屋に暮らした年月、離ればなれになった年月、それらを思うといい知れぬ感慨が襲ってはくるが、物語の完結はついにはやって来ない。ただ快い時間が流れていく。永くもなく短くもなく。

❖本名＝野溝ナオ（のみぞ・なお）❖明治三〇年一月二日―昭和六二年二月一二日❖享年九〇歳（麗峯院文藻美妙芳薫大姉）❖神奈川県横浜市戸塚区汲沢四丁目三二―六・宝寿院（真言宗）❖小説家・近代文学研究家。兵庫県生。東洋大学卒。大正一三年『山梔』が『福岡日日新聞』懸賞小説特選となる。昭和三年長谷川時雨の「女人芸術」に参加。一五年『女獣心理』、二二年短編集『南天屋敷』などを刊行。短篇集『月影』『ヌマ叔母さん』などがある。

野村胡堂

のむら・こどう
［一八八二—一九六三］

❖本名＝野村長一（のむら・おさかず）❖明治一五年一〇月一五日—昭和三八年四月一四日❖享年八〇歳❖東京都府中市多磨町四—六二八・多磨霊園（一三区一種一側三番）❖小説家。岩手県生。東京帝国大学中退。明治四五年、報知新聞社に入社。同紙に人物評論・小説を発表。代表作『銭形平次捕物控』は昭和六年から三二年まで二六年間、書き続けられた。音楽評論家として知られ、『ロマン派の音楽』『音楽は愉し』著作などがある。

岡本綺堂の『半七捕物帳』、横溝正史の『人形佐七捕物帳』、佐々木味津三の『右門捕物帖』などとならんで、野村胡堂の『銭形平次捕物控』は捕物小説の定番中の定番だった。小説家「野村胡堂」のほかに「あらえびす」の筆名でレコードの評論も行い、音楽評論家としての顔も持っていた。昭和三八年二月には私財の一億円を基に学生のための経済支援奨学金交付を目的に「野村学芸財団」を設立した。その二か月後の三八年四月一四日春の日、野村胡堂は肺炎のために死去した。彼の葬儀は、野村胡堂音楽葬とされ、葬儀委員長を務めたのは盛岡中学校以来の親友、金田一京助であった。読売日本交響楽団がベートーヴェンの第三シンフォニー『英雄』を葬送曲に演奏して別れを悼んだ。

岩手県紫波郡紫波町の城山という小高い丘に一つの碑がある。〈故里の春日の丘にかたくりのむれ咲く頃のなつかしきかな〉——。野村胡堂こと野村長一の恋歌である。同じ村の娘、ハナとのなつかしい想いを詠ったこの歌は、長一とハナ夫人の六〇年に及ぶ結婚生活の愛の記憶であった。武蔵野のはずれにあるこの霊園の幹道沿い角地、塋域の奥先にある「野村家墓」に眠る野村胡堂と妻ハナ。すぐ隣には二三歳で夭折した娘で作家の瓊子が嫁いだ「松田家墓」があった。ゆったりとした塋域、やわらかな日に映し出された碑面がちらちらと揺らいでいる。春の木漏れ日に手をさして二人の間に交わされていたのは〈故里の丘に今年もかたくりの薄紫の花は咲いているのだろうか〉という言葉であったことだろう。

野呂邦暢

のろ・くにのぶ

［一九三七—一九八〇］

❖本名＝納所邦暢（のうしょ・くにのぶ）❖昭和一二年九月二〇日—昭和五五年五月七日❖享年四二歳（恭徳院祐心紹泰居士）❖菖蒲忌❖長崎県諫早市城見町・金谷墓地❖小説家。長崎県生。諫早高等学校卒。ガソリンスタンド店員など職を転々とし、昭和三二年に佐世保の陸上自衛隊に入隊。四一年に『壁の絵』が芥川賞の候補作に挙げられたが落選した。『草のつるぎ』で四八年度芥川賞受賞。『鳥たちの河口』『一滴の夏』『諫早菖蒲日記』などがある。

京都大学の受験に失敗して進学をあきらめた当時は、不況の最中で郷里に仕事の口もなく、自衛隊入隊などを経て、諫早《いさはや》に帰ってからは家庭教師で生活をまかなう日々であった。

〈私の二十代はただ『壁の絵』を書くためにあったという気さえする〉と記しているように野呂文学すべてのテーマを含んだこの作品は、はじめて芥川賞候補作となった。以後も『白桃』、『海辺の広い庭』、『鳥たちの河口』と矢継ぎ早に候補作を発表し、四九年、ようやく『草のつるぎ』で芥川賞を受賞した。そのわずか六年後の昭和五五年五月七日未明、結婚後に移り住んだ諫早市仲沖町の古い武家屋敷（代表作『諫早菖蒲日記』の主人公藤原志津がかつて住んでいた家）の借家で心筋梗塞のため急逝した。

◉

諫早の駅前を真っ直ぐ、裏山橋を渡ってひと坂を越えると金谷墓地はある。九州地方独特の刻字に金色を施された「納所家之墓」、傍らには親しかった文藝春秋の編集者豊田健次の筆になる「菖蒲忌はわが胸にあり」の碑が建っている。

「菖蒲忌が近いので」と墓域のまわりを清掃している人がいる。近しい人であったのか、「恰好にかまわなかった人で、猫が好きだったな。それにインスタントラーメンやカレーライスをよく食べていたよ」と。そんな声を聞きながら、向かい合う丘陵や野呂邦暢が通い詰めていたという図書館、終焉の地である本明川河畔の町屋あたりをぼんやりとながめていると、遥か有明の海の干潟から潮香をのせた風が届いてくるようだった。

掃苔散歩

遠い昔の……

ある日、北国に嫁いだ娘がメールに添付して送ってくれたムービーの音声に、私は耳を疑ってしまいました。

新入生父兄参観日の一コマ。先生の「何々は何々をする」という例題に子供たちは、「うさぎはにんじんをたべる」、「ぼくはじてんしゃにのる」、「うまははしるれんしゅうをする」などと、たどたどしく答えていきます。そんなわが子たちの答えてゆくほほえましい光景に、父兄たちの優しげなまなざしが注がれていたのですけれど、次の孫娘の発した言葉に、教室の光景は一瞬に停止してしまったかのようでした。

「ぼくはむかしをおもいだす」。

一呼吸を置いて何ともいえないざわめきが流れました。そんな雰囲気に、孫娘は何かとんでもなく間違った答えを言ってしまったのではないかと思ったようで、もじもじと不安げな様子で立っていたのですが、「○○ちゃんには何かものがたりがあるようですね。」という先生のフォローで、やっと安心したように着席したのでした。

あとの懇談会で「小学一年生の答えとしてはあまりにも思いがけない言葉だったので、驚いてしまって」と、先生はおっしゃっていたということでしたけれども、七歳にもとどかない少女の思い出す昔とはどのような物語であったというのでしょうか。本好きの少女ですから、どこかでそんな文章に出会って心に留め置いていたのかも知れないのですが、はたしてそんな幼子の読む本に「ぼくはむかしをおもいだす。」などという大人びたフレーズがあるものなのかと思ってしまったのです。

今回掲載した野呂邦暢が生涯のほとんどを過ごし、「三つの半島のつけ根にあたり、三つの海に接している」と愛した美しい町、諫早。一〇年ほど前に一度、伊東静雄と野呂邦暢の墓参に訪れたことがありました。伊東静雄の墓参はなんなく果たせたのですが、川をはさんで駅と向かい側の高台にある市営墓地の野呂邦暢の墓は、タクシーの運転手さんの助けも借りて必死に探したものの、列車の時間もあって、ついに探しきれず、後ろ髪を引かれる思いでこの地を去ったのでありました。

再訪となった今回の墓参はかなり時間的余裕のある旅でした。いつの頃からか諫早文化協会の墓所経路表示板が取り付けられており、前の墓探しは何だったのかと思うほど簡単に見つけることができたのです。

そこには「納所家之墓」が建っていました。石塔の前からはずされ、横たえられた花立てや香炉の傍らで墓域の清掃をする人たちが二人休憩をしていて、「菖蒲忌が近いので、墓の掃除をしているのですが……」と。近しい人でもあったらしく、ぽつりぽつりと当時の様子を話してくれる声を聞きながら、向かい合う丘陵のあたりを眺めていると、彼に小説を書かせる源泉になったこの小さな城下町の幸福が、ほっとした思いとなって私を包んでくれたのでした。

墓参を終え、坂道を下って本明川河畔仲沖町にあった野呂邦暢の旧居跡に立ち寄ってみました。かつては野呂の小説『諫早菖蒲日記』の主人公志津が暮らしていた古い武家屋敷でした。新婚生活をおくり、また別離したその屋敷も今は消えてなく、切石積みの門と篠竹の生け垣だけが昔の時間をとどめていました。生け垣の傍らには、玄関前で両手をズボンのポケットに突っ込んで立つ野呂の写真に添えて「野呂邦暢終焉の地芥川賞作家・野呂邦暢は昭和四十六年にこの地に移り住み、四十二歳の昭和五十年まで、この地を愛し、この地をついの棲家とした」という文章が掲げられていました。昔日の面影もなく、広々と草地と化した屋敷跡に足を踏み入れました。古井戸らしき石組みに腰掛けて野呂邦暢という作家の物語を描こうとしてみました。しかしながら草々の葉先から消えおちていった夜露のように跡形もなく、そこには確かに野呂邦暢はいたのだけれど、あまりにもぼんやりとして、時の結晶を溶かしてくれるような光景は見あたりません。不確かな後ろ姿を忍ぶよりほか為すすべはなかったのです。

遠い昔の……。

過ぎ去った時間の後ろに横たわる人影、ぼんやりと輪郭だけが映る障子戸の薄明かり、花咲かぬ坪庭にも冬と呼べる景色の日は暮れてゆく。

おわりに向かって、私の背後にも流れていったかずかずの物語。

はじまりの谷に立ち上がった風は雨糸を縫い、陽のなかを空に飛び、裏山の一本の木の声を聞いて降りてくる。春には梅の花を咲かせ、夏には若葉を抜けて、秋には赤まんまをそよがせ、冬には篠に小雪を遊ばせたこの風は、私の生まれた村の古道にも吹いて、のちのちの場所、時間、人々を記憶にとどめてきたのです。

とりとめもなく呼び返す記憶の、陋屋《ろうおく》の北角に植えられた椿の古木、義肢装具をつけていた級友、片思いのありふれたほろ苦い恋、愚かしい蹉跌、絵の中に匂う蒼い日々、抱えきれなかったあの人とあの人の運命、風景は静かに生まれ、立ち、跫音だけがふりかえる。何かを信じて待っていたわけでもないのですが、ようやくに気がつくと、瞑想の風景が坂下の家と家の間にゆっくりと沈んでゆくのです。

はじまりのおわり、おわりのはじまり。

ぼくはむかしをおもいだす――。

「編集後記二〇一四年一月二三日」より

萩原恭次郎

はぎわら・きょうじろう
［一八九九―一九三八］

血縁関係ではなかったものの、同郷、同姓（旧姓）の萩原朔太郎を兄のように慕っていた萩原恭次郎が急激な溶血性貧血で死んだのは、昭和一三年一一月二二日午前零時一五分、三九歳の若い命であった。国家総動員法が公布され、中国戦線は拡大の一途を辿っており、日本は戦争一色に塗りつぶされ始めた頃であった。当然、アバンギャルドでありアナーキズム運動に傾倒した思想的注意人物であった恭次郎は監視対象となっていたのだが、宿痾の胃病に悩まされ続けていた彼には絶叫するしか術はなかったのだ。

〈厳冬の地は壮烈な意志に凍りついてゆく　俺は酷烈な寒気に裸の胸をさらしてゐる　来い！　来い！　鋼鉄の冬よ何物も清く氷結させる勇者よ　俺は只一すぢの矢となる〉。◉

❖本名＝金井恭次郎（かない・きょうじろう）❖明治三二年五月二三日―昭和一三年一一月二二日❖享年三九歳（宝積院哲茂恭謳居士）❖群馬県前橋市石倉町四丁目六―一五・林倉寺（天台宗）❖詩人。群馬県生。旧制前橋中学校（現・前橋高等学校）卒。金井家の養子となる。ダダイストとして活躍、のちアナーキズム運動に傾倒。大正七年川路柳虹の『現代詩歌』に参加。一二年『赤と黒』の創刊に参加。一四年第一詩集『死刑宣告』を刊行。昭和七年『クロポトキンを中心とした芸術の研究』を創刊、『もうろくずきん』を発表。詩集『断片』などがある。

上州前橋の初夏。風もなく、まことに暑い日であった。前橋文学館からずいぶん歩いてきた。やっとたどり着いた群馬大橋の下に、利根川が白波を際だたせて激しく流れている。県庁の向こうには赤城山も見える。たもとに建つ詩碑に寄り添って缶ジュースなどを飲みながら一息をついた。

〈汝は山河と共に生くべし　汝の名は山岳に刻むべし　流水に画くべし〉。この碑もやがては赤城おろしに吹きさらされて、詩人の意志を凍らせるに違いない。恭次郎が住んだ石倉はもうすぐ近くだ。まもなく訪れた菩提寺の「金井家之墓」、すべてが新しく、淡きひかりして過去碑の刻日さえも昨日のことのように思われる。

〈高き山々に吹雪きする見れば、白き雪々を吹いて生きしわが心は熱す〉。

萩原朔太郎

はぎわら・さくたろう

［一八八六—一九四二］

❖本名＝萩原朔太郎（はぎわら・さくたろう）❖明治一九年一一月一日—昭和一七年五月一一日❖享年五五歳（光英院釈文昭居士）❖朔太郎忌❖群馬県前橋市田口町七五四—四・政淳寺（浄土真宗）❖詩人。群馬県生。慶應義塾大学中退。大正五年室生犀星と詩誌『感情』を創刊。翌年処女詩集『月に吠える』を刊行した。一二年には第二詩集『青猫』を刊行。一四年以降は東京に住み詩作を続け、昭和九年詩集『氷島』、小説『猫町』などを刊行。詩論『詩の原理』、随筆『帰郷者』などがある。

北原白秋を介して室生犀星とは生涯の友となった。『月に吠える』や『青猫』で口語と自由律による近代象徴詩を示して詩壇に多大な影響を与えていった。

〈黒幕の影からいよいよ角を出し〉

〈行列の行きつくはては餓鬼地獄〉

枕頭の手帳に書きとめられたこの二句を遺して「日本近代詩の父」と呼ばれた萩原朔太郎がその最期に見た幻想は何であったのだろうか。漂泊の果てに行きついた餓鬼地獄とは、朔太郎にとっての孤独な旅の終着駅だったのか。昭和一七年五月一一日午前三時四〇分、急性肺炎によって幻想を見続けながら寂寥の人は逝ってしまった。この年、朔太郎が敬愛した二人が相次いで逝った。同月二九日には与謝野晶子が、一一月二日には北原白秋が。

◉

前橋郊外に点在する丘陵のひとつに政淳寺はある。自然がとりまくこの寺は前橋市内の繁華街・榎町（現・千代田町）にあったのだが、昭和四七年に現在地に移転されてきたものだ。坂道をのぼり門前にたどりつくと、右手前方にむっくりと赤城山が起きあがってきた。萩原家墓所は本堂右手の墓地入口のすぐ左にある。榎町にあった頃には朔太郎もしばしば父の墓参に訪れて〈わが草木とならん日に　たれかは知らむ敗亡の　歴史を墓に刻むべき　われは飢ゑたりとこしへに　過失を人も許せかし。過失を父も許せかし〉という詩を残している。一昨夜の雪が溶けずにある塋域の墓石をながめていると、さっき鐘撞堂《かねつきどう》で老婆と戯れていた銀灰色の子猫がミャアーと跳ねていった。

花田清輝

はなだ・きよてる
［一九〇九―一九七四］

❖本名＝花田清輝（はなだ・きよてる）❖明治四二年三月二九日―昭和四九年九月二三日❖享年六五歳❖千葉県松戸市田中新田四八―二・八柱霊園八区一〇一側七号❖評論家・小説家。福岡県生。京都帝国大学中退。映画や演劇などの評論にレトリックを巧みに使い、またアヴァンギャルド芸術論の先駆けであった。昭和一五年『文化組織』を創刊、数々の評論を発表。戦後は『新日本文学』などに拠り、挑発的な活動を行う。『復興期の精神』『アヴァンギャルド芸術』『鳥獣戯話』などがある。

埴谷雄高や岡本太郎、野間宏などと「夜の会」を結成し、戦後のアヴァンギャルド芸術運動の理論的指導者の一人として活動した。自らの主張を反語や逆説、特有のレトリックを駆使して読者を魅了し、あるいは幻惑してきた花田清輝を澁澤龍彥は、永井荷風や石川淳、坂口安吾など戯作者の系譜として捉えた。

確かに素面としての自らを晒すことは本意としなかったのだろうが、好敵手・埴谷はその死を悼み〈君はまことに多くの貴重な示唆をひとびとに与えて、吾が国の文学と美術の或る側面に新しい閃光を放たしめる強力な原子核となったのである〉と詠んだ。

昭和四九年九月二三日午前零時二五分、脳出血のため東京・信濃町慶應義塾大学病院で死去する。

成田空港からの航路になっているのか、広大な宙を耕すように飛行機雲が二筋の畝を浮かび上がらせている。いましも蒼みが薄れはじめた球状の天体は、形あるまま静かに降り立つ準備にかかったようだ。

那智黒石の下に霜柱の残る塋域、「花田家」墓は沈静そのものであった。安部公房や三島由紀夫の理解者、尾崎翠など無名作家の輝きを読みとる一方、埴谷雄高、吉本隆明らとの数々の白熱した論争で名を馳せた華々しくも先鋭的な昂ぶりは終焉し、感傷など受け入れる間もなく、夕闇が迫ってくる。

〈一気に老年に達し、死に憑かれ、死とともに生きよう〉とした花田は銘する。――〈虚無とは何か。檣頭《しょうとう》を鳥が掠め　泡だつ潮にのって　海草がながれていく〉。

埴谷雄高

はにや・ゆたか

[一九〇九―一九九七]

❖本名＝般若 豊(はんにゃ・ゆたか)❖明治四二年一二月一九日(戸籍上は明治四三年一月一日)―平成九年二月一九日❖享年八七歳❖アンドロメダ忌❖東京都港区南青山二丁目三二―二・青山霊園一種イ七号四側六番甲❖小説家・評論家。台湾生。日本大学中退。昭和六年日本共産党に入党。翌年検挙、投獄され転向。昭和二一年平野謙らと雑誌『近代文学』を創刊。『闇のなかの黒い馬』で谷崎潤一郎賞。『死霊』全五章で日本文学大賞を受賞。『幻視のなかの政治』『虚空』『不合理ゆえに吾信ず』などがある。

私などにはいくら読んでも理解できないほど、難解このうえない厄介な観念小説だが、悲哀(三輪与志)・悪(三輪高志)・喜び(首猛夫)・狂気(矢場徹吾)を体現する四人の主人公が問答する壮大な実験小説『死霊』は、昭和二一年『近代文学』創刊号に連載開始以来、病気中断をはさみ四章から五章まで書き継ぐのに二六年かかった。この頃には、すでに神格化されていたほどであったが、さらに一〇年をかけ、六、七、八章とつづいた。

平成二年に胃のポリープを摘出、年末には心臓病で入院した。どうにかこうにか九章が発表されたのは平成七年、一五章構想をいっきに一二章に縮小、しかしそれも叶わぬまま、埴谷は平成九年二月一九日、脳梗塞のため永遠に宇宙そのものとなった。

◉

〈人間に出来る意識的行為には、自殺すること、子供を作らないことの二つがある〉と断言した埴谷雄高、自殺はともかく一方の子供に関しては間違いなく実践している。そして〈自身は生と存在の意味を考えるために生きている〉という主張は真だった。しかしその探求は未完に終わり、無限の空間の包み込むところに「般若家代々之墓」は存在する。父母、妻と共に納まった石塊の下で〈自分は根源までさかのぼれば生の単細胞に、あるいは宇宙の鉄にまでたどりつくけれど、死ねばそれっきり、あとはなにも続かない〉などと、森羅万象、いかなるものをも完璧に透過してしまうのではないかと思えるほどの、あの深く憂いを持った眼を瞬かせて呟いていることであろう。

林 不忘

はやし・ふぼう
［一九〇〇—一九三五］

❖本名＝長谷川海太郎（はせがわ・かいたろう）❖明治三三年一月一七日—昭和一〇年六月二九日❖享年三五歳（慧照院不忘日海居士）❖神奈川県鎌倉市大町一丁目一五—一・妙本寺（日蓮宗）❖小説家。新潟県生。明治大学専門部卒。大正七年渡米、オハイオ・ノーザン大学に籍を置き各地を放浪。帰国後、一四年谷譲次の筆名で『ヤング東郷』を発表。また林不忘の筆名で『探偵雑誌』に時代物を発表。さらに牧逸馬の名で『テキサス無宿』など現代物を発表した。『大岡政談』『この太陽』『丹下左膳』などの作品がある。

林不忘の本名は長谷川海太郎。詩人長谷川四郎の兄である。他にも谷譲次、牧逸馬と、合わせて三つの筆名があった。新潟に生まれ、異国情緒にあふれた港町函館で育ったのだが、函館中学校を中退して上京の後に渡米。七年に及ぶアメリカ生活で体得した日本人の彷徨する想いを三つの筆名で使い分けた。それぞれの物語や文体にのせて大正末期から昭和初年にかけて怒濤のごとく作品を発表し、江戸川乱歩から〈文筆実業家〉と評されるほどの流行作家となった。鎌倉に通称「からかね御殿」なる豪勢な新居も構えた。

彼が執筆中にこの新居で急死するのは、昭和一〇年六月二九日、強い雨の吹きつける朝であった。病名は脳溢血と発表されたが、持病の喘息からなる窒息死であった。

◉

ここ鎌倉大町の妙本寺には詩人田村隆一の墓もある。境内にある比企一族供養塔の近く、本堂脇地続きの墓域に〈文壇のモンスタア〉と称されるほどエネルギッシュな執筆活動を続けた作家の墓があった。

冬の午後とはいえ、楓葉の散り乱れた塋域の、石塊の上に載った碑に陽光は届いてこない。以前は正方形の碑面にようやく「長谷川海太郎墓」の文字が読み取れるほど古びていたのだが、しばらく見ないうちに墓石も新しくなり、碑面の刻字も「長谷川家」と変わっている。右脇の碑には「長谷川海太郎　一人三人全集の作家」に続いて林不忘、牧逸馬、谷譲次の筆名とそれぞれの代表作である『丹下左膳』『世界怪奇実話』『テキサス無宿』の文字が記されてあった。

葉山嘉樹

はやま・よしき

［一八九四―一九四五］

母とは一三歳で生き別れた。それからは厳格な父との二人だけの生活だった。職を転々とした。厳しい労働体験によって生まれた彼の文学は、当時の文学主義のリアリズムとはまったく違った新しいプロレタリア文学リアリズムであった。貨物船の船員、セメント工場、木曽の飯場や山村での労働や都合四度の投獄にあった労働運動によって『海に生くる人々』『セメント樽の中の手紙』など多くの作品を書いてきた葉山嘉樹が、満蒙開拓移民として満州に向かったのは昭和一八年三月、四九歳のときであったが、昭和二〇年一〇月一八日、敗戦によって引き揚げる途中のハルピン南方、徳恵駅手前の車中で脳溢血のため死亡。遺体は駅近くの線路際に埋葬されて葉山嘉樹の生涯は終わった。

暮れかかる墓地の路を突き当たると、色とりどりの供花で華やかに輝く円味がかった三角型の自然石碑があった。「解放運動無名戦士之墓」である。労働運動の中にあっての投獄、家族との離散、果ては愛児の死など、報われなかった世の残照を解き放つかのように無名戦士たちは鎮魂されているのだ。葉山嘉樹の亡骸は遠い異土に埋もれたが、長女百枝によって切られた遺髪がこの墓に納められている。後年になって訪れた福岡県京都郡みやこ町豊津の市営甲塚墓地にある「葉山家諸霊位」墓は、矩形墓域の乾燥した苔を敷布に、経年古色、斑模様の石肌を雨上がりの鈍い空の下に晒していた。

〈馬鹿にはされるが真実を語るものがもっと多くなるといい〉。

◉

❖本名＝葉山嘉重（はやま・よししげ）❖明治二七年三月一二日―昭和二〇年一〇月一八日❖享年五一歳（清流院葉山大樹居士）❖東京都港区南青山二丁目三二―二・青山霊園一種ロ一二号一四側・解放運動無名戦士之墓❖福岡県京都郡みやこ町豊津・市営甲塚墓地❖小説家。福岡県生。早稲田大学予科中退。船員などの職を転々、労働運動に参加。大正一二年検挙・投獄、獄中で『淫売婦』『難破』（のち『海に生くる人々』に改題）などの小説を書いた。一四年『セメント樽の中の手紙』で認められた。『濁流』などがある。

原 阿佐緒

はら・あさお
［一八八八—一九六九］

❖本名＝原　浅尾（はら・あさお）❖明治二一年六月一日—昭和四四年二月二一日❖享年八〇歳（赤晃朗歌大姉位）❖宮城県黒川郡大和町宮床字長倉四八・龍岩寺（曹洞宗）❖歌人。宮城県生。宮城県立高等女学校（現・宮城第一高等学校）中退。日本女子美術学校（現・都立忍岡高等学校）中退。高等女学校中退後、上京して日本画を学ぶ。明治四〇年新詩社に入り与謝野晶子に師事して『スバル』に歌を発表。のち『アララギ』に転じて石原純との恋愛事件をおこした。歌集に『涙痕』『白木槿』などがある。

昭和二二年一月一九日、かつて世間いっさいの忠告や非難、中傷を退けてまで同棲した物理学者であり歌人の石原純が死んだ。北の山深い里には小雪が舞っている。郷里宮城県黒川郡大和町宮床で阿佐緒は何を想う。愛の遍歴は終わった。酒場女にもなった。女優として映画に出演したこともある。〈窮迫した境地にもがきながら、辛くも生きて〉いこう——。

一首をも歌わぬ二〇年もあったが、俳優となった次男保美夫妻の住む真鶴でようやく安穏の日々を得た。〈いつもそこにないものにあこがれる、いまある現実には何か満ちたりない思いだけをいだいていた人〉と保美の妻桃子に回想された阿佐緒。

昭和四四年二月二一日午後八時一〇分、老衰のため永遠の時を得て彼岸に向かった。

◉

仙台市の地下鉄泉中央駅から折りたたみ自転車で上ったり下ったりの道一五キロ、阿佐緒の通った宮床小学校への入口も、阿佐緒記念館として公開されている「白壁の家」も過ぎた。やがて、さして広くもない国道をそれて村道に。子らと沢蟹を捕った小さな川の橋をわたって行き着いたところ、三〇段ばかりの石段と簡素な山門が見える。〈父上のみ墓にゆくとのぼりゆく栗の落葉にうづもれし道〉と詠んだこの寺の塋域にある一族の墓々。さきの東日本大震災の際、うつぶせに倒れてしまったという楕円形の碑、嫁桃子の父中川一政画伯の筆になる「阿佐緒墓」は七ツ森の笹倉山を背に、雑木林に挟まれた青々としたわずかばかりの田畑を見下ろしている。あたかも竹林がざわめき始め、ポツッと雨が降り出した。蛙の声も一段と騒がしくなったようだ。

原 民喜

はら・たみき

［一九〇五—一九五一］

妻を病で失って、〈一年間だけ生き残ろう〉と疎開した郷里広島の生家で被爆、幸い一命は取り留めたとはいえ体調は優れなかった。原爆を描いた『夏の花』は原民喜の代表作となったが、上京後の執筆活動はともかくも体調は依然として良くならず、付随して日々厭世観に襲われるようになってきた。——昭和二六年三月一三日午後一一時三〇分ころ、西荻窪駅ホームから西側二五〇メートル付近の線路上に一人の男が身を横たえていた。まもなく西荻窪を発車した三鷹行きの電車は、その男を巻き込み五〇メートルほど引きずって止まった。一輪の花の幻を刻んで原民喜は永遠に口を閉じたのだった。

〈私は歩み去らう　今こそ消え去つて行きたいのだ　透明のなかに　永遠のなかに〉。

◉

民喜の下宿には『心願の国』の原稿と、昭和一九年に病死した妻貞恵の弟・評論家の佐々木基一や遠藤周作、丸岡明などの親族・友人に宛てた一七通の遺書がのこされていた。その中の一通は、丸の内の貿易会社に勤める英文タイピスト祖田裕子にあてたものであった。極端な厭人癖のある民喜の心を、叙情詩のように慰めてくれたこの年若い女性に〈とうとう僕は雲雀になって消えて行きます〉との言葉を遺している。

原爆に弾き出され、叫喚と混乱の中で死んだ人たちの嘆きのためにだけ生きようとした民喜の亡骸がある原家墓碑「倶会一處」。積み上げられた無縁墓のとなりに建っているこの石の望むところ、西方浄土の花園に原民喜の魂は行き着いたのであろうか。

❖本名＝原　民喜（はら・たみき）❖明治三八年一一月一五日—昭和二六年三月一三日❖享年四五歳❖花幻忌❖広島県広島市中区東白島町一六—一九・円光寺（浄土真宗）❖小説家・詩人。広島県生。慶應義塾大学卒。昭和八年評論家佐々木基一の姉貞恵と結婚をするが、一九年死別。二〇年広島に疎開し、被爆。二二年被爆体験を綴った『夏の花』で注目される。その後『鎮魂歌』などを書いたが、二六年鉄道自殺をした。ほかに『心願の国』『原民喜詩集』などがある。

樋口一葉

ひぐち・いちよう

［一八七二―一八九六］

長兄や父が亡くなったことから、やむなく母と妹三人の一家の戸主となった。のちに代表作『たけくらべ』の舞台となった吉原遊郭に近い下谷竜泉寺町で、荒物や駄菓子を売る雑貨屋を営んだこともあったが、素人商い故に長くは続かなかった。貧乏と辛苦に満ちた勝ち気で誇り高い二四年の短い生涯、その最後の二年半余りを過ごしたのは、本郷丸山福山町崖下の家賃月三円の借家であった。

明治二九年春頃から肺結核の自覚症状があらわれ、七月には高熱がつづいた。夏が過ぎ、秋がきた。一一月二三日、とうとう〈一葉の物語〉は生涯の終わりに追いついてしまった。通夜には斎藤緑雨・川上眉山・戸川秋骨等があつまったが、二五日の葬儀会葬者はわずか十数名であったという。

一葉の作家生活はわずか一四か月ばかりだった。明治二七年一二月から二九年一月まで『大つごもり』や『たけくらべ』、『ゆく雲』、『にごりえ』、『十三夜』などの作品を矢継ぎ早に発表して「奇跡の一四か月」と呼ばれている。

明治大学和泉校舎の隣にある築地本願寺別院和田堀廟所、桜並木の道を左に入りすぐ右折れした六番目にあった一葉の墓は、こぎれいに掃除された竹組囲いの敷地（いまは竹組囲いも無くなり外柵石が巡らされている）に「先祖代々之墓」と刻されてある。その目立たない碑の右側面に「智相院釋妙葉信女」と彫られている法名のみが、一葉の墓とかろうじてわかるほどのものであった。桜散る頃であれば一層寂しく美しかったであろうが、今はただ沈黙するのみ。

❖本名＝樋口奈津（ひぐち・なつ）❖明治五年三月二五日（新暦五月二日）―明治二九年一一月二三日❖享年二四歳（智相院釈妙葉信女）❖一葉忌❖東京都杉並区永福一丁目八―一・築地本願寺和田堀廟所（浄土真宗）❖小説家。東京府生。青海学校高等科第四級卒。明治一九年中島歌子の門に入り、歌や古典を学ぶ。のち半井桃水を知り、小説を学ぶ。二六年『雪の日』、二八年『ゆく雲』を発表して知られるようになった。その後も生活に苦しみながら、『たけくらべ』『にごりえ』『十三夜』などを発表した。

久生十蘭

ひさお・じゅうらん
［一九〇二—一九五七］

材木座海岸の背面に張り出している墓山の頂上に立つと、眩しさに手をかざした私の眼の前には、落日に彩られた黄金色に輝く湘南のおだやかな海が拡がっている。数キロ先には江ノ島、そのずっと向こうには富士山さえも海原越しに望んで見える。海に背を向けると、山の頂を切り取ったこの霊園の墓地全体が展望でき、管理事務所の近くにある小さな廟が見えている。

——〈わたしはよみがえりであり命である。わたしを信じる者はたとい死んでも生きる〉と刻された文字の下にその廟に祀られた人々の名前を読みとることができる。「コルネリオ　阿部正雄」、ピンクのカーネーションやスイートピーが飾られた「聖公会廟」、博識、異能の作家久生十蘭はここに眠っている。

久生十蘭の起点は、亀井勝一郎・長谷川海太郎（谷譲次・牧逸馬・林不忘と三つの筆名を使い分けモンスターと呼ばれた作家）らを生んだモダンな港町函館であったし、三年余りを数えたその後のフランス留学も、あるいは怪しくも眩暈を撒き散らしたような作品群の回帰先であったのだ。経歴をひもといていけば十蘭は正真正銘の多才な人間であった。探偵小説や江戸捕物帖も書いたし、劇作、演出も手がけた。そのうえ直木賞まで手に入れてしまったのだから。しかしその間にも病根は密かに巣食っていた。昭和三二年三月、喉の異状を訴え、六月には食道がんの疑いで癌研究所に入院。楽しみにしていたパリ再訪を果たせぬまま、一〇月六日午後一時四〇分、鎌倉・材木座の自宅で死去することになる。◉

❖本名＝阿部正雄（あべ・まさお）❖明治三五年四月六日—昭和三二年一〇月六日❖没年五五歳（コルネリオ）❖神奈川県鎌倉市材木座二丁目一五—三・材木座霊園聖公会廟❖小説家。北海道生。旧制聖学院中学校（現・聖学院中学・高等学校）中退。大正一五年上京。岸田國士に師事。岸田主宰の雑誌『悲劇喜劇』の編集に加わる。昭和四年フランスに留学、パリ市立工芸学校を卒業し八年に帰国。『新青年』に探偵小説を書く。『鈴木主水』で二六年度直木賞受賞。『母子像』『ハムレット』『黄金遁走曲』などがある。

火野葦平

ひの・あしへい

［一九〇七―一九六〇］

❖本名＝玉井勝則（たまい・かつのり）❖明治四〇年一月一五日―昭和三五年一月二四日❖享年五二歳（文徳院游誉勝道葦平居士）❖葦平忌❖福岡県北九州市若松区山手町六―一・安養寺（浄土宗）❖小説家。福岡県生。早稲田大学中退。家業の沖仲仕玉井組を継ぐ。昭和一二年日中戦争で応召、出征前に書いた『糞尿譚』が一二年度芥川賞受賞。軍報道部時代に書いた『麦と兵隊』『土と兵隊』『花と兵隊』三部作で脚光を浴びた。戦後「戦犯作家」として公職追放の指定。解除後『花と竜』で復活した。

昭和四七年三月一日、朝日新聞に〈十二年前に世を去った葦平の死因が、これまでいわれていた病死ではなく、睡眠薬による自殺であったことが、このほど、遺族から初めて明らかにされた〉との衝撃的な記事が載った。〈高血圧といふやっかいな病気にとりつかれてしまった。その記録をとっておく〉と最初の頁に記された『闘病日記』。〈後悔しても追いつかないが、これからは出来るだけ身体に気をつけ、少しでも長生きするやうにしなくてはならない。昭和三十四年十二月七日朝　あしへい〉とあったが、最後のページは〈死にます。芥川龍之介とはちがうかも知れないが、或る漠然とした不安のために。すみません。おゆるしください。さようなら。昭和三十五年一月二十四日夜　十一時　あしへい〉で終わっていた。

◉

北九州・若松の高塔山中腹、この寺の本堂前に葦平の直筆刻の碑が建っている。〈言葉さかんなればわざはひ多く　眼鋭くして盲目に似たり　敏き耳豈聾者《あにろうしゃ》に及ばんや　不如不語不見不聞〉、と三禁の碑、それぞれに口と目と耳をおさえた三猿風の河童の絵が描かれている。戦争を書いて、兵隊を書いて、戦争犯罪人という人もあったようだが、葦平の人生観を彷彿させる言葉ではないか。

碑の前を通り、裏墓地の段をのぼっていくと、葦平の父玉井金五郎が昭和二年に建てた「玉井家之墓」があり、長男葦平（本名勝則）の名も刻まれている。大きな碑を見あげていると、捧げられた小さな赤いほおずきが突然動き出し、茎の間から一匹の蛙が間抜けな顔を突き出して、勢いよく飛び跳ねた。

平塚らいてう

ひらつか・らいちょう
［一八八六—一九七一］

明治四一年三月、雪が舞う塩原温泉の尾頭峠をさまよう男と女があった。心中を企てた森田草平と奥村明二二歳。明の遺書に〈我が生涯の体系を貫徹す、われは我がCauseによって、斃れしなり、他人の犯す所に非ず〉とあった。この企ては未遂に終わり、彼女が書き残した遺書は反古となったが、一個の目覚める女性「平塚らいてう」は生まれたのだった。

以後、半世紀以上にわたって女性解放運動や反戦運動、平和運動の先頭を走ってきた彼女にもようやく終焉が訪れる。昭和四六年五月二四日午後一〇時三六分、自伝『元始、女性は太陽であった』未完のまま、胆嚢・胆道がんを患い入院していた東京・千駄ヶ谷の代々木病院で八五年におよぶ波乱の生涯を閉じた。

◉

小田急線生田駅から徒歩、だらだらと続く登り坂の行き着くところ、一万四〇〇〇基以上を数える墓石群が、ため息をつくほど広大な聖域に並び建っている。彼岸でもないのに今日はやたらに墓参りの人たちで賑わっているようだ。

輝き始めた初夏の陽はすべてこの丘陵のひらけた空にあった。平塚らいてう筆跡の「奥村家墓」。昭和三九年に逝った夫博史のために建てた墓に、ウーマンリブの草分けであった彼女もまた眠っている。供花も香もない墓前はいかにも清潔に輝いて、しゅるっと伸びた一本の猫じゃらしの先っぽに小さな淡紫の蝶が羽を休めている——。

〈自分は新しい女である。少なくとも真に新しい女でありたいと日々に願い、日々に努めている〉。

❖本名＝奥村 明（おくむら・はる）❖明治一九年二月一〇日—昭和四六年五月二四日❖享年八五歳（明媼之命）❖らいてう忌❖神奈川県川崎市多摩区南生田八丁目一—一・春秋苑墓地中七区二—二一❖社会運動家・評論家。東京府生。日本女子大学卒。戦前と戦後に亘る女性運動の先駆者。明治四四年雑誌『青鞜』を創刊し、戦後は主に反戦・平和運動に参加した。『女性の言葉』『雲・草・人』、自伝『元始、女性は太陽であった』などがある。

❖本名＝平林タイ（ひらばやし・たい）❖明治三八年一〇月三日—昭和四七年二月一七日❖享年六六歳❖長野県諏訪市中洲福島・共同墓地❖小説家。長野県生。諏訪高等女学校（現・諏訪二葉高等学校）卒。昭和二年『嘲る』が『大阪朝日新聞』の懸賞に当選。『文芸戦線』同人の小堀甚二と結婚、のち離婚。『施療院にて』でプロレタリア作家として認められる。一三年留置場で肺結核を得て闘病。『かういふ女』で女流文学賞を受賞。『鬼子母神』『地底の歌』『秘密』などがある。

平林たい子

ひらばやし・たいこ

［一九〇五—一九七二］

晩年近くになって〈私はこの十年の間に、子宮結核からはじまって、病気とはいえないけれども、骨折、高血圧、肋骨カリエス、肺炎、糖尿病、乳がんと、短くない病院生活を送る患いをほとんど毎年のようにつづけた〉と平林たい子は記す。病状が厳しく苦痛が激しければ激しいほど闘志が湧いて、むしろ〈病気を熱愛〉していたという〈生きたがり屋〉の彼女は、まさに大宅壮一のいう「女傑」そのものであった。

しかし昭和四七年に入って風邪をこじらせて肺炎を併発、二月五日から入院中であった東京信濃町の慶應義塾大学病院で一七日午前五時四〇分、心不全のため死去する。没後、遺言により「文学に生涯を捧げながら、あまり報われることのなかった人に」という意向から平林たい子文学賞が創設された。

◉

平林たい子の過剰とも思える旺盛な「生きる」ことへの意識は、破格のものであった。〈私はナップの諸氏からは「立場が曖昧」だと評され、文線からは、脱落者と呼ばれて今日まで過してきた。しかし私は、自分の見解には自信をもってとおした。数によって勢力が決定する大衆団体ではない芸術家組織では、自分の主張を歪曲してまで何かの組織にかじりついていなければならない原則はない。孤立してでも自分の主張を守らねばならない時もあるのだ〉と自らの立場を鮮明、確固たるものとした文学者の墓碑が目の前に建っている。「平林たい子之墓」は、信州の青々とした山稜に囲まれた田圃の中の共同墓地に、どっしりと腰を落ち着けて存在する。

深尾須磨子

ふかお・すまこ
［一八八八―一九七四］

❖本名＝深尾須磨子（ふかお・すまこ）❖明治二一年一一月一八日―昭和四九年三月三一日❖享年八五歳（水妖院吟遊佳苑大姉）❖兵庫県明石市人丸町一―二九・月照寺（曹洞宗）❖詩人。兵庫県生。京都菊花高等女学校卒。与謝野晶子に師事。大正一四年詩集『斑猫』を上梓し渡仏、コレットの知遇を得て、昭和五年詩集『牝鶏の視野』をまとめる。再渡仏して生物学を学び、戦後は平和運動に活躍した。『洋灯と花』『深尾須磨子詩集』『列島おんなのうた』などがある。

大正元年、須磨子は深尾贇之丞《ひろのすけ》と結婚するのだが、大正九年、夫の死によってわずか八年間の結婚生活に終止符を打つこととなる。文才もあった彼のために遺稿詩集『天の鍵』を出版し、追憶の詩を載せた。

〈自分のきらひなお役所に　朝から晩まで働いて、作りたい詩も作る時をもたず、（中略）三十五で死んだ彼　あゝ、かはいさうな彼。けれども、後にのこつて、こんなことまで思はねばならぬ私は、彼以上にかはいさうだ。あゝ、かはいさうな彼、かはいさうな私〉――。

華々しく直情的な須磨子の原型をみるような詩だ。以後の彼女は自らの思うまま、ともかくにも行動的にそれぞれの時代に突入していった。深尾須磨子、女流詩史上の特筆すべき詩人、昭和四九年三月三一日死去。◉

日本の標準子午線に位置する明石市立天文科学館裏の高台にある月照寺。門前に佇むと雄大な明石海峡大橋が高く霞んでどこまでも延びている。その行き着く先には淡路島が薄ぼんやりと浮かんでいる。

イザナキノミコト・イザナミノミコトの国生みの神話によって先ず最初に生まれた島だ。神話の島の対岸にあるこの寺の本堂裏、すっぽりと落ち込んだ墓地がある。「深尾家之墓」、碑の側面には遠い年月を経て漸くに贇之丞と須磨子の名が並んで刻まれている。段々状に積み並べられた碑石の傍らから直線的な朝日が零れてくると、わずかな風のそよぎを巻き上げて、本堂の大屋根越しに見える天文科学館プラネタリウムの丸い先端が、淡青な宙空に銀色の光を放射し始めていた。

深沢七郎

ふかさわ・しちろう
[一九一四—一九八七]

〈私はこの小説を面白ずくや娯楽として読んだのじゃない。人生永遠の書の一つとして心読したつもりである〉と正宗白鳥に絶賛された『楢山節考』を、深沢七郎は〈道楽で書いた小説〉と迷言する。この得体の知れない作家に対して、方々から「異端」、「鬼才」、「したたか者」、「隠者」などという様々な評言があたえられたが、彼の奔放な視線は文学を超え、ひょうひょうと瞬間を過ぎ、昨日を彼方へと追いやった。記憶の薄れるまで眠りこけていようとしたのに、記憶はどこかで引っかかったまま固まってしまったようだ。

昭和六二年八月一八日早朝、埼玉県南埼玉郡菖蒲町ラブミー農場のリビングルーム、愛用の床屋椅子に座ってこと切れた穏やかに安らいだ老人の顔があった。◉

秩父盆地の小さな街の空、息苦しいほどの熱気を閉じこめた斑模様の奇妙な雲が浮かんでいた。一方の山腹にあるこの霊園には、芝草の生臭い匂いがもやい立ち、時折、思いがけなく激しい風が街の底から吹き上げてくる。昭和四六年に自ら建てたこの碑「深澤家」の墓は光彩を失って、区画一面に雑草は生い茂り、どくだみの白い花が台石の周りを取り囲んでいる。

〈私は生まれたということは屁と同じ作用だときめたが、本当はもっとオカシイことだと思う。(中略)そんな変な作用で私たちは生まれたのだから、生まれたことなどタイしたことでないと思うのである。だから死んでゆくこともタイしたことではないと思う〉とも書いた深沢の「無」の形がこれなのか。そういえばさっきから雷が鳴り始めたようだ。

❖本名=深沢七郎(ふかざわ・しちろう)❖大正三年一月二九日—昭和六二年八月一八日❖享年七三歳❖埼玉県秩父市山田九九〇・秩父聖地霊園二種一区二列七号❖小説家。山梨県生。旧制日川中学校(現・日川高等学校)卒。中学卒業後、職を転々とし、昭和三一年三島由紀夫らが激賞した「楢山節考」で作家デビュー。三五年発表の『風流夢譚』は皇室を侮辱していると物議を醸した。『みちのくの人形たち』で谷崎潤一郎賞。ほかに『笛吹川』などがある。

深田久弥

ふかだ・きゅうや
［一九〇三—一九七一］

昭和四六年三月二〇日、最後の夜、高村光太郎の歌を色紙に書いた。

〈山へ行き　何をしてくる　山へ行き　みしみし歩き　水飲んでくる〉。

——結局私の山登りは、それが全部であったようだと、写真文集『日本アルプス』にも添え文として記している。翌二一日、甲斐・茅ヶ岳の山頂を間近に望む稜線に深田久弥は突然倒れこんだ。救護隊が登ってくるまで現場にいた同行の藤島氏は回想する。

〈心臓の鼓動が止まって、三月二一日午後一時、深田君は還らぬ人となった。急を報じ救援を求めに山村君が山を下り、医師、警察署員を含む一五、六名の救護隊の来着まで、約四時間半、僕達は眠った深田君の傍で、刻々色調の変ってゆく富士を眺めながら、黙然として、暗然として、悄然として佇んでいた〉。

◉

門前脇の路地に咲く一叢の秋桜を眩しく輝かせている残照は、見上げる山門、御堂の背後にゆっくりとかかりはじめた。踏み入った本堂裏の墓地、草木は鬱蒼と生い茂り、散り散りの墓碑は思い出したようにひょいと顔を覗かせている。隠れ里を分け入るがごとく、どこまでも続いている迷い道。杉木立の間からは墓守の焚き火が赤々とみえる。時おり青竹の破裂する音がこだまして、オーロラのような煙は乾いた空に立ちのぼってゆく。「深田久弥之墓」、側面に「千九百三年三月十一日大聖寺に生れ、千九百七十一年三月二十一日茅ヶ岳に逝く　読み　歩き　書いた　妻志げ」とあるが、その妻も昭和五三年三月、大聖寺で行われた七回忌の四日後、世田谷の自宅付近で輪禍に遭い六九年の生涯を閉じた。

❖本名＝深田久弥（ふかだ・きゅうや）❖明治三六年三月一一日—昭和四六年三月二一日❖享年六八歳（慧岳院釈普宏）❖九山忌❖石川県加賀市大聖寺神明町四・本光寺（法華宗）❖小説家・登山家。石川県生。東京帝国大学中退。昭和五年北畠八穂と同棲、『オロッコの娘』『あすならう』などを発表。評価を得たがどれもが北畠作品の焼き直しであったため小林秀雄らの批判を受け、戦後は小説から遠ざかる。『日本百名山』で読売文学賞を受け返り咲いた。『山岳遍歴』などがある。

❖本名＝福永武彦（ふくなが・たけひこ）❖大正七年三月一九日—昭和五四年八月一三日❖没年六一歳❖東京都豊島区南池袋四丁目二五—一・雑司ヶ谷霊園一種一二号二側❖小説家・詩人。福岡県生。東京帝国大学卒。作家池澤夏樹の父。堀辰雄に師事。昭和二二年中村真一郎、加藤周一と共に評論集『1946文学的考察』を刊行し、文学活動をはじめた。二九年『草の花』で作家としての地位を確立。主な作品に『風土』『廃市』『海市』『死の島』などがある。

福永武彦

ふくなが・たけひこ

［一九一八—一九七九］

中村真一郎、加藤周一らと可能性を追求した「マチネ・ポエティク」の音韻定型詩は受け入れられず、戦後、三人で〈第一次戦後派〉の作家たちとは離れた位置で文学活動をしていた。まもなく『草の花』によって作家的地位を得ることになる。

しかし履歴書よりも立派な病歴と言われたほど、病に病を重ね、病院暮らしが生活の一部にもなっていた福永武彦は、むしろその病を恵みとして〈死者の眼〉から現在を〈測量し、常にぎりぎりまで自分の可能性を試みた〉。

昭和五四年八月、信濃追分で吐血、佐久総合病院で胃の切除手術後、一三日午前五時二五分、脳出血のため死去した。死後、キリスト教の病床洗礼を二年前に受けていたことがあきらかにされた。

◉

信濃追分の山荘に置かれていた遺骨が没後二〇年を経てようやく納められた墓は、武彦の小学生から中学生時代にかけてのホームグラウンドであったこの雑司ヶ谷の霊園にある。前日の大雨に洗い出された真新しい「福永家之墓」が眩しく輝き、夏草も生き生きと葉を広げている。左側には「跡もなき　波ゆく舟に　あらねども　風ぞ　むかしの　かたみなりける」の碑がある。

前日夕刻、大雨の最中に訪れたときは碑面の文字も定かに判別できず、今日改めて出直したのであったが、なんと明るく清々しい塋域であることか。作家の作品群に通ずる「死」の影を微塵も感じさせることがなかった。

——〈よく生きられた生涯は、たとえ短いものであっても、人々の追憶の中に再びその生涯を生きるだろう〉。

藤枝静男

ふじえだ・しずお

［一九〇七—一九九三］

志賀直哉を終生の師と仰いで文筆活動に勤しんだ藤枝静男は、平成五年四月六日午前五時三五分、三浦半島先端近くの療養所で肺炎のために逝った。

晩年の藤枝は自分の娘や永年の友であった本多秋五のことさえも判別できず、自分が小説を書いていたことさえ忘れてしまったと聞いているのだが、大正一五年春、旧制第八高等学校に相見えた三人の男たちを、思い出すことはついぞ無かったのであろうか。平野朗（筆名謙）、本多秋五、そして勝見次郎自身を。平野や本多は評論家として一時代を築いた。浜松の眼科医であった勝見は三九歳にして処女作『路』を発表し、藤枝静男の名を世に刻んだが、愛おしくも徐々に薄れていった年月は、遠い幻となってかき消えた。

「藤枝静男」のペンネームは本多秋五が名付けた。故郷の「藤枝」と第八高等学校同窓の亡友「北川静男」の名を採ったものであるが、その故郷藤枝の寺に作家の墓はある。かつて作家小川国夫が住んだ家の真ん前にあるバス停から徒歩一五分、一片の翳りもない春陽の最中、ちゅんちゅんと鳴く小雀の声にさえ、真新しい季節の息吹が青々と感じられてくる。

「累代之墓」、台石に「勝見」の彫り、側面に父母、兄弟の名に続いて藤枝の戒名と俗名（次郎）がある。「一家団欒」の場所、ここには昭和五二年、六〇歳で先に逝った妻智世子の名が見えない。「墓は作ってくれるな」と遺言した妻の言葉によるものなのかもしれないが、出来うることなら二人の墓が欲しいなと思ったのは感傷的に過ぎるか。

◉

❖本名＝勝見次郎（かつみ・じろう）❖明治四〇年一二月二〇日—平成五年四月一六日❖享年八五歳（藤翁静誉居士）❖雄老忌❖静岡県藤枝市五十海四丁目八—三四・岳叟寺（曹洞宗）❖小説家。静岡県生。千葉医科大学（現・千葉大学）卒。第八高等学校時代に平野謙、本田秋五らと出会う。志賀直哉と瀧井孝作の影響を受けて、眼科医を開業する傍ら、小説を発表。『田紳有楽』で谷崎潤一郎賞、『悲しいだけ』で野間文芸賞を受賞。主な作品に『愛国者たち』『空気頭』『欣求浄土』などがある。

藤沢周平

ふじさわ・しゅうへい

［一九二七—一九九七］

❖本名＝小菅留治（こすげ・とめじ）❖昭和二年一二月二六日—平成九年一月二六日❖享年六九歳（藤沢院周徳留信居士）❖寒梅忌❖東京都八王子市元八王子町三—二五三六・八王子霊園六一区一四側一番❖小説家。山形県生。山形師範学校（現・山形大学）卒。師範学校卒業後、中学教員、食品加工新聞の記者などを経験。昭和四六年『溟い海』が注目され、『暗殺の年輪』で四八年度直木賞受賞。『白き瓶』『用心棒日月抄』『義民が駆ける』『市塵』『蟬しぐれ』など多数の作品がある。

剣客や下級武士を通して武家の哀歓や市井庶民の悲喜こもごもを簡潔、端正に描いて「小説職人」と評された時代小説の代表的作家である。なにしろ文の一節一節に呼応した風景が瞬時に浮かび上がってくる。人物も然りだ。こんな作家はほとんど知らない。藤沢周平はこう語る、〈物をふやさず、むしろ少しずつ減らし、生きている痕跡をだんだんに消しながら、やがてふっと消えるように生涯を終えることが出来たらしあわせだろうと時どき夢想する〉——。平成九年一月二六日、入院八か月の後、肝不全のため国立国際医療センターで多くの思い出を残して別れを告げた作家、明治、大正、昭和三代の時代小説を通じて、「並ぶ者のない文章の名手」（丸谷才一・弔辞）の痕跡は強い印象を持って今も生きている。

◉

海坂《うなさか》藩七万石の御城下に繰り広げられた侍や町人たちの物語を読者は忘れない。周平が想像した架空の小藩を私は幾たびさまよったことか。井上ひさしは海坂藩城下の地図を作成して、周平の「海坂もの」作品が発表されるたびに、そこに登場した場所を地図に書き込んでいったという。

開けた空に一羽の鳶が舞っている高尾丘陵の洋風霊園に藤沢周平は眠っている。マロニエ正門通りを辿っていったその区画には、色こそ違え同規模同型の石碑が、御城下の町割りのように整然と並んでいる。一筋の端っこにある「小菅家」墓、裏面に刻まれた戒名と没年月日、「留治」の銘があった。秋口にさしかかったというのにこの塋域に静寂はない。崖下の雑木林から湧き揚がってくる蟬しぐれを彼は何と聞いているのだろうか。

藤澤清造

ふじさわ・せいぞう

［一八八九―一九三二］

貧窮放埒《ほうらつ》、悪質な性病による精神異常の果て、藤澤清造は昭和七年一月二九日早朝、芝公園六角堂のベンチで凍死体として発見された。行旅死亡人として火葬されたが、靴に打った本郷警察署の焼印が放送局の久保田万太郎氏の耳に入り、清造と確認されたという。

その死は「物哀れ」、「滑稽な」、「のたれ死に」、などと評されたが、下宿をともにしたこともある若き日の知友今東光は、〈ランボウがアフリカで消息を絶ったり、バガニーニがカリブ海で行方不明になったのより、藤澤清造が芝の山内でのたれ死した方が悲壮ではないか。僕は文学者の最期としては、睾丸の鰍をのばしながら長生きして恥をかくより、藤澤清造の死の方を立派だと思っているのだ〉と、『東光金蘭帖』のなかで賛辞を贈っている。

◉

生地の石川県鹿島郡藤橋村（現・七尾市馬出町）から数分の距離、六〇〇年以上の歴史を持つ奥能登へと向かう街道、一本杉通りの横路地を入った突き当たりに浄土宗西光寺がある。七尾城の城門を移築した山門脇に大銀杏、境内墓地には土俵に軍配を立てた形の横綱阿武松の墓、かつての寺があった七尾城山麓の寺地跡から出土した板碑と地蔵尊を祠った小堂、その傍らに「藤沢清造の墓」があった。以前は木製のものだったということだが、平成二年に生家向かいの銭湯の主人本藤豊吉氏が、清造の嫂つると連名で私費建立したものだという。右隣には清造の手蹟から拾った文字を刻んだという没後弟子を自称する芥川賞作家「西村賢太墓」の生前墓碑が建てられてある。

❖本名＝藤澤清造（ふじさわ・せいぞう）❖明治二二年一〇月二八日―昭和七年一月二九日❖享年四二歳（清光院春誉一道居士）❖石川県七尾市小島町ハ二四八・西光寺（浄土宗）❖小説家。石川県生。七尾尋常高等小学校卒。骨髄炎で療養後、職業を転々、友人の縁で演芸画報社に入社。訪問記者となり、小説を書く。大正一一年三上於菟吉の助力で『根津権現裏』を上梓して認められたが、精神に異常をきたし、失踪を重ねて芝公園で凍死した。

富士正晴

ふじ・まさはる

［一九一三—一九八七］

❖本名＝富士正明（ふじ・まさあき）❖大正二年一〇月三〇日—昭和六二年七月一五日❖享年七三歳❖京都府乙訓郡大山崎町字大山崎小字銭原一 宝積寺（真言宗）❖小説家・詩人。徳島県生。旧制第三高等学校（現・京都大学）中退。竹内勝太郎に師事。昭和七年野間宏らと同人誌『三人』を創刊。二二年島尾敏雄らと『VIKING』を創刊して活躍、『敗走』『徴用老人列伝』で芥川賞候補、『帝国軍隊における学習・序』で直木賞候補に挙げられた。小説に『贋・久坂葉子伝』『桂春団治』、詩集に『富士正晴詩集』などがある。

〈竹林の隠者〉と呼ばれ、病院にも行ったことがない。世間とは距離を置いたが、来る者は拒まずで訪ねてくる者があると酒で歓待し、いつまでも話した。

〈身体にええことは、一切せんぞ〉、〈亡びるのは、ええことなんや〉、〈途中でうまいことチョン切ってもらいたい〉などとうそぶきながら、現世をいつも「つまらん」と言っていた。富士正晴は、昭和六二年七月一五日朝、大阪府茨木市安威、集落はずれの旧街道に面した丘の上、竹林の中にある古びた家で一人ひょうひょうと逝った。そんな友人を司馬遼太郎は追悼文に記した。

〈富士正晴は虚空からきた魂のままこの世を生き、詩と文章をすこし書き、どこかへ帰って行った。遺族は故人の気分をよく知っていて、葬儀は無いという〉。

◉

「天下分け目の天王山」へとつづく急勾配の登り道、この寺の石段に足をかけて振り返ると桂川、宇治川、木津川、水面がキラキラと光る三本の流れが眼下に一望できる。左右に堂宇と墓地を振り分け、山門から一直線に上っていく参道、三重塔の真上にある陽の光を正面に受けて「富士正晴／靜榮」の墓は光り輝いている。

〈死んでしまった人間は死骸の中におらない。（略）ただ、訪ねて来たり、電話をかけて来たり、手紙をよこしたりしないだけだ。（略）ほんとは本日只今この瞬間、目の前にいない人間が生きているのやら、死んでいるのやら判るわけはない〉。こう断じた隠者はここに眠るのか、はたまたどこかの竹林のわら家の中で、酒でも飲みながら寝そべっているのか。

❖本名＝長谷川辰之助（はせがわ・たつのすけ）❖元治元年二月二八日（新暦四月四日）—明治四二年五月一〇日❖享年四五歳❖四迷忌❖東京都豊島区駒込五丁目五—一・染井霊園一種イ五号三七側❖小説家・翻訳家。江戸（東京都）生。東京商業学校（現・一橋大学）中退。坪内逍遥の影響を受けて翻訳にすすみ、創作の道へ入る。明治二〇年逍遥の名義で『浮雲』第一篇を刊行、好評を得た。ツルゲーネフの『あいびき』『めぐりあひ』を翻訳発表、言文一致体文体は当時の文学者に強い影響を与えた。『其面影』『平凡』などがある。

二葉亭四迷

ふたばてい・しめい

［一八六四—一九〇九］

二葉亭四迷の手で翻訳されたツルゲーネフなどの数々の作品や言文一致の小説『浮雲』は、島崎藤村や国木田独歩などの若い世代に深い感銘と強い自覚を与えた。

明治四一年、朝日新聞社の特派員としてロシアのペテルブルグに赴いたが、四二年二月、日露戦争の頃から蝕まれてきた体は、不眠症や肺結核による発熱により衰弱の一途をたどるようになった。やむを得ず友人の勧めで、四月にロシアを出国した。帰国途中、五月一〇日午後五時一〇分、ベンガル湾沖の日本郵船「賀茂丸」船室にて眠るように死去した。遺体は五月一三日夜にシンガポール郊外のバセバンシャンの丘で茶毘に付され、遺骨は三〇日に新橋に到着した。シンガポールの日本人墓地にも墓が建てられてあると聞く。

◉

二葉亭四迷の筆名の由来は文学に理解のなかった父親から「くたばってしまえ」と言われた事から付けられたとされているのは俗説のようだ。『予が半生の懺悔』で書いているように、『浮雲』を出版するに際して坪内逍遥の名を借りたことへの自分自身に対する情けなさや愛想づかし、苦悶などの果てに放った言葉〈くたばって仕舞（しめ）え〉によるということだ。

五月の祥月命日を少し過ぎたあたりに訪ねた二葉亭四迷の墓は、一三回忌の後、東京外国語学校時代の同窓たちによって建てられた二メートルはあろうかという丈の高い平板な墓石であった。「長谷川辰之助墓」と彫られた右肩に「二葉亭四迷」の文字が小さく添えられ、背後の茂みを遮るように黒ずんだ石面が光っていた。

逸見猶吉

へんみ・ゆうきち

［一九〇七—一九四六］

栃木県下都賀郡谷中村（現・栃木市）、足尾銅山鉱毒のため渡良瀬川岸最後の村として全村立ち退きの命を受けたこの村に、明治四〇年九月、『ウルトラマリン』の詩人は生まれた。

〈二十世紀は詩が死にかかつてゐる。歌ってゐるうちに睡くなつてきた類であらう。それなのに肉体を消耗することさへしない、己の肉体を消耗するとは己に最も直接なモラルを触火せしめることだ。それなくしてどんな詩の飛翔もありはしないのだ。詩人はまつたく怠屈すぎる〉。

〈苦痛ニヤラレ　ヤガテ霙トナル冷タイ風ニ晒サレテアラユル地点カラ標的ニサレタオレダ〉。

終戦翌年の昭和二一年五月一七日、満州国長春（現・中国長春市）郊外の自宅で、肺結核と栄養失調の末、詩人は死んだ。

◉

音無川の渓流にそって整備された緑陰の涼しい遊歩道がつづいて、ひっきりなしに野鳥のさえずりが聞こえてくる。紅葉橋のたもとにある金剛寺、別名紅葉寺。溶岩塊にのせられた自然石の台座のまた上にある「大野家之墓」は大正八年に父東一が建てた。墓の裏面に谷中村以来の墓誌が綴られている。強い朝の陽を背面から浴びて碑は重力を失い宙空に浮いているようだ。渡良瀬遊水池、水底に沈んだ旧谷中村共同墓地の慰霊碑の傍らに草野心平の書になる『報告（ウルトラマリン第一）』の一節が刻された猶吉の詩碑がある。遺族によって建立されたこの碑には〈我等の父母並びに姉と兄此処に眠る〉と添記されていると聞くが、紅葉寺から分骨されてあるのだろうか。私はいまだ訪れる機会がない。

❖本名＝大野四郎（おおの・しろう）❖明治四〇年九月九日—昭和二一年五月一七日❖享年三八歳（長安道猶信士）❖東京都北区滝野川三丁目八八—一七・金剛寺（真言宗）❖詩人。栃木県生。早稲田大学卒。昭和四年草野心平の詩誌『学校』に参加、『学校詩集』に連作詩『ウルトラマリン』を発表し、注目を浴びる。一〇年『歴程』創刊に参加、一二年満州に渡る。一五年『日本詩人協会』に参加。二一年長春で病死。没後、遺稿詩集『逸見猶吉詩集』が刊行された。

❖本名＝星 親一（ほし・しんいち）❖大正一五年九月六日―平成九年一二月三〇日❖享年七一歳❖ホシヅル忌❖東京都港区南青山二丁目三二―二・青山霊園一種イ九号四側九～一〇番❖小説家。東京府生。東京大学卒。日本におけるSFジャンルの先駆者。多作と作品の質の高さを兼ね備えた「ショートショート（掌編小説）の神様」と呼ばれている。『妄想銀行』で日本推理作家協会賞受賞。『人造美人』『夢魔の標的』などの作品がある。

星新一

ほし・しんいち
［一九二六―一九九七］

かなりの多作である。質の高さは紛れもない。ゆえに〈ショートショートの神様〉と称される。〈ショートショート〉とは特に短い短編小説、掌編小説のことだ。昭和三八年、日本SF作家クラブの創設に参加した。

　平成六年、口腔がんの手術を受けて以後、入退院を繰り返していたが、平成一〇年の年が明けたばかりの一月五日、星新一の死は新聞記事によって読者に知らされた。日本SF界のパイオニアの一人星新一、平成九年一二月三〇日午後六時二三分、間質性肺炎のため東京・港区の東京船員保険病院で死去した。筒井康隆氏は語る。

　〈若い読者には、亡くなった手塚治虫、藤子・F・不二雄と並んで、少年時代のヒーローだったという人が多い〉と。

◉

　母方の祖父は明治の著名な学者・小金井良《よし》精《きよ》、祖母は森鷗外の妹小金井喜美子である。墓碑の左側面に刻まれた略歴に「昭和二十六年一月、星製薬の創業者の父、星一の死去により、二十四歳で経営不振にあえぐ星製薬を受け継ぐが、二年後手放すことやむなくに至る」とある。その六年後に作家としてデビューし、短編とはいえ、一〇〇〇編を超える作品をものした星新一に、どれほど多くの若者が入れこんだことか。

　青山霊園の四つ角を南西に入ったあたり、珍しく南面が開けた聖域、雨がやんだ後の草いきれの靄の中に、燦々と降り注ぐ陽光を浴びて「星家之墓」がある。ある日、どこへともなくぷいと、この星を飛び立ってしまった気まぐれな作家の宇宙基地のように。

堀田善衛

ほった・よしえ

［一九一八—一九九八］

〈近代小説というものは、私の考えでは、あらゆるものを相手にしていいけれども、とにかく「永遠」というやつだけは、直接相手にしないという約束の上に成立しているものだ〉と作家は書き記した。

昭和五二年から一〇年もの間スペインに住み、スペイン中を歩き、スペインを理解し、そしてスペインを書いた。国境を越えることの意味、重要性を、肌身を切るようにして考えてきた。

五六年にインドを訪れて以来、世界人・国際人であり続けた彼も、晩年は逗子の高台の家で隠者のように暮していたそうだが、平成一〇年九月五日午前一〇時七分、横浜市内の病院で脳梗塞のため死去した。堀田善衛の鋭く強靱な詩的精神は、まだまだ必要だったと惜しまれてならない。

◉

大晦日の鎌倉詣では、二十数年来の恒例行事となっている。一年で一番鎌倉らしい日だと密かに思っているのだが、鎌倉に来るたびにかならず訪れることにしている、ここ北鎌倉の東慶寺にも冴え冴えとした気配が満ちて、その年の最後の日が清爽な気持ちになってくるのだった。淡黄色の蠟梅の香が漂ってくる細長い寺領の奥まった谷間、俗塵を制するような墓域には数多くの叡智が眠っている。地形は緩やかに迫り上がって、深い。右手奥域、入り口石柱に「堀田」、裏側に善衛と夫人の没年月日、享年が記されてある。堀田家の墓は白々とした五輪塔。何の標刻もない。ここに佇むと墓域全体が見渡せ、西洋庭園を思わせる整然と区画された生け垣の間から、苔生した宝塔が清々しい空を覗いている。

❖本名＝堀田善衛（ほった・よしえ）❖大正七年七月一七日—平成一〇年九月五日❖享年八〇歳❖神奈川県鎌倉市山ノ内一三六七・東慶寺（臨済宗）❖小説家。富山県生。慶應義塾大学卒。中国・上海で終戦。『広場の孤独』『漢奸』で昭和二六年度芥川賞を受賞。〈いちばん遅くやってきた戦後派〉と称される。『方丈記私記』で毎日出版文化賞。四九年日本アジア・アフリカ作家会議初代事務局長。『ゴヤ』『海鳴りの底から』『若き日の詩人達の肖像』などがある。

❖本名＝堀口大學（ほりぐち・だいがく）❖明治二五年一月八日―昭和五六年三月一五日❖享年八九歳❖神奈川県鎌倉市十二所五一二・鎌倉霊園五区〇側八九号❖詩人・翻訳家。東京府生。慶應義塾大学中退。明治四〇年与謝野鉄幹の新詩社に入り、『スバル』『三田文学』に短歌等を発表。四四年から外交官の父に従い海外生活を送る。大正六年帰国、七年訳詩集『昨日の花』を刊行。八年処女詩集『月光とピエロ』を刊行。詩集『砂の枕』『人間の歌』『夕の虹』、訳詩集『月下の一群』『海軟風』などがある。

堀口大學

ほりぐち・だいがく

［一八九二―一九八一］

一八歳で新詩社に入り、与謝野鉄幹・晶子に師事した。そこには北原白秋や吉井勇、木下杢太郎、石川啄木らが集っており、同年の佐藤春夫とは生涯の友となった。三〇〇を超えるといわれる訳書・詩書がある堀口大學の詩は、人の世の愁いと一種の軽快さを漂わせ、多くの人々の青春を甘く、また苦く、哀しく摑んでは流れていった。

〈水に浮んだ月かげです　つかの間うかぶ魚影です　言葉の網でおいすがる　万に一つのチャンスです〉。先に逝った詩兄弟・佐藤春夫に胸の張れる詩ができたといっていた辞世の詩だ。

　堀口大學は昭和五六年、春一番の風雨が去った三月一五日正午、急性肺炎により葉山の自宅で妻の手を握りながら、永い詩人生の最期を静かに迎えた。

◉

〈ミラボー橋の下をセーヌ河が流れ　われ等の恋が流れる　わたしは思い出す　悩みのあとに楽みが来ると〉。堀口大學訳アポリネールの詩「ミラボー橋」。このあとにつづく〈日が暮れて鐘が鳴る　月日は流れわたしは残る〉の一節は幾年月を経た今になっても、私の耳元に小波をうって渡ってくる。

　良く晴れた日には霊峰富士を望むことができるという鎌倉霊園の高台、川端康成墓所のすぐ傍に詩人の眠る「堀口家之墓」はあった。以前は墓の周りを囲んでいた生垣がすっかり取り払われ、見間違うほど広々と明るい塋域になっていた。広い谷から吹き上がってきた冷たい風が無防備な墓碑の廻りをひと巻きして、彼方へ吹き抜けていった。

堀　辰雄

ほり・たつお

［一九〇四—一九五三］

❖本名＝堀　辰雄（ほり・たつお）❖明治三七年一二月二八日—昭和二八年五月二八日❖享年四八歳❖辰雄忌❖東京都府中市多磨町四—六二八・多磨霊園一二区一種三側二九番❖小説家。東京府生。東京帝国大学卒。芥川龍之介に師事。大正一五年中野重治らと同人誌『驢馬』を創刊。昭和五年短編集『不器用な天使』を刊行、同年発表の『聖家族』で認められた。八年『美しい村』、一三年『風立ちぬ』『かげろふの日記』、一六年『菜穂子』などを発表。『ルウベンスの偽画』『幼年時代』などがある。

　堀辰雄の出生から幼年期の生い立ちについては、本人もよくわからないほど不明な点が多々あるようだ。妻のある広島藩士で裁判所監督書記をしていた堀浜之助と母との間に東京麹町平河町で生まれ、嫡男として届けられたのだが、母は堀家を去り、下町・向島の彫金師上條松吉の所へ嫁した。その母は関東大震災の時に隅田川で水死、辰雄は急死に一生を得た。実父の死まで、養父を本当の父だと思っていた辰雄であったが、その作品は気品のある繊細な美しさに溢れ、下町の匂いはどこを探してもなかった。戦後まもなく、病に倒れ、以後七年に及ぶ病臥生活に入った。

　昭和二八年五月二八日午前一時四〇分、多量の喀血により、辰雄の愛した軽井沢・追分の自宅で、病がちの一生に終止符をうった。

◉

　近くの駅を降りた時の空は非常に明るかったのだが、薄い雲がまんべんなく広がっていて、晴れそうで晴れない何ともじれったい空模様であった。それでも霊園に到着した頃にはようやく雲が切れて、秋本来の青空が見えてきた。前田夕暮や向田邦子、田山花袋、森田草平などの墓がある多磨霊園の一二区画、昨夜の大雨で泥濘になった枯れ草地の乾ききらない落ち葉が、その塋域に散り移っている。水たまりに映っている様々な遠い時間、落ち葉を抱き込んだ白と黒のモノトーンの玉砂利の上に、赤身を帯びた御影石で簡潔な構成の墓組があり、三回忌に納骨した「堀辰雄」墓は、その暗がりの中に一瞬のハイライトを演出していた。

〈風たちぬ、いざ生きめやも〉。

❖本名＝前田洋造（まえだ・ようぞう）❖明治一六年七月二七日—昭和二六年四月二〇日❖享年六七歳（青天院静観夕暮居士）❖東京都府中市多磨町四—六二八・多磨霊園二二区一種一〇側一二番❖歌人。神奈川県生。二松學舎（現・二松學舎大学）。明治四三年処女歌集『収穫』を刊行、自然主義の歌人として知られた。四四年『詩歌』創刊。『陰影』『生くる日』『深林』などの歌集を出した。家業を継ぐため『詩歌』を休刊し、一時歌壇から遠ざかったが昭和三年復刊。歌集『水源地帯』などがある。

前田夕暮

まえだ・ゆうぐれ

［一八八三—一九五一］

自然主義の歌人として若山牧水や北原白秋らとの交友を続けるなか、「白日社」を立ち上げ、歌誌『詩歌』を毎月発行して口語自由律短歌にも取り組んだ。萩原朔太郎、山村暮鳥などおおくの詩人・歌人を育てた。「夕暮・牧水時代」を築き文学史上に名を刻んだ。昭和二四年、持病の糖尿病が悪化する。二六年、前年よりの仰臥生活が続くなか、一月には主治医が急逝し「自然療法」に入った。死期を感じた夕暮は遺詠〈雪の上に春の木の花散り匂ふすがしさにあらむわが死顔は〉他を遺した。四月二〇日午前一一時三〇分、〈青樫草舎〉と名付けた東京・荻窪の自宅で結核性脳膜炎のため死を迎えた。自らの死にも清々しく臨み客観的に歌った彼の自我意識は最期まで醒めていたのだった。

◉

牧水とともに一時代を築いた自然主義の時代、ゴーギャン、ゴッホなど印象派からの強烈な刺激をうけ、太陽光の表現から、また色彩感覚に多くの影響がみうけられた時代、口語自由律短歌、戦争短歌などの時代、彼の歌は、数回に及ぶ作風転換にもかかわらず一貫してみずみずしく清新なものであった。

おびただしい墓石群の風景がひろがっている武蔵野の墓原。いましも朝靄を吹き払って琥珀色の陽しぶきを降りそそごうと昇ってきた日輪は、樹木の背後から徐々に顔を見せようとしている。明るさを増しはじめたこの塋域に立つと、赤や黄や白い供花の間から鈍い碑面を光らせている主の清らかさが偲ばれる。

——〈空遥かにいつか夜あけた木の花しろしろ咲きみちてゐた朝が来た〉。

牧野信一

まきの・しんいち
［一八九六―一九三六］

牧野一族は狂気の血縁でつながっていると明示していた牧野信一であった。島崎藤村に認められ、新進私小説作家として出発するもとになった『爪』にも〈狂人になるんぢやないかしら！〉と呟く箇所がある。牧野自身の意識の中では、いつか一族の「狂気の血」に取り込まれてしまうのではないかという怖れを終生抱きつづけることになるのであった。

「ギリシャ牧野」と評される幻想的作品群の時代にあってもその暗然たる気分にとりつかれていた。長年の貧窮生活、酒、母との反目、妻せつの失踪事件等々、彼の心身を極度に衰弱させる条件が重なっていく中で、彼が逃れ得たのは死のみであった。昭和一一年三月二四日黄昏、小田原新玉町の実家納戸で牧野信一は縊死して果てた。

牧野信一は文壇の中にも石川淳や安岡章太郎、吉行淳之介、島尾敏雄など多くの贔屓があった。牧野に『風博士』を絶賛され、世に出る機会を与えられた坂口安吾の弔辞は、夢と現実の交錯を独特の作品に示した牧野の作家人生を言い当てている。

〈牧野さんの人生は彼の夢で、彼は文学にそして夢に生きていた。夢が人生を殺したのである。殺した方が牧野さんで、殺された人生の方には却って牧野さんがなかった。牧野さんの自殺は牧野さんの文学の祭典だ〉。

間近の高架を新幹線の轟音が突き抜けていく。昭和三一年の二〇年忌に新しく建てられた「牧野信一之墓」に佇んでいると、境内庭の砂利石をはじきながら餌をついばむ、痩せた小鳩の喉の音さえ苦しげに聞こえた。

◉

❖本名＝牧野信一（まきの・しんいち）❖明治二九年一一月一二日―昭和一一年三月二四日❖享年三九歳（大光院法船日信居士）❖牧野信一忌❖神奈川県小田原市中町一丁目一四―一三・清光寺（日蓮宗）❖小説家。神奈川県生。早稲田大学卒。大正八年浅原六朗らと同人誌『十三人』を創刊、短編『爪』が島崎藤村に激賞された。一三年作品集『父を売る子』を刊行。昭和六年『文科』を創刊。『改造』に『ゼーロン』を発表。『酒盗人』『泉岳寺付近』『鬼涙村』『裸虫抄』『好色夢』『淡雪』などがある。

正岡 容

まさおか・いるる

［一九〇四—一九五八］

❖本名＝正岡 容（まさおか・いるる）❖明治三七年一二月二〇日—昭和三三年一二月七日❖享年五三歳（嘯風院文彩容居士）❖東京都台東区谷中一丁目七—一五・玉林寺（曹洞宗）❖小説家・演芸評論家。東京府生。日本大学中退。永井荷風や吉井勇に心酔して師事。大正一二年関西へ移り、三代三遊亭円馬に親しみ寄席演芸理解のもとをつくる。以後、落語、講談、浪曲の創作研究書多数がある。随筆『寄席風俗』や小説『円太郎馬車』などもある。

〈打ち出しの太鼓聞えぬ真打はまだ二三席やりたけれども〉。昭和三三年夏、首の腫瘍治療のため慶應義塾大学病院に入院していた正岡容が、死の数日前、名刺の裏に書き残した辞世の歌である。感情起伏の激しい人物であった。とりわけ酒癖が悪かった。嫉妬心も相当強かった。そのため友人知己も次第に去っていった。それでも芸能作家とよばれたほど寄席芸人に関する著書の多かった正岡の真直な情熱に引き込まれて、晩年には若かりし頃の桂米朝、小沢昭一、加藤武らが弟子入りして最後の明かりを点した。

　昭和三三年も押し迫った一二月七日、穏やかな日曜の夕刻、頸動脈が破裂、一瞬にして正岡の脳裏にあった江戸の名残をとどめた浅草の黄昏が、ぷつんと切れた。

◉

　もともと上野寛永寺の子院が多く建っていた聖地に、明暦の大火、いわゆる振袖火事のあと江戸市中の焼失寺院が次々と移ってきて、谷中界隈は寺院の密集地となっていた。関東大震災や、東京大空襲をのがれた町並みもあり、都心とは思えないほど静寂の似合う地域でもある。都指定の天然記念物、樹齢六〇〇年の椎の大樹がそびえる玉林寺はそんな谷中の一角にある。

　右手脇道を伝っていくと正岡と親交のあった新内節の岡本文弥が住んでいた、通称おけいこ横町の小路にもつながっている。前庭に元横綱千代の富士の像が建っている本堂の裏にある墓地には、台石に比して棹石は小さく、古びた色合いの「正岡累代墓」が西日を受けて安堵を漂わせていた。

正岡子規

まさおか・しき
［一八六七—一九〇二］

❖本名＝正岡常規（まさおか・つねのり）❖慶応三年九月一七日（新暦一〇月一四日）—明治三五年九月一九日❖享年三四歳（子規居士）❖糸瓜忌・獺祭忌❖東京都北区田端四丁目一八—四・大龍寺（真言宗）❖俳人。伊予国（愛媛県）生。東京帝国大学中退。明治二五年根岸に住まい、俳句研究に没頭。日本の近代文学に多大な影響を及ぼした文学者の一人。俳誌『ホトトギス』は近代俳句に、『歌よみに与ふる書』は、歌壇に衝撃を与えた。三四年以後はほとんど病床にあった。随筆『墨汁一滴』『病牀六尺』、日録『仰臥漫録』などがある。

〈悟りは平気で死ぬことではなく、どんな場合でも平気で生きること、しかも楽しみを見出さなければ生きている価値がない〉。

強い意志を持って俳句、短歌、写生文、水彩画、茶の湯など次々と新しい対象を見つけ、その研究に没頭することによって生きる方を摑んできた子規であったが、結核に取りつかれたまま、病牀六尺を七年もの長い間ほとんど出ることなく過ごしてきた。生涯の最後の頃には、脊髄炎の膿の排出口が六、七個にもなり身体中に激痛が押し寄せていた。

明治三五年の夏には一時快復したかに見えた病状だったが、九月一九日午前一時、長い病魔との悪戦苦闘の生涯を終えた。辞世三句〈糸瓜咲て痰のつまりし仏かな〉、〈痰一斗糸瓜の水も間に合はず〉、〈をとゝひのへちまの水も取らざりき〉。

◉

田端・大龍寺裏手にある墓地の奥隅に、煉瓦塀と勢いよく茂った笹竹を背に没後三年の明治三八年、陸羯南《くがかつなん》筆になる「子規居士之墓」は少し右に傾いで建っていた。右に母「正岡八重墓」左に「正岡氏累世之墓」が並び、左手前の石柱には、病没四年前に友人河東《かわひがし》銓《せん》に託した墓誌銘が、板岩に刻まれてはめ込まれている。ただし、はじめは昭和九年の三三回忌に銅板で製作された自筆の碑銘だったのだが、のち盗難にあい、改めて石に刻み直したものである。——「正岡常規又ノ名ハ處之助又ノ名ハ升又ノ名ハ子規又ノ名ハ獺祭書屋主人又ノ名ハ竹ノ里人伊豫松山ニ生レ東京根岸ニ住ス父隼太松山藩御馬廻加番タリ卒ス母大原氏ニ養ハル日本新聞社員タリ　明治三十□年□月□日歿ス　享年三十　□月給四十円」。

丸谷才一

まるや・さいいち
［一九二五—二〇一二］

丸谷才一は藤沢周平と同じく出羽鶴岡の人である。英文学者として翻訳も多く、評論、小説にも力を注いだ。座談も得意で声が大きく、開高健や井上光晴とともに「文壇三大音声」の一人に挙げられてもいた。俳諧をよくし、安東次男や大岡信と始めた「歌仙の会」を四〇年以上も続けていたのだが、亡くなる一か月ほど前に巻いた〈対岸の人なつかしき花の河〉が最後の一句となった。

先に腎盂がんが見つかり、心臓手術などもあって、すでに死を覚悟、自ら礼状とともに形見分けを行ない、後事の段取りまで整えていた。近代国家たる日本のありよう、来し方と向かうべき先を常に問い質してきた丸谷才一は、平成二四年一〇月一三日午前七時二五分、東京都内の病院で心不全のため死去した。

◉

鎌倉七口のひとつ、朝比奈切通しに通ずる峠の手前に、大手資本が山々を切り崩して造った大霊園がある。川端康成や堀口大學、山本周五郎、里見弴などが眠るこの霊園に早くも訪れた晩秋の風はやるせなく吹き合い、明暗を描いた空に鳶が悠々と舞う。片方の削られたひな壇状の山肌に向かう坂道にすすきの穂が揺れている。黒い玉砂利に磨き出された方形の歩み石が三枚、その先に超然とした「玩亭墓」。かつて丸谷才一が〈清冽、泉のごとき美酒〉と評した石川県白山市の酒「萬歳楽」が一本影を置く。

裏面墓誌に大岡信撰『折々のうた』に選ばれた一句〈ばさばさと股間につかう扇かな〉が彫られ、「丸谷才一　鶴岡の人　小説家　批評家　俳号は玩亭」、岡野弘彦の書とある。

❖本名＝根村才一（ねむら・さいいち）❖大正一四年八月二七日—平成二四年一〇月一三日❖享年八七歳❖神奈川県鎌倉市十二所五一二・鎌倉霊園と地区三側一四六号❖小説家・英文学者。山形県生。東京大学大学院卒。翻訳などを手掛けた後に作家として出発。昭和三五年処女長編小説『エホバの顔を避けて』、四一年『笹まくら』を刊行。『年の残り』で四三年度芥川賞受賞。『たった一人の反乱』で谷崎潤一郎賞を受賞。ほかに『裏声で歌へ君が代』『輝く日の宮』『女ざかり』などがある。

丸山　薫

まるやま・かおる
［一八九九―一九七四］

❖本名＝丸山　薫（まるやま・かおる）
❖明治三二年六月八日―昭和四九年一〇月二一日❖享年七五歳❖愛知県豊橋市牛川町字西側一六・正太寺（浄土真宗）❖詩人。大分県生。東京帝国大学中退。第三高等学校時代に三好達治、梶井基次郎らを知る。昭和七年第一詩集『帆・ランプ・鷗』を刊行。八年堀辰雄らと『四季』を創刊。一九年からしばらく山形県岩根沢に疎開、国民学校の代用教員などもした。詩集『点鐘鳴るところ』『仙境』『月渡る』『蟻のいる顔』などがある。

〈……夜を掃く朝の光に月はしだいに光を失って、窓の両側の隅に押しやられていた。そしてついにはそれも白く淡々しく、スープ皿の一とカケラとなって空の奥に消えていこうとしていた。そんな月に私はいつも心の中で「さようなら」と言った。自分の命もまもなくあの影のような空間に帰するのだと思ったからである〉。

最後の詩集『月渡る』におさめられた一篇である。命のともし火はかそけくて、ゆらぎゆらぎて薄れてゆく月よ、夢見れば、脆くも美しきものは追憶の彼方へと消えていく。

詩集の刊行された二年後の昭和四九年一〇月二一日明け方、丸山薫は脳血栓症のため豊橋市の自宅で息絶えた。

◉

本堂前の大鉢に咲く見事な蓮の花を横目に、竹林に囲まれて熱風の吹き溜まる墓地に入っていくと、入り口近くに赤ケイトウと鮮やかに対をなした「丸山　薫／三四子之墓」がある。

〈私は、詩のために詩を書いたことはない。自分のために書いている。書いてきた。自分の存在感のために書いている。その存在感というのは、（略）永遠の時間の中にいる自分の短い生命を感じるという存在感でもある〉と話した丸山薫のいま在るところ。かつて代用教員となって赴任した疎開先の山形県西村山郡岩根沢に建てられた詩碑にあるように、奥山の一木となって在るのかもしれない。

〈人目をよそに　春はいのちの花を飾り
秋には深紅の炎と燃える　あれら山ふかく
寂寞に生きる木々の姿が　いまは私になった〉。

❖本名＝三浦哲郎（みうら・てつお）
❖昭和六年三月一六日—平成二二年八月二九日❖享年七九歳（香玄院文苑哲秀居士）❖岩手県二戸郡一戸町一戸字大沢二五・広全寺（曹洞宗）❖小説家。青森県生。早稲田大学卒。兄姉の自殺、失踪など、一族の血に悩み、文学の道に入る。『忍ぶ川』で昭和三五年度芥川賞を受賞。『拳銃と十五の短編』で野間文芸賞、『少年讃歌』で日本文学大賞受賞。ほかに『初夜』『海の道』『白夜を旅する人々』『みちづれ』などがある。

三浦哲郎
みうら・てつお
［一九三一—二〇一〇］

『忍ぶ川』で著されているように兄姉の相次ぐ自殺、失踪など、生涯にわたり「血の仕業」に悩んだ。慄然とし、そこから独自の文学が生まれた。三浦の六歳の誕生日に自死していった姉を皮切りに、次々と消え去った「亡びの血」を限りなく書きつづけ、供養してきた。母は九一歳で死に、三女の姉と末弟の哲郎だけがのこされた。平成二二年三月には、岩手県一戸《いちのへ》で一人暮らしをしていた姉が死んだ。

高血圧や脳梗塞に苦しめられながら〈姉のことを小説に書きたい。今はそのことしか頭にない〉と語っていた哲郎だった。

平成二二年八月二九日、悲劇的、運命的な一族の血の最後の一滴たる哲郎は、うっ血性心不全のため力尽きたのだった。

◉

小雨の降る北の町一戸、馬淵川に架かる橋を渡った先、広全寺墓地に三浦家の「先祖代々之墓」はある。俗名三浦哲郎と墨書きされた卒塔婆がたっていた。行方知れずになった二人の兄の名はないが、ここに姉や両親とともに哲郎は眠っている。

時折、東京・本郷通り沿いを散歩中に山手線駒込駅の手前あたりにあった「思い川」という割烹らしき店を目にしていた。店先に「芥川賞受賞作品　忍ぶ川ゆかりの店」と示された木板が立てかけられていたので、ここが仲居としてヒロイン志乃が働き哲郎と出会ったいわくつきの店なのだなと思いながら立ち止まったりしていた。そんなことを思いながら、かつて墓参に訪れた哲郎が、よくしたというように私も濡れた墓石の額に手を置いてみた。おもいのほか温かかった。

三木露風

みき・ろふう
［一八八九—一九六四］

❖本名＝三木　操（みき・みさお）❖明治二二年六月二三日—昭和三九年一二月二九日❖没年七五歳（穐雲院赤蛉露風居士）❖東京都三鷹市牟礼二—一四—一六・大盛寺別院（天台宗）牟礼墓地❖詩人。兵庫県生。早稲田大学及び慶應義塾大学中退。明治三八年一六歳で処女詩歌集『夏姫』を刊行し、上京。四二年詩集『廃園』を刊行、叙情詩人として知られる。大正二年『白き手の猟人』、四年『幻の田園』などを発表。『寂しき曙』『青き樹かげ』などがある。

昭和三九年の暮、高校生であった私は突然の校内放送によって、校歌の作詞者であった三木露風の交通事故を知った。東京三鷹・下連雀での事故であった。郵便局から出てきたところに運悪くタクシーが追突、頭蓋骨を骨折して人事不省の日が数日続いた。それから八日後の一二月二九日午後三時三五分、詩人は脳内出血により七五年の生涯を閉じた。弱冠二〇歳にして北原白秋と肩をならべて、詩壇に白露時代を築き上げた象徴詩人三木露風の最期であった。六歳の時に生き別れになっていた母で女性解放運動の先駆け、碧川かたの葬儀に参列してからわずか二年後のことであった。年明けにカトリック吉祥寺教会で行われた告別式は、西條八十が葬儀委員長を務めた。

ひっきりなしに車が行き交う人見街道を左に入った大盛寺別院の小さな墓地に〈赤とんぼの詩人〉の墓はあった。キリスト教徒で告別式もカトリック教会で行われたと聞いていたのだが、なぜ天台宗の寺の墓地に露風の墓があるのか判然としないまま「三木露風之墓」と刻されたその碑の前に佇んだ。墓碑の廻りを赤とんぼの群舞するさまを思い浮かべてみたのだったが、しゃーしゃーと車の疾走する音だけが耳に響いて、露ほどもその気配は起こらなかった。忘れ去られた遠い日々は響き合い、季節はゆるやかに立って、ただ自然のまま何ともなく風が流れていた。

〈はびこれる悪草のあひだより　美なるものはほろび去れり　青白き光の中より　健げなるものは逝けり〉。

❖本名＝平岡公威（ひらおか・きみたけ）❖大正一四年一月一四日—昭和四五年一一月二五日❖享年四五歳（彰武院文鑑公威居士）❖憂国忌❖東京都府中市多磨町四—六二八・多磨霊園一〇区一種一三側三二番❖小説家。東京府生。東京帝国大学卒。学習院中等科在学中から小説を書き、昭和一九年、処女短編集『花ざかりの森』を刊行。戦後、川端康成の推薦で『煙草』『岬にての物語』などを発表。『仮面の告白』『愛の渇き』などで作家として認められた。ほかに『潮騒』『金閣寺』『鏡子の家』『豊饒の海』などの作品がある。

三島由紀夫

みしま・ゆきお
［一九二五—一九七〇］

その日の正午前、市ヶ谷のデザイン事務所で仕事をしていた私は、ひどく騒がしいヘリコプターの音で三島由紀夫の事件を知った。

〈死に方といふのは人間の生き方と同じで非常に重要だと思ふのです。僕は文士として死にたくないのです。絶対に嫌なのです。小説家として死ぬなんてみっともない……〉。

〈わき目もふらず、破滅に向かって突進する人間だけが美しい〉と三島由紀夫は、自分を律した。昭和四五年一一月二五日朝、『天人五衰』の最終回原稿を新潮社に渡したのち、「楯の会」会員と東京市ヶ谷の自衛隊東部方面総監部に乗り込んだ。自衛隊の決起を促したが果たせず、その言葉通り最も文士らしから ぬ死、すなわち自刃による武士らしい死を選んだのだ。

◉

秋の陽は早かった。西陽が風に舞う頃になってようやく墓をみつけた。右手前に五人、故人の名の刻まれた霊位標、その四番目に「彰武院文鑑公威居士　昭和四十五年十一月二十五日去世　俗名平岡公威　筆名三島由紀夫行年四十五歳」と記されている。

かつて私は三度この作家を目にしたことがある。一度目は明治百年記念事業の三島由紀夫脚本バレエ特別公演のポスターデザインを担当した時、二度目は冬の朝まだ明けやらぬ六本木の街で。そして三度目は……。とある日、西新宿の地下広場で「楯の会」の制服に身を包み、さっそうと車に乗り込んでいったこの作家の紅潮した面貌を、眩しく眺めたのは幻であったのだろうか。

〈今、夢を見てた。又、会ふぜ。きつと会ふ。滝の下で〉。

水原秋櫻子《みずはら・しゅうおうし》

［一八九二―一九八一］

高浜虚子の提唱する〈客観写生〉の姿勢に飽き足らなくなった秋櫻子は『ホトトギス』を離脱し、新興俳句運動の流れを起こしていく。守旧の『ホトトギス』派と対立した『馬酔木』には山口誓子や石田波郷、加藤楸邨、橋本多佳子らが合流して一大勢力となっていくのであった。「客観」ではなく「主観」を第一として、高浜虚子に叛旗をひるがえした勇気の人水原秋櫻子。自然の色調を捉えた句は、みずみずしい光のほとばしりが感じられ、その強烈な美意識を持った俳人の姿にはつねに気品があった。

昭和五四年一二月、心臓発作のため東京女子医科大学病院に入院、三月には退院するのだが、五六年七月一七日、急性心不全のため東京・杉並区西荻窪の自宅にて八八歳の生涯を閉じた。

◉

東京・駒込のこのあたりは染井吉野桜のふるさとである。当然のことながら、染井霊園には染井吉野の古木があちこちに点在し、季節には満開の花が咲きそろい塋域は大いに華やぐ。管理事務所をまっすぐ北にむかった参道の左手に沿って間口の広い墓域がある。

水面に漂う浮島のように磨き込まれた花崗岩の平石に影を映して、左に「水原秋櫻子、妻しず之墓」、右に「水原家之墓」まったく同じ形の石碑がならび、秋櫻子の墓の両側には蓮花を模した様な花台が配してあった。左奥には馬酔木が植えられている。広い間口全面に石床を持った端正な雰囲気で、新緑の空気を精一杯浴びていた。

〈あきらめし旅あり硯洗ひけり〉

❖本名＝水原 豊（みずはら・ゆたか）❖明治二五年一〇月九日―昭和五六年七月一七日❖享年八八歳❖秋櫻子忌❖東京都豊島区駒込五丁目五―一・染井霊園一種イ三号一側❖俳人。東京府生。東京帝国大学卒。家業の産婦人科病院を経営。俳句は松根東洋城、のち高浜虚子に師事。山口誓子、阿波野青畝、高野素十とともに〈四S〉時代を築いた。昭和一三年『馬酔木』を主宰。やがて『ホトトギス』を離れ、豊かな人間感情表現を俳句に託した。句集に『葛飾』『新樹』『秋苑』『岩礁』『芦刈』『残鐘』『帰心』などがある。

三角寛

みすみ・かん

［一九〇三―一九七一］

❖本名＝三浦 守（みうら・まもる）❖明治三六年七月二日―昭和四六年一一月八日❖享年六八歳（至心院釈法幢法師）❖東京都新宿区大久保一丁目一六―一五・全龍寺（曹洞宗）❖小説家。大分県生。日本大学卒。大正一五年『東京朝日新聞』社会部記者となる。永井龍男の勧めで小説を書き始める。『怪奇の山窩』などのサンカ小説を発表し、作家の道を歩む。戦後は創作を断ち、東京池袋に映画館「人世坐」「文芸坐」を経営する。『山窩族の社会の研究』などがある。

良くも悪くも強烈な個性の持ち主であった。妻よしいの死後は有り体に言えば醜態を晒した生活態度でもあった。古くからの友人永井龍男らとも絶交状態となり、多くの友人知人は遠ざかっていった。東京朝日新聞記者時代に非定住の山間川辺流民・サンカ（山窩）の存在を知り、三角寛といえばサンカ小説、サンカ小説といえば三角寛というまでにその魅力に取り憑かれた。三角のサンカ小説はあくまでも想像によって創り上げた独特の伝記小説であった。虚構の世界を描きだして一世を風靡し、文学の一分野を築いたが、サンカ資料としての学問的価値は薄かった。

晩年は脳軟化症による朦朧状態から抜け出すことなく、昭和四六年一一月八日、心筋梗塞によって波瀾の人生を閉じた。

◉

コリヤタウンと化した新宿・大久保の喧噪を遮断するように入り込んだこの寺は、ウナギの寝床のように細長い墓域を占有していた。奥まった場所の大きな桜木の下「南無阿彌陀佛」と彫られた塋域。一三回忌にようやくのこと血縁の因縁も恩讐の彼方に溶解し、妻よしいの眠るこの墓に三角寛は同居する。

かつては井伏鱒二、永井龍男、河盛好蔵などを重役に迎え、戦後の荒廃の中に「心のオアシス」とまでいわれた「人世坐」「文芸坐」などの映画館経営にも手を染めた流行作家の侘び住まいの碑である。理不尽な父に心底仕え、父と母、父と夫の確執の狭間に悩みながらも支え続け、『父・三角寛 サンカ小説家の素顔』を著した娘三浦寛子も平成九年に他界し、同じ墓に眠っている。

三橋鷹女

みつはし・たかじょ
［一八九九—一九七二］

❖本名＝三橋たか子（みつはし・たかこ）❖明治三二年一二月二四日—昭和四七年四月七日❖享年七二歳（善福院佳詠鷹大姉）❖鷹女忌❖千葉県成田市田町三二一—二・白髪庵墓地❖俳人。千葉県生。成田高等女学校（現・成田高等学校）卒。孤高の女流として知られる。〈四T〉の一人。原石鼎に師事。のち『鶏頭陣』に参加。昭和二年『紺』創刊に参加。二八年富沢赤黄男の『薔薇』、三三年同誌の後継誌『俳句評論』に参加、のち顧問になる。句集『向日葵』『白骨』『羊歯地獄』などがある。

三橋鷹女の俳句は、花鳥風月を詠んでも少々異色だ。思いがけない視点がのぞいている。異色というより限りなく独善的だ。自我の特出がある。生半可の男では太刀打ちできないほどの剛毅・激烈、胆力のある句作をする。存在そのものを確固と築くのだ。築くというよりも突きつけてくるといったほうが正確だろう。恐ろしいほどの魔力であるが、昭和四七年四月七日、鷹女は春の日に命果てた。その枕元のノートに二三の句があった。一句にはこうある。

〈千の蟲鳴く一匹の狂ひ鳴き〉。——幾千の虫の中に、狂い鳴く一人の私がいる。死にゆく時を悟った人間にして、これほど孤高の矜持を示すことができる。何者をも近づけない強靱な魂、壮烈そのものではないか。

◉

成田山新勝寺の参道を辿る傍らに鷹女の像がある。着物姿で手を前に組んだ華奢な立ち姿には、毅然とした気品を知るのだが、彼女の俳句作品に表れるような大胆な激しさを感じることはなかった。もっとも、これがごく自然な彼女の様子なのであろう。

賑わいの門前を過ぎ、生家があったという公民館近くの小高い丘の白髪庵墓地。ここに、星野立子、橋本多佳子、中村汀女と並び〈四T〉と呼ばれた俳人の墓はある。「三橋之塋」、左の霊標に戒名と没年月日、行年、「六世次女たか　俳号鷹女」。情念、自虐、歓喜あるいは愛惜を置いて、丘の上に生暖かい風が渦巻いている。切り揃えられた細竹の真上、成田空港から飛び立った飛行機が爆音をひき、銀影を傾けて雲間に消えた。

❖本名＝宮澤賢治（みやざわ・けんじ）❖明治二九年八月二七日（戸籍上は八月一日）—昭和八年九月二一日❖享年三七歳（真金院三不日賢善男子）❖賢治忌❖岩手県花巻市石神町三八九・身照寺（日蓮宗）❖詩人・童話作家。岩手県生。盛岡高等農林学校（現・岩手大学）卒。大正一〇年上京、日蓮宗伝導、童話の創作に励む。帰京後花巻農学校の教師になる。一三年詩集『春と修羅』、童話集『注文の多い料理店』を自費出版。一五年農学校を依頼退職、〈羅須地人会〉を設立、農業指導に活躍。『銀河鉄道の夜』『風の又三郎』などがある。

宮澤賢治

みやざわ・けんじ

［一八九六—一九三三］

宮澤賢治が教鞭をとった花巻農学校跡地は、賢治の好きだった銀白楊から名付けられたぎんどろ公園となっている。若芽でみずみずしい公園の芝庭を通りぬけると、坂道の中途に宮澤家の菩提寺身照寺がある。見上げた石段のなお上に、華やかな花弁を散らし終わったしだれ桜の葉群が、陽光の中、澄みきった空に染まっている。

賢治の父は真宗の信者であったが、日蓮宗の熱心な信者となった賢治の死後、改宗して宮澤家の墓も日蓮宗のこの寺に移された。本堂裏、杉木立を日傘に宮澤家の墓に並んである賢治供養の五輪塔は絶えることのない華やかな供花を両手に、淡い反射光をうつして明るく輝き、イーハトヴのフィールドの青い空には、二筋の飛行機雲がくっきりと放射状にのびていった。

賢治が生まれた年、三陸海岸に大津波があった。賢治は押し寄せてきた津波の頭にのって、短く辛く苦しい期間を激しく生きてきたのだった。昭和六年九月二一日、賢治は東京で倒れ、遺書を書いた。

〈この一生の間どこのどんな子供も受けないやうな厚いご恩をいただきながら、いつも我慢でお心に背きたうたうこんなことになりました。今生で万分の一もつひにお返しできませんでしたご恩はきつと次の生でご報じいたしたいとそれのみを念願いたします。どうかご信仰といふのではなくてもお題目で私をお呼びだしください。そのお題目で絶えずおわび申しあげお答へいたします〉。二年後の同じ日、急性肺炎のために賢治は死んだ。その年にも三陸沿岸に大津波があった。

◉

宮本百合子

みやもと・ゆりこ
［一八九九—一九五一］

両親の反対を押し切ってまでした結婚は失敗におわった。露文学者湯浅芳子との共同生活はプロレタリア文学の道へつながった。昭和六年、三三歳のとき宮本顕治を知り日本共産党に入党、翌年顕治と再婚して本郷動坂に住んだ。検挙、拘留、執筆禁止を繰り返しながらも、もちまえの清潔さと楽天性を持ち続けた百合子は、ドナルド・キーンをして〈百合子の文章は芸術的である〉と賞賛せしめた作品群を次々と発表した。

　昭和二六年一月、年初からの風邪をおしての執筆中に病状は悪化し、二〇日夜には意識不明となった。翌二一日午前零時五五分、最急性脳脊髄膜炎菌敗血症によりこの世を去った。遺骨は都下小平の墓地と青山霊園の実家中條家、山口の宮本家の墓地に分骨された。

◉

高校生だった頃に天気の良い土曜日の昼下がり、好んで行った姫路城の城垣の草むらで読んだ本の中に、宮本百合子の『播州平野』があり、東京生まれのその作者が残した代表作に不思議な感動をおぼえたことがあった。丸眼鏡をかけたふくよかなその容姿に愛嬌さえも感じていた。共産党員でプロレタリア文学作家の旗手という経歴はさすがに厳しかったことだろう。検挙や執筆禁止の処分が幾たびあったことか。戦後に状況はある程度回復されたのだったが、まだまだこれからという五一歳の若さで亡くなってしまった。

　この霊園の老梅を背後左右に配したその塚の前に立って「宮本百合子」の名を口ずさんでみた。遠い日の城垣の草の感触が呼び戻されて、遥か離れた郷里の空を想いやった。

❖本名＝宮本ユリ（みやもと・ゆり）❖明治三二年二月一三日―昭和二六年一月二一日❖享年五一歳❖東京都東村山市萩山町一丁目一六―一・小平霊園一二区二側六番❖東京都港区南青山二丁目三二―二・青山霊園一種ロ八号三十三側❖小説家。東京府生。日本女子大学中退。大正五年『貧しき人々の群』を『中央公論』に発表。湯浅芳子を知り共同生活を始め、一三年『伸子』を発表。昭和二年湯浅とソ連へ外遊。帰国後、日本プロレタリア作家同盟に参加。六年日本共産党に入党後宮本顕治と結婚。『歌声よおこれ』『播州平野』『風知草』『道標』などがある。

宮脇俊三

みやわき・しゅんぞう
［一九二六―二〇〇三］

〈鉄道旅行屋〉と称してはばからなかった宮脇俊三にとって、鉄道は何物にも代えがたい書斎であり、寝室であり、夢見るような生活そのものであったに違いない。平成一一年、菊池寛賞を受賞した後は心身ともに限界を感じて休筆宣言をする。晩年は酒浸りの日々であったという。

〈深夜の駅の風情、虚しさの美、ガタガタ走っているときは眠り、停車すると目が覚め、カーテンの隙間から駅のホームを眺める〉。――そんな至福の時間を思い描きながら、平成一五年二月二六日、悪性リンパ腫治療で入院中の虎の門病院に於いて肺炎のため没する。春いまだ来たらずも、雲ひとつない快晴の朝、どこまでもつづく線路に寄り添いながら、真新しい時刻表を携えて永の旅立ちをした。

◉

晩秋の墓原、陽は西に傾きはじめて、霊園の赤く色づいた桜葉を名残惜しそうに煌めかせている。「宮脇家之墓」、鉄道ファンの供花とおもわれる花々が彩りを添え、西陽を背に受けた陰りの中に物憂い墓石が浮かび上がってくる。左側の墓誌に戒名「鉄道院周遊俊妙居士」と「宮脇俊三」の銘。右側には地蔵尊と故人が愛した大井川鉄道の関の沢鉄橋を渡る列車の絵に添えて、「終着駅は始発駅」という言葉を刻んだ記念碑が建っている。

廃線鉄路にポツリと遺されたプラットホームにも似て、墓域の土庭に降り散った落葉を踏みしめていた。若き頃、その背をわが旅の導とした故人が、傍らに肩を寄せてくれているような温かな思いがしてきたのは感傷であったのだろうか。

❖本名＝宮脇俊三（みやわき・しゅんぞう）❖大正一五年一二月九日―平成一五年二月二六日❖享年七六歳（鉄道院周遊俊妙居士）❖周遊忌❖東京都港区南青山二丁目三二―二・青山霊園一種ロ七号一五側二番❖紀行作家。東京府生。東京大学卒。中央公論社の編集者、役員を務め、退社して国鉄全線完乗の記録『時刻表二万キロ』で日本ノンフィクション賞受賞。短編小説集『殺意の風景』で泉鏡花文学賞を受賞する。ほかに『時刻表昭和史』などがある。

三好達治

みよし・たつじ
［一九〇〇―一九六四］

〈太郎を眠らせ、太郎の屋根に雪ふりつむ。次郎を眠らせ、次郎の屋根に雪ふりつむ〉。

三好達治が梶井基次郎らの創刊した同人誌『青空』に昭和二年に発表した「雪」という詩であるが、こんなにも短い詩のなかからも不思議な物語のイメージが浮かび上がってくる。ただそれは謎のままであり焦点は結ばないのだが――。

〈自然詩人〉といわれた三好達治は昭和三九年四月五日朝、心筋梗塞から鬱血性肺炎を併発して田園調布中央病院で亡くなった。萩原朔太郎を唯一の師と仰ぎ、優しい文体で多くの愛誦詩を生んだ。その一方で戦争詩を書いた彼の思想を云々する批評者も多く存在するが、とにもかくにも硬骨な感覚とその抒情文体は昭和初期の近代詩に鮮やかな古典を蘇らせたようでもあった。

◉

大阪高槻にある本澄寺は達治の弟三好龍紳師が住職（今は甥に代が移ったと聞いている）である。七回忌に建てられたという墓碑は椿の垣根に囲まれ、ほのあたたかな冬の入り日を背にして、ゆっくりと歩み寄っていく私にきりっとした碑面を向けて屹立している。その姿勢は彼のノスタルジックな詩のスタイルとは異なり、厳しい対面の時であるような気さえしたものだった。

寺をあとにして駅への道すがら高架向こうの山懐で一筋の煙が揺らいでいるのが見えた。胸の奥で何かしらほっとした感情が沸き上がってくるのが嬉しかった。

〈わが名をよびてたまはれ　いとけなき日のよび名もてわが名をよびてたまはれ〉。

❖本名＝三好達治（みよし・たつじ）❖明治三三年八月二三日―昭和三九年四月五日❖享年六三歳（法治院平安日達居士）❖達治忌❖大阪府高槻市上牧町二丁目六―三一・本澄寺（日蓮宗）❖詩人。大阪府生。東京帝国大学卒。大正一五年梶井基次郎らの同人誌『青空』に参加。昭和五年詩集『測量船』を出版。抒情的な作風で人気を博す。『定本三好達治全詩集』で読売文学賞を受賞。詩集『駱駝の瘤にまたがって』『春の岬』『一点鐘』、論集『風詠十二月』などがある。

向田邦子

むこうだ・くにこ

［一九二九―一九八一］

❖本名＝向田邦子（むこうだ・くにこ）❖昭和四年一一月二八日―昭和五六年八月二二日❖享年五一歳（芳章院釈清邦大姉）❖東京都府中市多磨町四―六二八・多磨霊園一二区一種二九側五二番❖脚本家・小説家。東京府生。実践女子専門学校（現・実践女子大学）卒。雑誌記者を経て、放送作家としてラジオ、テレビの脚本を書いた。短編小説連作『花の名前』『かわうそ』『犬小屋』で昭和五五年度直木賞受賞。『父の詫び状』『あ・うん』『思い出トランプ』などの作品を書いたが、五六年、飛行機事故で急死。

映画雑誌の編集者の傍らラジオやテレビの台本・脚本を書くようになるのだが、『七人の孫』、『だいこんの花』、『寺内貫太郎一家』、『阿修羅のごとく』、『あ・うん』などテレビドラマでの向田邦子作品の視聴率は常に高く、その質も大いに評価されていた。

昭和五〇年一〇月、邦子は乳がんの手術を受けたが、そのことを三年間公表しなかった。死の恐怖に脅かされた彼女は、以後、猛烈に仕事や旅行にエネルギーを費やしていく。放送作家から小説の道へ歩みを向け、直木賞も受賞したが、その死は、思いもかけない形で突然にやってきた。

昭和五六年八月二二日午前一〇時一〇分、取材先の台湾上空で、飛行機事故により、あわせて一一〇人の乗客・乗員と共に散っていったのだった。

◉

日本で初めての公園墓地である都立最大の多磨霊園、桜並木の葉影が編み目模様を映している参道の横道を入ると、邦子の父敏雄が亡き母のために建てた小振りの墓があった。昭和四四年に六四歳で急逝した父が眠るこの「向田家之墓」に、予期せぬ結末に見舞われた邦子も葬られた。

白菊と赤いカーネーションの供えられた墓前に、彼女が愛した猫マミオを偲んでファンが置いていったものなのか、小さな猫の置物があくびをしている。どこからか蝶々が飛んできて、咲きかけの草花に陽はたっぷり。本の形をした墓碑銘には邦子の略歴と森繁久弥の挽歌。――〈花ひらき　はな香る　花こぼれ　なほ薫る〉。

村井弦斎

むらい・げんさい

［一八六四—一九二七］

❖本名＝村井 寛（むらい・ひろし）❖文久三年一二月一八日（新暦一月二六日）—昭和二年七月三〇日❖享年六三歳❖神奈川県平塚市豊田打間木四一九・慈眼寺（法華宗）❖小説家・ジャーナリスト。三河国（愛知県）生。東京外国語学校（現・東京外国語大学）中退。その後、渡米して働きながら苦労して勉強した。帰国後、矢野龍渓、森田思軒の知遇を得て『報知新聞』客員となり、小説『子猫』『日の出島』、啓蒙小説『百道楽シリーズ』で、『酒道楽』『釣道楽』『女道楽』『食道楽』などを書いた。

　当時、徳冨蘆花の『不如帰』と並んで絶大な人気を誇った啓蒙小説、ヒロインお登和と食べることが何より好きという大原満の恋愛を中心に料理や家事についての話が展開する『食道楽《くいどうらく》』。その印税で手に入れた平塚の広大な敷地に造った庭園、菜園、果樹園、温室、鶏舎、羊舎などで和洋の食材を自給し、食の研究のために自らを実験台として断食、生食、木食を試みたり、西多摩御嶽山中で竪穴住居生活を実践したりして奇人視され、文壇からは隔絶された弦斎であった。

　昭和二年、がんを疑うようになってからは医者の来診、近親者、友人らの面会も謝絶。七月二七日になると衰弱が著しくなって容態が急変、心臓も弱まり動脈瘤と診断されて七月三〇日午前六時四〇分、死去した。

◉

　明治三七年から昭和二年に死去するまで弦斎が住んだこの町のはずれ、刈り取られた稲かぶにわずかばかりの新芽がのぞいた田園がひろがり、銀色の電線塔が、濃く薄く連なっている丹沢の山並みに向かって林立している。富士は見えない。遠くの方で高速列車が一条の銀糸をひいて朝靄の風景を西から東へ切り裂いていく。参道につづく砂利道の赤い帽子をかぶった石地蔵はお堂の日影に和み並んで、墓地は仄明るい。

　神奈川県鶴見区・総持寺にあった「村井家墓」は平成一六年一月、この寺に移された。新しく設えられた基壇に古いままの棹石が置かれている。傍らにある平塚市の説明板を読んでいると子犬を連れた老女が「おはようございます」と会釈して、やわらかな朝の道を通り過ぎていった。

村岡花子《むらおか・はなこ》

［一八九三—一九六八］

❖本名＝村岡はな（むらおか・はな）❖明治二六年六月二一日—昭和四三年一〇月二五日❖享年七五歳❖神奈川県横浜市西区元久保町三—二四・久保山墓地K五一区❖翻訳家・児童文学者。山梨県生。東洋英和女学校（現・東洋英和女学院）卒。児童文学の翻訳で知られる。特にモンゴメリの『赤毛のアン』シリーズ、エレナ・ポーター、オルコットなど、英米文学の翻訳に貢献した。『王子と乞食』『フランダースの犬』『村岡花子童話集』などがある。

昭和一四年、第二次世界大戦が始まった。銀座教文館でともに編集に携わっていたカナダ人宣教師ミス・ショーも帰国を余儀なくされ、友情の記念にと贈られたモンゴメリの『アン・オブ・グリン・ゲイブルズ』原書。赤毛で痩せっぽち、顔はそばかすだらけの女の子「アン」を主人公にしたこの本が村岡花子の生涯を変えた。戦時中も一心に翻訳作業を続け、ようやく出版が叶ったのは終戦七年後のことであった。題名『赤毛のアン』。その間、常に傍らで翻訳の助けになったのは夫儆三から贈られたウェブスター大辞典だった。儆三が心臓麻痺で亡くなってからも、翻訳のためだけでなく愛読書としても傷心の花子を慰めてくれたのである。昭和四三年一〇月二五日夕食中、村岡花子は脳血栓に倒れ伏したのだった。

◉

花立ての片方だけにピンクと黄色の菊花。昭和三八年花子が建てた赤御影碑の裏には、村岡平左衛門から始まる一族一七名の没年月日、幼くして亡くなった長男道雄や夫儆三、花子と養女みどりの名が彫られている。花子が『赤毛のアン』の舞台、プリンスエドワード島を訪れる計画は二度ほどあった。いろいろの事情からその機会をついに失ってしまったのだが、広大な敷地に広がる墓石の海、左右がえぐられ、その窪みに突き出た半島のような地形の下り道筋に建つ「村岡家之墓」。ゆるゆると下っていくこの坂道のずっと先には何がある。赤い屋根の岬の灯台、どこまでもつづく砂浜、はたまた希望に満ちた青い海原……。いましも西の空に陽は落ちようとして、黄金色の幽かな鼓動がひたひたと押し寄せてくる。

村野四郎

むらの・しろう
［一九〇一―一九七五］

『亡羊記《ぼうようき》』などすばらしい作品があるにはあるのだが、私にとって村野四郎といえば先ず『體操詩集』だ。はじめて『體操詩集』を目にした時には本当に驚いてしまった。「鉄亜鈴」、「鉄棒」、「棒高跳び」、「飛込」等々、スポーツの種目を素材とした題名はもとより、一瞬の「時」や「心理」を冷静かつ自在に切り取り、解析し、操っているその斬新な感覚と表現方法に釘付けになったものだった。

村野四郎はその鋭い感性で現代詩人会初代会長として現代詩壇の発展に寄与し、詩誌を多々創刊、山本太郎、谷川俊太郎はじめ多くの新人たちを発掘してきた。

昭和五〇年三月二日午後五時四九分、パーキンソン病のため入院加療中、肺炎を併発して東京・順天堂大学医学部附属順天堂医院で死去した。

◉

〈人間は骨になったとき、はじめて触れられる物体になる。もうこれ以上変化のしようのないもの、永遠不可変の、安心できる存在となる〉。これは「骸骨について」という詩に対する村野四郎自身の言葉であるが、その詩はつづく〈いまは　からんとした石灰質の果てしなくなつかしい一つの物象　かれは墓場にいるとは限らない　ある時　ぼくの形而上学の中を　こっちに向いて歩いてくるのだ〉と――。

この霊園の正門を入るとすぐ右手に管理事務所と納骨堂のみたま堂がある。その少し先の区画、樹葉に抱かれた「明徳院文修雅道居士」と刻まれている墓碑があった。武蔵野で生まれ、育った詩人は武蔵野に眠っている。ほど近い夏の匂いをかぐ素振りをして。

❖本名＝村野四郎（むらの・しろう）
❖明治三四年一〇月七日―昭和五〇年三月二日❖享年七三歳（明徳院文修雅道居士）❖亡羊忌❖東京都府中市多磨町四―六二八・多磨霊園八区一種一四側❖詩人。東京府生。慶應義塾大学卒。大正一五年処女詩集『罠』刊行。昭和一四年『體操詩集』を発表、そのほか実験的作品を多くの詩誌に発表した。『亡羊記』で読売文学賞受賞。『GALA』『季節』『無限』などの詩誌を創刊した。『抒情飛行』『抽象の城』『蒼白な紀行』などがある。

村山槐多

むらやま・かいた

［一八九六—一九一九］

❖本名＝村山槐多（むらやま・かいた）❖明治二九年九月一五日—大正八年二月二〇日❖享年二二歳（清光院浄誉槐多居士）❖東京都豊島区南池袋四丁目二五—一・雑司ヶ谷霊園一種二〇号六側❖洋画家・詩人。愛知県生。旧制京都府立第一中学校（現・洛北高等学校）卒。一〇代からボードレールやランボーを読み耽り、詩作もよくしたが、デカダン的な生活などにより、結核性肺炎を患っていた。詩集『槐多の歌へる』は槐多の死後、友人たちによって編集、出版された。

早くからボードレールやランボーに傾倒していた村山槐多は、従兄の洋画家山本鼎の強い影響を受けて画家を志し、異彩を放つようになっていったのだった。その早熟でデカダン的な生き方や失恋、困窮辛苦などから結核性肺炎を病み、その上、流行性感冒にも冒されて寝込んでいたのだが、突然、狂ったように代々木の原へ飛び出した。大正八年二月一九日深夜、雪混じりの激雨の中、絶叫し、草むらであえぐ瀕死の槐多がいた。友人たちに探し出された彼が息を引き取ったのは、二〇日午前二時のことであった。二二年と五か月の生涯。ガランス（茜色）が縦横に走る槐多独特の絵画の鮮烈さと、その短く熱い生命をほとばしらせる色彩豊かな詩を、両手からばらまいて槐多は去った。

◉

〈ためらふな、恥ぢるな
まつすぐにゆけ
汝のガランスのチユーブをとつて
汝のパレットに直角に突き出し
まつすぐにしぼれ
そのガランスをまつすぐに塗れ
生のみに活々と塗れ
一本のガランスをつくせよ〉

水気を含んだ庭土の上にべったりと置き去りにされた「槐多墓」。ここに槐多の赤はない、赤い絵も、赤い詩も。血の色を持った世界、万象の燃え尽きる焔に照らされた、歓喜の塊多が立ち上がってくる気配は幻でさえない。私の足跡だけがぼんやりとした輪郭を凹ませてその小景に時を残した。

〈電光のように暮らしたい、発電機上の火花のような生を得たい〉。

村山知義

むらやま・ともよし

［一九〇一—一九七七］

前衛芸術家、劇作家、舞台装置家、小説家、建築家、童画作家、どこを切り取ってもその切り口からは先鋭的な瑞々しい輝きがほとばしり出てくるのであったが、行く手にはいつの時も厳しい闘争があった。自己肯定と自己否定の狭間でうごめく人間のすさまじい本性を私は思う。村山知義は体制と衝突しながらも多面的な活躍で日本の近代芸術に決定的影響を与えた。

昭和四五年、六九歳の時に発見された直腸がんは手術によって摘出した。七三歳の時に腸閉塞を起こした横行結腸がんは手術によって事なきを得たもののついには命取りの病根となって、昭和五二年三月二二日午前六時一七分、渋谷区千駄ヶ谷の代々木病院にて、七六年の戦い多き生涯を閉じた。

◉

冬陽の輝きは思いのほか短くて、落ち葉の吹きだまりに弱々しい斜光が引き潮のように薄らいでいく。墓石には「演劇運動万歳　最後の言葉　村山知義tom」の文字。香置きの水は凍りつき、倒れたカーネーションの花が水中花のように閉じこめられている。碑裏に村山知義の没年とともに、昭和二一年八月に亡くなった妻籌子の名前が記されてある。

沈静な墓域に、最後の言葉と付された「演劇運動万歳」プロレタリア演劇運動の中核として関わり、東京芸術座を結成、主宰した村山の千秋楽を飾る見事な演出ではないか。「tom」は童画作家としてのサインであり、晩年の絵本作家としての一面をもあらわしている。村山知義の前衛的な生涯を具現化した墓碑として少なからずの興味を覚えたのだった。

❖本名＝村山知義（むらやま・ともよし）❖明治三四年一月一八日—昭和五二年三月二二日❖享年七六歳❖東京都豊島区南池袋四丁目二五—一・雑司ヶ谷霊園一種五号二五側❖劇作家・演出家。東京府生。東京帝国大学中退。大正一二年ドイツへ留学、表現主義などの影響を受け、翌年帰国して前衛美術団体マヴォを結成。一三年築地小劇場『朝から夜中まで』の舞台装置を担当。昭和三四年、東京芸術座を結成。戯曲『国定忠治』、小説『白夜』『忍びの者』などがある。

室生犀星

むろお（むろう）・さいせい
［一八八九—一九六二］

❖本名＝室生照道（むろお・てるみち）❖明治二二年八月一日—昭和三七年三月二六日❖享年七二歳❖犀星忌❖石川県金沢市野田町野田山一番地二・野田山墓地❖詩人・小説家。石川県生。金沢市立長町高等小学校中退。一三歳で金沢地方裁判所の給仕として働く中、文学を志す。萩原朔太郎を知り、大正五年『感情』を創刊。『中央公論』に『性に目覚める頃』等を発表。『杏っ子』で読売文学賞受賞。『あにいもうと』『かげろふの日記遺文』『愛の詩集』などがある。

別荘のあった軽井沢の矢ヶ崎川畔に犀星が望んだ文学碑がある。〈我は張り詰めたる氷を愛す　斯る切なき思ひを愛す　我はその輝けるを見たり　斯る花にあらざる花を愛す　我は氷の奥にあるものに同感す　我はつねに狭小なる人生に住めり　その人生の荒涼の中に呻吟せり　さればこそ張り詰めたる氷を愛す　斯《かか》る切なる思ひを愛す〉——。

昭和一二年、満州国旅行の帰途、京城（現・ソウル）で買い求めた石の俑人（人形）が一対並んでいる。自身の骨を病没した妻の遺髪もろとも埋めてしまえば、碑もしっかりと生きるだろうと生前に建てたものだ。昭和三七年三月二六日肺がんのため虎の門病院で逝った詩人は、その年の夏、分骨として小さな白磁の壺に入れられ、俑人の下穴に埋められた。

◉

生後数日で金沢市街を流れる犀川のほとり、雨宝院という古寺に犀星は貰われ育った。その生育上にまつわる哀切や屈辱は、〈ふるさとは遠きにありて思ふもの　そして悲しくうたふもの〉と歌った詩人の心の奥底にいつまでも残っていた。金沢の南郊、市街を一望する野田山の墓地に、感傷を封印した犀星は眠っている。赤松の太幹を背後に、軽井沢別荘の庭に設置してあった浅間焼石の九重塔、塔前に「室生犀星」と自署を拡大した石柱が建っている。歩み石、土庭も苔生し、落ち松葉が散乱している。軽井沢の石俑人に納められた分骨は、一五年後、娘朝子によってこの碑にまとめて祀られたが、主を失った彼の地の碑にも、冷たく張りつめた冬の残り陽は刹那に射し込んでいるのであろうか。

森 敦

もり・あつし
［一九一二―一九八九］

❖本名＝森 敦（もり・あつし）❖明治四五年一月二二日―平成元年七月二九日❖享年七七歳（雲月院敦誉正覚文哲居士）❖東京都新宿区袋町一五・光照寺（浄土宗）❖小説家。長崎県生。旧制第一高等学校（現・東京大学）中退。横光利一に師事。昭和九年二二歳の時、横光の推薦で『大阪毎日新聞』に『酩酊船』を連載。壇一雄・太宰治らと同人誌『青い花』創刊に参加。その後各地を放浪し、『月山』で四八年度芥川賞を受賞、四〇年ぶりに文壇に復帰した。『われ逝くもののごとく』『天上の眺め』などがある。

外堀に面したカフェで一杯の紅茶を飲んで歩き出した。神楽坂の急坂をのぼりながら、行先もままならず、戻る先もしかりであったある時期の煩悶を思い出す。その苦い記憶もはるか遠くに薄れてしまったが、降りたりのぼったり、歩道に行き交う人々のざわめきと関わるのが煩わしいほどに私の心は静寂を探している。やっとその辻を見つけ、左への細道をさらにのぼっていく。

袋町地蔵坂、その坂の中途にある光照寺、かつてあった牛込城の跡地に建つこの寺の山門をくぐったすぐ左手にある「森家之墓」。今しがた飾られたばかりの供花が輝き、お線香の煙が碑面を揺るがしている。傍らの碑に曰く〈われ浮き雲の如く 放浪すれど こころざし 常に望洋にあり 森 敦〉。

ずいぶんと長い寄り道になったものだ。奈良や松本、酒田にも住んだし、山形・庄内地方も転々とした。湯殿山や尾鷲、弥彦などにも行った。その経験が『月山』を生み、芥川賞受賞につながった。六二歳での受賞は当時、最高齢受賞者の記録（平成二五年、黒田夏子が七五歳で受賞するまで）だった。

〈すべての吹きの寄するところこれ月山なり〉――暗く寒い冬を越し、みずみずしく流れ出してくる山の水のように、永い放浪から幻のように再び現れた作家、森敦。市ヶ谷の丘の中腹にある自邸居間の安楽椅子で意識を失い、腹部大動脈瘤破裂により急逝。平成元年七月二九日のことである。遺志により葬式は行われず、出棺のときお経の代わりに『組曲・月山』の第一〇章『死の山』が流された。

◉

森 茉莉

もり・まり

［一九〇三―一九八七］

❖本名＝森　茉莉（もり・まり）❖明治三六年一月七日―昭和六二年六月六日❖享年八四歳　（常楽院茉莉清香大姉）❖東京都三鷹市下連雀四丁目一八―二〇・禅林寺（黄檗宗）❖小説家・随筆家。東京府生。仏英和高等女学校（現・白百合学園高等学校）卒。森鷗外の長女。優雅で官能的な美意識に貫かれた世界を表現し、独特の耽美的な文体を持つエッセイストとしても活躍した。『父の帽子』『恋人たちの森』『甘い蜜の部屋』などがある。

文豪森鷗外の娘として生まれたのが運の尽きかどうか、終生〈父の娘〉としての評価がつきまとうのであるが、森茉莉にとっての鷗外は別格の存在だった。父の愛に包まれ、父との想い出を糧として、自らの文学に昇華させた幻想世界を読者に開放してくれた。二度の結婚から逃れた彼女にとって、現実は儚く危ういもの。幻想こそが茉莉の存在を支えていたのではないか。

昭和六二年六月六日、東京・経堂のうらぶれたアパートの一室で家政婦に発見された茉莉、死後二日が経過していたという。

〈わたしは死ぬ時、誰も気がつかずポストに新聞がいっぱいたまっていて、おやッと思ってあけたら死んでいた、そういう死に方がしたい〉。

◉

桜木の葉の覆いから漏れてくる初夏の陽は、鷗外の「森林太郎墓」の碑面を斜めに走り、塋域の庭に通ってくるそよ風にのってチラチラと点滅している。鷗外の左は母志げの墓。その横に重心を落とした「森家墓」、碑裏に於菟、茉莉、異母兄妹の名を読む。

先ほど教師に連れられて、向かいにある太宰治の墓に詣でていたゼミの学生らしい娘さんが小走りに戻ってきて、はにかみながら「森林太郎墓」の花立てにも白菊を数本差していく。なるほど太宰の墓は花盛り、以前にはなかった津島家の墓が並び建っていたが、太宰とは相容れなかった三島由紀夫から〈文学の楽園〉に住んでいると愛された森茉莉、魂の鎮まる地が太宰の眠る真向かいとは皮肉なものだ。

矢川澄子

やがわ・すみこ

［一九三〇—二〇〇二］

〈生まれてすでに生きてしまっている人間にとって、生を芸術化する手段がどこかにのこされているとすれば、おそらく死にかたに凝ること、しゃれた死にかたを心がけることしかないのかもしれません〉と綴った矢川澄子。あるいはまた〈死はやはり終焉であり、寂滅でしかないのでしょうね。だからこそ煩悩からの解放であり救いでもあるわけで、またそうであってくれなければ困る。なぜってさもなければわたしたち、自殺することさえできなくなってしまいますものね〉とも。

平成一四年四月、長崎市内にある父の墓を訪れ、帰途、神戸で闘病中の多田智満子を見舞うのだが、そのわずか一か月あまり後の五月二九日、長野県黒姫の自宅で縊死しているのが発見された。

永遠の少女の瞳には黒姫の新緑の宙が映っていただろうか。矢川澄子の自死の理由はよくわからないまま、祥月命日の数週前にこの霊園にやって来たのだった。八王子山系の懐に溜まっていた初夏の熱気を、吹き飛ばすような強い風の吹く日だった。風はあっても日差しは痛い。うっすらと汗をかきながら霊園の曲がり道をのぼっていく。振り返ると山系の稜線が折り重なって濃淡の波を打っている。

風と陽の下にある黒御影の碑。「地下水ノ如クニ」と碑に銘してあるのは教育者であった父矢川徳光の好きだった言葉であろうか。裏面に父母と澄子の名がある。「おにいちゃん」と呼んだ澁澤龍彥との離婚、谷川雁との恋、もつれたままの絆を手に絡めて悄然と逝った「少女」と呼ばれた人の眠る墓である。

❖本名＝矢川澄子（やがわ・すみこ）❖昭和五年七月二七日—平成一四年五月二九日❖享年七一歳❖東京都八王子市上川町一五二〇・上川霊園六区一番四四六号❖小説家・詩人・翻訳家。東京府生。東京女子大学・学習院大学卒。昭和三四年岩波書店時代に知り合った澁澤龍彥と結婚。重要な協力者としての役割を担ったが、四三年離婚。以後、英仏独の翻訳家としても活躍。『ことばの国のアリス』『失われた庭』『アナイス・ニンの少女時代』などがある。

八木重吉

やぎ・じゅうきち

［一八九八―一九二七］

〈私は、友が無くては、耐えられぬのです。しかし、私にはありません。この貧しい詩を、これを読んでくださる方の胸へ捧げます。そして、私を、あなたの友にしてください〉――。

第一詩集『秋の瞳』序に書かれた言葉のなんと淋しく哀しいことか。重吉は短い生涯の、なお短い五年ほどの詩作生活のなかで、そのひとつひとつは短いものであったが、二二〇〇篇余りの詩稿を残した。

結核療養のために転居した茅ヶ崎十間坂の寓居で、昭和二年一〇月二六日詩人八木重吉は死んだ。わずか二九年の深遠な生涯。信仰と暖かい家庭、二者択一に苦悩し、かつて草野心平が見たという〈霙《みぞれ》のようにさびしそう〉な重吉の顔がそこにもまだ、映されていたのであろうか。

◉

多摩丘陵に囲まれた故郷、南多摩郡堺村（現・東京都町田市相原町）の生家の前の高尾に向かう街道脇の窪んだ垣根の内、しきみの木の下にある「故　八木重吉之墓」。土地の風習に倣って、八木家の庭を三回廻ってから埋葬されたという重吉はここに鎮まる。キリスト者であったのだが、墓の左側には仏式の戒名が刻まれていた。同じ肺結核で亡くなった遺児、桃子・陽二も、重吉死後二〇年の後、請われて歌人吉野秀雄の妻となった登美子夫人も今はこのちいさな塋域にあり、野の花々に彩られた秋の光のなかで、思う存分に遊んでいることだろう。

〈この明るさのなかへ　ひとつの素朴な琴をおけば　秋の美しさに耐えかね　琴はしずかに鳴りいだすだろう〉。

❖本名＝八木重吉（やぎ・じゅうきち）❖明治三一年二月九日―昭和二年一〇月二六日❖享年二九歳（浄明院自得貫道居士）❖茶の花忌❖東京都町田市相原町大戸・生家墓地❖詩人。東京府生。東京高等師範学校（後の東京教育大学、現・筑波大学）卒。大正八年駒込基督会で洗礼を受ける。一〇年英語教師となり、短歌や詩作に励む。一四年第一詩集『秋の瞳』刊行。翌年佐藤惣之助の『詩之家』同人となるが、結核のため療養生活に入った。没後、自選詩集『貧しき信徒』が刊行される。

八木義徳

やぎ・よしのり

［一九一一—一九九九］

❖本名＝八木義徳（やぎ・よしのり）❖明治四四年一〇月二一日—平成一一年一一月九日❖享年八八歳（景雲院随心義徳居士）❖風祭忌❖東京都中野区上高田一丁目二七—三・松源寺（臨済宗）❖小説家。北海道生。早稲田大学卒。横光利一に師事。昭和二二年『海豹』を発表。応召中に『劉広福』で一九年度芥川賞受賞。『風祭』で読売文学賞を受賞。ほかに『私のソーニャ』『遠い地平』『母子鎮魂』『摩周湖』『漂雲』などがある。

故郷室蘭の測量山、〈この二百メートルほどの高さをもった小さな山の頂上〉は八木義徳の〈もの思う場所〉であった。〈私の文学は血と土と、そして海の風から生まれる〉という言葉の原風景だ。八木は芭蕉の〈無芸無才ただこの一筋に繋がる〉、嘉村礒多の〈私は宗教によってよりも芸術への思慕そのものによって救われたい〉、上林暁の〈常に不遇でありたい。そして常に開運の願いをもちたい〉という三つの言葉を護符としていた。求道の作家は、平成一一年一〇月二一日、起立性低血圧の発作のため入院中の多摩丘陵病院で米寿を迎える。しかし、『われは蝸牛に似て』校了直後の昏睡状態から抜け出すこと叶わず、一一月九日に遠く冥界に旅立った。その日の空気は冷たかったが、生地室蘭の空は爽やかに晴れわたっていた。

◉

中野区上高田一丁目、この一帯は早稲田通りに面して、数多くの小さな寺が連なって一筋の寺町を形成している。その中の一寺にさる寺として親しまれている松源寺はあり、本堂裏の段落にいくつかの墓群を納めた墓地が静まっていた。狭い塋域の奥筋にひと際大きな赤松と桜木が見える。参り道は石垣沿いに導き、黄ばんだ薄葉が、生気を失った枝木から今しも舞い落ちようとしている。

三回忌を一〇日ばかり過ぎた昼下がり、「八木家之墓」は冬のとば口にあった。真新しい板塔婆が六、七本、陽は霞み、風は止まっている。墓参を終えて石段をのぼろうとしたとき、微かなざわめきを覚え、今一度振り返ってみた。そこには緩やかな冷気を閉じ込めた殺風景が、哀しくも沈んであった。

矢田津世子

やだ・つせこ

［一九〇七―一九四四］

今日、矢田津世子の名を知る人は少ない。名を目にすることも、その作品に出会う機会もほとんどないと言っていい。よしんばその名を知ったとしても、〈無頼派作家〉坂口安吾の恋の相手としてであって作家矢田津世子は思い浮かばないのではないか。

しかし当時彼女は流行作家の列に名を連ねていたし、その理知的な大きな瞳を持った美しい顔立ちは多くの人を強く惹き付けていたのだ。小説『神楽坂』が芥川賞候補になったこともあった。

日本の敗戦色が強くなると共に病床に親しむことが多くなった。下落合の高台にある自宅で結核のため短い人生に別れを告げたのは、昭和一九年春まだ浅い、三月一四日午前零時五〇分のことであった。三六歳だった。

◉

東京郊外、大規模団地の道筋を抜けきった所にあるこの墓地は、東本願寺系寺々の集合墓地ともいうべき体裁をもって、夥しい数の墓石が林立している。それぞれの墓は無機質な石面を互いに向き合わせていたが、本堂裏にある墓域には大振りの松の木が点在していて彩りの少ない殺風景な墓原を潤していた。そんな一角のスラリと伸びた優しげな赤松と無造作に葉を広げた棕櫚の前に「矢田家」の墓碑は寒風に震えてあった。いまにも泣き出しそうな雨雲の下でその部分だけは白く洗い出されたように建っていた。

かつての恋人坂口安吾は遥か遠く越後・阿賀野川の川音を聞きながら眠っている。しかしここに聞こえてくるのは梅雨空の湿った風の音ばかりであった。

❖本名＝矢田ツセ（やだ・つせ）❖明治四〇年六月一九日―昭和一九年三月一四日❖享年三六歳（照香院釈尼津世）❖東京都西東京市ひばりが丘四丁目八―一二・東本願寺ひばりが丘浄苑（浄土真宗）❖小説家。秋田県生。麹町高等女学校（現・麹町学園女子中学校・高等学校）卒。昭和四年『女人芸術』名古屋支部設立に加わり、『反逆』を発表。上京後の七年坂口安吾を知り、恋愛関係におちる。一〇年『日暦』同人となり、『弟』『父』を発表。一一年安吾と絶縁、『神楽坂』が芥川賞候補となる。『花蔭』『家庭教師』『茶粥の記』などがある。

柳原白蓮

やなぎわら・びゃくれん

［一八八五―一九六七］

❖本名＝宮崎燁子（みやざき・あきこ）❖明治一八年一〇月一五日―昭和四二年二月二二日❖享年八一歳（妙光院心華白蓮大姉）❖神奈川県相模原市緑区寸沢嵐二八八八・顕鏡寺（真言宗）❖歌人。東京府生。東洋英和女学校（現・東洋英和女学院中学部・高等部）卒。明治三三年佐佐木信綱に師事。大正四年処女歌集『踏絵』を刊行。再婚し炭鉱王の妻となったが、白蓮事件といわれる騒動のあと二度目の離婚、一〇年宮崎龍介と結婚した。歌集『幻の華』、詩集『几帳のかげ』、自伝的小説『荊棘の実』のほか戯曲、随筆の著書などがある。

大正一〇年秋、狂おしい恋に焦がれた白蓮は九州の立志伝中実業家であった夫伊藤伝衛門のもとから失踪する。白蓮三六歳、恋の相手は革命家宮崎滔天《とうてん》の子龍介二九歳。

幕府最初のアメリカ使節団代表の外国奉行新見豊前守正興の娘でありながら維新に零落した娘として柳橋の売れっ子芸者となった生母をもち、大正天皇の御生母柳原愛子の実家伯爵柳原家の次女とされた白蓮。出生の秘密を背負って幾多の苦悶もあったのだが、人生は変わった。二人の子を育て、結核という病を得た龍介を助けながら文筆で家計を支えた。愛児香織は終戦四日前に戦死、晩年は緑内障で両眼失明、歌を詠むことだけが命の縁であった。

失踪から四六年後の昭和四二年二月二二日、八一歳で白蓮は逝った。

◉

相模湖の裏側に位置する石老山にある山寺、津久井観音霊場第一四番札所顕鏡寺は東海自然歩道のコースにもなっているようで、時を告げる梵鐘が山中の杉木立にこだまして、前夜来から滞っていたうっすらとした湿り気を山頂に吹き払ってゆく。秋の陽は和らかだ。

野道のような参道、銀色のススキ穂や蔦葉、白菊、飛び石の砂利庭に一群れのケイトウが咲いている。花言葉は「色あせぬ恋」。平らかに建つ「宮崎家之墓」。〈盛りなるほこりもやがて生終へて土にかへるか春の花片〉と詠んだ白蓮、筑紫の女王と揶揄され、佐藤春夫が「におい立つような女」と形容した奔放な恋のヒロインも、二人の子供や白蓮の死の四年後に七八歳で逝った龍介とともに永久の眠りにある。

山川登美子

やまかわ・とみこ

［一八七九―一九〇九］

与謝野鉄幹への思慕や晶子とのもつれた感情も今は儚い。梅の老木と桜木のよく見える山川家の奥座敷、父貞蔵が病臥し、死んだその部屋で、菩提寺の山に続く父の長い葬列を門の前で見送った登美子もまた肺を病んで伏せっていた。明治四二年四月一五日、座敷からみる満開の庭の桜は散りはじめていた。〈後世は猶今生だにも願はざるわがふところにさくら来てちる〉。――なんと哀しい歌であることか。

〈白百合の君〉、〈薄幸の歌人〉と冠され、『明星』初期以来の主要同人であった登美子はその日、昼過ぎに寂しくも逝ったのだった。二九歳九か月、死の二日前、弟亮蔵に託した〈父君に召されて去なむ永遠の夢あたたかき蓬萊のしま〉の辞世を遺して。

◉

海のある奈良といわれる若狭の国小浜の駅舎裏、雨は降りやまないのに暗緑色の後瀬山襞に乳白色のもやが激しく立ちのぼって見える。修行僧の雪中寒修行が冬の風物詩として有名になったこの寺の裏手、古戦場のような墓群を縫い、のぼり詰めた先に山川家の墓所はあった。父貞蔵の墓の後ろに隠れるように建つ登美子の墓。「登照院妙美大姉」、側面に「明治四十二年四月十五日　行年三十一才土葬」とある。当時としては一般的な埋葬の仕方ではあるが、「土葬」という文字に私は少なからずの動揺を覚えた。陰りは濃くなって〈山うづめ雪ぞ降りくるかがり火を百千執らせて御墓まもらむ〉と父の葬送に詠んだ山に雨はふりつづいていた。登美子の埋もれた山に雨は降りつづいていた。

❖本名＝山川とみ（やまかわ・とみ）❖明治一二年七月一九日―明治四二年四月一五日❖享年二九歳（登照院妙美大姉）❖福井県小浜市伏原四五―三・発心寺（曹洞宗）❖歌人。福井県生。梅花女学校（現・梅花女子大学）卒。明治三三年与謝野鉄幹が創刊した雑誌『明星』に歌が掲載される。三四年結婚するが、翌年死別。まもなく上京して日本女子大学予備科に入学。その間、鉄幹の新詩社社友となり、『白百合』と題して短歌一三一首を収載。三八年晶子らと共著『恋衣』を刊行した。

❖本名＝山口新比古（やまぐち・ちかひこ）❖明治三四年一一月三日―平成六年三月二六日❖享年九二歳❖誓子忌❖兵庫県芦屋市朝日ケ丘町三七―一七・芦屋市営霊園一三地区❖俳人。京都府生。東京帝国大学卒。高浜虚子に師事。水原秋櫻子らとともに〈四S〉と呼ばれた。昭和七年第一句集『凍港』刊行。一〇年『馬酔木』に参加。水原秋櫻子と共に新興俳句運動の中心的存在となる。二三年『天狼』を創刊、主宰。句集『黄旗』『遠星』などのほか入門書、研究書、俳論集など多数の著書がある。

山口誓子

やまぐち・せいし

［一九〇一―一九九四］

高浜虚子門下の〈四S〉と呼ばれたうち、水原秋櫻子、阿波野青畝、高野素十はすでに亡かった。山口誓子は九〇歳を過ぎてなお海外旅行にも出かけるほどであったが、平成五年、主宰誌『天狼』を体調不良のため九月号で休刊する。一一月には門下生にあてた通告があった。〈最近、体力と視力が低下しましたので、『天狼』の選をやめて『天狼』を終刊します。『天狼』に満ちてゐた私の俳句精神を皆様で受け継いでお励み下さい。『天狼』の名称は、これを限りとします〉――。

しばらくの小康を得たのち自宅静養をしていたが、平成六年三月二六日午後四時三〇分、呼吸不全のため神戸市内の病院で天寿を全うした。誓子の死によって昭和俳句史を彩った〈四S〉の時代は完全に幕を閉じた。

◉

平成四年夏、誓子はサハリン吟行のため最後となる海外へ旅に出た。両親との縁薄く外祖父母に育てられ、一二歳から一七歳まで、五年間を樺太で暮らした。それ以来七十数年ぶりの再訪であった。その時の作品が『天狼』誌上最後の句として掲げられた。

〈サハリンに太くて薄き虹懸る〉

カラカラに渇いた参り道は亀甲模様の亀裂が無数に入っているが、一寸目線をあげれば新緑の樹葉が一面に広がって涼やかな風が吹き上がってくる。汗を拭き拭き登りついた聖域に、そんな北の海風が吹き上がってくるはずもないのだが、石段に腰掛けてそのようなことを想像していると、体中にまとわりついていた熱気が一瞬に飛び散っていくようだった。「山口誓子之墓」、「山口波津女之墓」は夏まっただ中である。

山口瞳

やまぐち・ひとみ
［一九二六—一九九五］

❖本名＝山口 瞳（やまぐち・ひとみ）
❖大正一五年一月一九日（戸籍上は一一月三日）—平成七年八月三〇日❖享年六八歳（文光院法国日瞳居士）❖神奈川県横須賀市東浦賀二丁目一—一・顕正寺（日蓮宗）❖小説家・随筆家。東京府生。旧制第一早稲田高等学院（現・早稲田大学高等学院）中退。寿屋（現サントリー）でPR誌『洋酒天国』の編集に当たる。『江分利満氏の優雅な生活』で三七年度直木賞を受賞。死去まで『週刊新潮』に連載したコラム『男性自身』は記録的長寿となった。『血族』で菊池寛賞。映画化された小説『居酒屋兆治』、寄稿随筆『湖沼学入門』などの作品がある。

夏の終わりの窓辺、陽はらんらんと最後の力を振り絞って輝きはじめていた。朝顔の色鮮やかに、淡紅色の花弁を付けた百日紅、満開のコスモス、向日葵もまだまだ東を向く術を心得ていたのだったが、急速に悪化していった症状に山口瞳はもう立ち上がる気力さえ持ち合わせていなかった。平成七年八月三〇日午前九時五五分、武蔵小金井・聖ヨハネ会桜町病院ホスピス棟にて肺がんのため死去する。翌三一日発売の『週刊新潮』に、三一年九か月続いた「男性自身」最終回の「仔像を連れて」が掲載された。

〈どうやって死んでいったらいいのだろうか。そればかり考えている。唸って唸って（あれを断末魔というのだろうか）カクンと別の世界に入ってゆくのだろうか〉。

◉

〈私は、大正十五年一月十九日に、東京都荏原郡入新井町大字不入斗八百三十六番地で生まれた。しかし、私の誕生日は同年十一月三日である。母が私にそう言ったのである〉。

『血族』最終章、わずか二行に記された因縁の人々が眠る「山口家墓」がここにある。この墓は昭和一三年、父正雄が建てた。三浦半島の東端、岬の付け根にあるこの菩提寺は母につながる寺である。観音崎に至る谷筋、浦賀水道からの海が深く切れ込み、山あいに漂っていた潮の香は、時おりの風に紛れて微かにまとわりついてくる。ミンミン蟬やつくつく法師の鳴き声は心なしか優しく聞こえる。岬の夏もおわりはじめたようだ。「もうすぐ七回忌になります」。案内を願った住職がぽつりと言った。

山崎方代

やまざき・ほうだい

［一九一四—一九八五］

生地山梨県右左口《うばぐち》の隣村・境川村に住んだ俳人飯田龍太は方代の歌の特色を〈煮つめた人生の上澄みをすくいとって、死よりも生の不可思議を鮮やかに示していることではないか〉と評した。〈生き放題、死に放題〉という名前の由来自体がすでに伝説の中にあったが、戦争で失った視力はもう戻らない。捨てて捨てて生きてきた命だからと覚悟して、春には、肺がんの手術にも応じた。

〈詩と死・白い辛夷の花が咲きかけている〉、すべてが夢の中の出来事だったのだろうか。

昭和六〇年八月一九日午前六時五分、蘇るはずの微かな灯は消え、いま方代は故郷に帰るのだ。〈ふるさとの右左口郷は骨壺の底にゆられてわがかえる村〉。昭和一三年、方代二四歳、盲目の父を伴い故郷右左口村を去ってから半世紀が過ぎようとしていた。

◉

円楽寺山門、その前に父龍吉の生家・小林家がある。樹齢五〇〇年を誇る大公孫樹のある境内横手の緩やかな坂道を、読経の声を聞きながらのぼると、幾時代もの風が吹き抜け、この里の諸人が存在した証の碑が建ち並んでいる。方代が五八歳の時建てた墓もここにある。「父山崎龍吉、母けさ乃、ここに眠る。兄龍男をはじめ若く幼くして死んだ八人の兄弟姉妹ここにやすらぐ。われ一人、歌に志し故郷を出でていまだ漂泊せり。壮健なれど漸くにして年歯かたむく。われまたここに入る日も近からん。心せかるるまま山崎一族墓をここに建つ。方代」と墓碑銘にある。この炎天下、からからに渇ききって悲鳴を上げている土庭の「山崎家一族墓」、方代にとって潤いの一滴となっているだろうか。

❖本名＝山崎方代（やまざき・ほうだい）❖大正三年一一月一日—昭和六〇年八月一九日❖享年七〇歳（観相院方代無煩居士）❖山梨県甲府市右左口町四一〇四・円楽寺（真言宗）❖歌人。山梨県生。右左口尋常小学校卒。南方戦線で右目を失明。復員後、歌誌『一路』をへて『工人』を創刊。「泥の会」に加わる。昭和三〇年第一歌集『方代』を発表。四六年「寒暑」を創刊。『右左口』『こおろぎ』『迦葉』などがある。

山田風太郎

やまだ・ふうたろう

［一九二二—二〇〇一］

❖本名＝山田誠也（やまだ・せいや）❖大正一一年一月四日—平成一三年七月二八日❖享年七九歳（風々院風々風々居士）❖東京都八王子市上川町一五二〇・上川霊園一区一番三四号❖小説家。兵庫県生。東京医学専門学校（現・東京医科大学）卒。昭和二二年探偵小説誌『宝石』の懸賞に『達磨峠の殺人』が入選。『眼中の悪魔』などで探偵作家クラブ賞受賞。その後『甲賀忍法帖』など忍法小説で流行作家となる。『警視庁草紙』『人間臨終図巻』などがある。

　山稜の重なりが美しく望める八王子郊外の霊園に山田風太郎の墓はある。空高く鳥は鳴き、草は萌え、陽は熱く、そこら中に生命の息吹があふれている。墨流しのように緑の濃淡縞模様をうねらせた岩塊には生前希望していたように「風の墓」と彫りつけられ、墓誌には自ら名付けた戒名「風々院風々風々居士」と記してある。奇想天外な物語、軽妙な筆致、生死や虚実を遠くに見やった作家のすべてが納まったような塋域、限りなく漂う雲海にふんわりと浮かぶ城のごとく。

　〈暗い虚空に、ただぼうぼうと風の音〉が流れ、遠ざかっていく微かな声が聞こえてくる。——〈いろいろあったが、死んでみりゃあ、なんてこった、はじめから居なかったのとおんなじじゃないか、みなの衆〉。

　三六年前の七月二八日、風太郎の日記に〈痛恨きわまりなし〉と記してある。その日は風太郎の最も尊敬した作家、江戸川乱歩の没日であったが、平成一三年の同じ日に風太郎も逝くこととなったのだ。風太郎は生死の境を曖昧に捕らえている。いやもっといえば生も死も何等確たるものであるとは思っていないのだ。どちらに立脚しようと融通無碍、気ままに行き来すれば良いじゃないかという悠揚たる態度である。それはそれでうらやましいことだが、誰でもそういう風に考えられるわけでもない。

　〈自分という個体の永遠の消滅とか、人間のプライドとか、大げさに特別のものと思わないほうがいい。死に場所がどこであろうと、そこが草葉の世界だと思えればいい〉。

◉

山之口貘
やまのくち・ばく
［一九〇三—一九六三］

山之口貘の処女詩集『思辨の苑』に寄せた佐藤春夫の序詩。

〈家はもたぬが正直で愛するに足る青年だ金にはならぬらしいが詩もつくつてゐる。南方の孤島から来て　東京でうろついてゐる。風見たいに。その男の詩は枝に鳴る風見たいに自然だ　しみじみと生活の季節を示し単純で深味のあるものと思ふ。誰か女房になつてやる奴はゐないか　誰か詩集を出してやる人はゐないか〉。

　まことにもって寡作な詩人であった。たとえるなら千歩あるいて一文字記し、一服してはまた千歩、ぐるぐる回って吸い殻の山、そのうち最初に書いた文字を消してしまってまた千歩、こんな詩人を愛したい。昭和三八年七月一九日の夜、四か月もの闘病の末に放浪詩人は胃がんで死んだ。

◉

　松戸郊外のなだらかな丘にある霊園である。和らかに芽吹きを始めた春の樹々、あちらこちらに小鳥のさえずりを宿し「山口家之墓」は野にあった。こんなに気持ちの良い日は滅多にない。ほらほらそこに貧乏詩人の貘さんも、借金なんぞはなんのその、片肘ついて寝っ転がっているではないか。

〈精神の貴族〉なんぞと呼ばれたって、ちっとも借金は減りゃしないけど、眠ってしまえば俺のもの。隣の墓を掃除する母と娘の後ろ姿からのんびり伸びてくる午後の日影が、枯れ草に転がった墓畔の石塊に一休み、一日でも二日でも、なんなら一〇〇年と願ってもいい。時間はたっぷりあって、私もまたくつろいだ気分になった。

❖本名＝山口重三郎（やまぐち・じゅうさぶろう）❖明治三六年九月一一日—昭和三八年七月一九日❖享年五九歳（南溟院釈重思居士）❖千葉県松戸市田中新田四八—一・八柱霊園八区一〇八側三八号❖詩人。沖縄県生。旧制沖縄県立第一中学校（現・首里高等学校）中退。大正一一年上京するが、翌年関東大震災のため帰郷。一三年再度上京後、様々の職業を経て、昭和一三年初の詩集『思辨の苑』刊行。第三詩集『定本山之口貘詩集』で高村光太郎賞受賞。ほかに『鮪に鰯』などがある。

山村暮鳥

やまむら・ぼちょう

［一八八四—一九二四］

〈おうい雲よ　ゆうゆうと　馬鹿にのんきさうぢやないか　どこまでゆくんだ　ずつと磐城平の方までゆくんか……〉。晩年の詩集『雲』に収められた一篇、万感の詩的世界がそこにある。序には、〈だんだんと詩が下手になるので、自分はうれしくてたまらない〉、とある。詩人・人見東明から〈静かな山村の夕暮れの空に飛んでいく鳥〉というイメージで「山村暮鳥」と命名された雲の詩人・暮鳥は大正八年、肺結核療養と詩作に専念するため伝道師を休職する。しかし、病の進行はいかんともしがたく死の床で詩集の校正を了えたのだが、刊行を心待ちにしていたこの詩集を手に取ることとなついぞなかった。詩人は大正一三年一二月八日午前零時四〇分、療養先大洗海岸・磯浜の丘の中腹、黒松林を背にした小さな一軒家で逝った。

◉

集落の軒先をかすめながら斜めに吹きつけてくる風。それを背にうけて、肩を寄せ合った墓群れの庭、ざっくりと霜柱を踏みながら碑の前に立った。「山村暮鳥の墓」、冬の日ながらも温かさに包まれ、物憂げな空を仰いでいる。「山村暮鳥」とは、なんと寂しく哀しい名前であることか。

〈倒れる時がきたらば　ほほゑんでたふれろ　人間の強さをみせて倒れろ〉。その生涯を暗示してなお余りあると思わざるを得ない。キリスト教の伝道師として神に捧げた身、宗教と文学の狭間を行きつ戻りつ、愛と苦悩を生涯背負い続けた詩人でもあったのだ。

〈芸術のない生活はたへられない。生活のない芸術もたへられない〉。芸術か生活か、一大難問を抱えたまま詩人はここに眠る。

❖本名＝土田八九十（つちだ・はくじゅう）❖明治一七年一月一〇日—大正一三年一二月八日❖没年四〇歳❖暮鳥忌❖茨城県水戸市八幡町一一—六九・祇園寺管理・江林寺（臨済宗）墓地❖詩人。群馬県生。聖三一神学校卒。キリスト教日本聖公会の伝道師として東北各地を転任の傍ら、明治四三年『自由詩社』に参加、『航海の前夜』ほかを発表。大正二年第一詩集『三人の処女』、四年詩集『聖三稜玻璃』を刊行。詩集『雲』、童謡集『ちるちる・みちる』などがある。

山室静

やまむろ・しずか
［一九〇六―二〇〇〇］

❖本名＝山室　静（やまむろ・しずか）❖明治三九年一二月一五日―平成一二年三月二三日❖享年九三歳（大智院文誉澹静徳貽居士）❖長野県佐久市岩村田本町一八八・西念寺（浄土宗）❖評論家・翻訳家。鳥取県生。東北帝国大学卒。昭和一一年本多秋五らと『批評』を、二一年平野謙、埴谷雄高らと『近代文学』を創刊。トーベ・ヤンソンの童話シリーズ『ムーミン物語』の翻訳・紹介をする。『アンデルセンの生涯』で毎日出版文化賞受賞。『評伝森鷗外』『アンデルセン童話玉選』などがある。

〈八つの時から　父母に死に別れ生き別れて　おとなしく一人で眠ってきた（略）二十五までに一冊の詩集を出して　ひっそりと死んで　行けたらと願いながら〉。

北欧文学や『ムーミン』の紹介で知られているが、自らのうらなり人生をこう詠った山室静。昭和五七年、書斎を焼失するという不幸に見舞われたあと、「山室夫妻を励ます会」で友人埴谷雄高は〈こういう幸福な人が自ら不幸と感ずるということは、偉大な錯覚であって〉と励ましたが、その埴谷も平成九年、先に逝き、山室にも死が近づいてきた。

〈信濃は私の故郷であり、他郷にあってもつねに心ひかれているふるさとであった〉。

平成一二年三月二三日午前八時一九分、家族全員に見守られながらふるさとの病院で老衰により九三年の長い生涯を終えた。

◉

〈それは雪と氷の郷土　冬は早く訪れ、その白い暴君は長く君臨する　かくて地表は刃物のようにとがり、時折り樹々はえ堪えずしてみづから裂ける　それは萌え出でようとする者と抑えようとする者とのはげしい無言の格闘を示す　だが、やがて遂に待たれた春がくる〉。

故郷の佐久岩村田を愛惜した山室静の眠る浄土宗一行山西念寺。旧岩村田領主仙石秀久公の墓所などもある寺の空一杯にもくもくと入道雲は立ちあがり、深緑の樹木と雑草に覆われた墓地に人影とてもなく、ミーンミーンと蟬の鳴き声だけが響いてくる。兄弟縁者の最後に並んで山室静の法名、没年月日が刻まれてある墓誌の先に、緑の葉の陰りに一層映えて「山室家之墓」が爽として建っている。

山本健吉

やまもと・けんきち

［一九〇七—一九八八］

山本健吉が満を持して書いた評論『いのちとかたち』は日本の、日本人の美意識、美学、自然観、死生観、ひいては日本人論を徹底的に踏み込んで示していった。そこに満たされていたのは一処、一刻における抗いようのない魂のありかたではなかったのだろうか。

昭和六三年五月七日、遠藤周作夫妻、角川春樹夫妻らに看取られながら、肺性心による急性呼吸不全で八一年の生涯を閉じた。三月の初め、夢の中で行った知人の葬式で、その人を偲ぶ句会をすることになり夢の中で詠んだという一句がある。

〈こぶし咲く昨日の今日となりしかな〉

かつて健吉がいみじくも思索した中世の茶人の心の根底にあった「一期一会」の心構えに立脚した辞世の句であった。

◉

福岡県南西部筑後地方、瞬く間に過ぎ去っていく今の世に取り残された古い町並みである。眠りを妨げられた猫が塀際にぽっかりと開いた抜け穴に逃げ込んでいく。蔦の絡まった小さな石橋、山門を潜ると画家坂本繁二郎筆塚や樹齢四〇〇年を超えるケヤキの大木がある菩提寺の無量寿院。祥月命日の数日後に訪れた本堂裏、歴代住職墓のほかは幾基もない境内墓地の石橋家墓所。暑さのせいか供えられたばかりの花が萎れはじめている。

父石橋忍月が大正元年に建てた「石橋家累代之墓」。三九歳で逝った先妻の俳人石橋秀野の名も刻されてある。健吉没後に設えられた墓誌には、健吉と平成一五年に逝った妻静枝の名。〈一日一刻を充実した時間と化した〉得がたい静寂を感じている。

❖本名＝石橋貞吉（いしばし・さだきち）❖明治四〇年四月二六日—昭和六三年五月七日❖享年八一歳❖健吉忌❖福岡県八女市大字本町二八三—一・無量寿院（浄土宗）❖評論家。長崎県生。慶應義塾大学卒。石橋忍月の三男。折口信夫に師事。改造社で『俳句研究』を編集。昭和一四年『批評』を創刊。『古典と現代文学』で読売文学賞、『詩の自覚の歴史』で日本文学大賞を受賞。五八年文化勲章受章。ほかに『芭蕉』『柿本人麻呂』『いのちとかたち』『最新俳句歳時記』などがある。

山本周五郎

やまもと・しゅうごろう
［一九〇三—一九六七］

「曲軒」は山本周五郎のあだ名である。人より一寸五分ばかり曲がっていると尾崎士郎が山本周五郎につけた。馬込文士村と呼ばれている地域で親しく交わった二人だからこそのあだ名である。

〈苦しみつつ　なお働け　安住を求めるな　この世は巡礼である〉。このストリンドベリイの『青巻』にかかれた箴言は、教訓として彼の心を強く励まし、人間を人間らしく尊厳を持って描き続けていったのだった。

〈文学は文学賞のために存在するものにあらず〉と一切の文学賞を辞退し、〈原稿が前においてなかったら、生きている甲斐がない〉と死の一〇時間前まで掘り炬燵で筆を執っていた。昭和四二年二月一四日、六三歳の冬、肝炎と心臓衰弱のため横浜・間門園の別棟仕事場で急逝した。

◉

〈死ぬときは、いままで書いた小説を、全部焼いてあの世にいきたい〉とか、〈葬式は不要、戒名も墓もいらない。遺灰は海へ撒くように〉と、常日頃身内に言い残しておいた言葉はついに実行されなかったが、唯一、遺灰の一部が青春をもがいた千葉・浦安の海に撒かれた。数万基の墓石が林立する鎌倉霊園のひな壇塋域、どっしりと緑色を帯びた自然石に「山本周五郎」と刻まれたこの墓前に立つと、遠く湘南の海からやってきたほのかな潮風が「お前はこの後どう生きていくのか」と私の鼻先をなぞっていく。

〈人間にとって大切なのは「どう生きたか」ではなく「どう生きるか」にある、来し方を徒労にするかしないかは、今後の彼の生き方が決定するのだ〉。

❖本名＝清水三十六（しみず・さとむ）❖明治三六年六月二二日—昭和四二年二月一四日❖享年六三歳（恵光院周嶽文窓居士）❖周五郎忌❖神奈川県鎌倉市十二所五一二・鎌倉霊園二九区四側❖小説家。山梨県生。横浜市立尋常西前小学校卒。大正一五年発表の短編『須磨寺附近』が出世作。『日本婦道記』が直木賞、『樅の木は残った』が毎日出版文化賞、『青べか物語』が文藝春秋読者賞に推されるがどの賞も辞退『赤ひげ診療譚』『さぶ』『ながい坂』など作品多数。

矢山哲治

ややま・てつじ
［一九一八—一九四三］

❖本名＝矢山哲治（ややま・てつじ）❖大正七年四月二八日—昭和一八年一月二九日❖享年二四歳（詩心院釈哲亮居士）❖福岡県福岡市中央区天神三丁目一二—三・光円寺（浄土真宗）❖詩人。福岡県生。九州帝国大学卒。昭和一四年第一詩集『くんしやう』を上梓。九州帝国大学在学中、同人雑誌『こをろ』を主宰。このころ長崎に旅行途上の立原道造と福岡で会う。一七年久留米で入隊するも病により除隊。精神的に不安定になり、無人踏切で轢死する。詩集『友達』『柩』などがある。

精神不安から不眠に悩まされていた矢山哲治は、昭和一八年一月一八日の手紙で『こをろ』同人吉岡達一に〈いまは、自分を信じてゆくほか、そのほか何があらう。（略）死ぬときく死ぬばかりだ。ながい生でゆくほかないのであった〉と、書き送った。その後二週間も過ぎぬ日の朝、自宅から一キロほど東にある住吉神社でのラジオ体操に参加したその帰り道、西鉄大牟田線薬院と平尾間の無人踏切で、上り電車に轢かれて死んだ。

矢山の戸籍謄本には〈推定昭和拾八年壱月弐拾九日午前六時参拾分福岡市大字平尾不詳番地ニ於テ死亡〉とある。享年二四、突然のその死は自殺であったか事故死であったか、臆測は臆測、誰も聞かず、誰も話さず、今もって判然としない。

◉

七〇年ほど前、『こをろ』同人の島尾敏雄が弔辞を読んだ矢山哲治の葬儀はこの光円寺で行われた。鍛冶町と呼ばれていた所在地名もいまは天神三丁目となり、寺も昭和二〇年六月の福岡大空襲によって焼失してしまった。

その後再建された本堂も平成六年、超近代的かつ瀟洒な美術館か、はたまた音楽施設かと見違えるような建物に様変わりしてしまった。定期的にジャズライブが開かれるという本堂奥の納骨堂に、天窓から降り注ぐ陽光は矢山哲治の傷ついた心をはるかに安め、〈夜が明けるまで　羽が休まるときまで翔けてゐませう〉、と呼びかけた鳥はいまも福岡のこの空を、死んでしまった詩人を探しもとめて日が暮れるまで飛んでいるのだろうか。

夢野久作

ゆめの・きゅうさく
[一八八九—一九三六]

〈今日は、良い日で、あは、は、は、は——〉、両手をあげて笑ったのが最期であった。

昭和一一年三月一一日、久作は朝から散髪屋に行き、風呂に入って気分もさっぱりと、紋服に袴をつけて謡曲の宗家に赴くつもりだった。そんなところへ国粋主義者であり政界の黒幕として暗躍した父杉山茂丸が遺した負の遺産の処理を託していたアサヒビール重役・林博が訪ねてきた。

父の死後、その後始末に疲労困憊していた久作にとって、厄介事のすべてが精算されるであろうはずの報告書を受け取った瞬間の高揚した気分はいかほどのものであったろうか。歓喜し、脳溢血のため昏倒してそのまま果ててしまった。夢野久作の生み出した浪漫世界は、今も逆説的宇宙を縦横に巡らせている。◉

西の空にうっすらと赤みを宿した帯雲をのこして、弱々しい夕闇が迫っている。薄汚れた川端の古びた寺、黒御影石に金箔を施された「杉山家累祖之墓」はもやがかった地熱を背にして、次々と生まれてくる沈黙にどこまでも向かいあっている。

父・茂丸は息子の『あやかしの鼓』を読んで〈夢の久作(福岡地方の方言で、「うつけ者、いつも夢ばかり追っかけている者」というような意味)さんの書いたごたる小説じゃね〉と評した。ペンネームの由来である。その父とともに眠る土庭は苔の匂い。捧げられた小振りなひまわりは日の精を吸いつくして、黄色なるべき花弁は透き通った夢の中に。去りし時の葛藤や情熱を取り込んだ墓主たちの夢想は夕闇の袂で息を潜ませ、光射す朝を待ち続けているのだ。

❖本名=杉山泰道(すぎやま・やすみち)❖明治二二年一月四日—昭和一一年三月一一日❖享年四七歳(悟真院吟園泰道居士)❖福岡県福岡市博多区中呉服町九—二三・一行寺(浄土宗)❖小説家。福岡県生。慶應義塾大学中退。僧侶、謡曲教授を経て、大正一五年『新青年』の懸賞に創作探偵小説『あやかしの鼓』が入選、以来夢野久作を名乗るようになる。昭和一〇年日本探偵小説三大奇書の一つといわれている『ドグラ・マグラ』を刊行。ほかに『瓶詰地獄』『氷の涯』などがある。

横光利一

よこみつ・りいち

［一八九八—一九四七］

敗戦間もない昭和二二年一二月三〇日に胃潰瘍が悪化し、腹膜炎を併発して横光利一は逝った。「新感覚派」の盟友川端康成は弔辞で、遺された者の寂しさを表し悼んだ。

〈君の名に傍えて僕の名の呼ばれる習わしも、かえりみればすでに二十五年を越えた。君の作家生涯のほとんど最初から最後まで続いた。その年月、君は常に僕の心の無二の友人であったばかりでなく、菊池さんと共に僕の二人の恩人であった。（略）僕は君を愛戴する人々の心にとまり、後の人々も君の文学につれて僕を伝えてくれることは最早疑いなく、僕は君と生きた縁を幸とする。生きている僕は所詮君の死をまことには知りがたいが、君の文学は永く生き、それに随って僕の亡びぬ時もやがて来るであろうか〉。

◉

昭和二四年七月、〈文学の神様〉とも称された横光利一は、墓碑がどこまでも建ち並ぶ、広大なこの霊園の碑の下に落ち着いた。ドクダミの匂いが強い土庭の、南天の一枝が飛び石にたれさがった先に、荒削りの石塊を磨き、川端康成の筆による「横光利一之墓」の文字が刻されている。飢えと悲しみと理想を自らに集中して、なお象徴的に煌めこうとする意志を信じた作家の墓標である。

『機械』はモダニズム文学の傑作といわれもしたが、戦後は戦争協力者として〈文壇の戦犯〉との批判も受けた。自身の不幸しか噛んでこなかった作家に小林秀雄はいった。〈今日私が悲劇的という言葉を冠し得る唯一の作者である〉と——。

〈蟻台上に餓えて月高し〉

❖本名＝横光利一（よこみつ・としかず）❖明治三一年三月一七日—昭和二二年一二月三〇日❖享年四九歳（光文院釈雨過居士）❖横光忌❖東京都府中市多磨町四—六二八・多磨霊園四区一種三九側一六番❖小説家。福島県生。早稲田大学中退。大正一二年『日輪』『蝿』などで新進作家として認められた。一三年川端康成や今東光らと『文藝時代』を創刊。『頭ならびに腹』『春は馬車に乗って』等を発表、〈新感覚派〉の代表作家となった。『上海』『機械』『寝園』『紋章』『旅愁』などの作品がある。

吉井 勇
よしい・いさむ
［一八八六—一九六〇］

伯爵の祖父、貴族院議員の父のもとに生まれ育った。幼少期は鎌倉の別荘で暮らした。新詩社同人となってからは啄木、白秋らと競い合って『明星』を発表の場としていたが、早稲田大学を中退後、北原白秋らと「パンの会」を結成。のち「耽美派」の歌人として認められていった。晩年を京都で過ごし、昭和三五年一一月一九日、肺がんのため京都大学医学部附属病院で逝った。情痴の歌人であった。伯爵家の跡取りとして生まれながら、遊蕩、彷徨、享楽のうちに生きた。

〈人の世にふたたびあらわぬわかき日の宴のあとを秋の風ふく〉

〈身は雲に心は水にまかすべう旅ゆくわれをとがめたまふな〉

◉

遠くに雨雲を背負いながら、南青山の墓原を東西に分けた霊園の狭い中道を、ひっきりなしに車が通り過ぎていく。明治以来、元老貴族から、芸術家、文人、実業家など様々な著名人が眠る聖域の古錆びた鉄扉の先には、整然と並んだ六基の墓があった。自署を刻した「吉井勇之墓」は一番手前、ため息のように湿った梅雨の風にゆられる葉陰を拾って、渋く青ずんだ碑面をすこしだけ傾けながら物憂げに建っていた。

枯れていく人の思いは今日とてもままならず、京都を愛し、京都に逝った歌人、華やかな祇園葬によって送られた故人の眠るこの石の下に流れるのは、記憶を照らした年月だけなのだろうか——。

〈かにかくに祇園はこひし寐るときも枕の下を水のながるる〉

❖本名＝吉井 勇（よしい・いさむ）**❖**
明治一九年一〇月八日—昭和三五年一一月一九日❖享年七四歳（大叡院友雲仙生夢庵大居士）**❖勇忌❖東京都港区南青山二丁目三二—二・青山霊園一種イ六号四側❖歌人。**東京府生。早稲田大学中退。明治三八年、新詩社に入り『明星』に短歌を発表、のち脱会する。四一年「パンの会」を北原白秋らと結成、四二年『スバル』創刊、短歌、戯曲を発表。四三年歌集『酒ほがひ』、四四年戯曲集『午後三時』を刊行。『水荘記』『祇園双紙』などがある。

吉岡 実

よしおか・みのる
［一九一九―一九九〇］

❖本名＝吉岡　実（よしおか・みのる）
❖大正八年四月一五日―平成二年五月三一日❖享年七一歳（永康院徳相実道居士）❖東京都豊島区巣鴨三丁目二一―二一・真性寺（真言宗）❖詩人。東京府生。向島商業学校（夜学）中退。昭和一五年第一詩集『昏睡季節』、翌年『液体』を刊行。三〇年『静物』で詩壇に登場、続く『僧侶』はH氏賞を受賞。大反響を呼んだ。『サフラン摘み』で高見順賞。ほかに『静かな家』『神秘的な時代の詩』『薬玉』などがある。

戦後詩の辿りついたひとつの頂点として『僧侶』という九節からなる詩がある。最終節に〈四人の僧侶　固い胸当のとりでを出る　生涯収穫がないので　世界より一段高い所で　首をつり共に嗤う　されば　四人の骨は冬の木の太さのまま　縄のきれる時代まで死んでいる〉と、おそろしく暗く、精気にあふれた死のざわめきや存在するものの幻、存在しないものの確かな領域を投げかける。

平成二年五月三一日午後九時四分、急性腎不全のため逝った吉岡実。死者の寓話詩を多く遺し、詩は特定の人のもの、疎外された人々に、自分を支えるために書くものだと明言した芸術至上主義詩人が抱いた死のイメージを捉えることは、今後も私にとって至難の業にちがいない。

◉

「おばあちゃんの原宿」として全国に勇名をはせている巣鴨のとげ抜き地蔵通りは、梅雨明け宣言の酷暑もなんのその、聞きしに勝る賑わいであった。通りの端緒にある真性寺は、江戸六地蔵尊として江戸名所図会にも描かれた混雑そのままに参詣客を集めていた。

〈神も不在の時　いきているものの影もなく　死の臭いものぼらぬ　深い虚脱の夏の正午　密集した圏内から（中略）うまれたものがある　ひとつの生を暗示したものがある　塵と光りにみがかれた　一個の卵が大地を占めている〉。本堂裏にある境内墓地、息苦しい熱気に押し込まれた喧噪は容赦なく襲ってくるのかと思ったが、この詩のように、小さな地蔵尊を胸に抱いた「吉岡実之墓」は目指す宙天のみ、遮るものなしの炎天下に断固として鎮座していた。

❖本名＝吉田由雄（よしだ・よしお）
❖明治三一年八月一五日—昭和四八年三月一日❖享年七四歳（白林虚籟一穂居士）❖北海道古平郡古平町大字浜町三六八・禅源寺（曹洞宗）❖詩人。北海道生。早稲田大学中退。北原白秋に傾倒する。大正二年福士幸次郎の『楽園』創刊に参加。一五年第一詩集『海の聖母』、昭和五年散文詩集『故園の書』を刊行。詩集『稗子伝』『未来者』、童話集『海の人形』、詩論『黒潮回帰』などがある。

吉田一穂

よしだ・いっすい

［一八九八—一九七三］

選び抜かれた言葉、清冽永遠の詩を書いた一穂は、昭和四六年、動脈硬化によって倒れ半身不随になった。床から身をおこし、〈つねに人は死を語りながら、表象としての死、即ち生ける死の幻影を操つてゐるのであり、あくまで人は生の問題でしか終始してゐないのである〉と語っていた「極北の詩人」は、昭和四八年三月一日午後三時二三分、東京・雑司ヶ谷病院で心不全のため永眠した。

金子光晴は「詩人に会いたければ一穂のところへ」と言った。〈詩は意識の天体である。意味の像として新しい時空を想像することである。（略）それは愛と認識の矛盾を、この世ならぬ仏とした半眼微笑であり、水中で火を放つ（龍宮の遠い花火）となる。つまり、非存在の存在である〉と、断固規律した詩人だからこそのことだ。

◉

降り立ったバス停から人の気配もないなだらかな坂をのぼっていくと、分岐点に「吉田一穂菩提寺」と墨書された木柱が建てられてある。〈この時空に存在しない白鳥古丹（カムイコタン）〉と呼んで郷愁の原像とした北の岬、菩提寺の緑の草の盛んなる墓山に、帰らぬ人の墓標「白林虚籟一穂居士」はあった。ずっと以前、夫人が亡くなられた後に建てられた墓碑が茅ヶ崎の西光寺にあると聞いて墓参に訪れたのだったが、ご家族の意向で郷里古平の菩提寺に改葬されて果たせなかった思いがやっと叶った。

〈誰からも離れて、無始の境をゆく〉孤独な詩人の墓、白菊が風に揺れている。墓群れの一番高いところにあるこの場所からは、穏やかな夏の煌めく極北の海が見えた。

❖本名＝吉田健一（よしだ・けんいち）❖明治四五年四月一日―昭和五二年八月三日❖享年六五歳（文瑛院涼誉健雅信楽居士）❖神奈川県横浜市西区元久保町三―一四・久保山墓地K十四区❖評論家・英文学者・小説家。東京府生。ケンブリッジ大学・キングズカレッジ中退。父は吉田茂。翻訳から出発、昭和一四年中村光夫らと『批評』を創刊。ヨーロッパ文学の素養をもとに、評論や小説を著した。『瓦礫の中』で読売文学賞受賞。『シェイクスピア』『日本について』『ヨオロッパの世紀末』などがある。

吉田健一
よしだ・けんいち
［一九一二―一九七七］

うねうねと限りなくつながる言葉と言葉、現れては消えていく時間、酩酊とも覚醒ともいえる独特の文体は、酒と共に成り立っていた作家の人生に合致する。

昭和五二年、欧州旅行の途中に体調を崩して肺炎を発病、緊急帰国して入院する。しかしその生活態度はまったくといっていいほど変えなかった。小康を得て退院したあとの八月三日夕刻、吉田健一のさっぱりとした死は、あるいは望むべくして到達した死であったかもしれない。

〈少しでも人間であることの味を知ったものなら兎に角死ぬことが自分にとっての一切の成就である〉と銘した彼にとって、存分に人間味を享受した六五年の歳月、その死に何ほどの苦痛があろうか。覚悟の末の、人生の集大成であっただろうと想像する。

◉

父吉田茂の養父であった横浜の豪商健三の寄進した光明寺の北側、広大かつ起伏に富んだ久保山墓地がある。雲間からはちらちらと蒼光も射し込み、風も清らかだ。遥かに横浜ランドマークタワーが霞んで見え、穏やかな梅雨前の平和な風景だが、眼下に目をやると、まるで大地震によって陥没した地形の中から沸き上がるがごとく、瞑目したはずの墓群の息吹が聞こえてくるようだ。

黒々とした巨塊の健三墓とその両親の墓が並ぶ吉田家墓所。その傍らに中村光夫揮毫による「吉田健一墓」。「平成十年吉田健介・暁子建之」とある。異様とも見える石塊の蔭に、我、関せずと建つ白く頼りなげな碑は、秋と黄昏を愛したほろ酔い文人の遊ぶ、酒の海にたゆたう浮標にも見える。

吉原幸子

よしはら・さちこ

［一九三二―二〇〇二］

新川和江とはじめた詩誌『現代詩ラ・メール』。創刊五年目には自宅を改装して〈水族館〉という名の女性詩人たちが集うことのできる梁山泊的な空間をつくってより充実を図った。平成二年頃よりパーキンソン症候群という予想外の病に冒され、平成五年、四〇号をもって同誌は終刊することとなった。一三年には自宅で転倒、大腿骨頸部を骨折して手術、一一月末、半蔵門病院に転院。何度かの危篤状態をもちなおしていたが、翌一四年一一月二八日午後、肺炎によって息を引き取る。その時まで書くことも、しゃべることもできず、ただ精神だけは燃え、流れ、揺れ、そして消えるようにゆるやかに死へと歩んでいったのだった。

〈夢として　過ごした日々に　わたしは孤独であり　孤独ではなかった〉。

◉

色とりどりの薔薇で埋め尽くされた棺、詩人の密やかな葬儀が執り行われた龍泉寺。築地本願寺別院和田堀廟所も近くにある菩提寺の吉原家塋域に、アパレルメーカー三陽商会の創業者である次兄「吉原信之夫妻の墓」。右手前に生前最後の詩集『発光』の中にある「散歩」の最終節〈歩き疲れて　うとうと眠れば　波の鐘がかすかに鳴って　二十四時間　の次は　すぐ永遠だが　吉原幸子〉と自筆を刻んだ詩碑のような墓。碑面に葉桜を映して〈今は亡き母と　今は亡きわたしが〉眠っている。

〈わたしはまもなくしんでゆくのに　みらいがうつくしくなくては　こまる！〉。傷口を癒やす、熱く美しい朝の陽、矛盾を衝いた〈純粋病〉の詩人の墓がここにある。

❖本名＝吉原幸子（よしはら・さちこ）❖昭和七年六月二八日―平成一四年一一月二八日❖享年七〇歳（文藻院詠道幸雅大姉）❖東京都杉並区下高井戸二丁目二一―二・龍泉寺（曹洞宗）❖詩人。東京府生。東京大学卒。昭和三七年『歴程』同人となる。三九年第一詩集『幼年連祷』を自費出版。五八年新川和江と詩誌『現代詩ラ・メール』を創刊。詩集『発光』は萩原朔太郎賞を受賞。『夏の墓』『オンディーヌ』『昼顔』などがある。

吉村昭
よしむら・あきら
［一九二七—二〇〇六］

❖本名＝吉村 昭（よしむら・あきら）❖昭和二年五月一日—平成一八年七月三一日❖享年七九歳❖新潟県南魚沼郡湯沢町大字神立字原二二四・大野原霊苑❖小説家。東京府生。学習院大学中退。『鉄橋』のほか都合四度、芥川賞候補に挙がるもついに受賞は果たせなかった。『星への旅』で太宰治賞。以後、『深海の使者』『戦艦武蔵』『ふぉん・しいほるとの娘』『冷い夏、熱い夏』『破獄』『天狗争乱』などが、次々と名のある文学賞を受賞する。

どこまでも史実にこだわった歴史小説を精力的に書き続けた。平成一七年二月、舌がんの宣告を受けた。放射線治療のために数度の入退院を繰り返したが、翌年二月には新たな病巣が発見され膵臓の全摘手術を行った。退院後の自宅療養生活は、遺作となった『死顔』の推敲が生きることの支えになっていたのだが、七月一〇日に再入院。死は一時も待つことなく急速に近づいてきた。

自宅に帰ることを切望していた彼は早期退院し、三〇日朝にはビールを一口とコーヒーを飲んだ。その夜、自らの意志でカテーテルポートの針を抜き最期の瞬間を潔く待ったのだった。延命治療は望まないと遺書に書いた吉村昭は、七月三一日午前二時三八分、「無」になった。

◉

冷雨のあとの山霧、ゆっくりと幕が上がる舞台のように、紅葉した山々が鮮やかに浮かびでてくる。吉村が毎月のように出かけては憩いの場所としていた越後湯沢。平成一二年、町営墓地に墓を建てた。田圃の中の墓地。「悠遠」、自然石に自慢の書を彫り込んだ墓に生前からお参りするのを楽しみにしていた。記念碑のような墓で、左側の黒石には銅板がはめ込まれ、吉村昭と妻であり作家である津村節子のサインがエッチングされてあった。

吉村家の菩提寺は静岡県富士市の長学寺で、そこには両親や長兄の墓があり、吉村昭自身の墓用地も取得してあるのだが、両親の墓の脇にも、今は書斎に遺されているという分骨が納まって、彼の二つ目の墓が建つときがいつの日か来るのであろう。

吉本隆明

よしもと・たかあき
［一九二四―二〇一二］

〈詩は必要だ。詩にほんとうのことをかいたとて、世界は凍りはしないし、あるときは気づきさえしないが、しかしわたしはたしかにほんとうのことを口にしたのだといえるから。そのとき、わたしのこころが詩によって充たされることはうたがいない〉。

平成二四年三月一六日午前二時一三分、東京・日本医科大学病院で肺炎のため死んだひとりの詩人吉本隆明の倫理である。共同の幻想としての国家を描いた『共同幻想論』は団塊世代、特に全共闘世代に熱狂的に支持された。「新左翼」の教祖的存在となって強い影響を与え、「戦後最大の思想家」、「知の巨人」、あるいは「最後の批評家」とも評されてはいるが、吉本自身は「自分は一貫して詩人だ」と誇らかに語っていたのだった。

◉

築地本願寺別院和田堀廟所、隆明の祖父母が天草から新佃島に移り住んで、築地本願寺の熱心な檀徒になった縁から設置が許されたという佃島住民のための佃墓地。白々とした小さな墓が建っていた。白御影の荒削り碑面、朝の日をまぶしく浴びて刻み文字も読み辛く、「吉本家之墓」と辛うじて認識することができたものの定かではない。墓前には吉本ファンが高じて作ってしまった吉本公認直筆顔写真入りのラベルを付けた清酒「横超《おうちょう》」がデンと置かれている。〈市井に生まれ、そだち、生活し、老いて死ぬといった生涯をくりかえした無数の人物は、千年に一度しかこの世にあらわれない人物の価値とまったく同じである〉といった「庶民」吉本隆明の面目躍如といったところか。

❖本名＝吉本隆明（よしもと・たかあき）❖大正一三年一一月二五日―平成二四年三月一六日❖享年八七歳（釈光隆）❖東京都杉並区永福一丁目八―一・築地本願寺和田堀廟所（浄土真宗）❖詩人・評論家。東京府生。東京工業大学卒。昭和二七年詩集『固有時との対話』、翌年『転位のための十篇』を発表。三一年『文学者の戦争責任』、三三年『転向論』などで文学者の戦争責任や転向を問う。三六年谷川雁、村上一郎と『試行』を創刊。主な著作に『共同幻想論』『最後の親鸞』などがある。

吉屋信子

よしや・のぶこ

［一八九六―一九七三］

❖本名＝吉屋信子（よしや・のぶこ）❖明治二九年一月一二日―昭和四八年七月一一日❖享年七七歳（紫雲院香誉信子大姉）❖神奈川県鎌倉市長谷四丁目二―一八・高徳院清浄泉寺（浄土宗）❖小説家。新潟県生。栃木高等女学校（現・栃木女子高等学校）卒。大正五年から『少女画報』に連載した『花物語』で少女小説家として出発。八年懸賞小説『地の果てまで』が入選、作家として歩を進めた。『鬼火』で女流文学者賞を受賞。『安宅家の人々』『あの道この道』『良人の貞操』『徳川の夫人たち』などがある。

新渡戸稲造の〈女である前に一人の人間であれ〉という一つの真理に目覚めた早熟の少女は、大正五年、少女雑誌に『花物語』という少女小説の連載を始めた。少女同士の夢見るような恋愛、その喜びや苦悩。戸惑いを描いて多くの読者を虜にしていった。

それはやがて大正一二年、永遠の愛友門馬千代との運命的な出会いにつながっていくことになる。以後、昭和四八年七月一一日、S字結腸がんによって鎌倉・恵風園病院に没するまで、彼女と公私をともにする。菊池寛と並び競うほどの人気作家となりながら、女性に友情を夢見てそれを実践していった吉屋信子にとって、既成社会の男性は理想にはほど遠い失望の対象でしかなかったのであろうか。

◉

鎌倉山の深い緑影から浮かび出て、露座の青銅阿弥陀如来が厳かに瞑想されている。鎌倉の大仏で親しまれている高徳院清浄泉寺裏、表通りの賑わいが別世界のように、小路脇の崖下にある狭い墓地に谷口吉郎設計による「吉屋信子」の墓は清閑としてあった。崖の隅を直角に切り取った石垣の石肌に、今にも透け込んでいくような薄くて小さな碑であった。

傍らの墓誌に戸籍上は養女となっている「吉屋千代」の名が刻されてあり、寒風に揺れる色とりどりの優しげな供花が、それらを綾取っていた。まもなく訪れてくる夕暮れには、背後の崖から薄墨色のベールがするするとふり降りてきて、肩を寄せ合った墓碑という墓碑の佇みを包み込んでしまうのだろう。

吉行淳之介

よしゆき・じゅんのすけ

［一九二四—一九九四］

遠藤周作、安岡章太郎、三浦朱門、近藤啓太郎らと共に「第三の新人」と呼ばれ、「性と生を見つめた作家」と称された。モダニズムあるいはダダイズムの詩人・父エイスケと美容師として自立した女性の母・あぐりのもとに生まれた淳之介の幼少期については探るべくもなく、おおよその想像はつくものではあるが、女性関係は別としても文学的才能については父エイスケの及ぶところではなかったかもしれない。平成六年七月二六日午後六時半、肝臓がんのため聖路加国際病院で死去した。

〈いろいろな意味でも二十一世紀を覗きたいな〉と口癖のように洩らしていたというが、その願いはついに叶わなかった。

〈ま、さほどに、人生、面白いモノではありませんな〉。

❖本名＝吉行淳之介（よしゆき・じゅんのすけ）❖大正一三年四月一三日—平成六年七月二六日❖享年七〇歳（清光院好文日淳信士）❖岡山県岡山市北区御津金川・吉行家墓地❖小説家。岡山県生。東京帝国大学中退。対談やエッセイの名手。『驟雨』で昭和二九年度芥川賞を受賞し、作家生活に入った。当時、淳之介と同世代の作家の遠藤周作、安岡章太郎、三浦朱門、近藤啓太郎らは「第三の新人」と呼ばれた。主な作品に『暗室』『鞄の中身』『夕暮まで』『砂の上の植物群』などがある。

◉

岡山と津山を結ぶ電車は山峡の蛇行する川に沿って、ゆるやかにカーブしながら金川という駅員一人の小さな停車場に着いた。吉行の母を主人公にしたNHKの朝の連続テレビ小説『あぐり』の放送中はよく訪ねてくる人があったというが、今は閑散として、ただひとり降車した私の影がぽつねんと揺らいでいるばかりだった。山裾に添った田圃には黄色く頭をそろえた稲穂がのんびりと揺れている。穏やかな郷家の地、白塀に囲まれた吉行家塋域には十数基の大小墓が並び、「先祖代々之墓」に淳之介は眠る。傍らの墓誌に戒名・俗名が刻されている。「清光院好文日淳信士」、なんと慎ましやかな戒名であることか、浄土真宗の法名・釈何某は別としても著名作家にしてこの潔さは希有のことだろう。

吉行理恵

よしゆき・りえ
［一九三九—二〇〇六］

❖本名＝吉行理恵子（よしゆき・りえこ）❖昭和一四年七月八日—平成一八年五月四日❖享年六六歳❖東京都港区北青山二丁目二一—八・持法寺（法華宗）❖詩人・小説家。東京府生。早稲田大学卒。父は吉行エイスケ、吉行淳之介は兄。早稲田大学在学中から詩誌『歴程』などに詩を発表した。詩集『夢の中で』で田村俊子賞を受賞。のち小説に転じ、『小さな貴婦人』で昭和五六年度芥川賞を受賞。『青い部屋』『まほうつかいのくしゃんねこ』『黄色い猫』などがある。

初恋の人は「立原道造」だったそうな。ある時期にはルドンの絵を横において詩を書いていたという。繊細すぎる神経、極度の対人恐怖症で、母や姉などごく一部の人としか会わない生活をつづけて、生涯独身を通した。ただ猫を愛し、猫を想い、猫に変身し、猫を書き、猫との静かな暮らしを楽しんでいた。猫にみとられて死ぬことが理想だとも書いた。作家としては寡作であったが、詩人としても小説家としても優れており、田村俊子賞や芥川賞、女流文学賞などを受賞している。初めての小説『男嫌い』では理恵の分身である北田冴は六六歳で死ぬことになっていた。奇しくも平成一八年五月四日午後三時二六分、吉行理恵は甲状腺がんのため六六歳で亡くなった。

◉

霧雨に濡れた石畳の参り道の奥、井伏鱒二も眠るこの寺の墓地に「吉行家之墓」はあった。父エイスケや兄淳之介が眠る吉行家の墓所は岡山にあるのだが、再婚した母あぐりの入れる墓ということでこの墓を平成一七年に建てた。その墓に約一年後、まず一番に納まることになろうとは理恵も思いもしなかったであろうが、自室の押し入れに遺してあった愛猫の遺骨三体、淳之介の分骨や岡山の墓所の土をこの墓に一緒に納めた。その墓の周りに皆で色とりどりの花を植えている光景を、かつて夢見たように、バル（愛猫）とともに空から眺めていることだろう。そしていまは平成二七年一月五日に肺炎のため一〇七歳で亡くなった母あぐりも一緒になって楽しんでいるに違いない。

❖本名＝橋詰 雄（はしづめ・ゆう）❖明治三四年四月二七日—平成四年六月三日❖享年九一歳❖神奈川県厚木市上古沢一二五二・厚木霊園特A七区一側一九番❖小説家。千葉県生。慶應義塾大学中退。昭和三年『改造』懸賞小説に『放浪時代』が入選。五年「新興芸術派倶楽部」を結成。モダニズム作家として活躍したが、九年以後文壇を去った。戦後『不死鳥』などを発表。サボテンの栽培・研究家としても知られる。『十九の夏』『街のナンセンス』などがある。

龍膽寺 雄《りゅうたんじ・ゆう》

［一九〇一—一九九二］

後年は『シャボテン幻想』などを著し、サボテン研究やそのコレクターとしての方が高名であったが、昭和三年、『改造』懸賞小説に『放浪時代』が一等に入選して佐藤春夫、谷崎潤一郎らに激賞されて以来、『アパートの女たちと僕と』など瑞々しい都会小説を発表してきた。しかし当時文壇に横行していた代作（自身も川端康成の代作をしたことがあった）や派閥性などの腐敗に手厳しい批判を加えた作品『M・子への遺書』によって文壇の地位を急速に失ってしまった。

文壇人の打算と虚栄を批判し、距離を置いた龍膽寺雄にとって、平成四年六月三日朝五時、心不全により九一歳で亡くなるまでの悠々とした人生に何の後悔があろう。

〈青春は白髪の中に在り〉

◉

丹沢山懐、バス停の金網に熊注意、猿注意、鹿注意などと注意看板が掲げてある。霊園の送迎バスに乗って野焼きの煙が立ちのぼる村落に分け入っていく。ジグザグの道筋、冬のやわらかな陽差しは山襞にふき溜まって穏やかな楽園を浮かび上がらせていた。「橋詰家墓」、薄赤御影横型洋墓の裏面に「平成三年橋詰雄建之」の刻がある。墓誌には橋詰雄、平成一五年、雄と同じく九一歳で亡くなった妻まさの名が。

〈社会を厳しく批判したり、霊魂の奥底を厳粛に解剖したりすることを、唯一の崇高な天職と心得ている小説家も、生活の内幕へ這入るとこのていたらくだ。要するに誰も自分にとって都合のわるいことだけは、絶対に批判も解剖もしないのだ〉と糾弾された文壇もこの聖域からなお遥かに遠い。

若山牧水

わかやま・ぼくすい

〔一八八五―一九二八〕

〈汝が夫は家にはおくな旅にあらば命光ると人の言へども〉と妻喜志子が詠ったように、旅びとは不思議な力を持っているものだ。牧水の心は旅を求め、旅に癒やされ、旅に酔った。昔生まれた故郷に残してきた夢、無数の花、青春の時代を煩悶し、貧窮に追いかけられた生活、自然に没入し、酒に身を委ね、放浪の果てに落ちついた沼津。だが自宅の建設費用や出版事業の借金返済のために臨んだ揮毫旅の疲労や大酒飲みが禍した。

四三歳の初秋、この地で身を横たえる時が訪れた。衰弱したなかでも微かに眼をあけ、酒をのぞんだというが、昭和三年九月一七日午前七時五八分、急性腸胃炎兼肝臓硬変症で冥界に旅立った――。〈幾山河越えさり行かば寂しさの終てなむ国ぞ今日も旅ゆく〉

◉

千本山乗運寺、揚羽蝶の紋をあしらった提灯が両側に吊された山門をくぐっていく。漂泊の詩人牧水の墓は、楠の葉陰に白く浮き出て建っている。うしろには先に建てられた「若山家之墓」があり、ここに牧水、妻喜志子、二女真木子、長男旅人が合葬されている。

「若山牧水之墓」は後に主宰した「創作社」有志により建てられたものであると聞く。幾時であろうとも旅の途にあれば、詠っては酔い、酔っては詠った。当然ながら、詠んだ歌の数は九〇〇〇首とかなり多い。全国に広がる歌碑の数も約三〇〇基と他の歌人に比べても圧倒的だ。旅に明け暮れた牧水の面目躍如というべきか。

〈聞きゐつゝたのしくもあるか松風の今は夢ともうつともきこゆ〉

❖本名＝若山 繁（わかやま・しげる）❖明治一八年八月二四日―昭和三年九月一七日❖享年四三歳（古松院仙誉牧水居士）❖牧水忌❖静岡県沼津市本字出口町三三五・乗運寺（浄土宗）❖歌人。宮崎県生。早稲田大学卒。尾上柴舟に師事。明治四一年歌集『海の声』『独り歌へる』を刊行。四三年『別離』を刊行。歌人として認められる。大正六年『創作』を復刊、妻若山喜志子との合著歌集『白梅集』を刊行。歌集『路上』『みなかみ』『くろ土』『山桜の歌』などがある。

❖本名＝和田芳恵（わだ・よしえ）❖明治三九年四月六日—昭和五二年一〇月五日❖享年七一歳❖茨城県古河市中央町二丁目八—三〇・宗顕寺（浄土真宗）❖小説家・評論家。北海道生。中央大学卒。新潮社に入社、編集の傍ら小説を書き、昭和一六年『格闘』が芥川賞候補となる。樋口一葉の研究をライフワークとし、『一葉の日記』で芸術院賞、『塵の中』で三八年度直木賞受賞。ほかに『接木の台』『暗い流れ』『火の車』『雪女』などがある。

和田芳恵

わだ・よしえ
［一九〇六—一九七七］

影を描く名手といわれた和田芳恵は、昭和五二年一〇月五日朝、東京上池台の自宅で十二指腸潰瘍のため死去した。ライフワークとしていた樋口一葉についての研究や考察はつとに有名だが、生涯の大部分は編集者として過ごしてきたのだった。出版社を興して失敗、多額の借金に困窮して失踪したこともあった。小説家への回り道をかなり経て〈食えなくって、餓死するなら餓死しろ〉という覚悟のもとに勇往邁進した作家生活だった。

野口冨士男は、和田芳恵も愛読者であったラフカディオ・ハーンの『草ひばり』の一節〈世に歌わんがためにわれとわが身の心臓をくらう人間の蟋蟀《こおろぎ》もいる〉を引いて、〈文学者はいかに生きて死すべきかを教えてくれた〉と追悼した。

城下町古河の渡良瀬川畔に向かっての通り沿いにある作家・永井路子旧宅の南手あたりは、周辺に土塁、お堀など当時がしのばれる痕跡や古河文学館、歴史博物館などもあり、この街の文化的中核のような地域であるようだ。武家町特有の鍵の手曲がりの道を辿った先に見える宗顕寺に和田芳恵の墓はあった。

静子夫人の妹が嫁がれているこの寺の奥まった墓地、筑波山麓から運ばれたという石に和田自身が遺した「寂」の文字が刻まれている。苔むした土庭におさまって、緑青吹きのような石膚に刻まれたいかにも細気な文字。傾きかけた西日が竹林に反射して、わずかばかりの華やかさを醸し出している塋域の様子が、和田芳恵の人柄を表しているようでことのほか頬笑ましかった。

和辻哲郎

わつじ・てつろう

［一八八九—一九六〇］

❖本名＝和辻哲郎（わつじ・てつろう）❖明治二二年三月一日—昭和三五年一二月二六日❖享年七一歳（明徳院和風良哲居士）❖神奈川県鎌倉市山ノ内一三六七・東慶寺（臨済宗）❖哲学者・倫理学者。兵庫県生。東京帝国大学卒。大学在学中第二次『新思潮』同人。漱石門下。ニーチェ、キェルケゴールの研究に没頭する。その倫理学の体系は、和辻倫理学と呼ばれる。また仏教美術の研究にも秀でたものがある。『古寺巡礼』『風土』『ニイチェ研究』『日本古代文化』などの著作がある。

〈美の哲学者〉といわれた和辻哲郎が、二〇代の後半に旅した古都奈良の建築や美術の印象を書き留めた『古寺巡礼』。その中に、法隆寺の印象について木下杢太郎へあてて書いたという文章が載っている。

〈私は一己の経験としては、あの中門の内側へ歩み入って、金堂と塔に歩廊とを一目に眺めた瞬間に、サアアッといふやうな、非常に透明な一種の音響のやうなものを感じます〉。

昭和三五年一二月二六日、哲学者は、練馬・南町の自宅で心筋梗塞により死去した。〈二つくしゃみをし、大きく二度息を吐いた。十二時四十分あんなにも好きだった太陽が、あかあかと明るく部屋の障子いちめんにあたっていた〉と、照夫人は臨終の様子を記している。

◉

和辻哲郎の名は『古寺巡礼』の著者としてよりも、郷土の誇りある哲学者として、より早くから意識の元にあった。北鎌倉の東慶寺にその人の墓があると知ってからは、何よりも先ず詣でたいと思っていた。年の終わりの朝、思わず背筋がピンとなってくるほど峻烈な冷気に墓地全体が支配されている。

交流のあった安倍能成、鈴木大拙や谷川徹三、西田幾多郎などの墓へ向かう一寸した坂道の脇に、低い石塀を背にして建っている哲人の墓碑は、横広でゆったりとしており、和洋を融合した趣があった。近代建築に日本の伝統精神を生かした建築家堀口捨己の手になるそれは石段の高さ、巾、墓前の空間、台石、墓石等、すべてが幽然とスキなく構成されていた。

あとがき

唐突《とうとつ》ですが、私の最も好きな画家はポール・ゴーギャンです。

ゴッホに傾倒した時期もありましたが、長じてからは、なんといってもゴーギャンです。強烈な「悪」の匂いさえ放つ複雑な面貌《めんぼう》に、いいしれぬ畏怖《いふ》を覚えます。強欲とも思える熱い欲望、絶望に震える死の翳り、陽光に輝く華々しい果実、青く沈む夜の闇、それぞれに一つの世界があり、時にして、背を向けた一人の人間が叫んでおりました。それは、ゴーギャンであり、あるいは魅入る私自身であったのかもしれません。

一九九五年七月一日に立ち上げたウェブサイト「文学者掃苔録《そうたいろく》」。十数冊ある資料ファイルの最終ページに差し込まれた一枚の紙はすでに黄ばみ始め、紙面の一行目に「あとがき」と示してあります。

一八九七年一月一八日、デンマークで一人の娘が死んだ。

〈私の娘が二〇歳になった時のために〉と附記された一冊の粗末な彼のノート、髪に花を挿したタヒチ娘が表紙に描かれた『アリーヌのための手帳』。第一ページに書かれた献辞に〈私の娘アリーヌにこの手帳は捧げられる。夢のように脈絡もないきれぎれのノート、人生のようにすべて断片より成る〉とある。

しかし、娘アリーヌはこの手帳を読むことなく、一九歳で死んだ。

彼は妻メットに無限の悲しみを送った。

〈私は自分の娘を喪った。私はもう神を愛さない。私の母と同じく、娘はアリーヌという名前だった。人は皆それぞれ自分流に愛する。或る人々には愛は棺を前にして燃え上がる、他の人々には……私は知らない。アリーヌの墓はそこにあるだろう、花を飾られて、見かけだけは。彼女の墓はしかし此処にある、私のすぐ側にある。私の涙は花だ、生きた花だ（福永武彦訳）〉

希望を失った画家の遺作となるはずだった左右四・五メートル、天地一・七メートルのタブロー。青とヴェロネーズ緑色を帯びた風景の中央に果実を摘んでいる女、右下には横を向いて眠っている赤ん坊、左下にはうずくまり、頬杖をつく老婆が死を受け入れようとしている。全ては森陰の小川のほとりで起こったイブの一代記。

上部左右の隅はクローム黄に塗られ、右には画家の署名、左には題辞が描かれている。

ポール・ゴーギャン――我々はどこから来たか、我々とは何か、我々はどこへ行くか。

この後、何を書き続けようとしたのか、書き継ぐ言葉が見つからなかったのか、今は思い出すことができません。尻切れトンボのようなこの文章を時々読み返してはいたのですが、これ以上書き足すことができないまま、いたずらに時は過ぎて今日《こんにち》に至ってしまいましたが、ようやく締めくくるべき時がきたようです。

一九九二年五月三〇日に亡くなった「嘘吐《うそつ》きみっちゃん」こと井上光晴、自筆年譜までも虚偽の創作をし、瀬戸内寂聴に「嘘をつかなければ生きてこられなかった」と涙した彼の通夜二次会の席で葬儀委員長だった埴谷雄高が万感の思いを込めて歌い、寂聴が聴き終わったあと感極まって号泣したという歌があります。

「どこからきてどこへいくのか」
いつ始まり　いつ終わるのか
生きとし生けるもの　うたかたの命よ
つかの間の時　とこしえの時
潮満ちる時　月欠ける時——

蓮如上人の「白骨《はっこつ》の御文章《ごぶんしょう》」にもある〈夫《それ》人間の浮生《ふしょう》なる相をつらつら観ずるに、おほよそはかなきものは、この世の始中終《しちゅうじゅう》まぼろしのごとくなる一期《いちご》なり。さればいまだ萬歳《まんざい》の人身《にんじん》をうけたりといふ事をきかず、一生過ぎやすし。いまにいたりてたれか百年の形体《ぎょうたい》をたもつべきや。我やさき、人やさき、けふともしらず、あすともしらず、をくれさきだつ人は、ものしずく、すゑの露よりもしげしといへり。されば朝《あした》には紅顔《こうがん》ありて夕《ゆうべ》には白骨となれる身なり〉のごとく、〈うたかたの命〉と〈とこしえの時〉、永劫に相反する二つの命題にもだえ苦しみながら衆生《しゅじょう》は生きていくのです。

死はそれほどにも出発である
死はすべての主題のはじまりであり
生は私には逆向きにしか始まらない
死を〈背後〉にするとき
生ははじめて私にはじまる
死を背後にすることによって
私は永遠に生きる
私が生をさかのぼることによって

死ははじめて
生き生きと死になるのだ

——石原吉郎「死」(『満月をしも』一九七八年・思潮社)

「文学者掃苔録」の原点であり、主題ともなった詩です。

私の最も敬愛する詩人石原吉郎が一九七八年二月二五日に刊行した詩集『満月をしも』に収められたこの詩を目にした時ほど、心の静穏《せいおん》を覚えたことはありません。


雪は降りしきった。遠い灯までさえぎるものもない暗い曠野を、静かに、忍び足で、時間が去って行った。雪は無心に舞い続け、降り積もり、やがて、人の寝た形の、低い小さな丘を作った。


五味川純平『人間の条件』の最終章を読み終えた一六歳の秋深き日の黄昏。私は初めて「死」を意識し、抗いようのない理不尽な生きとし生けるものの「運命」を思ったのです。以来、「死」の恐怖から逃れることは叶いませんでした。

喜びで満ちあふれていたときも、哀しみで打ちひしがれていた時も、行く道も定まらず、引き返すすべもなく、途方にくれ煩悶《はんもん》していた時も、ふいと、脳裏に蘇ってくるのです。さまざまなことから解放してくれたのがこの詩だったのです。

私はこの死を知った時、初めて「生きる」ことを強く意識しました。その年の二月はじめに結婚した私にとって、そのことは何にも増してありがたいことではあったのですが、やがて二人の子供ができ、不規則な仕事の時間と家庭のやりくりに追われながら、運命にもてあそばれた近しい人たちの死があり、移ろいゆく日々のうちに、ある夕暮れ時、ふと、いつしか時の背後に忘れ去られてしまった「哀しげな人影」が、足下から薄くぼんやりと伸びているのを見てしまったのです。

〈午後三時は、何を始めるにも遅すぎる。あるいは早すぎる〉と、サルトルは『嘔吐《おうと》』の中で書いています。私もどうやらその時刻にさしかかってきたようだと意識するようになったのは、「哀しげな人影」を見た四十路をずっと越してからのことでありました。

〈人間五十年　下天《げてん》の内をくらぶれば、夢幻《ゆめまぼろし》のごとくなり。一度生を得て滅せぬ者のあるべきか、これを菩提の種と思ひ定めざらんは、口惜しかりき次第ぞ〉と織田信長が舞ったように、儚い人生をどう生き、どう締めくくるべきか、呆然たる思いのそんな曖昧な時刻にあの詩が蘇ってきたのです。

〈死を背後にすることによって　私は永遠に生きる〉――。当時の私にとってこんな力強い応援歌はありませんでした。死は到達点ではなく出発点だという確信のようなものが芽生えてきたのです。

「生」をさかのぼって生き生きとした「死」を生きる。そう願い、そう信じ、そう生きようと心に決めたのでした。

この本の表題となった「掃苔」とは苔むして読みにくくなった墓をきれいにして彫られた文字を読むこと、つまりは墓参りのことです。

生きることと死ぬこと。

「願わくは花のもとにて春死なん　そのきさらぎの望月《もちづき》のころ」と呼んだ漂泊の歌人西行はその願い通り、建久元年二月一六日、満月のもとに逝きましたが、詩人、俳人、歌人、小説家など、命の限りを深く見つめて文学を志したあまた先人の死生に相対《あいたい》する姿はどのようなものであったのか、「掃苔」という旅のはじまりでもあったのです。

時あたかもインターネット創世記。満足いかないまでもようやく通信速度に納得ができる時代がはじまっていました。出版という形を取らなくても、いついかなる時も自由に、自分の発想や主張を伝えられる場所ができたのです。

何よりもまず最初に文学者の墓に詣で、そこから作品や言動を通してその人の来し方をさかのぼっていくのです。老人で生まれ、年を経るごとに若返っていくという数奇な人生を生きた「ベンジャミン・バトン」のように。

人生に絶望して果てた作家、道半ばにして病に倒れた作家、語り尽くして人生を全うした作家、その作家たちが望み、あるいは望まれた沈黙の場所。

幾多の苦しみを抱き、闘い、倒れ、乗り越えた作家たちが眠っている聖域に一歩、また一歩と分け入って、作家たちの人生に出会い、対することによって、私の漂泊を考えたい、私の人生を考えたい、ひとつひとつの朝《あした》を数えるように歩いてみようとはじめた「掃苔」の旅なのです。

三島由紀夫、太宰治、森鷗外、北原白秋、三木露風、樋口一葉、九條武子、志賀直哉、斎藤茂吉、長与善郎、田中英光の一一名からなる探墓《たんぼ》巡礼の記録を「文学者掃苔録」と名付けたウェブサイトに発表するようになったのは一九九五年七月一日からのことでした。

「掃苔」の先達《せんだつ》野田宇太郎は、先の大戦で荒廃した国土を憂いながら、めまぐるしく移り変わる季節と季節をまたいで、文学者たちの足跡を飽くことなく追いつづけました。私の「掃苔録」も否応なく野田宇太郎の影を追っていきました。


庄野潤三は次のように書きます。

こんな風に僕は生きているけれど、これから先、幾回夏を迎えるよろこびを味うことが出来るのだろう? 僕が死んでしまったあと、やはり夏がめぐってくるけれどもその時強烈な太陽の光の照らす世界には僕というものはもはや存在しない。誰かが南京はぜの木の下に立って葉を透かして見ている。誰かが入道雲に見とれて佇ちつくしている。そして誰かがひゃあ！　といって水を浴びているだろう。しかし、僕はもう地球上の何処にもいない。

また、石川達三は死を前にして日記に綴りました。

私の死はもう眼の前に迫っているが、私は死について何も考えて居ない。考えることの興味がない。多くの人が死について色々書いているがすべて無駄だと私は思っている。死後の生活は何もないと思う。人類の死者は何千万或いは何億。それが皆消えてしまって何ものも残っていない。死後の世界は空白である。

〈死こそ常態　生はいとしき蜃気楼〉と茨木のり子は桜の花に観じました。『人間臨終図鑑』の山田風太郎は、〈自分という個体の永遠の消滅とか、人間のプライドとか、大げさに特別のものと思わないほうがいい。死に場所がどこであろうと、そこが草葉の世界だと思えればいい〉と。あるいは〈死とは、ただ見えなくなるだけだ〉という横光利一の言葉を信じて、〈帰らざればわが空席に散るさくら〉などと融通無碍《ゆうずうむげ》の句を詠んだ中村苑子。

人それぞれの死生観が示されてありますが、その血のすべてを絞り出すように作品に遺して去って逝った文学者たちの渾身の思い。

拙い言の葉で綴った「文学者掃苔録」は、間違いなく私自身の「遺す言葉」にちがいありません。

――我々はどこから来たか、我々とは何か、我々はどこへ行くか。

二〇一五年七月、ウェブサイト『文学者掃苔録』は創設二〇年となりました。「掃苔」の旅も順風満帆とはほど遠く、紆余曲折の道のりを細々《ほそぼそ》と息つなげて、ようやくの二〇年。

掲載文学者は五一八名（二〇一五年六月現在）を数えるに至りました。振り返れば、随分と長い間文学者のお墓に関わってきたものです。昨年は徳島県に足を伸ばして、北海道から九州まで、沖縄県をのぞく全都道府県に足を踏み入れたことになります。

不規則な仕事柄、取材も思うに任せず、更新が滞ることもしばしばありました。あまりの更新遅延を心配してか、読者の方から病気見舞いまでいただく始末。「文学者掃苔録」がこれほどまでに長らえてこられたのも多くの方からの叱咤激励《しったげきれい》があったからこそのこと、感謝の言葉もありません。

二〇〇名を超えた頃からいつかは自分の手で本の形に残しておきたいと、本格的な製本技術を身につけるため手製本の工房に通って装幀、製本等、すべて私個人の手による上下二巻の特装本を造ったりもしておりましたが。二〇年目の区切りとなるこのたび、思いがけず出版のお話をいただきました。有名無名にとらわれず、思い入れのある文学者を中心に二五〇名を選び、改稿・編集し、ここにようやく上梓が叶うこととなりました。

執筆にあたっては、それぞれの文学者たちの数えきれない作品や研究書に大いに助けられました。紙面を借りてここに深い感謝を捧げます。また、生きる力を授けてくれた文学者の諸霊に黙禱を捧げます。突然の取材訪問や問い合わせにもかかわらず、快く接してくださったご遺族や、郷土研究家、図書館職員の方々、各寺院のご住職、それら畏敬すべき文学者に連なる関係者の方々、および、本書の上梓にあたって多大なご尽力をいただいた原書房の百町研一氏に謹んでお礼申し上げます。

二〇一五年七月

大塚英良

『物語明治文壇外史』巖谷大四著（新人物往来社）
『物語女流文壇史』巖谷大四著（中央公論社）
『戦後詩壇私史』小田久郎著（新潮社）
『推理文壇戦後史』山村正夫著（双葉文庫）
『証言・戦後文壇史』井上司朗著（人間の科学社）
『文壇うたかた物語』大村彦次郎著（筑摩書房）
『文壇栄華物語』大村彦次郎著（筑摩書房）
『文壇挽歌物語』大村彦次郎著（筑摩書房）
『座談会昭和文壇史』野口冨士男編（講談社）
『感触的昭和文壇史』野口冨士男著（文藝春秋）
『座談会昭和文学史（全6巻）』井上ひさし・小森陽一著（集英社）
『物語戦後文学史 正・続・完結編』本多秋五著（新潮社）
『昭和文学盛衰史』高見順著（文春文庫）
『十五日会と『文学者』・文壇資料』中村八朗著（講談社）
『本郷菊富士ホテル・文壇資料』近藤富枝著（講談社）
『馬込文学地図・文壇資料』近藤富枝著（講談社）
『田端文士村・文壇資料』近藤富枝著（講談社）
『阿佐ヶ谷界隈・文壇資料』村上護著（講談社）
『四谷花園アパート・文壇資料』村上護著（講談社）
『戦後・有楽町界隈・文壇資料』加藤一郎著（講談社）
『鎌倉・逗子・文壇資料』巖谷大四著（講談社）
『軽井沢・文壇資料』小川和佑著（講談社）
『朝日新聞の記事に見る追悼録（明治）』朝日新聞社編（朝日文庫）
『友よさらば・弔辞大全I』開高健編（新潮文庫）
『神とともに行け・弔辞大全II』開高健編（新潮文庫）
『水晶の死・一九八〇年代追悼文集』立松和平編（鈴木出版）
『近代作家追悼文集成』（ゆまに書房）
『知識人99人の死に方』荒俣宏責任編集（角川書店）
『別冊新評・作家の死』（新評社）
『詩人臨終大全』中川千春著（未知谷）
『図説・お墓の基礎知識』福原堂礎著（朱鷺書房）
『文京区ゆかりの文人たち』戸畑忠政編著（文京区教育委員会）
『馬込文士村ガイドブック』（大田区立郷土博物館）
『お墓大全科』（毎日新聞社）
『GLOBAL MAPPLE 世界&日本地図帳（昭文社）
WEB歴史が眠る多磨霊園（管理者：小林大樹）
各霊園管理事務所作成の関係資料

【参考文献】

●各文学者の作品、評伝類は膨大な数にのぼるため割愛いたしました。

『野田宇太郎文学散歩・全24巻別巻2』野田宇太郎著（文一総合出版）
『日本文学の旅（全12巻）』野田宇太郎著（人物往来社）
『文学散歩　作家の墓　上・下巻』中川八郎編著（一穂社）
『東京掃苔録』藤浪和子著（東京名墓顕彰会）
『今日はお墓参り』川本三郎著（平凡社）
『図説・東京お墓散歩』工藤寛正著（河出書房新社）
『東京・神奈川と其の周辺・著名人の墓碑録』母里三十四著（星雲社）
『東京都著名人墳墓略誌』長谷川芳貞著』（雲母書房）
『谷中墓地掃苔録（壱・弐・参）』森まゆみ編著（谷根千工房）
『作家の臨終・墓碑事典』岩井寛編（東京堂出版）
『作家の墓を訪ねよう』岩井寛著（同文書院）
『新上毛文学散歩』新上毛文学散歩編集委員会編（煥乎堂）
『人間臨終図鑑（上・下）』山田風太郎著（徳間書店）
『作家・文学碑の旅』宮澤康造著（ぎょうせい）
『詩をめぐる旅』伊藤信吉著（新潮社）
『街道をゆく（全43巻）』司馬遼太郎著（朝日新聞出版）
『新潮日本人名辞典』（新潮社）
『新潮日本文学辞典』（新潮社）
『新潮日本文学アルバム』（新潮社）
『俳諧人名辞典』（巌南堂書店）
『コンサイス人名辞典日本編』（三省堂）
『詩歌人名事典』（日外アソシエーツ）
『文学忌歳時記』佐川章著（創林社）
『近代文学研究叢書』昭和女子大学近代文学研究室（昭和女子大学近代文化研究所）
『近代日本文学辞典』久松潜一・吉田精一編（東京堂出版）
『日本近代文学大事典（全6巻）（講談社）
『日本文学鑑賞辞典・近代編』吉田精一編（東京堂）
『日本文壇史（1－18巻）』伊藤整著（講談社）
『日本文壇史（19－24巻）』瀬沼茂樹著（講談社）
『新日本文壇史・第八巻　女性作家の世界』川西政明（岩波書店）
『自伝的女流文壇史』吉屋信子著（中公文庫）
『明治俳壇史』村山古郷著（角川書店）
『大正俳壇史』村山古郷著（角川書店）
『昭和俳壇史』村山古郷著（角川書店）
『戦後・日本文壇史』巖谷大四著（朝日新聞社）
『物語大正文壇史』巖谷大四著（文藝春秋）
『物語文壇人国記』巖谷大四著（六興出版）

戒名・法名ほか	埋葬地	墓地住所	墓地名・地番
普照院劉誉詩道一穂居士	福岡県	北九州市小倉北区京町1-6	宝典寺
―	神奈川県	厚木市上古沢1152	厚木霊園特A7区1側19番
文徳院釈慧海居士	東京都	練馬区練馬2丁目12-11	信行寺
普照院智法妙薫大姉	東京都	八王子市元八王子町3-2536	八王子霊園54区56側17番
―	東京都	豊島区駒込5丁目5-1	染井霊園1種イ4号13側
―	東京都	東村山市萩山町1丁目16-1	小平霊園12区20側28番
香文院信誉喜志大姉	静岡県	沼津市出口町335	乗運寺
寿松院光誉旅人居士	静岡県	沼津市出口町335	乗運寺
古松院仙誉牧水居士	静岡県	沼津市出口町335	乗運寺
―	新潟県	西蒲原郡黒崎町黒鳥	鷲尾家墓地
―	神奈川県	厚木市恩名886	自家屋敷地内
車の踏切事故・脳挫傷	東京都	港区三田4丁目12-6	大増寺ひじり苑
―	愛知県	名古屋市千種区平和公園	共同墓地霊拝堂
―	東京都	港区三田4丁目12-6	大増寺ひじり苑
―	東京都	港区元麻布3丁目5-16	長玄寺
夏岳院正心義道居士	東京都	台東区今戸1丁目6-7	潮江院
―	茨城県	古河市中央町2丁目8-30	宗願寺
明徳院和風良哲居士	神奈川県	鎌倉市山ノ内1367	東慶寺

氏名	生年月日	没年月日	死因	享年	文学忌
り					
劉 寒吉［小説家］	1906.9.18	1986.4.20	—	79	
▶龍膽寺 雄［小説家］	1901.4.27	1992.6.3	心不全	91	
わ					
若杉 慧［小説家］	1903.8.29	1987.8.24	—	83	
若杉鳥子［歌人］	1892.12.25	1937.12.18	脳溢血（気管支喘息）	44	
若松賤子［翻訳家］	1864.4.6	1896.2.10	肺結核	31	
和歌森 太郎［歴史学者・民俗学者］	1915.6.13	1977.4.7	—	61	
若山喜志子［歌人］	1888.5.28	1968.8.19	—	80	
若山旅人［歌人］	1913.5.8	1998.3.14	—	84	
▶若山牧水［歌人］	1885.8.24	1928.9.17	肝硬変	43	牧水忌
鷲尾雨工［小説家］	1892.4.27	1951.2.9	—	58	
和田 伝［小説家］	1900.1.17	1985.10.12	結腸がん	85	
渡辺 温［小説家］	1902.8.26	1930.2.10	—	27	
渡辺霞亭［小説家］	1864.12.18	1926.4.7	—	62	
渡辺啓助［小説家］	1901.1.10	2002.1.19	—	101	
渡辺順三［歌人］	1894.9.10	1972.2.26	—	77	
渡辺水巴［俳人］	1882.6.16	1946.8.13	—	64	水巴忌
▶和田芳恵［小説家］	1906.4.6	1977.10.5	十二指腸潰瘍	71	
▶和辻哲郎［哲学者］	1889.3.1	1960.12.26	心筋梗塞	71	

戒名・法名ほか	埋葬地	墓地住所	墓地名・地番
山本有三大居士	栃木県	栃木市万町22-4	近龍寺
詩心院釈哲亮居士	福岡県	福岡市中央区天神3丁目12-3	光円寺
—	群馬県	安中市安中上之野尻町	湯浅家墓地
秋香院妙露日芳大姉	神奈川県	鎌倉市山ノ内1367	東慶寺
峋峻院達翁道淳居士	山形県	山形市長谷堂3455-7	清源寺
温光韻清徳日信居士	東京都	荒川区西日暮里3丁目1-3	本行寺
—	東京都	豊島区駒込5丁目5-1	染井霊園1種ロ6号12側
—	静岡県	駿東郡小山町大御神888-2	冨士霊園1区6号1275番
悟真院吟園泰道居士	福岡県	福岡市博多区中呉服町9-23	一行寺
—	群馬県	藤岡市下大塚21	除村家墓地
真如院文誉慈潤夜雨清居士	茨城県	下妻市大字横根	横瀬家墓地
清浄心院正覚文道栄達居士	神奈川県	川崎市多摩区南生田8丁目1-1	春秋苑東特別区6-1
光文院釈雨過居士	東京都	府中市多磨町4-628	多磨霊園4区1種39側16番
白桜院鳳翔晶耀大姉	東京都	府中市多磨町4-628	多磨霊園11区1種10側14番
冬柏院雋雅清節大居士	東京都	府中市多磨町4-628	多磨霊園11区1種10側14番
大叡院友雲仙生夢庵大居士	東京都	港区南青山2丁目32-2	青山霊園1種イ6号4側
凌雲院帯星孤雲大居士	東京都	世田谷区豪徳寺2丁目24-7	豪徳寺
永康院徳相実道居士	東京都	豊島区巣鴨3丁目21-21	真性寺
崇文院殿釈仁英大居士	東京都	府中市多磨町4-628	多磨霊園20区1種51側5番
白林虚籟一穂居士	北海道	古平郡古平町大字浜町368	禅源寺
文瑛院涼誉健雅信楽居士	神奈川県	横浜市西区元久保町3-24	久保山墓地K14区
二絃院索誉暢発法音居士	東京都	府中市多磨町4-628	多磨霊園14区1種1側6番
	静岡県	伊豆市修善寺4183	鹿山
文輝院淳徳精道大居士	東京都	港区南青山2丁目32-2	青山霊園1種ロ2号15側
—	東京都	府中市多磨町4-628	多磨霊園8区1種13側18番
永光院文錦清照大姉	福島県	いわき市好間町北好間上野107	龍雲寺
艸心洞是観秀雄居士	神奈川県	鎌倉市二階堂710	瑞泉寺
文藻院詠道幸雅大姉	東京都	杉並区下高井戸2丁目21-2	龍泉寺
誠諦庵物外一昌居士	東京都	文京区本駒込1丁目5-22	龍光寺
—	新潟県	南魚沼郡湯沢町大字神立字原1214	大野原霊苑
釈光隆	東京都	杉並区永福1丁目8-1	築地本願寺別院和田堀廟所
紫雲院香誉信子大姉	神奈川県	鎌倉市長谷4丁目2-28	高徳院清浄泉寺
文章院滅証宗和信士	岡山県	岡山市北区御津金川	吉行家墓地
清光院好文日淳信士	岡山県	岡山市北区御津金川	吉行家墓地
—	東京都	港区北青山2丁目12-8	持法寺
学海居士	東京都	台東区谷中7丁目5-24	谷中霊園乙3号6側

氏名	生年月日	没年月日	死因	享年	文学忌
山本有三［小説家］	1887.7.27	1974.1.11	肺炎	86	一一一忌
▸矢山哲治［詩人］	1918.4.28	1943.1.29	轢死	24	
ゆ					
湯浅半月［詩人］	1858.3.30	1943.2.4	—	84	
湯浅芳子［露文学者］	1896.12.7	1990.10.24	老衰	93	
結城哀草果［歌人］	1893.10.13	1974.6.29	老衰	80	
結城信一［小説家］	1916.3.6	1984.10.26	—	68	
結城素明［画家・随筆家］	1875.12.10	1957.3.24	—	81	
由起しげ子［小説家］	1900.12.2	1969.12.30	脳血栓	69	
▸夢野久作［小説家］	1889.1.4	1936.3.11	脳溢血	47	
よ					
除村吉太郎［翻訳家］	1897.2.10	1975.11.3	—	78	
横瀬夜雨［詩人］	1878.1.1	1934.2.14	急性肺炎	56	
横溝正史［小説家］	1902.5.25	1981.12.28	結腸がん	79	
▸横光利一［小説家］	1898.3.17	1947.12.30	胃潰瘍	49	横光忌
与謝野晶子［歌人］	1878.12.7	1942.5.29	狭心症	63	白桜忌
与謝野鉄幹［歌人］	1873.2.26	1935.3.26	肺炎	62	冬柏忌
▸吉井 勇［歌人］	1886.10.8	1960.11.19	肺がん	74	勇忌
吉江喬松［詩人］	1880.9.5	1940.3.26	—	59	
▸吉岡 実［詩人］	1919.4.15	1990.5.31	急性腎不全	71	
吉川英治［小説家］	1892.8.11	1962.9.7	肺がん	70	英治忌
▸吉田一穂［詩人］	1898.8.15	1973.3.1	心不全	74	
▸吉田健一［評論家・英文学者］	1912.3.27	1977.8.3	肺炎	65	
吉田紘二郎［小説家］	1886.11.24	1956.4.21	—	69	
吉田精一［国文学者］	1908.11.12	1984.6.9	—	75	
吉野作造［政治学者］	1878.1.29	1933.3.18	肺気腫	55	
吉野せい［小説家］	1899.4.15	1977.11.4	尿毒症	78	
吉野秀雄［歌人］	1902.7.3	1967.7.13	心臓喘息	65	艸心忌
▸吉原幸子［詩人］	1932.6.28	2002.11.28	肺炎	70	
吉丸一昌［国文学者］	1873.9.15	1916.3.7	心臓発作	42	
▸吉村 昭［小説家］	1927.5.1	2006.7.31	膵臓がん	79	
吉本隆明［評論家・詩人］	1924.11.25	2012.3.16	肺炎	81	
吉屋信子［小説家］	1896.1.12	1973.7.11	結腸がん	77	
吉行エイスケ［小説家］	1906.5.10	1940.7.8	狭心症	34	
▸吉行淳之介［小説家］	1924.4.13	1994.7.26	肝臓がん	70	
▸吉行理恵［詩人・小説家］	1939.7.8	2006.5.4	甲状腺がん	66	
依田学海［漢学者・評論家］	1834.1.3	1909.12.27	—	75	

戒名・法名ほか	埋葬地	墓地住所	墓地名・地番
—	新潟県	見附市河野町	上北谷小学校脇墓地
—	静岡県	駿東郡小山町大御神888-2	冨士霊園1区5号207番
—	静岡県	駿東郡小山町大御神888-3	冨士霊園1区5号207番
—	滋賀県	大津市馬場1丁目5-12	義仲寺
	奈良県	桜井市桜井976	来迎寺
照香院釈尼津世	東京都	西東京市ひばりが丘4-8-22	東本願寺ひばりが丘浄苑
—	東京都	台東区谷中7丁目5-24	谷中霊園甲11号8側
—	東京都	港区芝公園1丁目3-16	天光院
不生院釈宗悦	東京都	東村山市萩山町1丁目16-1	小平霊園27区13側2番
—	福島県	いわき市小川町上小川植ノ内42	常慶寺
	福島県	会津若松市一箕町大字八幡字北滝	大塚山墓地
永隆院殿顕誉常正明国大居士	神奈川県	川崎市多摩区南生田8丁目1-1	春秋苑中2区3-15
妙心院心華白蓮大姉	神奈川県	相模原市緑区寸沢嵐2888	顕鏡寺
—	東京都	府中市多磨町4-628	多磨霊園6区1種8側25番
光風院沙羅義秀居士	静岡県	駿東郡小山町大御神888-2	冨士霊園1区5号209番
山岡院釈荘八真徳居士	神奈川県	川崎市多摩区南生田8-1-1	春秋苑第二特別区4-30
登照院妙美大姉	福井県	小浜市伏原45-3	発心寺
—	東京都	大田区萩中1丁目12-29	妙覚寺
—	兵庫県	芦屋市朝日ヶ丘町37-17	芦屋市営霊園23地区
—	岩手県	盛岡市北山2丁目9-17	東禅寺
—	兵庫県	芦屋市朝日ヶ丘町37-18	芦屋市営霊園23地区
文光院法国日瞳居士	神奈川県	横須賀市東浦賀町2丁目1-1	顕正寺
清蓮院紫紅日暉居士	神奈川県	横浜市保土ヶ谷区保土ヶ谷3丁目172	樹源寺
観相院方代無煩居士	山梨県	甲府市右左口町4104	円楽寺
—	東京都	港区南青山2丁目32-2	青山霊園1種イ12号7側
徳照院道誉陸奥居士	東京都	世田谷区奥沢7丁目41-3	浄真寺
	広島県	尾道市東土堂町17-29	天寧寺
—	群馬県	高崎市倉賀野町1043	永泉寺
—	東京都	豊島区駒込5丁目5-1	染井霊園1種ロ10号9側
風々院風々風々居士	東京都	八王子市上川町1520	上川霊園1区1番34号
—	東京都	世田谷区北烏山5丁目10-1	宗福寺
—	東京都	府中市多磨町4-628	多磨霊園14区1種8側7番
南溟院釈重思居士	千葉県	松戸市田中新田48-2	八柱霊園8区108側38番
—	茨城県	水戸市八幡町11-69	祇園寺管理・江林寺
香華院麗月美徳大姉	京都府	京都市東山区泉涌寺山内町36	雲龍院
大智院文誉澹静徳胎居士	長野県	佐久市岩村田本町1188	西念寺
—	福岡県	八女市大字本町283-1	無量寿院
—	東京都	東村山市萩山町1丁目16-1	小平霊園1区8側21番
恵光院周獄文窓居士	神奈川県	鎌倉市十二所512	鎌倉霊園29区4側

氏名	生年月日	没年月日	死因	享年	文学忌
矢沢 宰［詩人］	1944.5.7	1966.3.11	劇症肝炎	21	
保高徳蔵［小説家］	1889.12.7	1971.6.28	脳血栓	81	
保高みさ子［小説家］	1914.5.15	2010.7.25	心筋梗塞	96	保高徳蔵妻
保田與重郎［評論家］	1910.4.15	1981.10.4	肺がん	71	
▶矢田津世子［小説家］	1907.6.19	1944.3.14	肺結核	36	
矢田部良吉［植物学者・詩人］	1851.10.13	1899.8.8	溺死	47	
柳川春葉［小説家］	1877.3.5	1918.1.9	急性肺炎	40	
柳 宗悦［民芸研究家］	1889.3.21	1961.5.3	脳出血	72	
柳澤 健［詩人］	1889.11.3	1953.5.29	—	63	
柳田國男［民俗学者］	1875.7.31	1962.8.8	心臓衰弱	87	国男忌
▶柳原白蓮［歌人］	1885.10.15	1967.2.22	心臓衰弱	81	
矢野龍渓［小説家・政治家］	1851.1.2	1931.6.18	尿閉症	80	
薮田義雄［詩人］	1902.4.13	1984.2.18	—	81	
山岡荘八［小説家］	1907.1.11	1978.9.30	ホジキン氏病	71	
▶山川登美子［歌人］	1879.7.19	1909.4.15	肺結核	29	
山川方夫［小説家］	1930.2.25	1965.2.20	自動車事故	34	
▶山口誓子［俳人］	1901.11.3	1994.3.26	呼吸不全	92	誓子忌
山口青邨［俳人］	1892.5.10	1988.12.15	—	96	青邨忌
山口波津女［俳人］	1906.10.25	1985.6.17	呼吸不全	78	波津女忌
▶山口 瞳［小説家］	1926.1.19	1995.8.30	肺がん	68	
山崎紫紅［劇作家］	1875.3.3	1939.12.25	—	64	
▶山崎方代［歌人］	1914.11.1	1985.8.19	心不全	70	
山路愛山［史家・評論家］	1865.1.23	1917.3.15	—	51	
山下陸奥［歌人］	1895.12.24	1967.8.29	—	71	
山田かまち［詩人］	1960.7.21	1977.8.10	感電事故死	17	
山田美妙［小説家］	1868.8.25	1910.10.24	頸腺がん	42	
▶山田風太郎［小説家］	1922.1.4	2001.7.28	肺炎	79	
山手樹一郎［小説家］	1899.2.11	1978.3.16	肺がん	79	
山中峯太郎［小説家・児童文学者］	1885.12.15	1966.4.28	—	80	
▶山之口 貘［詩人］	1903.9.11	1963.7.19	胃がん	59	
▶山村暮鳥［詩人］	1884.1.10	1924.12.8	急性腸炎	40	暮鳥忌
山村美紗［小説家］	1934.8.25	1996.9.5	心不全	62	
▶山室 静［文芸評論家］	1906.12.15	2000.3.23	急性心不全	93	
▶山本健吉［評論家］	1907.4.26	1988.5.7	呼吸不全	81	健吉忌
山本七平［評論家］	1921.12.18	1991.12.10	膵臓がん	69	
▶山本周五郎［小説家］	1903.6.22	1967.2.14	肝炎	63	周五郎忌

戒名・法名ほか	埋葬地	墓地住所	墓地名・地番
―	東京都	八王子市戸吹町185	中央霊園
	埼玉県	入間郡毛呂山町大字葛貫423	新しき村大愛堂
大寛院道如弦斎居士	神奈川県	平塚市豊田打間木419	慈眼寺
―	神奈川県	横浜市西区元久保町3-24	久保山霊園K51区
―	東京都	東村山市萩山町1丁目16-1	小平霊園21区19側39番
青萍院常閑鬼城居士	群馬県	高崎市若松町49	龍広寺
―	東京都	八王子市初沢町1425	高尾霊園
明徳院文修雅道居士	東京都	府中市多磨町4-628	多磨霊園8区1種14側
―	東京都	あきる野市菅生716	西多摩霊園C区左
―	神奈川県	鎌倉市二階堂421	覚園寺
清光院浄誉塊多居士	東京都	豊島区南池袋4丁目25-1	雑司ヶ谷霊園1種20号6側
―	東京都	豊島区南池袋4丁目25-1	雑司ヶ谷霊園1種5号25側
―	石川県	金沢市野田町野田山1番地2	野田山墓地
詩文院妙春日好大姉	東京都	品川区南品川2丁目8-23	妙国寺

華香院釈尼妙和	東京都	府中市多磨町4-628	多磨霊園9区1種10側
文林院萩舟日彰居士	東京都	品川区南品川2丁目8-23	妙国寺
―	千葉県	南房総市高崎677	寿楽寺
雲月院敦誉正覚文哲居士	東京都	新宿区袋町15	光照寺
―	東京都	府中市多磨町4-628	多磨霊園3区1種9側
貞献院殿文穆思斎大居士	東京都	三鷹市下連雀4丁目18-20	禅林寺
文尚院槐南日泰居士	東京都	府中市多磨町4-628	多磨霊園14区1種3側3番
―	東京都	三鷹市下連雀4丁目18-20	禅林寺
老春院森髯居士	東京都	府中市多磨町4-628	多磨霊園14区1種3側3号
―	神奈川県	鎌倉市腰越2丁目4-8	万福寺
	愛知県		正覚寺
常楽院茉莉清香大姉	東京都	三鷹市下連雀4丁目18-20	禅林寺
―	東京都	八王子市上川町1520	上川霊園1区1番18号
―	鹿児島県	大島郡与論町	クリスタルビーチ上の別荘そば
白蓮院浄明思軒居士	岡山県	笠岡市笠岡5930	遍照寺
	東京都	台東区根岸3丁目13-22	世尊寺
浄光院寂然草平居士	東京都	豊島区南池袋4丁目25-1	雑司ヶ谷霊園1種東6号3側9番
	東京都	府中市多磨町4-628	多磨霊園12区2種31側
	長野県	下伊那郡阿智村駒場569	長岳寺
―	静岡県	駿東郡小山町大御神888-2	冨士霊園1区5号202番

―	東京都	八王子市上川町1520	上川霊園6区1番446号
浄明院自得貫道居士	東京都	町田市相原町大戸	生家墓地
景雲院随心義徳居士	東京都	中野区上高田1丁目27-3	松源寺

氏名	生年月日	没年月日	死因	享年	文学忌
武者小路実篤［小説家］	1885.5.12	1976.4.9	尿毒症	90	
▶村井弦斎［小説家］	1864.1.26	1927.7.30	動脈瘤	63	
▶村岡花子［翻訳家・児童文学者］	1893.6.21	1968.10.25	脳血栓	75	
村上一郎［評論家・小説家］	1920.9.24	1975.3.29	自刃	54	
村上鬼城［俳人］	1865.6.10	1938.9.17	胃がん	73	鬼城忌・常閑忌
村上浪六［小説家］	1865.12.18	1944.12.1	—	78	
▶村野四郎［詩人］	1901.10.7	1975.3.2	肺炎	73	亡羊忌
村野次郎［歌人］	1894.3.19	1979.7.16	肺炎	85	
村松梢風［小説家］	1889.9.21	1961.2.13	真菌症	71	
▶村山槐多［詩人・画家］	1896.9.15	1919.2.20	肺結核	22	
▶村山知義［劇作家・演出家］	1901.1.18	1977.3.22	横行結腸がん	76	
▶室尾犀星［詩人・小説家］	1889.8.1	1962.3.26	肺がん	72	犀星忌
室積波那女［俳人］	1888.5.20	1968.7.22	—	80	
も					
物集和子［小説家］	1888.10.—	1979.7.27	—	90	
本山荻舟［小説家］	1881.3.27	1958.10.19	—	77	
百田宗治［詩人・児童文学者］	1893.1.25	1955.12.12	—	62	
▶森 敦［小説家］	1912.1.22	1989.7.29	動脈瘤破裂	77	
森 有正［哲学者・仏文学者］	1911.11.30	1976.10.18	血栓症	64	
森 鷗外［小説家］	1862.2.17	1922.7.9	肺結核	60	鷗外忌
森 槐南［漢詩人］	1863.12.26	1911.3.7	—	47	
森 志げ［小説家］	1880.5.3	1936.4.18	尿毒症	55	
森 春涛［漢詩人］	1819.4.25	1889.11.21	胃がん	70	
森 銑三［歴史学者］	1895.9.11	1985.3.7	脳軟化症	89	
▶森 茉莉［随筆家］	1903.1.7	1987.6.6	心不全	84	
森 三千代［詩人・小説家］	1901.4.19	1977.6.29	—	76	
森 瑤子［小説家］	1940.11.4	1993.7.6	胃がん	52	
森田思軒［小説家・翻訳家］	1861.8.26	1897.11.14	腸チフス	36	
森田草平［小説家・翻訳家］	1881.3.19	1949.12.14	肝臓肥大黄疸	68	
森田たま［随筆家］	1894.12.19	1970.10.30	尿毒症	75	
や					
▶矢川澄子［小説家・詩人］	1930.7.27	2002.5.29	縊死	71	
▶八木重吉［詩人］	1898.2.9	1927.10.26	肺結核	29	茶の花忌
▶八木義徳［小説家］	1911.10.21	1999.11.9	起立性低血圧	88	風祭忌

戒名・法名ほか	埋葬地	墓地住所	墓地名・地番
三上於菟吉大人命	埼玉県	北葛飾郡杉戸町木野川	木野川共同墓地
真実院釈清心居士	東京都	中野区上高田1丁目1-10	正見寺
穐雲院赤蛉露風居士	東京都	三鷹市牟礼2丁目14-16	大盛寺別院牟礼墓地
法心院高才霜川居士	東京都	府中市多磨町4-628	多磨霊園14区2種4側
彰武院文鑑公威居士	東京都	府中市多磨町4-628	多磨霊園10区1種13側32番
—	静岡県	駿東郡小山町大御神888-2	冨士霊園・文学者の墓
浜順院聴楽諦嘉居士	東京都	府中市多磨町4-628	多磨霊園6区1種11側
瑞厳院殿積徳密成大居士	神奈川県	川崎市多摩区南生田8	春秋苑第二特別区3-14
—	東京都	豊島区南池袋4丁目25-1	雑司ヶ谷霊園1種15号14側
—	東京都	府中市多磨町4-628	多磨霊園2区1種6側
—	東京都	豊島区駒込5丁目5-1	染井霊園1種イ3号1側
至心院釈法幢法師	東京都	新宿区大久保1丁目16-15	全龍寺
善福院佳詠鷹大姉	千葉県	成田市田町22-2	白髪庵墓地
—	東京都	府中市多磨町4-628	多磨霊園6区2種22号
智荘厳院鑁覚顕微真居士	和歌山県	田辺市稲成町392	高山寺
賢光院智阿文徳章蔵居士	東京都	府中市多磨町4-628	多磨霊園5区1種16号6番
—	京都府	舞鶴市宇西神崎265	永春寺
超然文雅秀潤居士	群馬県	桐生市西久方町2丁目3-19	円満寺
—	東京都	調布市深大寺元町5丁目15-1	深大寺三昧所墓地
永賢院晴山義光居士	福島県	いわき市好間町北好間上野107	龍雲寺
研真遍照居士	神奈川県	藤沢市大庭3782	大庭台霊園9区1画15列
宝樹院釈花圃大姉	東京都	港区南青山2丁目32-2	青山霊園1種ロ8号17側
—	兵庫県	加古川市本町214-7	常住寺
智海院釈雪嶺居士	東京都	港区南青山2丁目32-2	青山霊園1種ロ8号17側
—	東京都	府中市多磨町4-628	多磨霊園8区1種16側34番
—	新潟県	北魚沼郡堀之内町宮林	共同墓地
—	東京都	港区南青山2丁目32-2	青山霊園1種ロ21号9側
真金院三不日賢善男子	岩手県	花巻市石神町389	身照寺
質直院外骨日亀居士	東京都	豊島区駒込5丁目5-1	染井霊園1種イ3号21側
釈嘉祥信士	東京都	港区元麻布1丁目2-12	賢崇寺
—	東京都	府中市多磨町4-628	多磨霊園18区1種21側
—	東京都	東村山市萩山町1丁目16-1	小平霊園2区11側6番
	東京都	港区南青山2丁目32-2	青山霊園1種ロ8号33側
鉄道院周遊俊妙居士	東京都	港区南青山2丁目32-2	青山霊園1種ロ7号15側2番
—	東京都	府中市多磨町4-628	多磨霊園18区1種36号22番
法治院平安日達居士	大阪府	高槻市上牧2丁目6-31	本澄寺
—	長野県	下伊那郡喬木村阿島	阿島墓地
芳章院釈清邦大姉	東京都	府中市多磨町4-628	多磨霊園12区1種29側52番

氏名	生年月日	没年月日	死因	享年	文学忌
三上於菟吉［小説家］	1891.2.4	1944.2.7	脳血栓	53	
三木 清［哲学者］	1897.1.5	1945.9.26	膿腎症	48	
▶三木露風［詩人］	1889.6.23	1964.12.29	輪禍による脳内出血	75	
三島霜川［小説家・評論家］	1876.7.30	1934.3.9	—	57	
▶三島由紀夫［小説家］	1925.1.14	1970.11.25	切腹	45	憂国忌
水上 勉［小説家］	1919.3.8	2004.9.8	肺炎	85	帰雁忌
水木京太［劇作家］	1894.6.16	1948.7.1	—	54	
水野成夫［翻訳家・実業家］	1899.11.13	1972.5.4	—	72	
水野仙子［小説家］	1888.12.3	1919.5.31	肺結核・脳膜炎	30	
水野葉舟［詩人・小説家］	1883.4.9	1947.2.2	—	63	
▶水原秋櫻子［俳人］	1892.10.9	1981.7.17	心不全	88	秋桜子忌
▶三角 寛［小説家］	1903.7.2	1971.11.8	心筋梗塞	68	
▶三橋鷹女［俳人］	1899.12.24	1972.4.7	—	72	鷹女忌
三富朽葉［詩人］	1889.8.14	1917.8.2	溺死	27	
南方熊楠［博物学者・民俗学者］	1867.5.18	1941.12.29	萎縮腎	74	
水上瀧太郎［小説家］	1887.12.6	1940.3.23	脳溢血	52	
港野喜代子［詩人］	1913.3.25	1976.4.15	—	63	
南川 潤［小説家］	1913.9.2	1955.9.22	脳栓塞	42	
皆吉爽雨［俳人］	1902.2.7	1983.6.29	—	81	
三野混沌［詩人］	1894.3.20	1970.4.10	肺炎	76	
宮内寒弥［小説家］	1912.2.28	1983.3.5	—	71	
三宅花圃［小説家・歌人］	1869.2.4	1943.7.18	—	73	
三宅周太郎［評論家］	1892.7.22	1967.2.14	肺がん	74	
三宅雪嶺［哲学者・評論家］	1860.7.7	1945.11.26	—	85	
三宅やす子［小説家］	1890.3.15	1932.1.18	心臓麻痺	41	
宮 柊二［歌人］	1912.8.23	1986.12.11	急性心不全	74	
宮崎湖処子［詩人・小説家］	1864.10.20	1922.8.9	脳溢血	57	
▶宮澤賢治［詩人・児童文学者］	1896.8.27	1933.9.21	肺炎	37	賢治忌
宮武外骨［ジャーナリスト・文化史家］	1867.2.22	1955.7.28	老衰	88	
宮地嘉六［小説家］	1884.6.11	1958.4.10	肝臓がん	73	
宮原晃一郎［児童文学者］	1882.9.2	1945.6.10	—	62	
▶宮本百合子［小説家］	1899.2.13	1951.1.21	敗血症	51	
▶宮脇俊三［紀行作家］	1926.12.9	2003.2.26	肺炎	76	周遊忌
三好十郎［劇作家］	1902.4.23	1958.12.16	肺結核	56	
▶三好達治［詩人］	1900.8.23	1964.4.5	肺炎	63	達治忌
む					
椋 鳩十［小説家・児童文学者］	1905.1.22	1987.12.27	肺炎	82	夕焼忌
▶向田邦子［小説家］	1929.11.28	1981.8.22	飛行機事故	51	

戒名・法名ほか	埋葬地	墓地住所	墓地名・地番
天寿院明誉歌道唯真居士	奈良県	北葛城郡新庄町大字平岡262	極楽寺
普羅窓峯越日堂居士	千葉県	長生郡白子町関808	玄徳寺
—	千葉県	千葉市若葉区桜木1丁目38-1	桜木霊園14区64号
—	東京都	府中市多磨町4-628	多磨霊園7区1種5側五輪塔
—	東京都	府中市多磨町4-628	多磨霊園12区1種10側21番
青天院静観夕暮居士	東京都	府中市多磨町4-628	多磨霊園12区1種10側21番
—	東京都	港区南青山2丁目32-2	青山霊園1種イ21号13側
—	山形県	山形市緑町3丁目1-26	願重寺
—	神奈川県	鎌倉市山ノ内453	円覚寺松嶺院
大光院法船日信居士	神奈川県	小田原市中町1丁目14-13	清光寺
嘯風院文彩容堂居士	東京都	台東区谷中1丁目7-15	玉林寺
子規居士	東京都	北区田端4丁目18-4	大龍寺
—	長野県	上田市中央2丁目16-14	願行寺
—	東京都	府中市多磨町4-628	多磨霊園24区1種8側
—	神奈川県	鎌倉市山ノ内1367	東慶寺
—	東京都	府中市多磨町4-628	多磨霊園11区1種26側
無量寿院釈善譲	神奈川県	藤沢市打戻1119	盛岩寺
釈誠證	東京都	台東区東上野6丁目15-6	西光寺
—	東京都	府中市多磨町4-628	多磨霊園13区1種1側3番
—	神奈川県	横浜市中区石川町3丁目128	蓮光寺
文藻院釈成念居士	愛媛県	宇和島市宇和津町1丁目3-1	大隆寺
厳峰院詠誉一道居士	東京都	東村山市萩山町1丁目16-1	小平霊園16区19側7番
清閑院釈文張	東京都	八王子市大谷町1019-1	富士見台霊園西8区2側
青光院釈一管居士	神奈川県	三浦市三崎町1丁目19-1	本瑞寺
真鑑院慧光豊道居士	東京都	渋谷区広尾5丁目1-21	祥雲寺
—	東京都	大田区池上1丁目1-1	本門寺
青果院殿機外文棟大居士	東京都	文京区小日向1丁目4-18	日輪禅寺
—	東京都	港区南青山2丁目32-2	青山霊園1種イ1号9側
—	東京都	港区南青山2丁目32-2	青山霊園1種イ1号9側
—	東京都	港区南青山2丁目32-2	青山霊園1種イ1号9側
—	東京都	港区南青山2丁目32-2	青山霊園1種イ6号12側
—	神奈川県	鎌倉市十二所512	鎌倉霊園と地区3側146号
—	愛知県	豊橋市牛川町字西側16	正太寺
—	東京都	府中市多磨町4-628	多磨霊園18区1種31側

—	北海道	旭川市神居町富沢409-4	観音霊園自由1区
香玄院文苑哲秀居士	岩手県	二戸郡一戸町一戸大沢25	広全寺
浄貞妙芳大姉	埼玉県	所沢市元町20-15	実蔵院

氏名	生年月日	没年月日	死因	享年	文学忌
ま					
前川佐美雄［歌人］	1903.2.5	1990.7.15	急性肺炎	87	
前田普羅［俳人］	1884.4.18	1954.8.8	脳溢血	70	普羅忌
前田河広一郎［小説家］	1888.11.13	1957.12.4	動脈硬化症・心臓喘息	69	
前田曙山［小説家］	1872.1.1	1941.2.8	—	69	
前田 透［歌人］	1914.9.16	1984.1.13	交通事故	69	
▸前田夕暮［歌人］	1883.7.27	1951.4.20	肺湿潤	67	
前田林外［詩人・歌人］	1864.4.8	1946.7.13	—	82	
真壁 仁［詩人］	1907.3.15	1984.1.11	—	76	
牧 羊子［詩人］	1923.4.29	2000.1.19	胃潰瘍	76	
▸牧野信一［小説家］	1896.11.12	1936.3.24	縊死	39	牧野信一忌
▸正岡 容［小説家・評論家］	1904.12.20	1958.12.7	頸動脈破裂	53	
▸正岡子規［俳人］	1867.10.14	1902.9.19	結核性カリエス	34	糸瓜忌・獺祭忌
正木不如丘［小説家］	1887.2.26	1962.7.30	—	75	
正宗白鳥［小説家］	1879.3.3	1962.10.28	膵臓がん	83	
真杉静枝［小説家］	1905.10.3	1955.6.29	肺癌	53	
松岡貞総［歌人］	1888.7.15	1969.6.23	—	80	
松岡 譲［小説家・随筆家］	1891.9.28	1969.7.22	脳溢血	77	
松倉米吉［歌人］	1895.12.25	1919.11.25	肺結核	23	
松田瓊子［小説家］	1916.3.19	1940.1.13	結核・腹膜炎	23	
松永延造［小説家・詩人］	1895.4.26	1938.11.20	—	43	
松根東洋城［俳人］	1878.2.25	1964.10.28	—	86	
松村英一［歌人］	1889.12.31	1981.2.25	—	91	
松本清張［小説家］	1909.12.21	1992.8.4	肝臓がん	82	
松本たかし［俳人］	1906.1.5	1956.5.11	心臓麻痺	50	たかし忌
真船 豊［劇作家］	1902.2.16	1997.8.3	—	75	
間宮茂輔［小説家］	1899.2.20	1975.1.12	—	75	
真山青果［小説家・劇作家］	1878.9.1	1948.3.25	脳溢血	69	
丸岡 明［小説家］	1907.6.29	1968.8.24	—	61	
丸岡 桂［歌人］	1878.10.7	1919.2.12		40	
丸岡莞爾［歌人］	1836.7.11	1898.3.6		61	
丸岡九華［小説家・詩人］	1865.—	1927.7.9	—	62	
▸丸谷才一［小説家・評論家］	1925.8.27	2012.10.13	心不全	87	
▸丸山 薫［詩人］	1899.6.8	1974.10.21	脳血栓	75	
丸山邦男［評論家］	1920.6.15	1994.1.24	—	73	
み					
三浦綾子［小説家］	1922.4.25	1999.10.12	多臓器不全	77	
▸三浦哲郎［小説家］	1931.3.16	2010.8.29	うっ血性心不全	79	
三ヶ島葭子［歌人］	1886.8.7	1927.3.26	脳溢血	40	

戒名・法名ほか	埋葬地	墓地住所	墓地名・地番
実相院恆存日信居士	神奈川県	中郡大磯町東小磯19	妙大寺
天通院正覚達眠居士	神奈川県	小田原市早川850	久翁寺
—	岐阜県	高山市鉄砲町6	高山別院照蓮寺
温良院徳誉芳香桜痴居士	東京都	台東区谷中7丁目5-24	谷中霊園甲1号12側
—	東京都	豊島区南池袋4丁目25-1	雑司ヶ谷霊園1種12号12側
—	東京都	豊島区南池袋4丁目25-1	雑司ヶ谷霊園1種20号12側
—	長崎県	平戸市大久保町2166-1	雄香寺
藤翁静誉居士	静岡県	藤枝市五十海4丁目8-34	岳叟寺
藤沢院周徳留信居士	東京都	八王子市元八王子町3-2536	八王子霊園61区14側1番
清光院春誉一道居士	石川県	七尾市小島町ハ-148	西光寺
—	大阪府	大阪市天王寺区生玉蝶13-31	齢延寺
—	愛媛県	松山市祝谷東町636	常信寺
—	京都府	乙訓郡大山崎町大山崎字銭原1	宝積寺
	徳島県	三好市山城町信正	生家墓地
—	東京都	港区南青山2丁目32-2	青山霊園1種ロ12号14側・無名戦士墓
—	東京都	豊島区駒込5丁目5-1	染井霊園1種イ5号37側
十方院釋毛銭居士	熊本県	水俣市わらび野	秋葉山墓地
文徳院殿青梅秀聖居士	東京都	府中市多磨町4-628	多磨霊園3区2種6側3番
寂照院天真談応居士	東京都	中野区上高田1丁目2-12	龍興禅寺
—	東京都	府中市多磨町4-628	多磨霊園6区1種11側
香月院釈尼眞淳	東京都	東村山市萩山町1丁目16-1	小平霊園16区1側3番
—	東京都	北区滝野川3丁目88-17	金剛寺
—	東京都	東村山市青葉町4丁目1-1	国立全生園全生者之墓
大徳院文耀日誠居士	東京都	目黒区八雲1丁目2-10	常円寺
—	東京都	港区南青山2丁目32-2	青山霊園1種イ9号4側9〜10番
紫雲院玉藻妙立大姉	神奈川県	鎌倉市扇ヶ谷1丁目17-7	寿福寺
—	東京都	港区南青山2丁目32-2	青山霊園1種ロ12号14側・無名戦士の墓
松寿院釈源淨居士	東京都	世田谷区北烏山5-7-1	乗満寺
—	東京都	杉並区永福1丁目8-1	本願寺和田掘廟所
—	神奈川県	鎌倉市山ノ内1367	東慶寺
—	東京都	府中市多磨町4-628	多磨霊園12区1種3側29番
—	神奈川県	鎌倉市十二所512	鎌倉霊園5区0側89号
	新潟県	長岡市稽古町1636	長興寺
陸芸院釈浄海居士	北海道	紋別市上渚滑町4丁目	西辰寺
—	東京都	港区南青山2丁目32-2	青山霊園1種イ1号4側
—	愛知県	豊田市花本町宇津木101	光明寺

氏名	生年月日	没年月日	死因	享年	文学忌
福田恆存［評論家・劇作家］	1912.8.25	1994.11.20	肺炎	82	
福田正夫［詩人］	1893.3.26	1952.6.26	脳溢血	59	
福田夕咲［詩人］	1886.3.12	1948.4.26	—	62	
福地桜痴［ジャーナリスト・劇作家］	1841.5.13	1906.1.4	—	64	
▸福永武彦［小説家・詩人］	1918.3.19	1979.8.13	脳内出血	61	
福原麟太郎［英文学者・随筆家］	1894.10.23	1981.1.18	—	86	
藤浦 洸［詩人］	1898.9.1	1979.3.13	—	80	
▸藤枝静男［小説家］	1907.12.20	1993.4.16	—	85	雄老忌
▸藤沢周平［小説家］	1927.12.26	1997.1.26	肝不全	69	寒梅忌
▸藤澤清造［小説家］	1889.10.28	1932.1.29	凍死	42	
藤沢桓夫［小説家］	1904.7.12	1989.6.12	心不全	84	
藤野古白［俳人］	1871.9.22	1895.4.12	ピストル自殺	23	
▸富士正晴［小説家・詩人］	1913.10.30	1987.7.15	急性心不全	73	
藤森成吉［小説家・劇作家］	1892.8.28	1977.5.26	—	84	
▸二葉亭四迷［小説家］	1864.4.4	1909.5.10	肺結核	45	四迷忌
淵上毛錢［詩人］	1915.1.13	1950.3.9	—	35	
舟橋聖一［小説家］	1904.12.25	1976.1.13	心不全	71	
船山 馨［小説家］	1914.3.31	1981.8.5	心不全	67	大祥忌
古谷綱武［評論家］	1908.5.5	1984.2.12	—	75	
へ					
辺見じゅん［歌人・小説家］	1939.7.26	2011.9.21	脳内出血	72	夕鶴忌
▸逸見猶吉［詩人］	1907.9.9	1946.5.17	肺結核	38	
ほ					
北条民雄［小説家］	1914.9.22	1937.12.5	腸結核	23	
北條 誠［小説家・劇作家］	1918.1.5	1976.11.18	—	58	
▸星 新一［小説家］	1926.9.6	1997.12.30	肺炎	71	ホシヅル忌
星野立子［俳人］	1903.11.15	1984.3.3	—	80	立子忌
細井和喜蔵［小説家］	1897.5.9	1925.8.18	急性腹膜炎	28	
細田源吉［小説家］	1891.6.1	1974.8.9	—	83	
細野孝二郎［小説家］	1901.12.18	1977.2.1	—	75	
▸堀田善衛［小説家］	1918.7.17	1998.9.5	脳梗塞	80	
▸堀 辰雄［小説家］	1904.12.28	1953.5.28	肺結核	48	辰雄忌
▸堀口大學［詩人］	1892.1.8	1981.3.15	肺炎	89	
本庄陸男［小説家］	1905.2.20	1939.7.23	結核	34	
本田あふひ［俳人］	1875.12.17	1939.4.2	—	63	
本多秋五［評論家］	1908.9.22	2001.1.13	脳出血	92	

戒名・法名ほか	埋葬地	墓地住所	墓地名・地番
—	広島県	広島市中区東白島町16-19	円光寺
歓喜院釈浄光	北海道	札幌市豊平区平岸4条15丁目3-19	札幌霊園
—	栃木県	上都賀郡北犬飼村深津丘地	半田家墓地
—	東京都	青梅市千ヶ瀬町6-734	宗建寺
智相院釈妙葉信女	東京都	杉並区永福1丁目8-1	築地本願寺別院和田堀廟所
攷文院雄風銅牛居士	東京都	府中市多磨町4-628	多磨霊園8区1種16側
—	埼玉県	さいたま市三橋5-1505	公園墓地青葉園
コルネリオ	神奈川県	鎌倉市材木座2丁目15-3	材木座霊園聖公会廟
—	東京都	台東区谷中7丁目5-24	谷中霊園乙10号5側
—	東京都	世田谷区若林4丁目35-1	松陰神社
樋口国登大人命霊	長野県	飯田市箕瀬町1-2464-1	柏心寺
正教院法文信士	千葉県	松戸市田中新田48-2	八柱霊園28区49側26番
文徳院遊誉勝道葦平居士	福岡県	北九州市若松区山手町6-1	安養寺
克修院法誉草城居士	大阪府	大阪市天王寺区餌差町6-31	慶伝寺
—	新潟県	上越市寺町3丁目1-14	性宗寺
—	東京都	墨田区向島5丁目3-2	弘福寺
—	東京都	台東区谷中7丁目2-4	感応寺
学典院文誉明秀禿木居士	東京都	墨田区両国2丁目8-10	回向院
明媼之命	神奈川県	川崎市多摩区南生田8丁目1-1	春秋苑中7区2-21
—	千葉県	松戸市上本郷2381	本福寺
	神奈川県	横浜市中区山手町96	横浜外人墓地
評言院釈秀亮	岐阜県	各務原市那加西市場町5-87	法蔵寺
—	東京都	府中市多磨町4-628	多磨霊園22区1種52側
—	東京都	府中市多磨町4-628	多磨霊園6区2種22側2番
—	長野県	諏訪市中州福島	共同墓地
法初院廓林寿輔居士	神奈川県	藤沢市大庭819	宗賢寺
国光院百穂常稔日暉居士	東京都	府中市多磨町4-628	多磨霊園5区1種10側
—	東京都	台東区谷中7丁目5-24	谷中霊園乙8号10側
—	東京都	台東区谷中7丁目5-24	谷中霊園乙8号10側
蒼々院釈績文柳浪居士	東京都	台東区谷中7丁目5-24	谷中霊園乙8号10側
桃光院清玉法順大姉	兵庫県	明石市人丸町1-29	月照寺
—	埼玉県	秩父市大字山田990	秩父聖地霊園2種1区12列7号
深諦院釈正念居士	神奈川県	小田原市本町4丁目5-7	正恩寺
慧岳院釈普宏	石川県	加賀市大聖寺神明町4	本光寺
大観院独立自尊居士	東京都	港区元麻布1丁目6-21	善福寺
廓然院幸誉大悟居士	東京都	江東区三好1丁目5-12	済生院雙樹寺
江月院妙雲英貞大姉	東京都	豊島区駒込5丁目5-1	染井霊園1種イ4号11側

氏名	生年月日	没年月日	死因	享年	文学忌
▶原 民喜［小説家］	1905.11.15	1951.3.13	自殺・鉄道	45	花幻忌
原田康子［小説家］	1928.1.12	2009.10.20	呼吸不全	81	
半田良平［歌人］	1887.9.10	1945.5.19	―	57	
ひ					
干刈あがた［小説家］	1943.1.25	1992.9.6	胃がん	49	コスモス忌
▶樋口一葉［小説家］	1872.5.2	1896.11.23	結核	24	一葉忌
樋口銅牛［俳人］	1866.2.5	1932.1.15	―	66	
久板栄二郎［劇作家］	1898.7.3	1976.6.9	―	77	
▶久生十蘭［小説家］	1902.4.6	1957.10.6	食道がん	55	
菱山修三［詩人］	1909.8.28	1967.8.7	脳溢血	57	
人見東明［詩人・教育者］	1883.1.16	1974.2.4	―	91	
日夏耿之介［詩人］	1890.2.22	1971.6.13	肺炎	81	
日沼倫太郎［評論家］	1925.7.3	1968.7.14	心筋梗塞	43	
▶火野葦平［小説家］	1907.1.25	1960.1.24	睡眠薬自殺	52	葦平忌
日野草城［俳人］	1901.7.18	1956.1.29	心臓衰弱	54	草城忌
平出 修［歌人・小説家］	1878.4.3	1914.3.17	骨瘍症	35	
平木二六［詩人］	1903.11.26	1984.7.23	―	80	
平木白星［詩人］	1876.3.2	1915.12.20	―	39	
平田禿木［英文学者・随筆家］	1873.2.10	1943.3.13	―	70	
▶平塚らいてう［社会運動家・評論家］	1886.2.10	1971.5.24	胆道がん	85	らいてう忌
平野威馬雄［仏文学者・詩人］	1900.5.5	1986.11.11	心筋梗塞	86	
平野 謙［評論家］	1907.10.30	1978.4.3	クモ膜下出血	70	
平野万里［歌人・詩人］	1885.5.25	1947.2.10	―	61	
平林彪吾［小説家］	1903.9.1	1939.4.28	敗血症	35	
▶平林たい子［小説家］	1905.10.3	1972.2.17	肺炎	66	
平林初之輔［評論家］	1892.11.8	1931.6.15	膵臓炎	38	
平福百穂［歌人・画家］	1877.12.28	1933.10.30	―	55	
広津和郎［小説家］	1891.12.5	1968.9.21	腎不全	76	広津和郎忌
広津桃子［小説家］	1918.3.21	1988.11.24	―	70	
広津柳浪［小説家］	1861.7.15	1928.10.15	心臓麻痺	67	
ふ					
▶深尾須磨子［詩人］	1888.11.18	1974.3.31	―	85	
▶深沢七郎［小説家］	1914.1.29	1987.8.18	心不全	73	
深沢正策［翻訳家］	1889.2.22	1972.10.10	―	83	
▶深田久弥［小説家］	1903.3.11	1971.3.21	脳卒中	68	九山忌
福沢諭吉［思想家・教育者］	1835.1.10	1901.2.3	脳溢血	66	雪池忌
福士幸次郎［詩人］	1889.11.5	1946.10.11	―	56	
福田英子［社会運動家］	1865.11.22	1927.5.2	心臓病	61	

戒名・法名ほか	埋葬地	墓地住所	墓地名・地番
—	京都府	京都市東山区円山町477	東大谷墓地西部地区3区314号
麗峯院文藻美妙芳薫大姉	神奈川県	横浜市戸塚区汲沢4丁目32-6	宝寿院
—	東京都	府中市多磨町4-628	多磨霊園13区1種1側3番
正覚院釈尚文居士	東京都	新宿区若葉町2丁目1	真英寺
恭徳院祐心紹泰居士	長崎県	諫早市城見町	金谷墓地
—	東京都	文京区大塚5丁目40-1	護国寺
宝積院哲茂恭謳居士	群馬県	前橋市石倉町4丁目6-15	林倉寺
光英院釈文昭居士	群馬県	前橋市田口町754-4	政淳寺
—	静岡県	駿東郡小山町大御神888-2	富士霊園文学者の墓
誠心院事観日聲居士	神奈川県	川崎市麻生区片平5丁目3-11	善正寺
—	静岡県	伊豆の国市立花台	守木共同墓地
慈宏院水明日照大姉	東京都	杉並区堀の内3丁目48-58	福相寺
—	神奈川県	横浜市鶴見区鶴見2丁目1-1	総持寺中央ホ-1-3
—	東京都	品川区上大崎2丁目13-36	高福院
至誠院本覚天渓居士	神奈川県	鎌倉市山ノ内409	円覚寺松嶺院
正像院利行日播居士	京都府	京都市伏見区納所北城堀49	妙教寺
高徳院殿彰誉硯香如是閑大居士	東京都	文京区向丘2丁目35-3	清林寺
清浄院雫餘子日住居士	東京都	杉並区堀の内3丁目48-58	福相寺
—	福岡県	柳川市奥州町32-1	福厳寺
—	東京都	豊島区駒込5丁目5-1	染井霊園1種イ6号6側
—	千葉県	松戸市田中新田48-2	八柱霊園8区101側7号
—	東京都	豊島区南池袋4丁目25-1	雑司ヶ谷霊園1種1号10側
—	東京都	港区南青山2丁目32-2	青山霊園1種イ7号4側6番甲
—	東京都	台東区谷中7丁目5-24	谷中霊園乙10号5側3番
—	東京都	文京区大塚5丁目40-1	護国寺
—	東京都	豊島区駒込5丁目5-1	染井霊園1種イ4号1側
廣徳院殿童愛錦謡居士	神奈川県	川崎市多摩区南生田8丁目1-1	春秋苑墓地中1区8-17
	山形県	東置賜郡高畠町大字一本柳2051-1	満福寺
—	東京都	東村山市萩山町1丁目16-1	小平霊園13区37側1番
積翠院常安明達居士	神奈川県	藤沢市大庭3782	大庭台霊園22区1画9列
文修院智照房雄居士	神奈川県	鎌倉市浄明寺2丁目7-4	報国寺
慧照院不忘日海居士	神奈川県	鎌倉市大町1丁目15-1	妙本寺
純徳院芙蓉清美大姉	東京都	中野区上高田4丁目14-1	万昌院巧運寺
清流院葉山大樹居士	東京都	港区南青山2丁目32-2	青山墓地1種ロ12号14側・無名戦士の墓
	福岡県	京都郡みやこ町豊津	甲塚墓地
赤晃朗歌大姉位	宮城県	黒川郡大和町宮床長倉48	龍岩寺
—	群馬県	前橋市富士見町赤城山	森の家付近

氏名	生年月日	没年月日	死因	享年	文学忌
▶野間 宏［小説家］	1915.2.23	1991.1.2	食道がん	75	
▶野溝七生子［小説家］	1897.1.2	1987.2.12	急性心不全	90	
▶野村胡堂［小説家］	1882.10.15	1963.4.14	肺炎	80	
野村尚吾［小説家］	1912.1.2	1975.5.15	—	63	
▶野呂邦暢［小説家］	1937.9.20	1980.5.7	心筋梗塞	42	菖蒲忌
は					
芳賀 檀［国文学者・評論家］	1903.7.6	1991.8.15	—	88	
▶萩原恭次郎［詩人］	1899.5.23	1938.11.22	溶血性貧血	39	
▶萩原朔太郎［詩人］	1886.11.1	1942.5.11	肺炎	55	朔太郎忌
萩原葉子［小説家］	1920.9.4	2005.7.1	播種性血管内凝固症候群	84	
橋田東声［歌人］	1886.12.20	1930.12.20	腸チフス	44	
橋本英吉［小説家］	1898.11.1	1978.4.20	—	79	
長谷川かな女［俳人］	1887.10.22	1969.9.22	老衰	81	かな女忌・龍胆忌
長谷川時雨［劇作家・小説家］	1879.10.1	1941.8.22	白血症	61	
長谷川 伸［小説家・劇作家］	1884.3.15	1963.6.11	肺炎	79	
長谷川天渓［評論家］	1876.11.26	1940.8.30	—	63	
長谷川利行［画家・歌人］	1891.7.9	1940.10.12	胃ガン	49	
長谷川如是閑［ジャーナリスト・評論家］	1875.11.30	1969.11.11	老衰	93	
長谷川零余子［俳人］	1886.5.23	1928.7.27	腸チフス	42	零余子忌
長谷 健［小説家・児童文学者］	1904.10.17	1957.12.21	交通事故	53	
波多野精一［哲学者］	1877.7.21	1950.1.17	直腸がん	72	
▶花田清輝［評論家・小説家］	1909.3.29	1974.9.23	脳出血	65	
羽仁五郎［歴史学者］	1901.3.29	1983.6.8	肺炎	82	
▶埴谷雄高［小説家・評論家］	1909.12.19	1997.2.19	脳梗塞	87	アンドロメダ忌
馬場孤蝶［英文学者・随筆家］	1869.12.10	1940.6.22	肝臓がん	70	
馬場恒吾［ジャーナリスト・評論家］	1875.7.18	1956.4.5	—	80	
浜尾四郎［小説家・弁護士］	1896.4.24	1935.10.29	脳溢血	39	
浜田広介［児童文学者］	1893.5.25	1973.11.17	前立腺がん	80	
浜本 浩［小説家］	1890.8.14	1959.3.12	—	68	
林 達夫［評論家］	1896.11.20	1984.4.25	老衰	87	
林 房雄［小説家・評論家］	1903.5.30	1975.10.9	胃がん	72	
▶林 不忘［小説家］	1900.1.17	1935.6.29	心臓麻痺	35	
林 芙美子［小説家］	1903.12.31	1951.6.28	心臓麻痺	47	芙美子忌・紫陽花忌
▶葉山嘉樹［小説家］	1894.3.12	1945.10.18	脳溢血	51	
▶原 阿佐緒［歌人］	1888.6.1	1969.2.21	老衰	80	
原口統三［詩人・翻訳家］	1927.1.14	1946.10.25	入水自殺	19	

戒名・法名ほか	埋葬地	墓地住所	墓地名・地番
—	宮崎県	宮崎市福島町亀の甲	市営墓地
淳風院釈尼汀華	東京都	杉並区永福1丁目8-1	築地本願寺別院和田堀廟所
—	東京都	港区西麻布2丁目21-34	長谷寺(永平寺別院)
—	東京都	豊島区駒込5丁目5-1	染井霊園1種イ12号3側
—	石川県	加賀市中島町	町営共同墓地
—	神奈川県	鎌倉市山ノ内409	円覚寺松嶺院
	和歌山県	伊都郡高野町高野山580	三宝院
—	東京都	府中市多磨町4-628	多磨霊園12区2種32側
—	東京都	港区南青山2丁目32-2	青山霊園1種イ13号1～3側
観清院謡光冽音居士	東京都	文京区本駒込1丁目20-17	養昌寺
文献院古道漱石居士	東京都	豊島区南池袋4丁目25-1	雑司ヶ谷霊園1種14号1側
純正院釈要道居士	東京都	豊島区駒込5丁目5-1	染井霊園1種ロ16号3側
修文院釈楽那	東京都	港区南青山2丁目32-2	青山霊園1種イ22号1側
—	徳島県	鳴門市大津町大幸	新居家墓地
—	京都府	京都市左京区若王子町	若王子墓地
釈文成	愛知県	半田市柊町4丁目208-1	北谷墓地
—	神奈川県	川崎市多摩区南生田8丁目1-1	春秋苑北1区-3
曠然院明道寸心居士	神奈川県	鎌倉市山ノ内1367	東慶寺
	京都府	京都市右京区花園妙心寺町1	妙心寺
	石川県	かほく市森ヌ170	長楽寺
慈雲院教誉栄順徹道居士	東京都	港区芝公園4丁目7-35	増上寺
	新潟県	小千谷市平成2丁目2-37	照専寺
無得豊潤居士	東京都	台東区谷中1丁目4-10	瑞松院
誓岳院殿文誉新田浄寛清居士	長野県	諏訪市岡村1丁目15-3	正願寺
—	東京都	府中市多磨町4-628	多磨霊園7区1種5側11番
—	静岡県	駿東郡小山町大御神888-2	冨士霊園・文学者之墓
—	東京都	府中市多磨町4-628	多磨霊園20区1種12側
精進院勇誉瓊音居士	東京都	文京区大塚5丁目40-1	護国寺
天寿院翰林文秀大姉	神奈川県	鎌倉市山ノ内1367	東慶寺
	大分県	臼杵市福良87	光蓮寺
—	東京都	東村山市萩山町1丁目16-1	小平霊園32区1側8番
	茨城県	北茨城市磯原町磯原	生家墓地
—	東京都	新宿区新宿2丁目15-18	成覚寺
天籟院澄誉奎文無窮居士	神奈川県	藤沢市本町4丁目5-21	常光寺
新帰寂文学院散歩居士	神奈川県	相模原市南区上鶴間本町3丁目7-14	青柳寺
—	東京都	府中市多磨町4-628	多磨霊園26区1種38側

氏名	生年月日	没年月日	死因	享年	文学忌
中村地平［小説家］	1908.2.7	1963.2.26	—	55	
中村汀女［俳人］	1900.4.11	1988.9.20	呼吸不全	88	汀女忌
中村白葉［露文学者］	1890.11.23	1974.8.12	—	83	
中村光夫［評論家］	1911.2.5	1988.7.12	肺炎	77	
中谷宇吉郎［随筆家・物理学者］	1900.7.4	1962.4.11	前立腺がん	61	
中山義秀［小説家］	1900.10.5	1969.8.19	食道がん	68	義秀忌
中山省三郎［詩人・翻訳家］	1904.1.28	1947.5.30	—	43	
長与善郎［小説家］	1888.8.6	1961.10.29	心臓衰弱	73	
半井桃水［小説家］	1861.1.12	1926.11.21	脳溢血	65	
▸夏目漱石［小説家］	1867.2.9	1916.12.9	胃潰瘍	49	漱石忌
鳴海要吉［歌人］	1883.7.9	1959.12.17	心不全	76	
南部修太郎［小説家］	1892.10.12	1936.6.22	脳溢血	43	
に					
新居 格［評論家］	1888.3.9	1951.11.15	脳溢血	63	
新島 襄［教育者］	1843.2.12	1890.1.23	急性腹膜炎	47	
▸新美南吉［児童文学者］	1913.7.30	1943.3.22	咽頭結核	29	貝殻忌
仁木悦子［小説家］	1928.3.7	1986.11.23	—	58	
▸西田幾多郎［哲学者］	1870.5.19	1945.6.7	尿毒症	75	寸心忌
▸西脇順三郎［詩人］	1894.1.20	1982.6.5	心不全	88	
新田 潤［小説家］	1904.9.18	1978.5.14	—	73	
▸新田次郎［小説家］	1912.6.6	1980.2.15	心筋梗塞	67	
新渡戸稲造［教育者］	1862.9.1	1933.10.15	急性膵臓壊疽	71	
丹羽文雄［小説家］	1904.11.22	2005.4.20	老衰	100	
ぬ					
額田六福［劇作家］	1890.10.2	1948.12.21	呼吸不全	58	
沼波瓊音［国文学者・俳人］	1897.10.1	1927.7.19	—	49	
の					
野上弥生子［小説家］	1885.5.6	1985.3.30	心不全	99	
野口雨情［詩人］	1882.5.29	1945.1.27	脳出血	62	雨情忌
野口冨士男［小説家］	1911.7.4	1993.11.22	呼吸不全	82	
野口米次郎［詩人］	1875.12.8	1947.7.13	胃がん	71	
▸野田宇太郎［詩人・評論家］	1909.10.28	1984.7.20	心筋梗塞	74	
昇 曙夢［露文学者］	1878.7.17	1958.11.22	—	80	

戒名・法名ほか	埋葬地	墓地住所	墓地名・地番
	東京都	豊島区南池袋4丁目25-1	雑司ヶ谷霊園1種1号7側
東門居士	東京都	港区三田4丁目16-23	済海寺
釈顕道徹心居士	山口県	山口市駅通り2丁目1-15	正福寺
—	東京都	港区南青山2丁目32-2	青山墓地1種イ1号24側
文嶺院釈健智	和歌山県	新宮市新宮字南谷3465	南谷墓地
天臈院真覚文与居士	神奈川県	小田原市久野1565	東泉院
修成院介山文宗居士	東京都	羽村市羽東3丁目16-23	禅林寺
圭璋院文琳恵恒大姉位	神奈川県	鎌倉市山ノ内409	円覚寺
—	群馬県	前橋市龍蔵寺町甲68	龍蔵寺
美徳院温良妙延清大姉	群馬県	桐生市東久方1丁目1-36	大蔵院
	群馬県	桐生市東2丁目6-40	養泉寺
—	東京都	府中市多磨町4-628	多磨霊園16区2種33側11番
—	東京都	台東区谷中7丁目5-24	谷中霊園乙3号9側
—	東京都	世田谷区豪徳寺2丁目24-7	豪徳寺
葆光院殿月洲湘烟大姉	神奈川県	中郡大磯町大磯1004	大運寺
—	大阪府	大阪湾	散骨
—	北海道	帯広市東3条南5丁目5	本願寺帯広別院
真如院妙文日清大姉	岡山県	赤磐市熊山町松木	生家墓地
田荷軒夢葱耕衣居士	兵庫県	加古川市尾上町今福376	泉福寺
—	東京都	豊島区駒込5丁目5-1	染井霊園1種イ8号5側
—	東京都	台東区上野桜木町1丁目14-53	寛永寺
一碧楼直心唯文居士	岡山県	倉敷市玉島柏島3411	福寿院
顕節院秀嶽義文居士	茨城県	常総市国生	国生共同墓地
戒名無し	神奈川県	鎌倉市十二所512	鎌倉霊園ね地区1側75号
徹心院文誉清遊孝俊居士	長野県	長野県須坂市井上町2618	浄運寺
—	福井県	坂井郡丸岡町字一本田	生家墓地・太閤さんまい
—	愛媛県	宇和島市妙典寺前乙567	光国寺
—	福井県	坂井郡丸岡町字一本田	生家墓地・太閤さんまい
—	兵庫県	篠山市沢田334	小林寺
—	静岡県	駿東郡小山町大御神888-2	冨士霊園1区5号208番
放光院賢空文心居士	山口県	山口市吉敷	上東墓地
—	東京都	八王子市上恩方町2122番地	高井家墓所
超聖院殿機外文豪大居士	東京都	世田谷区豪徳寺2丁目24-7	豪徳寺
ヨハネ・マリア・ヴィアンネ	東京都	あきるの市伊奈1	カトリック五日市霊園
	愛媛県	松山市祝谷東町442	鷺谷墓地
林泉院釈浄信憲吉居士	広島県	三次市布野町上布野・旧役場跡広場東	中村家墓地
—	静岡県	周智郡森町森2318	随松寺
—	山梨県	南都留郡河口湖町河口160	善応寺
水妖院吟遊佳苑大姉	静岡県	駿東郡小山町大御神888-2	冨士霊園13区2号1287番

氏名	生年月日	没年月日	死因	享年	文学忌
▶永井荷風［小説家］	1879.12.3	1959.4.30	胃潰瘍	79	荷風忌
▶永井龍男［小説家］	1904.5.20	1990.10.12	心筋梗塞	86	
▶中井英夫［小説家］	1922.9.17	1993.12.10	肝不全	71	黒鳥忌
中江兆民［思想家］	1847.12.8	1901.12.13	食道がん	54	
▶中上健次［小説家］	1946.8.2	1992.8.12	腎臓がん	46	
中河与一［小説家］	1897.2.28	1994.12.12	肺炎	97	夕顔忌
中里介山［小説家］	1885.4.4	1944.4.28	腸チフス	59	
中里恒子［小説家］	1909.12.23	1987.4.5	大腸腫瘍	77	
中沢 清［詩人］	1954.6.4	1932.1.4	心臓麻痺	22	
▶長澤延子［詩人］	1932.2.11	1949.6.1	服毒自殺	17	
▶中島 敦［小説家］	1909.5.5	1942.12.4	肋膜炎	33	
中島歌子［歌人］	1845.1.21	1903.1.30	—	58	
中島健蔵［評論家・仏文学者］	1903.2.21	1979.6.11	—	76	
中島湘煙［小説家・評論家］	1864.1.13	1901.5.25	肺結核	37	
中島らも［小説家・随筆家］	1952.4.3	2004.7.26	脳挫傷	52	
中城ふみ子［歌人］	1922.11.15	1954.8.3	乳がん	31	
▶永瀬清子［詩人］	1906.2.17	1995.2.17	脳梗塞	89	紅梅忌
▶永田耕衣［歌人］	1900.2.21	1997.8.25	肺炎	97	
長田秀雄［劇作家・詩人］	1885.5.13	1949.5.5	胃潰瘍	63	
長田幹彦［小説家］	1887.3.1	1964.5.6	—	77	
中塚一碧楼［俳人］	1887.9.24	1946.12.31	胃がん	59	一碧楼忌
▶長塚 節［歌人・小説家］	1879.4.3	1915.2.8	肺結核	35	節忌
中西悟堂［歌人・野鳥研究家］	1895.11.16	1984.12.11	肝臓がん	89	
中野孝次［評論家・独文学者］	1925.1.1	2004.7.16	肺炎	79	
▶中野重治［小説家・詩人］	1902.1.25	1979.8.24	胆嚢がん	77	くちなし忌
中野逍遥［漢詩人］	1867.3.16	1894.11.16	—	27	
中野鈴子［詩人］	1906.1.24	1958.1.5	—	51	
中野好夫［英米文学者・評論家］	1903.8.2	1985.2.20	肝硬変	81	
中原綾子［歌人］	1898.2.17	1969.8.24	—	71	
▶中原中也［詩人］	1907.4.29	1937.10.22	結核性脳膜炎	30	
中村雨紅［詩人］	1897.1.7	1972.5.8	—	75	
中村吉蔵［劇作家・演出家］	1877.5.15	1941.12.24	—	64	
中村草田男［俳人］	1901.7.24	1983.8.5	肺炎	82	草田男忌
中村憲吉［歌人］	1889.1.25	1934.5.5	肺結核	45	
▶中村真一郎［小説家・評論家］	1918.3.5	1997.12.25	呼吸不全	79	
中村星湖［小説家］	1884.2.11	1974.4.13	心筋梗塞	90	
中村苑子［俳人］	1913.3.25	2001.1.5	呼吸不全	87	

戒名・法名ほか	埋葬地	墓地住所	墓地名・地番
詩宝院殿希翁晩翠清居士	宮城県	仙台市若林区新寺4丁目7-6	大林寺
	京都府	京都市東山区大和大路通四条下る四丁目小松町584	建仁寺（土井亨墓に）
	和歌山県	伊都郡高野町高野山605	普賢院
—	静岡県	熱海市水口町17-24	海蔵寺
	福島県	会津若松市花見ケ丘3丁目3-8	恵倫寺
—	広島県	広島市中島町9-5	西応寺
—	東京都	東村山市萩山町1丁目16-1	小平霊園41区2側1番
—	東京都	品川区上大崎1丁目10-37	最上寺
—	東京都	渋谷区千駄ヶ谷2丁目24-1	仙寿院
自然院釈英明秋骨居士	東京都	府中市多磨町4-628	多磨霊園21区1種24側16番
—	東京都	港区元麻布1丁目2-12	賢崇寺
	兵庫県	神戸市北区山田町西下字狼谷15-1	神戸山田霊苑
—	東京都	台東区西浅草1丁目6-1	等光寺
—	東京都	東村山市萩山町1丁目16-1	小平霊園23区27側29番
徳本院文章秋声居士	石川県	金沢市材木町28-18	静明寺
	東京都	東村山市萩山町1丁目16-1	小平霊園23区27側29番
百敗院泡沫頑蘇居士	東京都	府中市多磨町4-628	多磨霊園6区1種8側13番
	静岡県	御殿場市増田164	青龍寺
	熊本県	水俣市牧ノ内	生家墓地
—	東京都	世田谷区粕谷1丁目20-1	蘆花恒春園
—	東京都	府中市多磨町4-628	多磨霊園19区1種24側17番
—	東京都	府中市多磨町4-628	多磨霊園25区1種18側32番
歓了院殿恭誉欽堂大居士	東京都	文京区向丘2丁目38-3	蓮光寺
春暁院正容自恭居士	東京都	東村山市萩山町1丁目16-1	小平霊園4区5側26番
—	愛知県	西尾市中町54	聖運寺
誠徳院顕章日常大居士	東京都	台東区谷中1丁目5-7	信行寺
震外木歩信士	東京都	江戸川区平井1丁目25-32	最勝寺
—	東京都	府中市多磨町4-628	多磨霊園22区1種10側41番
—	東京都	東村山市萩山町1丁目16-1	小平霊園41区1側9番
光海院釈了真	滋賀県	東近江市五個荘石馬寺町823	石馬寺
—	東京都	文京区本駒込3丁目19-17	吉祥寺
—	東京都	府中市多磨町4-628	多磨霊園7区2種17側
—	東京都	東村山市萩山町1丁目16-1	小平霊園12区4側26番
—	岐阜県	郡上市八幡町殿町49	浄因寺

天真院鳴雪素行居士	東京都	港区南青山2丁目32-2	青山霊園1種ロ10号3側
—	神奈川県	横浜市金沢区富岡東3丁目23-21	長昌寺
慈恩院明恵勘真居士	東京都	港区南青山2丁目32-2	青山霊園1種イ7号15側5番

氏名	生年月日	没年月日	死因	享年	文学忌
土井晩翠［詩人］	1871.12.5	1952.10.19	肺炎	80	
東海散士［小説家・政治家］	1853.1.11	1922.9.25	―	69	
峠 三吉［詩人］	1917.2.19	1953.3.10	気管支拡張症	36	
十返 肇［評論家］	1914.3.25	1963.8.28	舌ガン	49	
戸川残花［詩人］	1855.10.22	1924.12.8	―	79	
戸川貞雄［小説家］	1894.12.25	1974.7.5		79	
戸川秋骨［評論家］	1871.2.7	1939.7.9	急性腎盂炎	68	
戸川幸夫［児童文学者］	1912.4.15	2004.5.1	急性腎不全	92	
▸時実新子［川柳作家］	1929.1.23	2007.3.10	肺がん	78	
土岐善麿［歌人］	1885.6.8	1980.4.15	心不全	94	
徳田一穂［小説家・随筆家］	1903.7.―	1981.7.2	―	77	
徳田秋声［小説家］	1872.2.1	1943.11.18	肋膜がん	71	秋声忌
徳富蘇峰［ジャーナリスト・評論家］	1863.3.14	1957.11.2	膀胱炎	94	
徳冨蘆花［小説家］	1868.12.8	1927.9.18	心臓弁膜症	58	蘆花忌
徳永 直［小説家］	1899.1.20	1958.2.15	胃腸がん	59	孟宗忌
戸坂 潤［哲学者・評論家］	1900.9.27	1945.8.9	―	44	
戸田欽堂［小説家・実業家］	1850.8.26	1890.8.10	―	40	
富沢赤黄男［俳人］	1902.7.14	1962.3.7	肺がん	59	
富田うしほ［俳人］	1889.?.?	1977.―	―	89	
富田常雄［小説家］	1904.1.1	1967.10.16	―	63	
富田木歩［俳人］	1897.4.14	1923.9.1	焼死	26	木歩忌
富永太郎［詩人］	1901.5.4	1925.11.12	肺結核	24	
富安風生［俳人］	1885.4.16	1979.2.22	動脈硬化・肺炎	93	風生忌
外村 繁［小説家］	1902.12.23	1961.7.28	上顎がん	58	
鳥谷部春汀［ジャーナリスト］	1865.3.29	1908.12.21	―	43	
豊島与志雄［小説家・翻訳家］	1890.11.27	1955.6.18	心筋梗塞	64	
豊田三郎［小説家］	1907.2.12	1959.11.18	狭心症	52	
十和田 操［小説家］	1900.3.8	1978.1.15	―	77	
な					
内藤鳴雪［俳人］	1847.5.29	1926.2.20	脳溢血・肋膜炎	78	鳴雪忌
直木三十五［小説家］	1891.2.12	1934.2.24	結核性脳膜炎	43	南国忌
中 勘助［小説家・詩人］	1885.5.22	1965.5.3	脳出血	79	

戒名・法名ほか	埋葬地	墓地住所	墓地名・地番
高樹院晴誉残雪花袋居士	東京都	府中市多磨町4-628	多磨霊園12区2種31側24番
鳳響院殿常楽伊玖磨大居士	東京都	文京区大塚5丁目40-1	護国寺
能嶽院殿檀林玄遊居士	福岡県	柳川市奥州町32-1	福厳寺
策雅秋江居士	岡山県	岡山県和気郡和気町田ケ原	共同墓地徳田家墓所
敬文院清徳麗水居士	東京都	豊島区南大塚1丁目26-10	東福寺
智真院誠誉義岳蕭々居士	東京都	豊島区南池袋4丁目25-1	雑司ヶ谷霊園1種14号10側
智薫院誠誉雅月白梅大姉	東京都	豊島区南池袋4丁目25-1	雑司ヶ谷霊園1種14号10側
文徳院亀翁江東禅居士	東京都	府中市多磨町4-628	多磨霊園14区1種22側
—	北海道	札幌市中央区藻岩山中腹	東本願寺墓地
—	北海道	登別市富浦町188番地1	富浦墓地
玲瓏院神變日授居士	京都府	京都市上京区寺之内通大宮東入 妙蓮寺前町875	妙蓮寺
泰善院法覚実道居士	神奈川県	横浜市南区弘明寺267	弘明寺
禅林院文覚邦生居士	東京都	府中市多磨町4-628	多磨霊園10区2種6側11番
秋覚義道信士	東京都	豊島区駒込6丁目11-4	西福寺
—	福島県	双葉郡川内村上川内字三合田29	長福寺
—	千葉県	松戸市田中新田48-2	八柱霊園27区1種69側13番
智誉耕法幽玄居士	長野県	諏訪市大和1丁目11-17	寿量寺
孤峯寂明信士	埼玉県	比企郡ときがわ町西平386	慈光寺
—	静岡県	駿東郡小山町大御神888-2	冨士霊園1区5号201番
—	東京都	豊島区南池袋4丁目25-1	雑司ヶ谷霊園1種1号2側
閑院殿聴雨窓竹冷大居士	東京都	文京区湯島4-1	麟祥院
誠節院大雅竹涼居士	東京都	文京区湯島4-1	麟祥院
—	静岡県	駿東郡小山町大御神888-2	冨士霊園1区5号215番
—	東京都	東村山市萩山町1丁目16-1	小平霊園10区1側4番
—	東京都	東村山市萩山町1丁目16-1	小平霊園10区1側4番
双柿院始終逍遥居士	静岡県	熱海市水口町17-24	海蔵寺
—	神奈川県	川崎市多摩区南生田8-1-1	春秋苑中6区1-6
浩然院湘山清竹居士	東京都	府中市多磨町4-628	多磨霊園8区1種2側
天蓮社大僧正超誉上人 英阿大吉有恒大和尚	東京都	世田谷4丁目7-9	大吉寺
—	埼玉県	さいたま市見沼区大谷600	思い出の里市営霊園
—	高知県	高知市東久万王子谷	寺田家墓地
天游光院法帰修映居士	東京都	八王子市初沢町1425	高尾霊園A区19側
—	神奈川県	横浜市鶴見区鶴見2丁目1-1	總持寺中央ホ-1-9

氏名	生年月日	没年月日	死因	享年	文学忌
田山花袋［小説家］	1872.1.22	1930.5.13	喉頭がん	58	花袋忌
團 伊玖磨［作曲家・随筆家］	1924.4.7	2001.5.17	心不全	77	
▸壇 一雄［小説家］	1912.2.3	1976.1.2	肺腫症	63	夾竹桃忌・花逢忌
ち					
近松秋江［小説家］	1876.5.4	1944.4.23	老衰と栄養失調	67	
遅塚麗水［小説家・紀行文家］	1867.2.1	1942.8.23	—	75	
茅野蕭々［詩人］	1883.3.18	1946.8.29	脳溢血	63	
茅野雅子［歌人・詩人］	1880.5.6	1946.9.2	脳溢血	66	
千葉亀雄［評論家］	1878.9.24	1935.10.4	—	57	
知里真志保［アイヌ民俗学者］	1909.2.24	1961.6.9	—	52	
▸知里幸恵［ユーカラ伝承者］	1903.6.8	1922.9.18	心臓発作	19	
つ					
▸塚本邦雄［歌人］	1920.8.7	2005.6.9	呼吸不全	84	神變忌
佃 実夫［小説家］	1925.12.27	1979.3.9	—	53	
▸辻 邦生［小説家］	1925.9.24	1999.7.29	心不全	73	
▸辻 潤［評論家］	1884.10.4	1944.11.24	餓死	60	
▸辻 まこと［詩人・画家］	1913.9.20	1975.12.19	縊死	62	
▸辻 征夫［詩人］	1939.8.14	2000.1.14	脊髄小脳変性症	60	
土田耕平［歌人・児童文学者］	1895.6.10	1940.8.12	心臓性不眠症	45	
▸土屋文明［歌人］	1890.9.18	1990.12.8	肺炎	100	文明忌
土家由岐雄［児童文学者］	1904.6.10	1999.7.3	心不全	95	
綱島梁川［評論家］	1873.5.27	1907.9.14	肺結核	34	
角田竹冷［俳人・政治家］	1857.6.4	1919.3.20	—	61	
角田竹涼［俳人］	1892.5.16	1930.5.11	—	37	
椿 八郎［小説家］	1900.4.18	1985.1.27	—	84	
壺井 栄［小説家］	1899.8.5	1967.6.23	心臓喘息	67	
壺井繁治［詩人］	1897.10.18	1975.9.4	—	77	
坪内逍遥［評論家・小説家］	1859.6.22	1935.2.28	気管支カタル	75	逍遙忌
坪田譲治［小説家・児童文学者］	1890.3.3	1982.7.7	老衰	92	
津村信夫［詩人］	1909.1.5	1944.6.27	アディスン氏病	35	紫陽花忌
て					
寺内大吉［小説家・僧侶］	1921.10.6	2008.9.6	心不全	86	
寺崎 浩［小説家］	1904.3.22	1980.12.10	—	76	
寺田寅彦［物理学者・随筆家］	1878.11.28	1935.12.31	悪性腫瘍	57	寅彦忌
▸寺山修司［詩人・歌人］	1935.12.10	1983.5.4	肝硬変・敗血症	47	
と					
戸板康二［演劇評論家・小説家］	1915.12.14	1993.1.23	脳血栓	77	

戒名・法名ほか	埋葬地	墓地住所	墓地名・地番
純香院慧誉俊照恭容大姉	東京都	目黒区中目黒4丁目12-19	長泉寺
	京都府	京都市東山区林下町400	知恩院
鳳藻院慈覚法麟居士	東京都	あきる野市菅生716	西多摩霊園F区左
春光院詩仙郁道居士	兵庫県	兵庫区北逆瀬川町1-39	能福寺
—	東京都	豊島区南池袋4丁目25-1	雑司ヶ谷霊園1種1号4側
竹久亭夢生楽園居士	東京都	豊島区南池袋4丁目25-1	雑司ヶ谷霊園1種8号9側
—	神奈川県	鎌倉市十二所512	鎌倉霊園3区10側
文綵院大猷治通居士	東京都	三鷹市下連雀4丁目18-20	禅林寺
浄徳院真如妙覚大姉	山形県	鶴岡市日吉町9-47	般若寺
—	兵庫県	神戸市灘区大石字長峰山4-58	長峰山霊園12号地ち5
—	福井県	坂井市坂井町御油田8-8	演仙寺
凌霄院梵海禅文居士	神奈川県	鎌倉市二階堂710	瑞泉寺
温恭院紫雲道範清信士	東京都	台東区谷中6丁目2-35	多宝院
文徳院殿自在日隆居士	東京都	新宿区西新宿7丁目12-5	常園寺
真光院精章道信居士	東京都	北区滝野川3丁目88-17	金剛寺
遙雲院和平日心居士	東京都	台東区下谷2丁目10-6	法昌寺
文徳院卯翁一禅居士	静岡県	駿東郡小山町大御神888-2	冨士霊園1区5号210番
—	高知県	高知市仁井田二本松	共同墓地
マリア・マグダレナ	東京都	府中市天神町4丁目13-1	府中カトリック墓地36号
—	東京都	港区南青山2丁目32-2	青山霊園立山地区1種ロ2区10側8番
草雨亭忍冬居士	神奈川県	相模原市南区上鶴間本町3丁目7-14	青柳寺
—	京都府	下京区烏丸通七条上ル	東本願寺
—	東京都	府中市多磨町4-628	多磨霊園9区1種18側
	富山県	富山市梅沢町3丁目7-8	法華寺
—	東京都	府中市多磨町4-628	多磨霊園7区1種2側
—	東京都	新宿区原町1-30	緑雲寺
流水院釈磐石居士	熊本県	宇城市松橋町松橋1242	円光寺
絶学院大道胡徹居士	神奈川県	鎌倉市山ノ内1367	東慶寺
安楽寿院功誉文林徳潤居士	京都府	京都市左京区鹿ケ谷御所ノ段町30	法然院
	東京都	豊島区巣鴨5丁目35-35	慈眼寺
輝光院法導日精居士	東京都	豊島区巣鴨5丁目37-35	慈眼寺
—	山口県	防府市本橋町2-11	護国寺
	熊本県	熊本市中央区横手3丁目26-8	安国禅寺
文誉修道居士	東京都	東村山市萩山町1丁目16-1	小平霊園19区8側41番
	島根県	益田市七尾町7-17	暁音寺
—	東京都	府中市多磨町4-628	多磨霊園26区1種32側16番
田村泰次郎大人命霊	埼玉県	所沢市北原町980	所沢聖地霊園と地区5側18番
釈尼文俊	神奈川県	鎌倉市山ノ内1367	東慶寺
泰樹院想風日隆居士	神奈川県	鎌倉市大町1丁目15-1	妙本寺

氏名	生年月日	没年月日	死因	享年	文学忌
▶武田百合子［随筆家］	1925.9.25	1993.5.27	肝硬変	67	
武田麟太郎［小説家］	1904.5.9	1946.3.11	肝硬変	41	
▶竹中 郁［詩人］	1904.4.1	1982.3.7	脳内出血	77	
▶武林無想庵［小説家・翻訳家］	1880.2.23	1962.3.27	—	82	
▶竹久夢二［画家・詩人］	1884.9.16	1934.9.1	肺結核	49	夢二忌
竹山道雄［評論家・小説家］	1903.7.17	1984.6.15	肝硬変	80	
太宰 治［小説家］	1909.6.19	1948.6.13	自殺・入水	38	桜桃忌
田沢稲舟［小説家］	1874.12.28	1896.9.10	急性肺炎	21	
▶多田智満子［詩人］	1930.4.6	2003.1.23	肝不全	72	風草忌
多田裕計［小説家］	1912.8.18	1980.7.8	—	67	
▶立原正秋［小説家］	1926.1.6	1980.8.12	食道がん	54	
▶立原道造［詩人］	1914.7.30	1939.3.29	肺尖カタル	24	風信子忌
辰野 隆［仏文学者］	1888.3.1	1964.2.28	—	75	
立野信之［小説家］	1903.10.17	1971.10.25	胃・十二指腸血栓症	68	
立松和平［小説家］	1947.12.15	2010.2.8	多臓器不全	62	
田中宇一郎［小説家・児童文学者］	1891.12.10	1974.4.9	—	82	
田中貢太郎［小説家］	1880.3.2	1941.2.1	—	60	
▶田中澄江［劇作家・小説家］	1908.4.11	2000.3.1	老衰	91	
田中英光［小説家］	1913.1.10	1949.11.3	服毒自殺	36	
田中冬二［詩人］	1894.10.13	1980.4.9	老衰	85	
田中美知太郎［哲学者］	1902.1.1	1985.12.18	—	83	
田部重治［英文学者］	1884.8.4	1972.9.22	—	88	
田辺為三郎［漢詩人・実業家］	1865.1.10	1931.4.18	—	66	
田辺茂一［書店主・随筆家］	1905.2.12	1981.12.11	悪性リンパ腫	76	
▶谷川 雁［詩人・評論家］	1923.12.25	1995.2.2	肺がん	71	
谷川徹三［哲学者］	1895.5.26	1989.9.27	虚血性心不全	94	
▶谷崎潤一郎［小説家］	1886.7.24	1965.7.30	腎不全	79	谷崎忌・潤一郎忌
谷崎精二［英文学者・小説家］	1890.12.19	1971.12.14	—	80	
▶種田山頭火［俳人］	1882.12.3	1940.10.11	脳溢血	57	一草忌
田畑修一郎［小説家］	1903.9.2	1943.7.23	心臓麻痺	39	
田宮虎彦［小説家］	1911.8.5	1988.4.9	飛び降り自殺	76	
田村泰次郎［小説家］	1911.11.30	1983.11.2	心筋梗塞	71	
田村俊子［小説家］	1884.4.25	1945.4.16	脳溢血	60	
▶田村隆一［詩人］	1923.3.18	1998.8.26	食道がん	75	

戒名・法名ほか	埋葬地	墓地住所	墓地名・地番
超風院特脱吐蒙居士	東京都	東村山市萩山町1丁目16-1	小平霊園16区17側23番
—	高知県	高知市旭天神町高知学園短期大学裏	田岡家墓地
—	高知県	高知市旭天神町高知学園短期大学裏	田岡家墓地
	栃木県	日光市匠町7-17	浄光寺
文照院悠誉旺道彬光居士	東京都	世田谷区世田谷4丁目7-9	大吉寺
—	青森県	青森市大字三内字沢部353	三内霊園
—	東京都	港区南青山2丁目32-2	青山霊園2種イ17号1側6番
清閑院文誉秀保居士	茨城県	土浦市中央2丁目5-2	高翁寺
	神奈川県	大磯町東小磯	高田公園
翠光院紫游妙敏大姉	静岡県	駿東郡小山町大御神888-2	冨士霊園1区5号198番
高学院純心法悦大姉	栃木県	那須塩原市東町1-8	宗源禅寺
山王院金風素十居士	千葉県	君津市鹿野山324-1	神野寺
大慧院和嶺雅到居士	静岡県	駿東郡小山町大御神888-2	冨士霊園3区1号865番
—	愛媛県	宇和島市神田川原8	泰平寺
—	静岡県	駿東郡小山町大御神888-2	冨士霊園3区1号865番
—	群馬県	前橋市亀泉町240	亀泉霊園
虚子庵高吟椿寿居士	神奈川県	鎌倉市扇ヶ谷1丁目17-7	寿福寺
—	神奈川県	鎌倉市扇ヶ谷1丁目17-7	寿福寺
素雲院文憲全生居士	神奈川県	鎌倉市山ノ内1367	東慶寺
光珠殿顕誉智照居士	東京都	豊島区駒込5丁目5-1	染井霊園1種ロ6号1側
和光院釈浄薫大姉	熊本県	水俣市わらび野	秋葉山墓地
淨雲院普透月郊居士	東京都	豊島区駒込5丁目5-1	染井霊園1種イ10号1側
	静岡県	駿東郡小山町大御神888-2	冨士霊園13区2号1286番
文亮院霊岱謙光日瞻居士	静岡県	静岡市清水区村松2085	龍華寺
—	岐阜県	高山市愛宕町67	大雄寺
—	富山県	富山市大塚1733	龍江寺
—	秋田県	仙北市角館町西勝楽町67	西覚寺
華文院釈世英	千葉県	松戸市田中新田48-2	八柱霊園4区1種21側48番
—	三重県	伊勢市朝熊町548	朝熊山金剛証寺の奥の院
—	山梨県	大月市猿橋町藤崎619	妙楽寺
—	東京都	府中市多磨町4-628	多磨霊園10区1種14側10番
—	東京都	豊島区南池袋4丁目25-1	雑司ヶ谷霊園1種10号3側
—	東京都	台東区谷中1丁目4-13	臨江寺
—	兵庫県	神戸市北区山田町下谷上字中一里山12	鵯越霊園
恭蓮社謙誉上人泰淳和尚位	東京都	目黒区中目黒4丁目12-19	長泉寺
	京都府	京都市東山区林下町400	知恩院
—	東京都	豊島区南池袋4丁目25-1	雑司ヶ谷霊園1種8号36側
—	東京都	府中市多磨町4-628	多磨霊園25区1種23側

氏名	生年月日	没年月日	死因	享年	文学忌
添田知道［小説家］	1902.6.14	1980.3.18	食道がん	77	
た					
田岡典夫［小説家］	1908.9.1	1982.4.7	—	73	
田岡嶺雲［翻訳家］	1871.1.18	1912.9.7	—	41	
高木彬光［推理作家］	1920.9.25	1995.9.9	心不全	74	
高木恭造［詩人］	1903.10.12	1987.10.23	がん	84	
高崎正風［歌人］	1836.9.8	1912.2.28	—	75	
高田 保［劇作家・随筆家］	1895.3.28	1952.2.20	肺結核	56	
高田敏子［詩人］	1914.9.16	1989.5.28	—	74	
高野悦子［詩人］	1949.1.2	1969.6.24	鉄道自殺	20	
▶高野素十［俳人］	1893.3.3	1976.10.4	老衰	83	素十忌
▶高橋和巳［小説家］	1931.8.31	1971.5.3	結腸がん	39	
▶高橋新吉［詩人］	1901.1.28	1987.6.5	前立腺がん	86	
高橋たか子［小説家］	1932.3.2	2013.7.12	心不全	81	
高橋元吉［詩人］	1893.3.6	1965.1.28	—	71	
▶高浜虚子［俳人］	1874.2.22	1959.4.8	脳溢血	85	虚子忌・椿寿忌
高浜年尾［俳人］	1900.12.16	1979.10.26	—	78	年尾忌
高見 順［小説家・詩人］	1907.1.30	1965.8.17	食道がん	58	荒磯忌
▶高村光太郎［詩人・彫刻家］	1883.3.13	1956.4.2	肺結核	73	連翹忌
▶高群逸枝［女性史研究家］	1894.1.18	1964.6.7	癌性腹膜炎	70	
高安月郊［劇作家・詩人］	1869.2.16	1944.2.26	老衰	75	
高柳重信［俳人］	1923.1.9	1983.7.8	静脈瘤破裂	60	重信忌
高山樗牛［評論家・思想家］	1871.2.28	1902.12.24	肺結核	31	
▶瀧井孝作［小説家・俳人］	1894.4.4	1984.11.21	腎不全	90	
▶瀧口修造［詩人・評論家］	1903.12.7	1979.7.1	心筋梗塞	75	橄欖（かんらん）忌
田口掬汀［小説家・劇作家］	1875.1.18	1943.8.9	—	68	
▶田久保英夫［小説家］	1928.1.25	2001.4.14	食道がん	73	
▶竹内浩三［詩人］	1921.5.12	1945.4.9	戦死	23	
▶竹内てるよ［詩人］	1904.12.21	2001.2.4	老衰	96	
竹内 好［評論家・中国文学者］	1910.10.2	1977.3.3	食道がん	66	
武島羽衣［歌人・詩人］	1872.12.3	1967.2.3	—	94	
武田仰天子［小説家］	1854.8.19	1926.4.10	—	71	
武田繁太郎［小説家］	1919.8.20	1986.6.8	—	66	
▶武田泰淳［小説家］	1912.2.12	1976.10.5	肝臓がん	64	
竹田敏彦［小説家・劇作家］	1891.7.15	1961.11.15	—	70	
武田祐吉［歌人］	1886.5.5	1958.3.29	—	71	

戒名・法名ほか	埋葬地	墓地住所	墓地名・地番
清藤院義徳良元居士	兵庫県	神戸市兵庫区鵯越町	十一谷家墓地
—	京都府	京都市左京区南禅寺福地町86	南禅寺慈氏院東墓地
文江院徳照潤聡居士	神奈川県	南足柄市塚原4440	長泉院
寿量院殿白誉智景義道大居士	東京都	豊島区南池袋4丁目25-1	雑司ヶ谷霊園1種17号3側
智徳院実阿文教一道居士	東京都	府中市多磨町4-628	多磨霊園9区1種14側
—	大分県	中津市三光土田512-1	西楽寺
—	兵庫県	三田市西山2丁目4-31	心月院
詩星院松風暁悟居士	東京都	府中市多磨町4-628	多磨霊園11区2種8側
崇徳院芳誉秀湖武山居士	東京都	府中市多磨町4-628	多磨霊園25区1種29側
徹心院文軒清章居士	神奈川県	鎌倉市山ノ内1367	東慶寺
—	東京都	新宿区若葉2丁目3	日宗寺
—	愛媛県	宇和島市大超寺奥乙40	大超寺
マリアアンナ	兵庫県	西宮市甲陽園目神山町4-1	甲山墓園カトリック墓地
—	東京都	台東区谷中5丁目4-7	全生庵
藤浪院芳弌翠歌大姉	東京都	港区白金2丁目3-5	松秀寺
文光院尺明道	愛知県	愛知県田原市折立町西原畑	共同墓地
無憂院釈久欣妙恒大姉	愛知県	豊田市松名町133	杉田家墓地
	長野県	松本市宮淵2丁目5	城山墓地
天智院楚冠秀文日広居士	千葉県	松戸市48-2	八柱霊園4区4側6号
風流庵大拙居士	神奈川県	鎌倉市山ノ内1367	東慶寺
	石川県	金沢市野田町野田山1番地2	野田山墓地
至誠泣菫居士	岡山県	倉敷市連島町連島1284	薄田家墓地
—	静岡県	駿東郡小山町大御神888-2	冨士霊園13区2号2360番
天真院啓迪日重居士	広島県	広島市中区大手町3丁目10-6	長遠寺
—	東京都	港区南青山2丁目32-2	青山霊園立山地区1種イ1号6～8側
—	茨城県	茨城県牛久市城中町77	自宅書斎
泉祥院釈顕信法師	岡山県	岡山市関西町	番神墓地
頌詩院遊行日優居士	東京都	世田谷区北烏山5丁目10-1	宗福寺
春宵院遊学日英信士	東京都	世田谷区北烏山5丁目8-1	幸龍寺
翰林禅忠居士	東京都	港区南麻布4丁目11-25	光林寺
エレナ	東京都	豊島区南池袋4丁目25-1	雑司ヶ谷霊園1種8号25側
—	静岡県	沼津市中瀬町14-1	天神洞墓地
—	島根県	出雲市大社町杵築東507	出雲大社宮司歴代墓所
大空院文誉白雲御風居士	新潟県	糸魚川市清崎	大町区墓地
玄祐院良誉黒光大姉	東京都	府中市多磨町4-628	多磨霊園8区1種5側3番
—	新潟県	新潟市南区鋳物師興野	相馬家墓地

氏名	生年月日	没年月日	死因	享年	文学忌
十一谷義三郎［小説家・翻訳家］	1897.10.14	1937.4.2	肺結核	39	
寿岳文章［英文学者］	1900.3.28	1992.1.16	—	91	
▶庄野潤三［小説家］	1921.2.9	2009.9.21	老衰	88	
白井喬二［小説家］	1889.9.1	1980.11.9	老衰	91	
白石実三［小説家・随筆家］	1886.11.11	1937.12.2	—	51	
▶素木しづ［小説家］	1895.3.26	1918.1.29	肺結核	22	
▶白洲正子［随筆家］	1910.1.7	1998.12.26	肺炎	88	
白鳥省吾［詩人］	1890.2.27	1973.8.27	食道がん	83	
白柳秀湖［小説家・評論家］	1884.1.7	1950.11.9	—	66	
▶神西 清［翻訳家・露文学者］	1903.11.15	1957.3.11	舌がん	53	
新村 出［言語学者］	1876.10.4	1967.8.17	—	90	
す					
末広鉄腸［小説家］	1849.3.15	1896.2.5	—	48	
▶須賀敦子［イタリア文学者］	1929.1.19	1998.3.20	心不全	69	
菅原克己［詩人］	1911.1.22	1988.3.31	脳梗塞	77	
杉浦翠子［歌人］	1885.5.17	1960.2.16	胃がん	74	
▶杉浦明平［小説家・評論家］	1913.6.9	2001.3.14	脳梗塞	87	
▶杉田久女［俳人］	1890.5.30	1946.1.21	腎臓病	55	久女忌
杉村楚人冠［随筆家・新聞記者］	1872.8.28	1945.10.3	—	73	
鈴木大拙［仏教哲学者］	1870.11.11	1966.7.12	腸閉塞	95	
▶薄田泣菫［詩人］	1877.5.19	1945.10.9	尿毒症	68	
▶鈴木真砂女［家人］	1906.11.24	2003.3.14	老衰	96	
鈴木三重吉［小説家・児童文学者］	1882.9.29	1936.6.27	肺がん	53	
須藤南翠［小説家］	1857.12.18	1920.2.4	動脈硬化症・糖尿病	62	
住井すゑ［小説家］	1902.1.7	1997.6.16	老衰	95	
▶住宅顕信［俳人］	1961.3.21	1987.2.7	白血病	25	
諏訪 優［詩人］	1929.4.29	1992.12.26	食道がん	63	
せ					
瀬戸英一［劇作家・小説家］	1892.7.21	1934.4.11	—	41	
瀬沼茂樹［評論家］	1904.10.6	1988.8.14	—	83	
瀬沼夏葉［翻訳家］	1875.12.11	1915.2.28	急性肺炎	39	
芹沢光治良［小説家］	1896.5.4	1993.3.23	老衰	96	
千家元麿［詩人］	1888.6.8	1948.3.14	気管支炎	59	元麿忌
そ					
相馬御風［歌人・詩人］	1883.7.10	1950.5.8	脳溢血	66	
相馬黒光［随筆家］	1876.9.12	1955.3.2	尿毒症	78	
相馬泰三［小説家］	1886.12.29	1952.5.15	—	66	

戒名・法名ほか	埋葬地	墓地住所	墓地名・地番
泰文志道居士	北海道	函館市東山町114	東山墓園2区00番1228号18列15番
—	神奈川県	鎌倉市十二所512	鎌倉霊園4区4側1号
鼠骨庵法身無相居士	東京都	葛飾区亀有5丁目54-25	見性寺
詠心院秋雲良源居士	北海道	札幌市南区藤野901-1	藤野聖山園
潤誠院章光日雄居士	東京都	世田谷区北烏山5丁目8-1	幸龍寺

—	静岡県	駿東郡小山町大御神888-2	冨士霊園3区2号2492番
—	東京都	台東区谷中7丁目5-24	谷中霊園天王寺墓地
—	東京都	港区南青山2丁目32-2	青山霊園1種イ2号11側
—	神奈川県	鎌倉市山ノ内1367	東慶寺
彩文院釈隆顕	神奈川県	川崎市多摩区南生田8丁目1-1	春秋苑中6区-2
	東京都	八王子市上川町1520	上川霊園2区6番193号
牡丹亭豊雄獅子文六居士	東京都	台東区谷中7丁目5-24	谷中霊園甲9号22側
栄誉皎良居士	愛知県	名古屋市千種区平和公園3丁目	平和公園・延命院墓地
—	東京都	港区南青山2丁目32-2	青山霊園1種イ12号1側
誠信院殿聖誉善岳賢道居士	東京都	八王子市元八王子町2丁目1623-1	東京霊園特F区5列24番
蒼岳院殿雋円月錬哲大居士	東京都	文京区小石川3丁目14-6	伝通院
—	愛媛県	宇和島市三間町大内	太宰家墓地
遼望院釈浄定	京都府	京都市東山区五条橋東6丁目514	西本願寺大谷本廟新勧学谷 南谷1段中部264-1
文光院彩雲道龍居士	神奈川県	鎌倉市山ノ内1402	浄智寺
随心院仙遊秀頴大居士	東京都	台東区谷中7丁目5-24	谷中霊園乙11号2側
ペトロ	福島県	南相馬市小高区大井高野迫	共同墓地
	鹿児島県	瀬戸内町加計呂麻島呑之浦	大平家墓地
俊明院道誉浄行赤彦居士	長野県	諏訪郡下諏訪町北高木	久保田家墓地
克文院純道義健居士	神奈川県	鎌倉市山ノ内1402	浄智寺
文樹院静屋藤村居士	神奈川県	中郡大磯町大磯1135	地福寺
	岐阜県	中津川市馬籠5358	永昌寺
釈清文	石川県	白山市平加町ワ16番地1	美川墓地公苑
安祥院実相抱月居士	東京都	豊島区南池袋4丁目25-1	雑司ヶ谷霊園1種16号2側
	島根県	浜田市金城町久佐イ360-1	浄光寺
河井酔茗夫人	東京都	東村山市萩山町1丁目16-1	小平霊園18区9側14番
天真院桂堂大仙居士	東京都	文京区本駒込3丁目19-17	吉祥寺
—	東京都	港区南青山2丁目32-2	青山霊園1種ロ20号40側
慧光院文宗日寛居士	神奈川県	鎌倉市十二所512	鎌倉霊園4区5側28号
蓮月院殿松操香雪大姉	東京都	文京区大塚5丁目40-1	護国寺
覚性院文園徳潤居士	東京都	板橋区赤塚8丁目4-9	松月院
淨泰院覚千秋居士	茨城県	稲敷郡阿見町大字荒川本郷	共同墓地
	東京都	府中市多磨町4-628	多磨霊園18区1種15側

氏名	生年月日	没年月日	死因	享年	文学忌
▶佐藤泰志［小説家］	1949.4.26	1990.10.10	縊死	41	
里見 弴［小説家］	1888.7.14	1983.1.21	肺炎	94	
寒川鼠骨［俳人］	1875.11.3	1954.8.18	肺炎	78	
▶更科源蔵［詩人・郷土史家］	1904.2.15	1985.9.25	脳梗塞	81	
沢野久雄［小説家］	1912.12.30	1992.12.17	肺癌	79	
し					
▶椎名麟三［小説家］	1911.10.1	1973.3.28	脳出血	61	邂逅忌
塩谷 温［中国文学者］	1878.7.6	1962.6.3	—	83	
▶志賀直哉［小説家］	1883.2.20	1971.10.21	肺炎	88	直哉忌
四賀光子［歌人］	1885.4.21	1976.3.23	—	90	
式場隆三郎［評論家］	1898.7.2	1965.11.21	—	67	
重兼芳子［小説家］	1927.3.7	1993.8.22	がん	66	
▶獅子文六［小説家・劇作家］	1893.7.1	1969.12.13	脳出血	76	
柴木皎良［小説家・教育者］	1949.5.27	2001.10.21	大腸がん	52	
芝木好子［小説家］	1914.5.7	1991.8.25	乳がん	77	
斯波四郎［小説家］	1910.4.7	1989.4.29	—	79	
柴田錬三郎［小説家］	1917.3.26	1978.6.30	肺性心	61	
▶芝 不器男［俳人］	1903.4.18	1930.2.24	副睾丸肉腫	26	不器男忌
▶司馬遼太郎［小説家］	1923.8.7	1996.2.12	動脈瘤破裂	72	菜の花忌
▶澁澤龍彥［小説家・仏文学者］	1928.5.8	1987.8.5	動脈瘤破裂	59	
渋沢秀雄［随筆家・実業家］	1892.10.5	1984.2.15	—	91	
▶島尾敏雄［小説家］	1917.4.18	1986.11.12	脳梗塞	69	
島木赤彦［歌人］	1876.12.16	1926.3.27	胃がん	49	赤彦忌
島木健作［小説家］	1903.9.7	1945.8.17	肺結核	41	
島崎藤村［小説家］	1872.3.25	1943.8.22	脳溢血	71	藤村忌
▶島田清次郎［小説家］	1899.2.26	1930.4.29	狂死	31	
島村抱月［評論家・劇作家］	1871.2.28	1918.11.5	肺炎	47	
島本久恵［詩人］	1893.2.2	1985.6.27	—	92	
清水かつら［詩人］	1898.7.1	1951.7.4	—	53	
清水紫琴［小説家］	1868.1.25	1933.7.31	脳溢血	65	
子母澤 寛［小説家］	1892.2.1	1968.7.19	心筋梗塞	76	
下田歌子［歌人］	1854.9.30	1936.10.8	—	82	
下村湖人［小説家］	1884.10.3	1955.4.20	老衰	70	
下村千秋［小説家］	1893.9.4	1955.1.31	—	61	

戒名・法名ほか	埋葬地	墓地住所	墓地名・地番
大文穎心院大僧正 東光春聴大和尚	東京都	台東区上野桜木町1丁目14-53	寛永寺第三霊園
—	東京都	府中市多磨町4-628	多磨霊園21区2種12側
—	神奈川県	鎌倉市二階堂	カトリック墓苑
勧学院天開博音居士	神奈川県	鎌倉市山ノ内1367	東慶寺
詩泉院釈西條八十	千葉県	松戸市田中新田48-2	八柱霊園2区1側13号
—	東京都	文京区白山4丁目37-30	寂円寺
斉藤敬直大人命之霊	岡山県	津山市西寺町18	成道寺
—	東京都	港区南青山2丁目32-2	青山霊園1種イ2号13側
—	長野県	松本市蟻ケ崎4丁目10-1	正鱗寺
赤光院仁誉遊阿暁寂清居士	東京都	港区南青山2丁目32-2	青山霊園1種イ2号13側15番
	山形県	上山市金瓶北165	宝泉寺
	山形県	北村山郡大石田町大字大石田丙206	乗船寺
春暁院緑雨醒客居士	東京都	文京区向丘1丁目11-13	大円寺
枯川庵利彦帰道居士	神奈川県	横浜市鶴見区鶴見2丁目1-1	総持寺中央ニ-5-25
—	新潟県	新潟県新潟市秋葉区大安寺509	生家墓地
—	東京都	豊島区南池袋4丁目25-1	雑司ヶ谷霊園1種5号8側
—	東京都	豊島区駒込5丁目5-1	染井霊園1種ロ6号15側
文荘院天岳守方居士	東京都	豊島区駒込5丁目5-1	染井霊園1種ロ13号4側
—	北海道	余市郡余市町美園町	美園墓地
—	東京都	府中市多磨町4-628	多磨霊園8区1種15側
覚苑院拈華臨風居士	東京都	豊島区駒込5丁目5-1	染井霊園1種ロ10号7側
善文院郁誉基一居士	静岡県	沼津市出口町335	乗運寺
—	東京都	東村山市萩山町1丁目16-1	小平霊園13区23側7番
佐佐木信綱大人	東京都	台東区谷中7丁目5-24	谷中霊園甲8号7側9-11番
佐々木弘綱大人	東京都	台東区谷中7丁目5-24	谷中霊園甲8号7側
華幻院涓心流蘇大姉	神奈川県	鎌倉市山ノ内1367	東慶寺
文光院真諦三昧居士	東京都	東村山市萩山町1丁目16-1	小平霊園16区17側22番
—	神奈川県	鎌倉市山ノ内1367	東慶寺
—	東京都	八王子市大谷町1019-1	富士見台霊園東5段-3
好学院殿創文紅緑居士	東京都	文京区本郷5丁目29-13	喜福寺
芳光院慈潤日惣居士	神奈川県	川崎市幸区紺屋町72	正教寺
—	神奈川県	横浜市金沢区富岡東4丁目1-8	慶珊寺
—	東京都	豊島区南池袋4丁目25-1	雑司ヶ谷霊園1種5号25側25番
凌霄院殿詞誉紀精春日大居士	東京都	文京区小石川3丁目14-6	伝通院
	京都府	京都市東山区林下町400	知恩院
	和歌山県	東牟婁郡那智勝浦町下里473	竜蔵寺
アルベルト	神奈川県	鎌倉市二階堂	カトリック墓苑

氏名	生年月日	没年月日	死因	享年	文学忌
▶今 東光［小説家・僧侶］	1898.3.26	1977.9.19	結腸がん	79	
今野大力［詩人］	1904.2.5	1935.6.19	結核	31	
今 日出海［小説家・評論家］	1903.11.6	1984.7.30	脳梗塞	80	
さ					
三枝博音［哲学者］	1892.5.20	1963.11.9	列車事故	71	
▶西條八十［詩人］	1892.1.15	1970.8.12	喉頭がん	78	
サイデンステッカー,E.G.［日本文学者］	1921.2.11	2007.8.26	転倒	86	
▶西東三鬼［俳人］	1900.5.15	1962.4.1	胃がん	61	三鬼忌・西東忌
斎藤茂太［随筆家・精神科医］	1916.3.21	2006.11.20	心不全	90	
斎藤 史［歌人］	1909.2.14	2002.4.26	—	93	
▶斎藤茂吉［歌人］	1882.5.14	1953.2.25	動脈硬化症	70	茂吉忌
▶斎藤緑雨［小説家・評論家］	1868.1.24	1904.4.13	肺患	36	
堺 利彦［社会主義者］	1871.1.15	1933.1.23	脳溢血	62	
▶坂口安吾［小説家］	1906.10.20	1955.2.17	脳出血	48	安吾忌
嵯峨屋お室［小説家］	1863.3.1	1947.10.26	—	84	
阪本越郎［詩人］	1906.1.21	1969.6.10	—	63	
坂本四方太［俳人］	1873.2.4	1917.5.16	—	44	
▶左川ちか［詩人］	1911.2.14	1936.1.7	胃がん	24	
桜井忠温［小説家］	1879.6.11	1965.9.17	—	86	
笹川臨風［俳人］	1870.9.2	1949.4.13	—	78	
佐々木基一［評論家］	1914.11.30	1993.4.25	多臓器不全	78	
佐々木 邦［小説家］	1883.5.4	1964.9.22	心筋梗塞	81	
佐佐木信綱［歌人］	1872.7.8	1963.12.2	肺炎	91	
佐々木弘綱［歌人］	1828.8.26	1891.6.25	—	62	
ささき ふさ［小説家］	1897.12.6	1949.10.4	癌性腹膜炎	51	
佐々木味津三［小説家］	1896.3.18	1934.2.6	急性肺炎	37	
佐佐木茂索［小説家・出版人］	1894.11.11	1966.12.1	腸管膜動脈栓塞	72	
▶佐多稲子［小説家］	1904.6.1	1998.10.12	敗血症ショック	94	
佐藤紅緑［小説家］	1874.7.6	1949.6.3	肝臓肥大	74	紅緑忌
佐藤惣之助［詩人］	1890.12.3	1942.5.15	脳溢血	51	
佐藤得二［小説家］	1899.1.30	1970.2.5	—	71	
▶サトウハチロー［詩人］	1903.5.23	1973.11.13	心停止	70	
▶佐藤春夫［詩人・小説家］	1892.4.9	1964.5.6	心筋梗塞	72	春夫忌
佐藤正彰［仏文学者］	1905.12.12	1975.11.1	食道がん	69	

戒名・法名ほか	埋葬地	墓地住所	墓地名・地番
—	東京都	府中市多磨町4-628	多磨霊園15区1種17側
胡桃沢耕史居士	神奈川県	横浜市金沢区富岡東3丁目23-21	長昌寺
—	和歌山県	和歌山市道場町1-1	海善寺
黒岩院周六涙香忠天居士	神奈川県	横浜市鶴見区鶴見2丁目1-1	総持寺中央ホ-9-13-2
—	香川県	小豆郡内海町苗羽	苗羽墓地
—	鹿児島県	鹿児島市唐湊2丁目19	唐湊墓地
清節院文室妙華大姉	東京都	中野区上高田1丁目31-4	天徳寺
文聲院綜誉峻照居士	京都府	京都市左京区黒谷町121	金戒光明寺東墓地
—	東京都	港区元麻布1丁目6-21	善福寺
顕密院千樫道慧居士	東京都	文京区小石川3丁目14-6	伝通院
	千葉県	鴨川市細野	古泉家墓地
—	京都府	京都市左京区鹿ケ谷御所ノ段町30	法然院新墓地
正覚院殿浄華八雲居士	東京都	豊島区南池袋4丁目25-1	雑司ヶ谷霊園1種1号8側
光明院連乗日照居士	東京都	荒川区東日暮里5丁目41-14	善性寺
—	東京都	世田谷区瀬田4丁目10-3	慈眼寺
—	東京都	大田区池上1丁目1-1	本門寺
瑞峰院露伴成行日俊居士	東京都	大田区池上1丁目1-1	本門寺
—	高知県	四万十市中村山手通51	正福寺
—	愛知県	海部郡蟹江町	生家墓地
	愛知県	名古屋市天白区天白町大字八事	八事霊園4区
—	東京都	台東区竜泉1丁目23-11	正燈寺
ステファノ	秋田県	仙北郡美郷町六郷東高方町123	善証寺
—	栃木県	日光市所野丸美	小杉家墓地
—	静岡県	伊豆市地蔵堂7-1	上行院
	山口県	長門市深川湯本1074	大寧寺
香雲院釈宙外	秋田県	大仙市板見内払田	田圃の中
—	東京都	豊島区駒込5丁目5-1	染井霊園1種イ8号3側
—	神奈川県	鎌倉市山ノ内1367	東慶寺
—	東京都	調布市深大寺元町5丁目15-1	深大寺三昧所墓地
物学荘厳信士	北海道	小樽市奥沢5丁目130	奥沢共同墓地
華厳院評林文秀居士	神奈川県	鎌倉市山ノ内1367	東慶寺
—	大阪府	箕面市箕面公園内	瀧安寺霊園
—	静岡県	駿東郡小山町大御神888-2	冨士霊園3区1号121番
—	神奈川県	鎌倉市山ノ内8	建長寺回春院
—	東京都	八王子市元八王子町3丁目2382	南多摩霊園2区2列5号
幽玄院純文官光清居士	青森県	弘前市西茂森2丁目9-1	蘭庭院
天智院釈詩学奔放居士	神奈川県	横浜市戸塚区川上町916	東戸塚霊園合掌の郷

氏名	生年月日	没年月日	死因	享年	文学忌
▸蔵原伸二郎［詩人］	1899.9.4	1965.3.16	—	65	
胡桃沢耕史［小説家］	1925.4.26	1994.3.22	多臓器不全	68	
黒岩重吾［小説家］	1924.2.25	2003.3.7	肝不全	79	
黒岩涙香［ジャーナリスト・翻訳家］	1862.11.20	1920.10.6	肺腫症	57	
黒島伝治［小説家］	1898.12.12	1943.10.17	—	44	
▸黒田三郎［詩人］	1919.2.26	1980.1.8	下咽頭がん	60	
畔柳二美［小説家］	1912.1.14	1965.1.13	癌性腹膜炎	52	
桑原武夫［仏文学者］	1904.5.10	1988.4.10	肺炎	83	
け					
源氏鶏太［小説家］	1912.4.19	1985.9.12	—	73	
こ					
古泉千樫［歌人］	1886.9.26	1927.8.11	結核	40	千樫忌
小泉苳三［歌人］	1894.4.4	1956.11.27	—	62	
小泉八雲［英文学者・随筆家］	1850.6.27	1904.9.26	狭心症	54	八雲忌
小出 粲［歌人］	1833.10.11	1908.4.15	—	74	
甲賀三郎［小説家］	1893.10.5	1945.2.14	急性肺炎	51	
▸幸田 文［随筆家・小説家］	1904.9.1	1990.10.31	心不全	86	
▸幸田露伴［小説家］	1867.8.22	1947.7.30	肺炎	79	蝸牛忌
幸徳秋水［評論家］	1871.11.5	1911.1.24	刑死	39	
小酒井不木［随筆家・翻訳家］	1890.10.8	1929.4.1	肺炎	38	
呉山堂玉成［俳人］	1843.—	1898.5.19	—	55	
小杉天外［小説家］	1865.11.7	1952.9.1	老衰	86	
小杉放庵［歌人］	1881.12.30	1964.4.16	肺炎	82	
児玉花外［詩人］	1874.7.7	1943.9.20	急性腸炎	69	
後藤宙外［小説家］	1867.1.27	1938.6.12	脳溢血	72	
五島美代子［歌人］	1898.7.12	1978.4.15	—	79	
小林 勇［随筆家］	1903.3.27	1981.11.20	—	78	
小林康治［俳人］	1912.11.12	1992.2.3	—	79	
▸小林多喜二［小説家］	1903.10.13	1933.2.20	拷問	29	多喜二忌
小林秀雄［評論家］	1902.4.11	1983.3.1	腎不全	80	
小松左京［小説家］	1931.1.28	2011.7.26	肺炎	80	
▸五味川純平［小説家］	1916.3.15	1995.3.8	喉頭がん	78	
五味康祐［小説家］	1921.12.20	1980.4.1	肺がん	58	
小宮豊隆［評論家・独文学者］	1884.3.7	1966.5.3	—	82	
今 官一［小説家］	1909.12.8	1983.3.1	急性肺炎	73	幻花忌
近藤 東［詩人］	1904.6.24	1988.10.23	肺がん	84	

戒名・法名ほか	埋葬地	墓地住所	墓地名・地番
—	東京都	港区南青山2丁目32-2	青山霊園立山地区1種ロ4号2側2番
斐文院指学葱南居士	東京都	府中市多磨町4-628	多磨霊園16区1種12側3番
淳誠院釈夕爾法円居士	広島県	福山市加茂町字下加茂	共同墓地
天章院殿温良利玄大居士	岡山県	岡山市北区足守219	大光寺
	神奈川県	鎌倉市浄明寺2丁目7-4	報国寺
慈厳院殿歌道良修居士	東京都	世田谷区豪徳寺2丁目24-7	豪徳寺
—	東京都	府中市紅葉丘2丁目40-5	立正院
寿光院徳翁錦花文悟居士	東京都	品川区南品川4丁目2-17	天龍寺
智俊院明誉荘十居士	東京都	港区高輪2丁目14-25	正覚寺
富文院慈光麗容大姉	東京都	品川区南品川4丁目2-17	天龍寺
寂光院寿蘊捷堂居士	岡山県	笠岡市山口生家裏山	木山家墓地
—	神奈川県	横浜市鶴見区鶴見2丁目1-1	総持寺北望2-48
寿徳院殿徹言花明大居士	東京都	豊島区南池袋4丁目25-1	雑司ヶ谷霊園1種22号5側
文正院介然羯南居士	東京都	豊島区駒込5丁目5-1	染井霊園1種イ8号10側
文恭院徹誉周造達明心居士	京都府	京都市左京区鹿ヶ谷御所ノ段町30	法然院
清照院殿芳玉妙葉大姉	兵庫県	神戸市中央区葺合町布引山2-3	徳光禅院
—	福島県	いわき市小川町上小川植ノ内42	常慶寺
豊徳院孫誉文岳哲道居士	東京都	台東区谷中7丁目5-24	谷中霊園甲4号8側
厳浄院釈尼鏡照	東京都	杉並区永福1丁目8-1	築地本願寺別院和田堀廟所
燦功院憲誉紫泉方壺大居士	東京都	目黒区中目黒5丁目24-53	祐天寺
教光院智学正雄居士	東京都	府中市多磨町4-628	多磨霊園3区1種32側17番
—	東京都	府中市多磨町4-628	多磨霊園22区1種45側
恭徳院文峰史乗居士	長野県	茅野市茅野4694-3	宗湖寺
天真院独歩日哲居士	東京都	港区南青山2丁目32-2	青山霊園1種ロ16号16側
—	京都府	京都市左京区南禅寺福地町86	南禅寺天授院
—	東京都	港区南青山2丁目32-2	青山霊園1種ロ20号29側
雅想院釈静鶴居士	東京都	港区赤坂7丁目6-5	道教寺
真明院顕学栄寿居士	東京都	東村山市萩山町1丁目16-1	小平霊園22区19側6番
—	東京都	豊島区南池袋4丁目25-1	雑司ヶ谷霊園1種9号8側20番
—	東京都	府中市多磨町4-628	多磨霊園3区2種39側
—	東京都	豊島区南池袋4丁目25-1	雑司ヶ谷霊園1種9号8側20番
—	長野県	諏訪郡下諏訪町北高木	久保田家墓地
顕功院殿緑窓傘雨大居士	東京都	文京区本郷5丁目29-13	喜福寺
—	東京都	府中市多磨町4-628	多磨霊園11区1種3側3番
—	東京都	港区南青山2丁目32-2	青山霊園1種ロ20号29側
—	神奈川県	鎌倉市二階堂710	瑞泉寺
威威院釈西行水楽居士	東京都	府中市多磨町4-628	多磨霊園23区1種26側2番
	広島県	庄原市本町1丁目	倉田家墓地

氏名	生年月日	没年月日	死因	享年	文学忌
木下尚江［社会運動家］	1869.10.12	1937.11.5	胃がん	68	
▶木下杢太郎［詩人］	1885.8.1	1945.10.15	胃がん	60	
木下夕爾［詩人・俳人］	1914.10.27	1965.8.4	結腸がん	50	夕爾忌
木下利玄［歌人］	1886.1.1	1925.2.15	肺結核	39	利玄忌
木俣 修［歌人］	1906.7.28	1983.4.4	—	76	
木村 毅［小説家・評論家］	1894.2.12	1979.9.18	—	85	
木村錦花［劇作家］	1877.5.17	1960.8.19	—	83	
木村荘十［小説家］	1897.1.12	1967.5.6	—	70	
木村富子［劇作家］	1890.10.10	1944.12.26	—	54	
▶木山捷平［小説家・詩人］	1904.3.26	1968.8.23	肺結核	64	
清沢 洌［評論家］	1890.2.8	1945.5.21	—	55	
金田一京助［言語学者・国語学者］	1882.5.5	1971.11.14	食道がん	89	
く					
陸 羯南［新聞人］	1857.11.30	1907.9.2	—	49	
九鬼周造［哲学者］	1888.2.15	1941.5.6	—	53	
▶久坂葉子［小説家］	1931.3.27	1952.12.31	鉄道自殺	21	
▶草野心平［詩人］	1903.5.12	1988.11.12	心不全	85	
▶串田孫一［哲学者・詩人］	1915.11.12	2005.7.8	老衰	89	
九條武子［歌人］	1887.10.20	1928.2.7	敗血症	40	
楠本憲吉［俳人］	1922.12.19	1988.12.17	—	65	
楠山正雄［児童文学者］	1884.11.4	1950.11.26	がん	66	
邦枝完二［小説家］	1892.12.28	1956.8.2	膵臓がん	63	
国枝史郎［小説家］	1887.10.4	1943.4.8	咽頭がん	55	
国木田独歩［小説家］	1871.8.30	1908.6.23	肺結核	36	独歩忌
邦光史郎［小説家］	1922.2.14	1996.8.11	—	74	
久保猪之吉［歌人・俳人］	1874.12.26	1939.11.12	—	64	
窪川鶴次郎［評論家・詩人］	1903.2.25	1974.6.15	—	71	
久保 栄［劇作家・演出家］	1900.12.28	1958.3.15	縊死	57	
▶窪田空穂［歌人］	1877.6.8	1967.4.12	心臓衰弱	89	
久保田九品太［俳人］	1881.5.—	1926.1.8	—	44	
窪田章一郎［歌人］	1908.8.1	2001.4.15	—	92	
久保田不二子［歌人］	1886.5.16	1965.12.17	—	79	
久保田万太郎［劇作家・俳人］	1889.11.7	1963.5.6	窒息死	73	万太郎忌・傘雨忌
久保天随［漢詩人］	1875.7.23	1934.6.1	—	58	
久保より江［歌人・俳人］	1884.9.17	1941.5.11		56	
久米正雄［小説家］	1891.11.23	1952.3.1	高血圧	60	三汀忌・海棠忌
倉田百三［劇作家・評論家］	1891.2.23	1943.2.12	カリエス	51	

戒名・法名ほか	埋葬地	墓地住所	墓地名・地番
—	山口県	岩国市錦見1丁目7-30	普済寺
天心院精進日肇居士	京都府	京都市左京区鹿ヶ谷御所ノ段町30	法然院
芳文院眉山清亮居士	東京都	文京区本駒込3丁目19-17	吉祥寺
—	東京都	豊島区南池袋4丁目25-1	雑司ヶ谷霊園1種16号10側
—	静岡県	駿東郡小山町大御神888-2	冨士霊園文学者の墓
温容院滅与知徳柳虹大居士	東京都	府中市多磨町4-628	多磨霊園10区1種14側12番
泰順院諦道博文居士	神奈川県	鎌倉市山ノ内1367	東慶寺
	京都府	京都市左京区鹿ヶ谷御所ノ段町30	法然院
青露院茅舎居士	静岡県	伊豆市修善寺964	修禅寺
大通院秀誉文華康成居士	神奈川県	鎌倉市十二所512	鎌倉霊園5区0側82号
碧梧桐居士	東京都	台東区三ノ輪1丁目27-3	梅林寺
	愛媛県	松山市朝日ヶ丘1丁目1424	宝塔寺
—	東京都	渋谷区代々木3丁目27-5	正春寺
—	高知県	幡多郡黒潮町下田の口	生家裏共同墓地
龍徳院宏文有明居士	東京都	港区元麻布1丁目2-12	賢宗寺
—	東京都	府中市多磨町4-628	多磨霊園10区1種6側3番
方外院残庵久利居士	神奈川県	鎌倉市扇ヶ谷1丁目17-7	寿福寺
久遠院法晶日夫居士	東京都	八王子市上川町1520	上川霊園1区1番85号
	東京都	世田谷区奥沢7丁目41-3	浄真寺
—	東京都	府中市多磨町4-628	多磨霊園14区1種6側1番
證月院麻風徳新居士	東京都	中野区上高田4丁目14-1	万昌院巧運寺
—	茨城県	水戸市上水戸3丁目1-39	光台寺
雄文院至境日到居士	東京都	渋谷区千駄ヶ谷2丁目24-1	仙寿院
釈大道	兵庫県	神埼郡福崎町西田原	西田原共同墓地
—	東京都	府中市多磨町4-628	多磨霊園18区1種10側1番
—	東京都	府中市多磨町4-628	多磨霊園18区1種10側1番
—	静岡県	駿東郡小山町大御神888-2	冨士霊園7区1号202番
文穎院釈冬彦居士	東京都	府中市多磨町4-628	多磨霊園23区2種8側
克行院健翁蘭堂居士	東京都	渋谷区広尾5丁目1-21	祥雲寺
孤月院浄光妙観大姉	東京都	豊島区駒込5丁目5-1	染井霊園1種イ4号2側
—	青森県	青森市浜館6丁目2	古館共同墓地
光芸院武誉碩文居士	栃木県	下都賀郡壬生町通町7-13	興光寺
—	東京都	府中市多磨町4-628	多磨霊園10区1種2側6番
—	東京都	東村山市萩山町1丁目16-1	小平霊園30区22側53番
—	東京都	世田谷区北烏山4丁目16-1	妙祐寺
透谷院無門章賢居士	神奈川県	小田原市城山1丁目23-2	高長寺
真行院英明文雄居士	神奈川県	横浜市鶴見区鶴見2-1	総持寺中央ホ-7-17
—	東京都	豊島区南池袋4丁目25-1	雑司ヶ谷霊園1種17号19側

氏名	生年月日	没年月日	死因	享年	文学忌
河上徹太郎［評論家］	1902.1.8	1980.9.22	肺がん	78	
河上 肇［経済学者］	1879.10.20	1946.1.30	老衰	66	
川上眉山［小説家］	1869.4.16	1908.6.15	自殺・剃刀切断	39	
川口松太郎［小説家・劇作家］	1899.10.1	1985.6.9	肺炎	85	
▶川崎長太郎［小説家］	1901.11.26	1985.11.6	肺炎	83	
川路柳虹［詩人・美術評論家］	1888.7.9	1959.4.17	脳出血	70	
川田 順［歌人・実業家］	1882.1.15	1966.1.22	動脈硬化	84	
川端茅舎［俳人］	1897.8.17	1941.7.17	肺結核	43	茅舎忌
▶川端康成［小説家］	1899.6.14	1972.4.16	ガス自殺	72	康成忌
河東碧梧桐［俳人］	1873.2.26	1937.2.1	腸チフス	63	碧梧桐忌
管野スガ［新聞記者・婦人運動家］	1881.6.7	1911.1.25	死刑	29	
▶上林 暁［小説家］	1902.10.6	1980.8.28	脳血栓	77	
蒲原有明［詩人］	1875.3.15	1952.2.3	肺炎	76	
き					
▶木々高太郎［小説家・生理学者］	1897.5.6	1969.10.31	心筋梗塞	72	
菊岡久利［詩人］	1909.3.8	1970.4.22		61	
菊田一夫［劇作家］	1908.3.1	1973.4.4	糖尿病	65	
菊池 寛［小説家・劇作家］	1888.12.26	1948.3.6	狭心症	59	寛忌
菊池麻風［俳人］	1902.4.15	1982.6.4		80	
菊池幽芳［小説家］	1870.12.18	1947.7.21	脳溢血	77	
菊村 到［小説家］	1925.5.15	1999.4.4	心筋梗塞	73	
▶岸上大作［歌人］	1939.10.21	1960.12.5	自殺・縊死	21	
▶岸田衿子［詩人・童話作家］	1929.1.5	2011.4.7	髄膜腫	82	
岸田國士［劇作家］	1890.11.2	1954.3.5	動脈硬化症	63	
貴司山治［小説家］	1899.12.22	1973.11.20	—	73	
北川冬彦［詩人］	1900.6.3	1990.4.12	—	89	
▶北園克衛［詩人］	1902.10.29	1978.6.6	肺がん	75	
北田薄氷［小説家］	1876.3.14	1900.11.5	腸結核	24	
北畠八穂［小説家・児童文学者］	1903.10.5	1982.3.18	閉塞性黄疸症	78	
北原武夫［小説家］	1907.2.28	1973.9.29	糖尿病	66	
▶北原白秋［詩人］	1885.1.25	1942.11.2	腎臓病	57	白秋忌
北村小松［劇作家・小悦家］	1901.1.4	1964.4.27	心臓病	63	
▶北村太郎［詩人］	1922.11.17	1992.10.26	腎不全	69	
北村透谷［詩人・評論家］	1868.12.29	1894.5.16	自殺・縊死	25	透谷忌
北村初雄［詩人］	1897.2.13	1921.12.2	結核	25	
北村寿夫［劇作家］	1895.1.8	1982.1.3	—	86	

戒名・法名ほか	埋葬地	墓地住所	墓地名・地番
―	東京都	府中市多磨町4-628	多磨霊園6区1種16側23番
清明院西念篤行居士	神奈川県	横浜市港南区日野町1677	日野公園墓地
釈迢空	石川県	羽咋市一ノ宮町	気多神社南疎林の中の共同墓地
	大阪府	大阪市浪速区大国2丁目2-27	願泉寺
―	東京都	杉並区永福1-8	築地本願寺別院和田堀廟所
―	神奈川県	鎌倉市山ノ内409	円覚寺松嶺院
―	東京都	府中市多磨町4-628	多磨霊園3区1種24側15番
大雄院誠心日昭居士	東京都	府中市多磨町4-628	多磨霊園26区1種37側
芸術院善功酒仙居士	青森県	弘前市新寺町21	徳増寺
	神奈川県	鎌倉市山ノ内8	建長寺回春院
泰山院基道居士	大阪府	大阪市中央区中寺2丁目2-15	常国寺
文麗院梶葉浄心大居士	神奈川県	鎌倉市二階堂710	瑞泉寺
文昌院釈兵道	東京都	台東区上野桜木町1丁目16-15	寛永寺第一霊園
文徳院道明鉄平居士	東京都	府中市多磨町4-628	多磨霊園19区1種3側
信解院法好日松居士	東京都	新宿区原町2丁目20	幸国寺
―	神奈川県	横浜市鶴見区鶴見2丁目1-1	総持寺西望2-12-2
―	高知県	高知市西久方	初月忠魂碑の上
謙徳院広室妙大姉	東京都	豊島区駒込5丁目5-1	染井霊園1種イ6号6側
修徳院高韻日承大居士	東京都	台東区谷中6丁目1-26	大雄寺
智楸院達谷宙遊居士	東京都	世田谷区奥沢7丁目41-3	浄真寺
浄智院久遠冬海居士	神奈川県	津久井郡城山町城山4-5	加藤家墓所
	東京都	府中市多磨町4-628	多磨霊園26区1種36側26番
冬萌院遊然寂光大姉	東京都	世田谷区奥沢7丁目41-3	浄真寺
―	東京都	府中市多磨町4-628	多磨霊園3区1種16側
浄華院釈義諦	東京都	東村山市萩山町1丁目16-1	小平霊園16区1側3番
仏骨庵独魯草文居士	東京都	台東区谷中4丁目2	永久寺
―	東京都	台東区谷中5丁目4-2	明王院
―	秋田県	秋田市土崎中央3丁目1-23	満船寺
釈妙春信尼	山口県	長門市仙崎今浦町1776	遍照寺
―	東京都	八王子市上川町1520	上川霊園1区1番18号
釈慈忍	石川県	羽咋郡志賀町西海風無チ14甲	萬福寺
―	東京都	府中市多磨町4-628	多磨霊園4区1種57側35番
天稟院文賢独秀居士	山口県	山口市仁保上郷上ヶ山	上郷墓地
超勝院釈浄慧居士	東京都	府中市多磨町4-628	多磨霊園20区1種22側13番
香玄院潤誉滋心居士	東京都	新宿区愛住町14-3	浄運寺
雪峰院不期順心居士	長野県	上伊那郡宮田村4291	駒が原霊園
―	東京都	東村山市萩山町1丁目16-1	小平霊園18区9側14番
文徳院徹心三宝居士	静岡県	駿東郡小山町大御神888-2	冨士霊園1区5号203番

氏名	生年月日	没年月日	死因	享年	文学忌
尾上柴舟［歌人・詩人］	1876.8.20	1957.1.13	狭心症	80	
尾山篤二郎［歌人・国文学者］	1889.12.15	1963.6.23	胆管がん	73	
▶折口信夫［歌人・国文学者］	1887.2.11	1953.9.3	胃がん	66	迢空忌
か					
海音寺潮五郎［小説家］	1901.3.13	1977.12.1	脳出血	76	
▶開高 健［小説家］	1930.12.30	1989.12.9	肺炎	58	
賀川豊彦［伝道者・社会事業家］	1888.7.10	1960.4.23	—	71	
加倉井秋を［俳人・建築家］	1909.8.26	1988.6.2	—	78	
▶葛西善蔵［小説家］	1887.1.16	1928.7.23	肺結核	41	
▶梶井基次郎［小説家］	1901.2.17	1932.3.24	肺結核	31	檸檬忌
梶山季之［小説家］	1930.1.2	1975.5.11	食道静脈瘤破裂	45	梶葉忌
柏原兵三［小説家・独文学者］	1933.11.10	1972.2.13	脳出血	38	
片岡鉄兵［小説家］	1894.2.2	1944.12.25	肝硬変	50	
加太こうじ［紙芝居作家・評論家］	1918.1.11	1998.3.13	—	80	
片上 伸［評論家・露文学者］	1884.2.20	1928.3.5	—	44	
片山敏彦［評論家・詩人］	1898.11.5	1961.10.11	肺がん	62	
片山広子［歌人・翻訳家］	1878.2.10	1957.3.19	脳溢血	79	
勝 承夫［詩人］	1902.1.29	1981.8.3	—	79	
加藤楸邨［俳人］	1905.5.26	1993.7.3	心不全	88	楸邨忌
加藤武雄［小説家］	1888.5.3	1956.9.1	脳軟化症	68	
加藤知世子［俳人］	1909.11.20	1986.1.3	—	76	
加藤道夫［劇作家］	1918.10.17	1953.12.22	縊死	35	
▶角川源義［俳人・実業家］	1917.10.9	1975.10.27	肝臓がん	58	源義忌・秋燕忌
仮名垣魯文［戯作者・新聞人］	1829.2.9	1894.11.8	—	65	
金子薫園［歌人］	1876.11.30	1951.3.30	—	74	
金子洋文［劇作家・小説家］	1894.4.8	1985.3.21	—	91	
▶金子みすゞ［詩人］	1903.4.11	1930.3.10	自殺	26	
▶金子光晴［詩人］	1895.12.25	1975.6.30	心不全	79	光晴忌
▶加能作次郎［小説家］	1885.1.10	1941.8.5	急性肺炎	56	
上司小剣［小説家］	1874.12.15	1947.9.2	脳溢血	72	
嘉村礒多［小説家］	1897.12.15	1933.11.30	結核性腹膜炎	35	
亀井勝一郎［評論家］	1907.2.6	1966.11.14	食道癌	59	
香山 滋［小説家］	1904.7.1	1975.2.7	—	70	
唐木順三［評論家・哲学者］	1904.2.13	1980.5.27	肺がん	76	
河井酔茗［詩人］	1874.5.7	1965.1.17	心臓衰弱	90	
川上三太郎［川柳作家］	1891.1.3	1968.12.26	心筋梗塞	77	

戒名・法名ほか	埋葬地	墓地住所	墓地名・地番
―	東京都	港区南青山2丁目32-2	青山霊園1種ロ18号7側
千秋院鬼岳道仙居士	東京都	港区西麻布2丁目21	長谷寺
釈天心	東京都	豊島区駒込5丁目5-1	染井霊園1種イ4号14側
	茨城県	北茨城市大津町五浦	旧天心邸近くの丘の斜面
自得院本源道喜居士	宮城県	柴田郡大河原町町254	繁昌院
―	東京都	港区南青山2丁目32-2	青山霊園1種イ1号34側
本覺院知十日法居士	東京都	府中市多磨町4-628	多磨霊園6区1種16側
林鹿院幽道三谷居士	東京都	文京区向丘2丁目37-5	高林寺
雪華妙芳大姉	東京都	府中市多磨町4-628	多磨霊園16区1種17側3番
常楽院綺堂日敬居士	東京都	港区南青山2丁目32-2	青山霊園1種ロ8号30側9番
暮雲軒碧山水韻居士	神奈川県	小田原市城山4丁目23-32	光円寺
アウグスチノ	静岡県	島田市旗指3050-1	敬信寺
―	東京都	東村山市萩山町1丁目16-1	小平霊園23区29側6番
―	東京都	府中市多磨町4-628	多磨霊園26区1種16側
天寿院妙法釈随翁居士	東京都	港区六本木4丁目2-10	妙像寺
	京都府	京都市東山区本町15-802	東福寺・天得院
醇信院凱南玄悌居士	東京都	港区西麻布2丁目21-34	長谷寺
健温院芸林文宗居士	東京都	府中市多磨町4-628	多磨霊園25区1種44側
徹禅秀学信士	東京都	府中市多磨町4-628	多磨霊園24区1種68側1番
友慶院釈風葉	愛知県	豊橋市花園町92	仁長寺
	愛知県	豊橋市羽根井西町1	共同墓地
文徳院藻誉章栄居士	東京都	文京区小石川2丁目23-14	源覚寺
―	神奈川県	小田原市曽我谷津	生家墓地
―	神奈川県	鎌倉市山ノ内189	明月院
彩文院紅葉日崇居士	東京都	港区南青山2丁目32-2	青山霊園1種ロ10号14側
文光院殿士山豪雄大居士	神奈川県	川崎市多摩区南生田8-1-1	春秋苑中6区1-1
―	神奈川県	鎌倉市十二所512	鎌倉霊園6区8側
大空放哉居士	香川県	小豆郡土庄町本町甲1082	西光寺奥の院
翠作院釈浄慧大姉	鳥取県	鳥取市職人町45	養源寺
天空院殿秋濤日海居士	東京都	台東区谷中7丁目5-24	谷中霊園甲3号6側
蘭渓院文慈薫居士	東京都	府中市多磨町4-628	多磨霊園5区1種1側37番
大佛次郎居士	神奈川県	鎌倉市扇ヶ谷1丁目17-7	寿福寺
―	東京都	豊島区南池袋4丁目25-1	雑司ヶ谷霊園1種20号3側
常楽院章誉真道居士	大阪府	大阪市天王寺区城南町1-26	楞厳寺
―	東京都	文京区本駒込2丁目20-10	長源寺
―	東京都	府中市多磨町4-628	多磨霊園2区2種5側3号
―	東京都	港区南青山2丁目32-2	青山霊園1種イ13区3側7番
大慈院釈良順居士	東京都	文京区白山4丁目37-30	寂円寺

氏名	生年月日	没年月日	死因	享年	文学忌
大和田建樹［詩人］	1857.5.22	1910.10.1	—	53	
岡鬼太郎［評論家・劇作家］	1872.9.3	1943.10.29	—	71	
岡倉天心［評論家・美術史家］	1863.2.14	1913.9.2	腎臓炎	50	
▶尾形亀之助［詩人］	1900.12.12	1942.12.2	全身衰弱	41	
岡田八千代［小説家・劇作家］	1883.12.3	1962.2.10	肺炎	78	
岡野知十［俳人］	1860.3.11	1932.8.13	—	72	
岡 麓［歌人］	1877.3.3	1951.9.7	尿毒症	74	
▶岡本かの子［歌人・小説家］	1889.3.1	1939.2.18	脳充血	49	かの子忌
岡本綺堂［小説家］	1872.11.15	1939.3.1	気管支炎	66	
岡本癖三酔［俳人］	1878.9.16	1942.1.10	—	63	
▶小川国夫［小説家］	1927.12.21	2008.4.8	肺炎	80	
小川未明［童話作家］	1882.4.7	1961.5.11	脳出血	79	
沖野岩三郎［小説家］	1876.1.5	1956.1.31	—	80	
▶荻原井泉水［俳人］	1884.6.16	1976.5.20	脳血栓	91	井泉水忌
奥野信太郎［随筆家・中国文学者］	1899.11.11	1968.1.15	—	68	
奥野健男［評論家］	1926.7.25	1997.11.26	肝不全	71	
▶小熊秀雄［詩人］	1901.9.9	1940.11.20	肺結核	39	長長忌
小栗風葉［小説家］	1875.2.3	1926.1.15	心臓喘息	50	
▶小栗虫太郎［小説家］	1901.3.14	1946.2.10	脳溢血	44	
▶尾崎一雄［小説家］	1899.12.25	1983.3.31	心不全	83	
尾崎喜八［詩人］	1892.1.31	1974.2.4	急性心不全	82	臘梅忌
尾崎紅葉［小説家］	1868.1.10	1903.10.30	胃がん	35	紅葉忌
尾崎士郎［小説家］	1898.2.5	1964.2.19	直腸がん	66	瓢々忌
尾崎孝子［歌人］	1897.3.25	1970.4.22	—	73	
▶尾崎放哉［俳人］	1885.1.20	1926.4.7	癒着性肋膜炎湿性咽喉カタル	41	放哉忌
▶尾崎 翠［小説家］	1896.12.20	1971.7.8	肺炎	74	翠忌
長田秋濤［劇作家］	1871.11.17	1915.12.25	—	44	
小山内 薫［劇作家・演出家］	1881.7.26	1928.12.25	心臓麻痺	47	
大佛次郎［小説家］	1897.10.9	1973.4.30	肝臓がん	75	
押川春浪［小説家］	1876.3.21	1914.11.16	脳膜炎	38	
▶織田作之助［小説家］	1913.10.26	1947.1.10	肺結核	33	
小田嶋十黄［俳人・画家］	1888.—	1978.2.5	—	90	
小田嶽夫［小説家］	1900.7.5	1979.6.2	—	78	
落合直文［歌人・国文学者］	1861.12.16	1903.12.16	肺炎	42	
乙骨三郎［教育者・作詞家］	1881.5.17	1934.9.19	—	53	

戒名・法名ほか	埋葬地	墓地住所	墓地名・地番
謙恕院釈尼千瑛	山口県	岩国市川西2丁目1-10	教蓮寺
春秋院幻化転生愛恵居士	静岡県	駿東郡小山町大御神888-2	冨士霊園1区5号206番
—	東京都	府中市多磨町4-628	多磨霊園4区1種25側
	徳島県	徳島市二軒屋町1丁目44-5	観潮院
妙章信尼	大分県	豊後高田市香々地	生家墓地
妙章信尼	栃木県	那須郡烏山町滝田861	養山寺
妙章信尼	群馬県	利根郡川場村谷地2009	桂昌寺
妙章信尼	東京都	港区南青山2丁目32-2	青山霊園1種イ21区15側14番
智勝院幻城乱歩居士	東京都	府中市多磨町4-628	多磨霊園26区1種17側6番
寂光院文楽日華信士	東京都	八王子市元八王子町3-2536	八王子霊園53区16側9番
焔燿院修智精進居士	岐阜県	飛騨市神岡町殿495	瑞岸寺
—	東京都	台東区谷中7丁目5-24	谷中霊園甲11号13側
—	東京都	台東区谷中7丁目5-24	谷中霊園乙11号5側
パウロ	東京都	府中市天神町4丁目13-1	府中カトリック墓地46号
—	長野県	小県郡長和町古町	依田川東墓地
—	東京都	東村山市萩山町1丁目16-1	小平霊園13区7側
—	東京都	府中市多磨町4-628	多磨霊園7区2種13側22番
—	東京都	府中市多磨町4-628	多磨霊園18区1種12側
諦観院顕文清績居士	東京都	東京都豊島区南池袋4丁目25-1	雑司ヶ谷霊園1種16号9側
—	静岡県	静岡市葵区沓谷1丁目174	沓谷霊園
—	埼玉県	羽生市南1丁目3-12	健福寺
—	東京都	文京区白山4丁目34-7	本念寺
—	埼玉県	秩父郡小鹿野町両神薄	生家墓地
潮音院杳荘水穂居士	神奈川県	鎌倉市山ノ内1367	東慶寺
—	広島県	広島県廿日市市玖島吉末	稲井家墓地
—	東京都	東京都豊島区南池袋4丁目25-1	雑司ヶ谷霊園1種1号11側
言海院殿松陰文彦居士	東京都	港区高輪3丁目16-16	東禅寺
大慈院英学拓善居士	群馬県	安中市磯部3丁目	生家墓地
—	埼玉県	さいたま市岩槻区加倉1丁目25-1	浄国寺
信行院釈雪道居士	神奈川県	川崎市高津区二子1丁目10-10	光明寺
華蔵院乙羽魁文居士	東京都	荒川区西日暮里3丁目3-8	養福寺
セシリア	高知県	長岡郡本山町寺家	共同墓地
清文院桂月鉄脚居士	東京都	豊島区南池袋4丁目25-1	雑司ヶ谷霊園1種9号5側
	青森県	十和田市奥瀬字蔦野湯	蔦温泉旅館の小高い丘
皎潔院文草大計居士	東京都	文京区本駒込3丁目19-17	吉祥寺
衆生院釈茫壮一大居士	神奈川県	鎌倉市二階堂710	瑞泉寺
廣大院釈春海	東京都	杉並区永福1丁目8-1	築地本願寺別院和田堀廟所

氏名	生年月日	没年月日	死因	享年	文学忌
▶宇野千代［小説家］	1897.11.28	1996.6.10	老衰	98	薄櫻忌
▶梅崎春生［小説家］	1915.2.15	1965.7.19	肝硬変	50	幻化忌
▶海野十三［小説家］	1897.12.26	1949.5.17	結核	51	
え					
江口章子［詩人］	1888.4.1	1946.12.29	—	58	
江口 渙［小説家］	1887.7.20	1975.1.18	—	58	
江口きち［歌人］	1913.11.23	1938.12.2	—	58	
▶江藤 淳［評論家］	1932.12.25	1999.7.21	—	58	
▶江戸川乱歩［小説家］	1894.10.21	1965.7.28	脳出血	70	石榴忌
江南文三［詩人・歌人］	1887.12.26	1946.2.8	—	58	
江馬 修［小説家］	1889.12.12	1975.1.23	老衰・脳軟化症	85	
江見水陰［小説家］	1869.9.17	1934.11.3	急性肺炎	65	
円地文子［小説家・劇作家］	1905.10.2	1986.11.14	心不全	81	
▶遠藤周作［小説家］	1923.3.27	1996.9.29	肺炎・呼吸不全	73	
お					
大井 広［歌人・国文学者］	1893.1.28	1943.7.10	—	50	
大江賢次［小説家］	1905.9.20	1987.2.1	—	81	
大岡昇平［小説家］	1909.3.6	1988.12.25	脳梗塞	79	
大下宇陀児［小説家］	1896.11.15	1966.8.11	—	69	
大須賀乙字［俳人］	1881.7.29	1920.1.20	肋膜肺炎	38	乙字忌
大杉 栄［社会運動家］	1885.1.17	1923.9.16	虐殺	38	
太田玉茗［詩人］	1871.5.6	1927.4.6	—	55	
大田南岳［俳人・画家］	1873.10.2	1917.7.13	—	43	
大谷藤子［小説家］	1903.11.3	1977.11.1	—	73	
太田水穂［歌人］	1876.12.9	1955.1.1	老衰	78	
大田洋子［小説家］	1906.11.18	1963.12.10	心臓麻痺	57	
大塚楠緒子［小説家・歌人］	1875.8.9	1910.11.9	肋膜炎	35	
大槻文彦［国語学者］	1847.12.22	1928.2.17	—	80	
▶大手拓次［詩人］	1887.11.3	1934.4.18	肺結核	46	
大西民子［歌人］	1924.5.8	1994.1.5	—	69	
大貫晶川［詩人・小説家］	1887.2.23	1912.11.2	—	25	
大橋乙羽［小説家］	1869.7.10	1901.6.1	腸チフス	31	
▶大原富枝［小説家］	1912.9.28	2000.1.27	心筋梗塞	87	
大町桂月［評論家・詩人］	1869.3.6	1925.6.10	胃潰瘍	56	
大村主計［詩人］	1904.11.19	1980.10.17	—	75	
大宅壮一［評論家］	1900.9.13	1970.11.22	心臓血圧	70	
大藪春彦［小説家］	1935.2.22	1996.2.26	肺炎	61	

戒名・法名ほか	埋葬地	墓地住所	墓地名・地番
剣花院帰幸道一居士	神奈川県	鎌倉市山ノ内8	建長寺正統院
—	長野県	伊那市美篶末広	塩原時彦氏墓地
智筆院戯道廈法居士	神奈川県	鎌倉市扇ガ谷2丁目12-1	浄光明寺
—	東京都	府中市多磨町4-628	多磨霊園19区1種12側
—	岩手県	二戸郡浄法寺町大字御山 字御山久保33-1	天台寺霊園
峯雲院文華法徳日靖居士	静岡県	伊豆市湯ヶ島2-785	熊野山共同墓地
—	山形県	鶴岡市加茂字大崩325	浄禅寺
—	東京都	港区南青山2丁目32-2	青山霊園1種イ1号12側
照観院文寿日慧大居士	東京都	港区北青山2丁目12-8	持法寺
歌葉院釈往詣楽邦大姉	静岡県	駿東郡小山町大御神888-2	冨士霊園13区2号446番
玄惑院釈実信證理居士	東京都	杉並区永福1丁目8-1	築地本願寺別院和田堀廟所
雲乗院諦翁観山居士	鳥取県	鳥取市河原町曳田605	正法寺
	三重県	度会郡大紀町打見275	慶林寺打見墓地
文泉院殿游心舟雪大居士	東京都	文京区本駒込3丁目7-14	徳源寺
行雲院大徳哲章居士	東京都	台東区谷中7丁目5-24	谷中霊園甲1号9側
—	福岡県	北九州市小倉区京町4丁目4-42	西顕寺
文猷院剛堂宗茂居士	神奈川県	鎌倉市山ノ内1367	東慶寺
泡鳴居士	東京都	豊島区南池袋4丁目25-1	雑司ヶ谷霊園1種20号12側
—	神奈川県	三浦市三崎町1丁目19-1	本瑞寺
—	東京都	府中市多磨町4-628	多磨霊園12区1種2側
—	東京都	府中市多磨町4-628	多磨霊園12区1種2側
—	東京都	府中市多磨町4-628	多磨霊園2区1種2側19番

浄諦院甚宏博道居士	東京都	墨田区両国2丁目8-10	回向院
—	東京都	台東区谷中7丁目5-24	谷中霊園乙11号5側
—	千葉県	千葉市本町1丁目10-1	本敬寺
含章院敏誉柳邨居士	東京都	台東区谷中7丁目5-24	谷中霊園甲10号5側
—	埼玉県	所沢市北原町980	所沢聖地霊園63区4側39番
寿光院道誉永昭居士	東京都	世田谷区奥沢7丁目41-3	浄真寺
—	東京都	八王子市上川町1520	上川霊園5区5番2号
石楠院唯真亜郎居士	東京都	中野区中央2丁目33-3	宝仙寺
—	埼玉県	飯能市下直竹1056	長光寺
覚絃院殿随翁栄道居士	東京都	中野区上高田4丁目9-8	金剛寺
	岡山県	岡山市中区国富2-29	瓶井の谷安住院墓地
—	東京都	府中市多磨町4-628	多磨霊園12区2種1側1番
—	東京都	府中市多磨町4-628	多磨霊園8区1種16側29番
—	東京都	府中市多磨町4-628	多磨霊園12区1種1側
文徳院全誉貫道浩章居士	東京都	台東区松が谷1丁目4-3	広大寺

氏名	生年月日	没年月日	死因	享年	文学忌
井上剣花坊［川柳作家］	1870.7.1	1934.9.11	脳溢血	64	
井上井月［俳人］	1822.—	1887.2.16	行き倒れ	65	
▶井上ひさし［劇作家・小説家］	1934.11.17	2010.4.9	肺がん	75	
井上通泰［歌人］	1867.1.26	1941.8.15	—	74	
▶井上光晴［小説家・詩人］	1926.5.15	1992.5.30	肺癌	66	
▶井上 靖［小説家］	1907.5.6	1991.1.29	肺炎	83	
▶茨木のり子［詩人］	1926.6.12	2006.2.17	膜下出血	79	
伊原青々園［劇評家・小説家］	1870.4.24	1941.7.26	—	72	
▶井伏鱒二［小説家］	1898.2.15	1993.7.10	肺炎	95	鱒二忌
今井邦子［歌人］	1890.5.31	1948.7.15	心臓麻痺	58	
伊馬春部［劇作家］	1908.5.30	1984.3.17	—	75	
▶伊良子清白［詩人］	1877.10.4	1946.1.10	脳溢血	68	
入江相政［歌人・随筆家］	1905.6.29	1985.9.29	—	80	
▶色川武大［小説家］	1929.3.28	1989.4.10	心筋梗塞	60	
岩下俊作［小説家］	1906.11.16	1980.1.30	—	73	
岩波茂雄［出版人］	1946.4.25	1881.8.27	脳溢血	64	
岩野泡鳴［詩人・小説家］	1873.1.20	1920.5.9	腸手術後	47	泡鳴忌
岩村 透［評論家］	1870.2.25	1917.8.17	糖尿病	47	
巌谷小波［児童文学者・俳人］	1870.7.4	1933.9.5	直腸癌	63	
巌谷槙一［劇作家］	1900.9.12	1975.10.6	—	75	
岩谷莫哀［歌人］	1888.4.18	1927.11.20	肺結核	39	
う					
▶植草甚一［評論家］	1908.8.8	1979.12.2	心筋梗塞	71	
上田万年［国語学者］	1867.2.11	1937.10.26	—	70	
上田 広［小説家］	1905.6.18	1966.2.27	—	60	
上田 敏［詩人・英仏文学者］	1874.10.30	1916.7.9	尿毒症	41	
上田三四二［歌人・評論家］	1923.7.21	1989.1.8	大腸がん	65	
植松寿樹［歌人］	1890.2.16	1964.3.26	—	74	
臼井吉見［評論家・小説家］	1905.6.17	1987.7.12	急性心不全	82	
臼田亜郎［俳人］	1879.2.1	1951.11.11	—	72	亜浪忌
打木村治［児童文学者］	1904.4.21	1990.5.29	—	86	
▶内田百閒［随筆家・小説家］	1889.5.29	1971.4.20	老衰	81	木蓮忌
▶内田魯庵［評論家・翻訳家］	1868.4.27	1929.6.29	脳溢血	61	
内村鑑三［宗教家・思想家］	1861.3.23	1930.3.28	心臓衰弱	69	
宇都野 研［歌人］	1877.11.14	1938.4.3	—	60	
▶宇野浩二［小説家］	1891.7.26	1961.9.21	肺結核	70	

戒名・法名ほか	埋葬地	墓地住所	墓地名・地番
—	神奈川県	鎌倉市十二所512	鎌倉霊園い区1側33号
華文院釈正業	東京都	台東区西浅草1丁目6-2	西光寺
大機山鉄崖崑崙居士	東京都	新宿区市谷河田町2-5	月桂寺
—	東京都	台東区下谷2丁目10-6	法昌寺
—	東京都	新宿区原町2-34	瑞光寺
玄龍院超雲露月居士	秋田県	秋田市雄和女米木字宝生口225	玉龍寺
文誉詩章鱗光大姉	静岡県	賀茂郡南伊豆町子浦1611	西林寺
風土軒桂郎居士	神奈川県	相模原市南区上鶴間本町3丁目7-14	青柳寺
号夷斎	東京都	八王子市上川町1520	上川霊園2区5番217号
啄木居士	北海道	北海道函館市住吉町地先	立待岬共同墓地
—	東京都	世田谷区奥沢7丁目41-3	浄真寺
—	東京都	港区西麻布2丁目21-34	長谷寺
一乗院殿隆誉洋潤居士	東京都	府中市多磨町4-628	多磨霊園21区1種1側1番
	青森県	弘前市新寺町108	貞昌寺
—	東京都	調布市深大寺元町5丁目15-1	深大寺三昧所墓地
風鶴院波郷居士	東京都	調布市深大寺元町5丁目15-1	深大寺三昧所墓地
—	神奈川県	鎌倉市十二所512	鎌倉霊園31区6側59番
—	東京都	台東区谷中7丁目5-24	谷中霊園天王寺墓地
清閑院湛誉松風忍月居士	福岡県	八女市大字本町283-1	無量寿院
宝池院秀誉瑠璃妙相大姉	福岡県	八女市大字本町283-1	無量寿院
—	東京都	台東区谷中7丁目5-24	谷中霊園乙種4号4側
風性院文琴八束居士	神奈川県	横浜市鶴見区鶴見2丁目1-1	総持寺中央イ-6-1
—	東京都	府中市多磨町4-628	多磨霊園11区1種16側17番 信濃町教会会員墓
幽幻院鏡花日彩居士	東京都	豊島区南池袋4丁目25-1	雑司ヶ谷霊園1種1号13側
深遠院斜汀日豊信士	東京都	豊島区南池袋4丁目25-1	雑司ヶ谷霊園1種1号13側
一念院文林光彰居士	神奈川県	鎌倉市山ノ内1402	浄智寺
徳操院釈尼常教	大阪府	富田林市南河内郡河南町平石539	高貴寺
慈光院釈尼浄直	東京都	八王子市大谷町1019-1	富士見台霊園西中2区5側
—	秋田県	秋田市八橋下八橋87	全良寺
唯真居士	東京都	江東区亀戸3丁目43-3	普門院
文林院静光詩仙居士	長崎県	諫早市船越1047	広福寺
—	東京都	台東区谷中7丁目5-24	谷中霊園天王寺墓地
海照院釈整願	東京都	東村山市萩山町1丁目16-1	小平霊園4区9側36番
—	静岡県	静岡市沓谷1丁目174	沓谷霊園
釈虚空	京都府	京都市左京区鹿ヶ谷御所ノ段町30	法然院新墓地
孤秀院直恵居士	神奈川県	模原市南区上鶴間本町3丁目7-14	青柳寺
—	東京都	港区南青山2丁目32-2	青山霊園1種ロ8号1側14
甫水院釈円了	東京都	中野区江古田1丁目6-4	蓮華寺

氏名	生年月日	没年月日	死因	享年	文学忌
池田弥三郎［国文学者・随筆家］	1914.12.21	1982.7.5	—	67	
▶池波正太郎［小説家・劇作家］	1923.1.25	1990.5.3	白血症	67	
池辺三山［ジャーナリスト］	1864.3.12	1912.2.28	心臓発作	17	
石和 鷹［小説家］	1933.11.6	1997.4.22	下咽頭がん	63	
▶石井桃子［児童文学者・翻訳家］	1907.3.10	2008.4.2	老衰	101	
石井露月［俳人］	1873.5.17	1928.9.18	脳溢血	55	露月忌
▶石垣りん［詩人］	1920.2.21	2004.12.26	心不全	84	
石川桂郎［俳人・小説家］	1909.8.6	1975.11.6	食道がん	66	含羞忌
▶石川 淳［小説家・評論家］	1899.3.7	1987.12.29	肺がん	88	
▶石川啄木［歌人・詩人］	1886.2.20	1912.4.13	肺結核	26	啄木忌
石川達三［小説家］	1905.7.2	1985.1.31	胃潰瘍	79	
石榑千亦［歌人］	1869.8.26	1942.8.22	—	72	
石坂洋次郎［小説家］	1900.1.25	1986.10.7	老衰	86	
石田あき子［俳人］	1915.11.28	1975.10.21	—	59	
▶石田波郷［俳人］	1913.3.18	1969.11.21	肺結核	56	惜命忌・波郷忌
石塚友二［小説家・俳人］	1906.9.20	1986.2.8	—	79	友二忌
石橋思案［小説家］	1867.7.3	1927.1.28	—	59	
石橋忍月［評論家・小説家］	1865.10.20	1926.2.1	—	60	
石橋秀野［俳人］	1909.2.19	1947.9.26	—	38	秀野忌
石原 純［歌人・物理学者］	1881.1.15	1947.1.19	—	66	
石原八束［俳人］	1919.11.20	1988.7.16	呼吸不全	78	
▶石原吉郎［詩人］	1915.11.11	1977.11.14	心不全	62	
▶泉 鏡花［小説家］	1873.11.4	1939.9.7	肺腫瘍	65	鏡花忌
泉 斜汀［小説家］	1880.1.31	1933.3.30	—	53	
磯田光一［評論家］	1931.1.18	1987.2.5	心筋梗塞	56	
石上露子［歌人］	1882.6.11	1959.10.8	脳溢血	77	
板垣直子［評論家］	1896.11.18	1977.1.21		80	
伊藤永之介［小説家］	1903.11.21	1959.7.26	脳溢血	55	
伊藤左千夫［歌人］	1864.9.18	1913.7.30	脳溢血	48	左千夫忌
▶伊東静雄［詩人］	1906.12.10	1953.3.12	肺結核	46	菜の花忌
伊藤松宇［歌人］	1859.11.12	1943.3.25	—	83	
▶伊藤 整［詩人・小説家］	1905.1.16	1969.11.15	癌性腹膜炎	64	
伊藤野枝［婦人運動家・作家］	1895.1.21	1923.9.16	絞殺	28	
▶稲垣足穂［小説家］	1900.12.26	1977.10.25	肺炎・結腸がん	76	
乾 直恵［詩人］	1901.6.19	1958.1.13	—	56	
犬養 健［政治家・小説家］	1896.7.28	1960.8.28	—	64	
井上円了［哲学者］	1858.3.18	1919.6.6	—	61	

戒名・法名ほか	埋葬地	墓地住所	墓地名・地番
燿燈院潤誉敦道清居士	東京都	目黒区中目黒5丁目24-53	祐天寺
崇徳院昭誉文学居士	神奈川県	藤沢市鵠沼海岸7丁目1-7	本真寺
—	東京都	八王子市上川町1520	上川霊園2区8番140号
老心院殿仁道次朗大居士	宮城県	仙台市青葉区北山2丁目10-1	北山霊園
—	東京都	府中市多磨町4-628	多磨霊園20区1種52側
—	神奈川県	川崎市多摩区南生田8丁目1-1	春秋苑中6区6-19
慈仙院学堂能成居士	神奈川県	鎌倉市山ノ内1367	東慶寺
忠恕大心居士	京都府	京都市北区鞍馬口通寺町下る 天寧寺門前町301	天寧寺
宝乗院誠徳日昌居士	東京都	府中市多磨町4-628	多磨霊園24区1種11側
—	東京都	港区南青山2丁目32-2	青山霊園1種ロ7号21側
—	東京都	港区元麻布1丁目6-21	善福寺
芳文院紫陽正人居士	東京都	東村山市萩山町1丁目16-1	小平霊園16区2側7番
—	東京都	府中市多磨町4-628	多磨霊園11区2種25側
—	静岡県	駿東郡小山町大御神888-2	冨士霊園3区2号2345番
—	東京都	府中市多磨町4-628	多磨霊園10区1種3側10番
大有院殿謙山道泰大居士	東京都	渋谷区広尾5丁目1-21	祥雲寺
芳水居士	岡山県	岡山市東区上道北方1379	医光院
マリア・マグダレナ	東京都	東村山市萩山町1丁目16-1	小平霊園25区12側15番
梵雲院釈幽窓寒月居士	東京都	豊島区駒込5丁目5-1	染井霊園1種イ8号10側
—	奈良県	高市郡高取町上子島813	長円寺
法勝院乗願冬衛居士	和歌山県	伊都郡高野町大字高野山17-3	高野山大霊園6-17-7
浄翠院流火次韻居士	東京都	調布市深大寺元町5丁目15-1	深大寺三昧所墓地
順徳院鶴翁道寿居士	東京都	豊島区南池袋4丁目25-1	雑司ヶ谷霊園1種19号4側
釈尼美妙	神奈川県	横浜市金沢区六浦町2254-1	八景苑
—	東京都	豊島区南池袋4丁目25-1	雑司ヶ谷霊園1種14号12側
草画院九一日法居士	神奈川県	横浜市港北区小机町1379	本法寺
真観院俳道椿花蛇笏居士	山梨県	笛吹市境川町藤垈	智光寺墓地
—	山梨県	笛吹市境川町藤垈	智光寺墓地
—	埼玉県	所沢市北原町980	所沢聖地霊園62区5側6番
—	埼玉県	飯能市大字飯能1329	能仁寺
—	静岡県	駿東郡小山町大御神888-2	冨士霊園・文学者の墓
濬雲院孤峰春月居士	鳥取県	米子市博労町2-40	法城寺
聖伝院長江棹舟居士	神奈川県	鎌倉市長谷3丁目11-2	長谷寺
—	東京都	世田谷区北烏山5丁目10-1	宗福寺
文徳院淨覚亀鑑居士	東京都	府中市多磨町4-628	多磨霊園14区1種6側
満寿院叡彩心酔大居士	静岡県	熱海市桃山町5	医王寺墓地
	長野県	長野市大字安茂里630	正覚院

氏名	生年月日	没年月日	死因	享年	文学忌
安住 敦［俳人］	1907.7.1	1988.7.8	—	81	敦忌
阿部 昭［小説家］	1934.9.22	1989.5.19	急逝心不全	54	
▶安部公房［小説家・劇作家］	1924.3.7	1993.1.23	急性心不全	68	
阿部次郎［小説家］	1883.8.27	1959.10.20	脳軟化症	76	
阿部真之助［ジャーナリスト・評論家］	1884.3.29	1964.7.9	—	80	
阿部知二［小説家・評論家］	1903.6.26	1973.4.23	食道がん	69	
安倍能成［哲学者・教育者］	1883.12.23	1966.6.7	白血症	82	
▶天野 忠［詩人］	1909.6.18	1993.10.28	—	84	
雨宮昌吉［俳人］	1919.7.10	1982.10.13	—	64	
網野 菊［小説家］	1900.1.16	1978.5.15	腎不全	78	
▶鮎川信夫［詩人］	1920.8.23	1986.10.17	脳出血	66	
荒 正人［評論家］	1913.1.1	1979.6.9	脳血栓	66	
荒木 巍［小説家］	1905.10.6	1950.6.4	—	44	
荒畑寒村［評論家・社会主義者］	1887.8.14	1981.3.6	肺気腫	93	
有島武郎［小説家・評論家］	1878.3.4	1923.6.9	自殺・縊死	45	武郎忌
▶有馬頼義［小説家］	1918.2.14	1980.4.15	脳出血	62	
有本芳水［詩人］	1886.3.3	1976.1.21	肺がん	89	
▶有吉佐和子［小説家］	1931.1.20	1984.8.30	心不全	53	
淡島寒月［小説家・画家］	1859.11.17	1926.2.23	—	66	
阿波野青畝［俳人］	1899.2.10	1992.12.22	心不全	93	青畝忌
▶安西冬衛［詩人］	1898.3.9	1965.8.24	尿毒症	67	
安東次男［俳人・詩人］	1919.7.7	2002.4.9	呼吸不全	82	
安藤鶴夫［小説家・演劇評論家］	1908.11.16	1969.9.9	糖尿性昏睡	60	
安藤美保［歌人］	1967.1.1	1991.8.28	転落死	24	
い					
飯沢 匡［劇作家・小説家］	1909.7.23	1994.10.9	呼吸不全	85	
飯田九一［俳人・画家］	1892.10.17	1970.1.24	—	77	
▶飯田蛇笏［俳人］	1885.4.26	1962.10.3	脳出血	77	蛇笏忌
飯田龍太［俳人］	1920.7.10	2007.2.25	肺炎	86	
飯干晃一［新聞記者・小説家］	1924.6.2	1996.3.2	急性心筋梗塞	72	
五十嵐力［国文学者］	1874.11.22	1947.1.11	—	72	
生田葵山［小説家］	1876.4.14	1945.12.31	—	69	
生田春月［詩人］	1892.3.12	1930.5.19	自殺・播磨灘投身	38	
生田長江［評論家・翻訳家］	1882.4.21	1936.1.11	—	53	
井口朝生［小説家］	1925.5.6	1999.4.9	脳梗塞	73	
池田亀鑑［小説家・国文学者］	1896.12.7	1956.12.19	—	60	
池田満寿夫［小説家・版画家］	1934.2.23	1997.3.8	急性心不全	63	

●1995年から2015年までに訪ねた墓所および資料により判明している文学者の墓所1000か所あまりを氏名50音順で一覧にしました。なお、1人の作家で複数の墓所がある場合も可能な限り掲載しました。
●本文に掲載した作家は氏名の前に、▶の印をつけました。
●墓所を調べたり墓参するにあたって、ご遺族や関係者の皆様、また多くの方々から情報をお寄せいただきました。ここに記して感謝申し上げます。
●本書では紙面の都合上、地図は割愛しましたが、規模の大きな霊園では、たいてい墓地案内図を配布しています。興味を持たれた方は、マナーに留意して墓参してみてはいかがでしょう。
●改葬・廃止および著者も訪れていない墓所などもありますので、充分ご確認の上お訪ねください。
●市町村合併などにより、住所表記が変更になっている場合がありますので、ご注意ください。

戒名・法名ほか	埋葬地	墓地住所	墓地名・地番
乾坤院宙外吼居士	東京都	台東区谷中7丁目5-24	谷中霊園甲9号12側
俊誉綱徳信士	福島県	双葉郡川内村上川内字三合田29	長福寺
—	栃木県	足利市巴町2545	法玄寺
—	京都府	京都市左京区黒谷町121	金戒光明寺
渾斎秋艸道人	新潟県	新潟市西堀通3番町797	瑞光寺
	東京都	練馬区関町東1丁目4-16	法融寺
勸文院篁村清節居士	東京都	豊島区駒込5丁目5-1	染井霊園2種ハ8号16側
法雨院顕善福道居士	神奈川県	横浜市保土ヶ谷区岩間町2丁目140	見光寺
俳聖院晃閣釈月斗居士	京都府	京都市左京区一乗寺才形町20	金福寺
實岩茂林大居士	東京都	府中市多磨町4-628	多磨霊園24区1種18側
廉正院瑞風聚幸大居士	東京都	荒川区西日暮里3丁目4-3	浄光寺
—	神奈川県	鎌倉市二階堂710	瑞泉寺
—	東京都	東村山市萩山町1丁目16-1	小平霊園13区25側9番
春光院釈陶經	東京都	台東区谷中1丁目7-15	玉林寺
慈眼院原心和平居士	神奈川県	鎌倉市山ノ内1367	東慶寺
	神奈川県	鎌倉市山ノ内1367	東慶寺
芸峻院雨雀徳声居士	東京都	豊島区雑司ヶ谷3丁目19-14	本納寺
秋海院俳禅不死男居士	埼玉県	戸田市美女木2丁目27-4	妙厳寺
	静岡県	駿東郡小山町大御神888-2	冨士霊園1区7号635番
	長野県	須坂市井上町2618	浄運寺
懿文院龍介日崇居士	東京都	豊島区巣鴨5丁目35-33	慈眼寺
—	茨城県	水戸市酒門町320	酒門共有墓地
—	東京都	八王子市初沢町1425	高尾霊園M地区5列61番

【特別付録】

文学者掃苔録
墓所一覧

氏名	生年月日	没年月日	死因	享年	文学忌
あ					
相島虚吼［俳人・政治家］	1868.1.13	1935.4.4	—	67	
会田綱雄［詩人］	1914.3.17	1990.2.22	—	75	桃の忌
相田みつを［詩人・書家］	1924.5.20	1991.12.17	脳内出血	67	
会田雄次［歴史学者・評論家］	1916.3.5	1997.9.17	肺炎	81	
▶會津八一［歌人・書家］	1881.8.1	1956.11.21	動脈硬化	75	八一忌・秋艸忌
饗庭篁村［小説家・評論家］	1855.9.25	1922.6.20	脳障害	66	
青木雨彦［コラムニスト・評論家］	1932.11.17	1991.3.2	胃がん	58	
青木月斗［俳人］	1879.11.20	1949.3.17	腹部の患	69	鶯忌・月斗忌
青木此君楼［俳人］	1887.4.13	1968.2.20	—	80	
青島幸男［小説家・政治家］	1932.7.17	2006.12.20	骨髄異形成症候群	74	
青地 晨［ジャーナリスト・評論家］	1909.4.24	1984.9.15	—	75	
青野季吉［評論家］	1890.2.24	1961.6.23	胃がん	71	
▶青山二郎［美術評論家・装幀家］	1901.6.1	1979.3.27	—	77	
▶赤瀬川原平［随筆家・小説家］	1937.3.27	2014.10.26	敗血症	77	
赤瀬川 隼［小説家］	1931.11.5	2015.1.26	肺炎	83	
秋田雨雀［劇作家・詩人］	1883.1.30	1962.5.12	結核・老衰	79	
秋元不死男［俳人］	1901.11.3	1977.7.25	直腸がん	75	甘露忌
秋山 駿［評論家］	1930.4.23	2013.10.2	食道がん	83	
▶芥川龍之介［小説家］	1892.3.1	1927.7.24	服毒自殺	35	河童忌
朝比奈知泉［評論家・ジャーナリスト］	1862.5.23	1939.5.22	—	77	
浅見 淵［小説家・評論家］	1899.6.24	1973.3.28	—	73	

大塚英良◉おおつか・ひでよし

一九四六年、兵庫県姫路市生まれ。市立姫路高等学校卒業後、上京、東京デザイナー学院卒。グラフィックデザイナー、インテリアデザイナーを経て、舞台、大道具の製作会社を設立。設計などのかたわら、文学者の墓を全国に訪ねて、その人生の一端を自らに重ね合わせた探墓の記録「文学者掃苔録」を一九九五年よりウェブサイトに公開運営、二〇年目に至る。

文《ぶん》学《がく》者《しや》掃《そう》苔《たい》録《ろく》図《と》書《しよ》館《かん》
作家《さつか》・詩人《しじん》たち二五〇名《めい》のお墓《はか》めぐり

二〇一五年七月三〇日　初版第一刷発行

著者……………**大塚英良**
発行者…………成瀬雅人
発行所…………株式会社原書房
〒一六〇－〇〇二二
東京都新宿区新宿一－二五－一三
電話・代表〇三－三三五四－〇六八五
http://www.harashobo.co.jp
振替・〇〇一五〇－六－一五一五九四

ブックデザイン……小沼宏之
印刷……………新灯印刷株式会社
製本……………東京美術紙工協業組合

ISBN978-4-562-05187-8　Printed in Japan